novum premium

DENISE
URBANY

ODORA
Ungewöhnlich

novum premium

Bibliografische Information
der Deutschen Nationalbibliothek:

Die Deutsche Nationalbibliothek
verzeichnet diese Publikation in
der Deutschen Nationalbibliografie.
Detaillierte bibliografische Daten
sind im Internet über
http://www.d-nb.de abrufbar.

Gedruckt in der Europäischen Union
auf umweltfreundlichem, chlor- und
säurefrei gebleichtem Papier.

© 2022 novum Verlag

ISBN 978-3-99130-202-5
Lektorat: Tobias Keil
Umschlagfotos:
Milanares | Dreamstime.com;
Nadine Konsbrück: Odora, 2019
Umschlaggestaltung, Layout & Satz:
novum Verlag

www.novumverlag.com

Climate neutral
Print product
ClimatePartner.com/16547-2201-1002

Zum Buch

Odora ist der Name eines kleinen Mädchens, das durch seine hohe Sensibilität viele Dinge sieht und erkennt, die für andere unsichtbar sind – sie kann sie riechen (»odorare« ital.). Diese Gabe, so stellt das Kind beim Heranwachsen fest, ist nicht immer von Vorteil. Insbesondere die Erwachsenen oder ein gewisser Herr Unverstand verschließen nicht nur die Augen vor dem Offensichtlichen, Odora trifft oft auf wenig Gehör und Anerkennung. Sie ist eben anders.

Ihr besonderes Talent und ihre Menschenfreundlichkeit verhelfen ihr zu besonderen Begegnungen, die oft dann eintreten, wenn Odora glaubt, dass das Schicksal es besonders hart mit ihr meint. Sie ist bei aller Hochsensibilität ein starkes Mädchen, das sich seinen Weg aus dem Elternhaus sucht und sich zu einer jungen Frau mausert, die vor allem spontan ihrem Herzen folgt. Sie geht das Leben mit größtmöglicher Intensität und Humor an, erlebt schwere Enttäuschungen und Verluste und wird ungewollt-gewollt zu einer alleinstehenden Mutter, die trotz aller Widerstände nie aufgibt. Zurückblickend gewährt Odora Einblicke in ihr Tagebuch.

Der einfühlsam geschriebene Roman nimmt den Leser mit auf eine Lebensreise voller Abenteuer, skurriler Begegnungen und spannender Begebenheiten, die erst aus der Rückschau, als Puzzleteile, ein Gesamtbild ergeben.

Für meinen Vater René Urbany,
in fröhlicher Erinnerung

Für alle, die ich liebte,
die ich liebe und die ich lieben werde.
An alle, die *anders* sind.

Inhaltsverzeichnis

PROLOG

Wurden Sie jemals des Nachts von ungeschriebenen Geschichten wachgekitzelt?

Zahllose, ungebändigte Worte flüstern einen aus den Kissen heraus in Richtung Schreibtisch, drücken einem den Stift in die Finger, purzeln aus dem Kopf hinaus, gleiten durch den Arm über die Hand als ein Ganzes auf Papier. Auf ewig in einer Geschichte vereint, beenden sie ihr stetes Murmeln, geben endlich Frieden. Es ist wie Magie, sozusagen von Zauberhand entstehen Erzählungen. So erging es mir Anfang 2019.

Ich befand mich seit ein paar Monaten in Rente, fühlte mich mit 53 Jahren etwas verloren in einem Leben ohne Hast und Eile, so ganz ohne *Ich muss noch hier und muss noch da*.

Es überkam mich, genau wie oben beschrieben, aus dem Nichts heraus.

Schreiben wurde meine Droge, mein Rettungsschiff, mein Anker. Ein heilvoller Sog zog mich in seinen endlosen, befreienden Bann. Nächtelang, monatelang – bis Odora meinte, dass es reicht.

Ihre Erlebnisse sind ein Teil meines Lebens, manches entsprang meiner Fantasie oder meinem Wunschdenken. Nach und nach entstanden einzelne Episoden, die ich meinen Freunden auf meiner FB-Seite *Villa Kunterbuch* wie ein Fortsetzungsroman morgens zum Frühstück pünktlich servierte.

Von vielen Seiten kam die Ermutigung, Odoras Abenteuer doch bitte in einem Buch zu vereinen. Nun habe ich mich getraut.

Unvorstellbar, aber wahr. Mitten in der Nacht hochschrecken und wissen, wie das Buch heißen soll. Aufschreiben. Lachen. Verwundert froh, wenn auch so müde. Ob das was werden soll?
Viele Ideen, unverbraucht. Wirre, durcheinandergewürfelte Sätze. Fruchtbare Erinnerungen beißen sich, ringen miteinander, schweben durch mein Haus. Es fühlt sich so gut an. Es fühlt sich richtig an.

Schreiben aus dem Traum heraus. Losgelöst, rauschend, nimmt die Erzählung Form an. Fließend wirbelnd wird sie zu meiner Geschichte ... Odora. Ich bin es wirklich ... Ich bin der Ursprung all jener Worte, die sich ihren Weg durch die Nacht bahnen, aus mir heraus, ungeniert und kraftvoll durcheinander.

Dieses Buch erzählt von den verschiedenen, nicht alltäglichen Lebensabschnitten von Odora, einem ungewöhnlichen Mädchen, das auf seiner Reise zum Frauwerden seinen ganz eigenen Riecher entwickelt und einsetzt, um das Leben zu meistern. Sie ist himmelhochjauchzend – zu Tode betrübt, hochsensibel, witzig, schrullig, einsam, tiefgründig, naiv, spontan, fröhlich und traurig. Sie lernt lieben, Abschied nehmen und gut sein lassen.
Vor allem lässt sie sich nicht unterkriegen.

Für jüngere Leser mag dies eine Zeitreise in die 1980er- und 1990er Jahre sein, mit Telefonkabinen statt Handys, mit Schreibheften und Füllfedern anstatt iPads. Ältere Leser werden sich sicherlich schmunzelnd erinnern. Doch das Erwachsenwerden ist zeitlos, an keine Epoche gebunden. Oft schön, nicht leicht – aber ungemein aufregend! Und es hört nie auf!

Erinnerungen

Irland 2030

Es regnete schon den ganzen Tag. Draußen verneigten sich die Bäume vor dem böigen Wind, als huldigten sie seiner Kraft.

Gemütlich saß Odora unter einer kuscheligen Wolldecke in ihrem alten Lehnstuhl. Ihre Hände streichelten den trägen Bauch ihrer Katze Mia, die sich auf ihrem Schoß eingerollt hatte.

Sie sah in den verhangenen Himmel vor dem Fenster und verfolgte, wie die Regentropfen auf den Scheiben in alle Richtungen getrieben wurden, ihr eigenes Tänzchen vollführten.

Getrieben war ich stets … und nicht zu knapp!

Schmunzelnd verglich Odora die kleinen, reinen Wasserperlen mit ihren Gedanken, die mit wachsendem Alter zunehmend in die Vergangenheit schweiften, in alle Himmelsrichtungen ihres Lebens.

»Es wäre langsam an der Zeit, dein Buch zu schreiben, Odora!« Mia fühlte sich angesprochen, spitzte die Ohren und blickte sie fragend an.

Als sie zum Sprung ansetzte, um graziös auf Odoras Schreibtisch vor dem Fenster zu landen, wusste ihr Frauchen, dass die Zeit tatsächlich gekommen war. Sie erhob sich, wickelte sich umständlich aus ihrer Decke und ließ sie zu Boden gleiten.

Als sie sich ihre Lesebrille auf die Nase schob, war die Welt vor dem Fenster augenblicklich vergessen. Unter den wohlwollenden Blicken ihrer Katze begab sie sich schreibend auf die längst fällige Reise in ihre etwas ungewöhnliche Vergangenheit.

Die kleine Odora

Es schien, als hätten ihre Eltern schon bei der Geburt gewusst, dass ein kleines Mädchen mit einem ganz speziellen Riecher das Licht der Welt erblickte. Sie gaben ihr den wundersamen Namen Odora.

Das Mädchen war ein folgsames, ruhiges Kind. Als sie heranwuchs, wuchs mit ihren Zöpfen die Fantasie. Stundenlang konnte die Kleine allein in ihrem Zimmer verbringen, zur Begeisterung und Entlastung der stets beschäftigten Eltern. Sie spielte mit ihren Puppen, erfand in ihrem kleinen Fantasiereich die verrücktesten Geschichten, fühlte sich dort geborgen und beschützt.

Die Eltern hatten oft Besuch. Immer war im Reich der Großen ein Stockwerk tiefer irgendetwas los. Die Gäste drückten sich die Klinke in die Hand, kamen zum Essen, zum Plaudern und erfüllten das Haus mit lauten, lachenden Stimmen sowie endlosen Diskussionen. Dazu gesellten sich eigenartigen Gerüche.

Manchmal hockte Odora heimlich auf den obersten Treppenstufen und lauschte den Gesprächen. Wenn sie sich ein klein wenig nach vorne beugte, konnte sie die bunte Mischung an Gästen durch das Treppengeländer beobachten und erschnuppern. Manche Besucher fand sie nicht geheuer. Sie rochen so komisch, sie mochte deren Geruch nicht. Dann kribbelte ihre Nase und sie fühlte sich unwohl. Aber deuten konnte Odora das noch nicht.

Mama roch herrlich duftend nach Lotion, wenn sie spät abends in ihr Zimmer schlich, um ihr einen Gutenachtkuss auf die Stirn zu drücken. Aber sie roch auch nach viel Arbeit und irgendwie nach schlechtem Gewissen. Odora liebte die Ausdünstung ihres Vaters, dem stets ein Hauch von Zigarrenrauch und Knoblauch folgte. Mit Letzterem bereitete er tagtäglich einen herzhaften Salat zu. Das war sein Beitrag zum Mittagessen. Bei ihm fühlte sie sich ohne Worte verstanden. Sein Geruch war so fröhlich. Oma, zu der sie oft verfrachtet wurde, roch wunderbar. Nach Backäpfeln mit Zimt zum Beispiel. So wärmend nach Gemütlichkeit.

Bücher lösten alsbald die Puppen ab, in dem kleinen Mädchenzimmer wurde es noch stiller. Durch zahllose Bände aller Art vervielfachte Odora ihre Fantasie. Jedes Mal, wenn sie ein neues Buch aufschlug, zog sie den noch anhaftenden, leichten Duft von Druckerschwärze in sich ein. Es roch nach Wissen, nach Reisen in ferne Länder und nach und nach – ein klein wenig nach Erwachsenwerden.

Odora, die Voyeuse

Es war ein heller, freundlicher Sommertag. In der lichtdurchfluteten Stadt staute sich die Hitze in den Gassen der Altstadt, trieb so manchen Passanten die Schweißperlen ins Gesicht. Touristen und Einwohner standen an jeder auffindbaren Eisdiele Schlange. Ein buntes Gemisch an Sonnenschirmen tänzelte in der Brise eines leichten Sommerwindes über bevölkerten Terrassen.

Odora hatte sich eine dieser Oasen des Verweilens als Schreiblager ausgesucht, bevor sie zum Klavierunterricht musste. Wie so oft lag ein aufgeschlagenes Heft samt Füllfeder zwischen ihren aufgestützten Ellenbogen. Sie nippte genüsslich an ihrer kalten Limonade und ging einer ihrer Lieblingsbeschäftigungen nach: Leute beobachten. Ab und an neigte sie den Kopf, schrieb einige Zeilen in ihr Heft, widmete ihre Aufmerksamkeit wieder der Menschenmenge. Sie mochte die enge Ansammlung sich in der Hitze windender Körper nicht, da es zu viel Nähe schuf. Das bedeutete für die dreizehnjährige Odora, dass sie den Gefühlen ihr unbekannter Menschen, die sie ungewollt aufsaugte wie ein Schwamm, nicht entkommen konnte. Sie liebte es jedoch, fremden Leuten genau zuzusehen. Ihren Gebärden, ihrer Mimik und der gemeinsamen Interaktion.

Das, was Odora als kleines Mädchen als Duft wahrnahm und je nach Person als angenehm oder unangenehm erschnupperte, hatte sich in der Pubertät zu einer etwas abgeänderten Perzeption entwickelt. Zu dem Geruch hatten sich starke Empfindungen gesellt. Hinten auf dem Platz, gegenüber der arg bevölkerten Terrasse stand eine ältere Dame in einem Rosenkleid, klammerte sich an ihrer Handtasche fest, als sei es ein Rettungsring. Sie hob die Hand mehrmals über ihre Augen, um diese vor dem flimmernden Licht der Sonne zu beschützen und drehte sich im Sekundentakt um ihre eigene Achse. Sie lächelte und nickte anderen Passanten freundlich zu. Odora verspürte heftig, tief in sich drin, die wahren Emotionen der eigentlich zufrieden dreinblickenden Dame. Hoffnung, Angst und eine Art Verzweiflung.

Sie ergriff ihre Füllfeder, schrieb in ihr Heft. Von einer Dame in einem Rosenkleid. Das eben wahrgenommene Gefühl verleitete sie zu einer tragischen Geschichte, in der sich die ältere Frau hier und heute vor vierzig Jahren mit ihrem Liebsten verabredet hatte. Der Langersehnte kam zur Verabredung, aber sie erkannten sich nicht. Er ging an ihr vorbei und war somit einer von den vielen Passanten geworden, denen die Frau freundlich und suchend zunickte.

So war Odora. Für sie lebte Schreibinspiration vom Feinsten in fast allen Menschen, die sie beobachtete. Dann rankte sich die Fantasie rosengleich von Kopf bis Fuß durch ihr Gemüt. Traumbilder machten sich selbstständig, verwandelten sich in Geschichten, die sogar die junge Schriftstellerin überraschten.

Odora und die Marokkaner

Wie ein längst vergessenes Schiffswrack auf dem Meeresboden war Odora in ihrer Gedankenwelt versunken. Sie schrak auf, als der überforderte Kellner sie nervös fragte, ob sie noch etwas trinken wolle. Der Klavierunterricht!

Odora ergriff ihre Schreibutensilien und bahnte sich einen Weg durch das bunte Gemenge von potenziellen Schreibmusen.

Ignorieren, ignorieren!

Das Mädchen wollte verhindern, jemanden zu erblicken, der ihre Schreibmanie wieder ankurbeln könnte. Nicht, dass ihr Klavierlehrer, Herr Gary Mühlstein, sie für eine Verspätung ermahnen müsste.

»Bonjour, pardon, parlez-vous français?«

Verstört blickte Odora auf. Vor ihr standen zwei dunkelhäutige Kerle. Einer groß und schlank, der andere klein und rundlich. Dieser trug sein krauses, afrikanisches Haar wie Angela Davis. Der Große hatte die gleichen Gesichtszüge wie Jimmy Hendrix. Odora verkniff sich ein Lachen.

»Oui, je parle français«, stammelte sie etwas geniert.

Jaffar und Mohammed, zwei Studenten aus Marokko, befanden sich auf einer Rundreise durch Europa. Sie verbrachten nur einen Tag und eine Nacht in Luxemburg, suchten jemanden, der sich im schönen Städtchen auskannte und sie rumführen könnte.

Na klar! Mensch, wie erkläre ich das dem Klavierlehrer?

Zur Zuvorkommenheit gegenüber Fremden erzogen, hatte sie ihre Entscheidung zwischen Klavierunterricht oder Fremdenführung rasant getroffen.

»Venez avec moi!«

Die erfreuten Marokkaner im Schlepptau, marschierte sie schnurstracks Richtung Kathedrale. Dort, in einem Nebenbau, herrschte Gary Mühlstein über die Klaviertasten.

Odora gab den jungen Männern ein Zeichen sich zu gedulden und enterte das Gebäude mit eiligen Schritten. Vor dem Klavierzimmer hielt sie inne. Mit einem Ohr an der Tür lauschte sie den harmonischen Tönen. Sie war fünf Minuten zu früh.

Es roch furchtbar nach Ärger! Egal! Sie würde die Marokkaner nicht warten lassen. Odora klopfte an, trat ein und traf auf das entgeisterte Gesicht ihres Klavierlehrers.

»Entschuldigung Herr Mühlstein, mir sind Marokkaner begegnet, die brauchen eine Fremdenführerin, jetzt!«

Besagter Herr glotzte sie an, als sehe er ein überirdisches Wesen.

»Ja«, ergänzte Odora, indem sie von einem Bein auf das andere hampelte, »und ehrlich gesagt, würde ich das viel lieber tun als Klavier üben.«

Wäre es möglich gewesen, hätte Herr Mühlstein eine dunkle Ärgerwolke durch das geöffnete Fenster entschwinden lassen. Das sonst so ruhige Gemüt seines Genies verwandelte sich unerbittlich in das eines Stierkämpfers.

Odora schien es, als trage er einen Nasenring.

»Raus hier! Und nie mehr rein!«

Seine Enttäuschung und seine Wut verfolgten Odora, als sie die Treppen hinunter teils rannte, teils stolperte. Das war es dann mit ihrer Klavierkarriere! Sie eilte trotzdem erfreut den wartenden Fremden entgegen. So war Odora. Sie stürzte sich von einer Geschichte in die andere. Das sollte ihr ganzes Leben so bleiben. Oder fast.

Odora blieb über Jahre in stetigem Briefkontakt mit Mohammed, dem Krauskopf. Eines Tages, Anfang der 1980er Jahre, schrieb er ihr einen verzweifelten Brief. Er habe an Studentenprotesten teilgenommen. Würde Odora ihm nicht sofort eine Einladung (Kost und Logis inbegriffen) schicken, würde er im Gefängnis landen. Leider konnte sie der Bitte nicht nachgeben. Sie war noch minderjährig und lebte bei ihren Eltern. Diese sagten, dass das unmöglich sei, sie hätten kein Zimmer frei, um jemanden aufzunehmen. Das schrieb sie Mohammed. Danach erhielt Odora nie mehr ein Lebenszeichen von ihrem marokkanischen Freund. Ihre Briefe kamen ungeöffnet zurück. Noch heute fragt sie sich, was wohl aus ihm geworden ist.

Treppenpost für Odora

Beschwingt von einem abenteuerlichen Tag als Fremdenführerin, machte Odora sich abends auf den Heimweg. Wie immer hatte sie die Zeit vergessen. Keine Telefonkabine weit und breit, um ihre Eltern wegen ihrer Verspätung zu benachrichtigen. Ehrlich gesagt, verschwendete Odora kein Quäntchen ihrer kostbaren Zeit für die Suche.

Schließlich war sie in einer wichtigen Mission unterwegs. Das müssten besonders ihre Eltern verstehen. Diese waren politisch aktiv, oft mit Gästen aus aller Herren Länder unterwegs, wenn diese nicht gerade ihr Haus als Besucher belagerten. Gastfreundschaft wurde in ihrer Familie stets großgeschrieben.

Eingelullt von marokkanischen Anekdoten, die ihre Gedankenwelt bevölkerten wie Händler einen orientalischen Basar, stapfte Odora nach Hause. Ob ihr wohl ein schönes Gedicht oder eine angemessene Geschichte dazu einfallen würde? Vielleicht nach der Standpauke ihrer Mutter, die unvermeidbar war.

Sie fand ein leeres Haus vor. Der Zigarrenduft ihres Vaters schwebte wie ein Abschiedsgruß über dem dunklen Treppenhaus. Die einzige Spur ihrer Mutter war ein Hauch Parfüm, der Odora einen traurigen Schauer ins Herz trieb. Oben auf der Treppe lag er. Der Brief.

Für Odora

Er verhieß nichts Gutes. Sie warf sich seufzend aufs Bett, las den Brief mit der schwungvollen Handschrift ihrer Mutter.

Meine liebe Tochter,
nachdem wir stundenlang auf dich gewartet haben ohne eine Nachricht,
wo und mit wem du dich herumtreibst, haben wir uns entschlossen zu
gehen. Wir sind dann mal weg! Du brauchst nicht zu wissen, wohin.

Wann wir wiederkommen, auch nicht. Es wäre sinnlos, alle unsere Freunde anzurufen, so wie wir deine Kumpels heute alle abtelefoniert haben (!). Du wirst uns nicht finden! In Liebe und Ärger, Mama.
P. S.: Es steht kein Essen im Kühlschrank.
P. S. II: Ich wünsche dir in deinem Leben eine 13-jährige Tochter, die genau so ist wie du. Dann wirst du schnell viele graue Haare zählen können.
P. S. III: Über den Klavierunterricht reden wir noch.

Der Herr Gary Mühlstein war ein Verräter!
Odora wartete die ganze Nacht auf die Rückkehr ihrer Eltern. Sie lag Tränen verdrückend in unzähligen Kissen, plötzlich überwältigt von der furchtbaren Angst, sie zu verlieren. In ihrer Fantasie malte sie sich die schlimmsten Szenarien aus. Ein Autounfall. Sirenen. Das Identifizieren ihrer toten Eltern im Krankenhaus – Verlustängste.
In den frühen Morgenstunden schüttelte sie ihren Kummer ab wie ein nasser Hund den Regen, ergriff ihr Heft und schrieb:

Morgens, wenn die Wörter aus meiner Hand fallen, würde ich euch gerne mit ihnen malen, in bunter Sprache schildern, zusammenhalten durch den Rahmen meiner Liebe – auf ewig – meine Familie.

Von diesem Tag an pflegten Odora und ihre Mutter über Treppenpost miteinander zu kommunizieren, wenn der Haussegen schiefhing. Es verhindere, so ihre Mutter, dass man sich unüberlegt anschrie. Man könnte in besänftigter Stimmung seine Meinung schriftlich kundtun. Danach war eine Diskussion ohne Eskalation möglich.

Odora und der Geheimdienst

Endlich sind sie wieder da!
Odora flitzte zur Haustür, wo ihre Eltern gerade eintraten, umarmte sie stürmisch. Sogar ihre Mutter, die keine Körpernähe mochte, ließ sie gewähren.
Ihr Vater schmunzelte verschmitzt, einen kalten Zigarrenstumpen im Mund.
»Schön, dass du noch lebst«, grummelte ihre Mutter in die Küche entschwindend.
»Ach komm, lass gut sein, sie wurde genügend bestraft!«
Odoras Vater blickte freundlich in die rotgeweinten Augen seiner Tochter.
Er nahm einen komischen Apparat aus seiner Hängetasche, begutachtete ihn kritisch.
»Ob der funktionieren wird?«
»Was ist das denn?«
Neugierig sah Odora ihrem Vater dabei zu, wie er an verschiedenen Rädchen drehte.
»Das wirst du gleich sehen!«
Vater fummelte hastig an dem Gerät herum. Seine Augen funkelten wie die eines Kindes, das ein neues Spielzeug in Händen hält. Als ein grünes Licht aufblinkte, machte er sich erfreut auf den Weg durchs Haus.
Von Wissensdurst getrieben, folgte seine Tochter auf leisen Sohlen. Vater richtete das kuriose Ding zaghaft an alle Lampen und Elektrogeräte in der guten Stube. Als er die Spots über dem Esstisch anpeilte, begann das Gerät zu krächzen und zu knarren. Rote Lichtlein blinkten hektisch neben dem grünen auf.
»Sehr raffiniert! Am Esstisch finden weitgehend die Gespräche mit den Genossen statt.«
Inzwischen hatte Mama sich zu ihrem schlauen Mann gesellt, linste nachdenklich zur Decke.

»Und nun?«

»Jetzt werde ich unsere Tochter aufklären. Den Rest sehen wir später.«

Nachdenklich nestelte er an den Rädchen, bis die kleinen Lichter nicht mehr flimmerten.

Ich verstehe nur Bahnhof! Werden Erwachsene jemals für mich verständlich reden?

Odoras erste Begeisterung war verflogen. Diese Geheimnistuerei nervte sie.

Flugs nahm ihr Vater sie an die Hand, führte sie in sein Büro und schloss die Tür hinter sich. Etwas verlegen blickte er ernsthaft zu seiner Tochter.

»Mein liebes Kind, mit diesem Gerät kann man Wanzen aufspüren.«

»Mensch, ein Apparat, mit dem man Käfer finden kann!«

Odora staunte nicht schlecht.

»Nein Odora, keine Tierchen«, schmunzelte Vater, »es handelt sich um kleine Mikrofone, die versteckt angebracht werden. Damit belauscht man heimlich Gespräche. Nun haben wir Gewissheit: Der Geheimdienst macht lange Ohren in diesem Haus!«

Lange Ohren?

Vater verriet dem entsetzten Mädchen, dass man als Kommunist im Westen als Staatsfeind gelte. Er erzählte ihr vom Kalten Krieg und den Kräfteverhältnissen der Weltmächte. Gebannt lauschte sie seinen Worten, verlor augenblicklich ein Stückchen ihrer kindlichen Unbeschwertheit.

»Du sollst wissen«, ergänzte ihr liebster Staatsfeind, »dass unser Telefon ebenfalls überwacht wird.«

Odora raufte sich die Haare.

»Oh nein, Papa, das heißt ja dann, dass jemand die intimsten Gespräche zwischen mir und meinen Freundinnen mitgehört hat!«

Sie errötete, sprang auf und flüchtete sich in Vaters Arme.

Der musste lachen, hielt sie fest und streichelte über ihr zerzaustes Haar.

»Ach Odora! Das hat die Lauscher bestimmt ganz schön gelangweilt. Kann natürlich sein, dass sie sich dabei köstlich amüsiert haben.«

Das war des Guten doch etwas zu viel! Beleidigt löste sie sich von ihrem Vater, sprang auf und lief in ihr Zimmer. Sein herzhaftes Lachen verfolgte sie noch lange, nachdem sie die Tür zugeschlagen hatte.

Odora verstand jetzt, warum ihre Eltern sich manchmal ins Badezimmer verdrückten, das Radio laut stellten, die Wasserhähne aufdrehten und anschließend wie Teenager geheimnisvoll flüsterten.

Mensch, und ich dachte, die wären nicht ganz dicht!

Sonja, singende Omas und ein Eindringling

Eine Aussprache mit ihrer Mutter, den Klavierunterricht betreffend, stand noch aus, also blieb Odora lieber in ihrem Zimmer. Sollte sie ihr einen neuen Vorwurfsbrief schreiben! Die Ausführungen ihres Vaters hallten in ihr nach. Ihre Eltern Staatsfeinde? War sie dann folglich auch einer? War das gefährlich?

Der Geheimdienst, Wanzen im Haus …

Moment mal! Die Erkenntnis traf sie schlagartig.

Jemand musste im Haus gewesen sein, der diese Wanzen versteckt hatte!

Ein Eindringling! Oder einer jener Gäste, der für sie schlecht roch. Das konnte bedeuten, dass dieser unlautere Absichten hegte. Odora dachte angestrengt nach. Eine Wolke verbrannter Hirnzellen schwebte über ihrem Kopf.

Da war doch was … Da war doch was … hmmm … Ja!

Vor ein paar Monaten hatten ihre beste Freundin Sonja und sie eine übermütige Mädchenparty veranstaltet. Odoras Eltern waren zwei Tage geschäftlich unterwegs. Die Erlaubnis, dass ihre Freundin das Wochenende mit ihr verbringen durfte, war schnell erteilt. Kaum waren die Erwachsenen abgefahren, hingen die Mädchen am Telefon, schlugen das dicke Telefonbuch auf und suchten nach Nummern von alleinstehenden alten Damen. Die Tochter des Hauses hatte ein Gespür für diese. Sie irrte sich nie bei der Auswahl einer Nummer. Dann riefen sie abwechselnd die Omas an.

»Guten Tag, hier ist RTL. Wenn Sie uns ein altes luxemburgisches Volkslied vorsingen, schicken wir Ihnen umgehend eine RTL-Uhr zu.«

Und die Damen sangen! Jedes Mal! Eine Uhr erhielten die begabten Sängerinnen für diese wahren Glanzleistungen leider nie. Die Freundinnen amüsierten sich köstlich, nippten zwischendurch am Porto aus Papas gutgefüllter Bar, kicherten endlos. Abends richteten sie sich mit Chips und Cola bewaffnet im Büro ein. Dort stand eine alte, schwarz-weiße Flimmerkiste. Gruselfilme standen auf dem Programm. Es gruselte sich besser zu zweit! Als die Verpflegung ausging, schlüpfte Odora aus dem Büro und hastete in den Keller, wo es Nachschub von allem gab. Unten beschlich sie ein eigenartiges Gefühl.

Ich bin nicht allein hier im Keller. Irgendwas stimmt nicht.

Das Mädchen wollte die Wahrnehmung nicht beachten. Schob sie auf Dracula und seine Opfer, die oben auf sie warteten. Trotz Gänsehaut hastete sie in den Reservekeller. Kaum hatte Odora den Raum beschritten, flog die Tür hinter ihr zu und wurde von außen abgeschlossen.

Das Geräusch des sich herumdrehenden Schlüssels ließ sie vorerst erstarren.

»Sonja! Du hast nicht mehr alle Tassen im Schrank, mach sofort die Tür auf!«

Nichts. Kein Kichern. Kein Mucks auf der anderen Seite. Odora schrie, verfluchte ihre beste Freundin, schlug mit den Fäusten gegen die Tür. Nichts. Nur grausame Stille. Panik ergriff sie. Plötzlich sprang die Tür wieder auf. Eine kreidebleiche Sonja stand vor ihr.

»Ich war das nicht«, stammelte sie und zeigte mit dem Finger auf die sperrangelweit geöffnete Haustür.

Aus dieser war jemand in die Nacht hinaus entwischt, nachdem er Odora im Keller eingesperrt hatte. Sie war unfähig, die geballten Fäuste, die Sonja galten, zu entspannen.

In jener Nacht flüchteten sie zu deren Eltern, wo sie noch lange unter der Decke zitterten. Sie hatten ihren Gruselabend bekommen. Nur anders als erdacht.

»Odora! Essen ist fertig!«

Aus ihrer Erinnerung gerissen, stand sie auf.

Ha! Denen werde ich das Gericht versalzen! Wollten sie mir die Geschichte vom Eindringling damals nicht glauben.

Von dem Tag an fühlte sich Odora nicht mehr geborgen und sicher zu Hause, wenn sie alleine war. Das war sie leider allzu oft. Sie hatte nackte Angst. Für die Nacht baute Odora in ihrem

Bett eine Mauer aus Kissen um sich herum. Hinter diesem Wall, immer bereit, lag eine große Schere zur Verteidigung.
Als Staatsfeind musste man auf Nummer sicher gehen.

Odora und Herr Unverstand

Ein vorzüglicher Geruch lockte Odora zu Tisch, wo ihr Vater seinen Knoblauchsalat genoss. Die Tageszeitung, die er über dem Essen zu lesen pflegte, lag neben seinem Teller. Er blickte kurz auf, lächelte seine Tochter an und vertiefte sich kauend in seine Lektüre.

»Komm, setz dich!«

Mutter stellte energisch eine dampfende Schüssel Rindergulasch auf den Tisch.

»Mama, ich weiß, wie die Wanze ins Haus gelangt ist! Erinnerst du dich noch, wie Sonja und ich vor etwa zwei Monaten …«

»Setz dich hin und iss!«

Das hieß so viel wie: Gib jetzt Ruhe! Der strenge Ton ihrer Mutter ließ daran keinen Zweifel.

»Aber …«

»Ruhe, ich will meine Zeitung lesen!«

Vater wollte ebenfalls nichts hören.

Ihre Erzeuger hatten ein Tochter-Anti-Zuhörerprogramm eingebaut, waren sich nicht bewusst, dass diese Wanzengeschichte Odora zutiefst erschütterte, ihr Furcht bereitete. Verstanden sie denn nicht, dass ihre Tochter hochsensibel* war und jedes einzelne, in allen Lebenslagen ausgesprochene Wort erfühlte und analysierte?

---

* Als Odora jung war, sprach man noch nicht von Hochsensibilität. Man war *anders*, wurde als komisch oder verrückt bezeichnet.
Der amerikanischen Psychologin Elaine Aron nach, ist Hochsensibilität keine Krankheit. Hochsensible Menschen sind besonders feinfühlig, sie haben eine erhöhte Empfänglichkeit sowohl für äußere als auch für innere Reize. So nehmen hochsensible Menschen mehr Informationen auf als ihre Mitmenschen. Sie reagieren emotionaler und sind schneller überstimuliert. Dennoch werden Hochsensible oft stigmatisiert.

Für sie war Odora nur ein bisschen verrückt.

Immerzu waren sie mit Politik beschäftigt, mit Gästen und unzähligen Versammlungen auswärts, hatten keine Zeit, auf die Belange ihrer Tochter einzugehen. Odora fühlte sich als Störfaktor in der Harmonie und im Leben ihrer Eltern. Die beiden waren so verschieden wie vereint. Sie genügten sich selbst. Ihren Platz zwischen diesen zwei starken Persönlichkeiten fand die vermeintlich komische Tochter nicht. Tief seufzend ergab sie sich einer Trostportion Gulasch.

Wie gehabt wurde nach dem Essen die Welt zerredet. Neugierig und aufmerksam hörte Odora zu und lernte viel. Nachträglich machte es aus ihr eine einfühlsame Zuhörerin. Eine gute Rednerin aber wurde sie nicht, vor allem, wenn es ihre eigene Person betraf. Draußen in der Welt traf sie ebenso ständig auf den Herrn Unverstand.

An einem ersten Schultag im Gymnasium trat der neue Mathematiklehrer namens Wunzelhocker vor die Klasse und fragte sehr unfreundlich:

»Wer ist Odora?«

Zögernd streckte sie den Finger aus.

»Ich … Ich bin Odora …«

Die ganze Klasse sah sie an, als wäre sie von einem anderen Planeten. Von da an war sie gestempelt, eine Außerirdische, die sich verflogen hatte.

»Ich sag's dir gleich, dann weißt du, woran du mit mir bist«, echauffierte sich der Professor, indem er mit dem Finger auf sie zeigte. »Du brauchst nicht zu meinen, dass du in meinem Kurs Extrapunkte bekommst, nur weil du die Tochter deines berüchtigten Vaters bist!«

Odora war zutiefst betroffen, schrumpfte hinter ihrer Schulbank um mindestens drei Köpfe.

Ich hab' diesen Kerl um nichts gebeten! Was soll das?

Rechnen und Mathematik waren Chinesisch für Odora. Sie war eben ein Mädchen der Buchstaben. Zwei Jahre lang musste die Verzweifelte den Wunzelhocker und dessen Sticheleien ertragen. Verpasste er ihr ein Nachexamen, grinste er sie anmaßend an.

Der Kommentar ihrer Eltern zu dieser Ungerechtigkeit? Sie müsse sich eben in Mathematik anstrengen.

Danke schön! Und dieser mathematische Sadist kann mit mir machen, was er will.

Eine Professorin in Mathematik aber liebte das Buchstabenmädchen.

Frau Pfifferling machte die schlechte Erfahrung mit Herrn Wunzelhocker wieder wett, indem sie anders war! Die Professorin wurde von ihrem Freund mit einer Pferdekutsche zur Schule chauffiert. Odora fand das umwerfend originell! Ihre Mitschüler machten sich über diese ungewöhnliche Frau lustig. Hätte Odora sich getraut, wäre sie zu ihr auf die Kutsche gesprungen und hätte sie umarmt. Und ihren Freund gleich mit! Aus Solidarität!

Leider gelang es der Authentischen ebenfalls nicht, die hohe Kunst der Mathematik in Odoras Kopf hineinzupflanzen. Sie versuchte es zumindest! Ließ hie und da bei ihrer Benotung Gnade walten.

Odoras Gedanken schweiften zum Herrn Unverstand und den streng katholischen Eltern ihrer Freundin Ännchen. Die Gläubigen grüßten das Mädchen nie zurück, obschon es sie immer wohlerzogen grüßte, behandelten Odora gänzlich wie Luft. Warum das so war, verstand das freundliche Kind nicht, es waren schließlich Christen mit Nächstenliebe und netten, freundlichen Geboten und so was … und Ännchen war so eine Liebe!

Eines Tages, nach einem ausgelassenen Versteckspiel auf dem Schulgelände, entschied das Ännchen, alle mit nach Hause zu schleppen und ein Eis für jeden zu ergattern. Ännchens Mutter, die heiligste Frau aus der Umgebung, öffnete die Tür. Als Odora den andern nach drinnen folgen wollte, streckte die Türsteherin mit kalten Augen den Arm vor ihrer Brust aus.

»DU kommst hier nicht rein!«, raunte sie und schlug die Tür vor Odoras Nase zu.

Zu Hause ging es nach diesem verletzenden Erlebnis wie üblich zu. Des geächteten Mädchens Sprachbedarf ob der Unverschämtheit von Ännchens Mutter wurde nicht beachtet, keiner schien an ihrem Erlebnis interessiert.

Und nun wollen sie nicht wissen, wie diese blöde Wanze ins Haus kam!
Na gut, was soll's.

Die Tochter des Hauses räumte nach dem Essen brav den Tisch mitsamt ihren Erinnerungen und Sorgen ab, verzog sich anschließend enttäuscht in ihr Grübelzimmer.

Seufzend lag Odora ausgestreckt in ihren Kissen. Sie beherrschte die Kunst des Aufstöhnens meisterhaft.

Ich kann mir nie Gehör verschaffen!

Auch in der Partei der Eltern fühlte sie sich wie ein Sonderling. Bei etlichen politischen Treffen wurde sie einzig als die Tochter ihres Vaters wahrgenommen. Das sollte später ihr Ausflug zur Jugendbewegung der Partei schmerzlich belegen.

Dort fielen Sätze wie: »Du brauchst nicht zu glauben, weil du die Tochter des Parteipräsidenten bist …«, oder »Du bist nur wegen deines Vaters dabei …«

Es war nicht von Belang, dass sie viele Überzeugungen dieses Clans teilte und sich sozialpolitisch engagieren wollte.

Jahre später, bei einem Treffen der Jugendbewegung mit der FDJ in Ostberlin, wurde jeder der Teilnehmer gefragt, wie er heiße und was seine Pläne für die Zukunft seien. Odora antworte ehrlich und spontan:

»Ich heiße Odora, ich bin 17 Jahre alt und habe noch viel vor!« Flugs wurde sie abends zur Leiterin der luxemburgischen Delegation ins Schlafzimmer berufen, wo diese nackig mit ihrem Geliebten unter einem Laken auf dem Sofa thronte. Was Odora sich einbilde, noch so viel vorzuhaben und so zu tun, als sei die Welt in Ordnung. Schließlich wären unter ihnen Arbeitslose und Menschen mit wahren Problemen.

Odora war so geschockt von diesen Aussagen und deren Ungerechtigkeit, dass sie sich zurückzog und in einen anhaltenden, heftigen Weinkrampf verfiel. Sie hatte sich der Illusion hingegeben, dazuzugehören. Odora war als Tochter ihres Vaters unerwünscht, ihr Anliegen, ebenfalls für eine gerechtere Gesellschaft kämpfen zu wollen, nahm man ihr nicht ab. Für diese Leute war sie ein verwöhntes Kind, das keine Ahnung hatte. Punkt.

Es dauerte nicht lange und sie wurde von herbeigerufenen Genossen in ein Krankenhaus gebracht, mit dem Argument, sie sei psychisch labil. Man verfrachtete die Geschockte auf eine Krebsstation. Neben Odora lag eine kranke junge Mutter ohne Haare, blass wie der Tod. Man sah deutlich, dass der Sensenmann hier schon Einzug hielt. Die arme Frau klärte das verstörte Mädchen auf. Sie war keineswegs in einem Krankenhaus gelandet, sondern in einem Sterbehaus. Nach zwei Tagen entließ man eine leicht traumatisierte Odora in die Freiheit. Geläutert kehrte sie zur Truppe zurück. Die hatten erreicht, was sie wollten. Odora war gar nicht mehr respektlos lebensfroh und vorlaut glücklich.

»Jetzt reicht's aber mit den negativen Gedanken!«, ermahnte sie sich, ergriff ihr Lieblingsbuch und ging auf Reisen. Mit Boris Vian und *L'Écume des Jours*. In ihrem kleinen Reich der Buchstaben konnte ihr keiner den Mund verbieten. Herr Unverstand hatte dort Eintrittsverbot. Die *Tochter ihres Vaters* auch.

Odora will die Welt retten

Da Sonja und Odora den gleichen Schulweg hatten, schlenderten sie eine Woche später geknickt und ohne Hast in Richtung Elternhäuser. Beide hatten keine Lust, ihren Peinigern zu begegnen. Sonja hatte eine schlechte Note in Deutsch vorzuweisen. Odora wusste nicht, ob der verhängte Hausarrest nach dieser Woche aufgehoben wäre.

»Ich wollte heute Nachmittag endlich wieder in die Stadt!«, empörte sie sich bei ihrer Freundin. »Das hat man davon, wenn man Völkerfreundschaft dem Klavierunterricht vorzieht!«

Sonja sah Odora genervt an. In letzter Zeit machte sie das öfters, wenn sie von sich erzählte.

Komisch, irgendwie ist diese Freundschaft nicht mehr wie zuvor …

Das roch Odora schon etwas länger. Sie spürte einen Pikser in der Brust. In letzter Zeit hing Sonja ständig mit Véronique zusammen. Ihre Eltern waren befreundet und hatten gemeinsame Ferien mit den Kindern geplant. Seitdem fühlte sich Odora noch etwas einsamer. Sie verabschiedete sich von Sonja und lief nach Hause. Nach dem Mittagessen traute Odora sich endlich zu fragen, ob man sie wieder in die Freiheit entlasse.

»Ja, der Hausarrest ist aufgehoben! Glaube aber ja nicht, dass ich jemals wieder Klavierunterricht bezahle!«

Stürmisch umarmte eine überglückliche Tochter die Mama, sprang in ihre Turnschuhe und floh schnurstracks in den schönen Nachmittag hinaus. Eine Woche Zimmerhocken nach der Schule war sogar für Odora zu viel. Tatendrang kribbelte in jeder Pore ihres Körpers.

Wie soll ich schreiben ohne Inspiration? Um etwas zu erleben, muss man raus aus den vier Wänden!

Sie klopfte zuversichtlich auf das Schreibheft in ihrer Jackentasche und eilte zur Bushaltestelle.

Heute wird am Weltfrieden gearbeitet!

Eine Gruppe engagierter Mädchen traf sich einmal die Woche im Jugendhaus. Sie nannten sich »Frauen für den Frieden«, steckten in einem Kämmerlein unter dem Dach ihre Köpfe zusammen und schmiedeten Pläne, die Welt zu retten.
Die Friedensbewegung der 1980er Jahre war in vollem Aufschwung und hatte die Mädchen dazu angestiftet. Sie malten große Plakate mit Friedenstauben und Peace-Zeichen, die man während der Friedensmärsche in der Stadt hochhielt und somit seinen Willen zum Weltfrieden bekundete. Dabei durfte man lauthals friedliebende Sprüche bis in den Himmel schreien und gegen die Ungerechtigkeit auf Erden ein Signal setzen.
Odora schrieb nicht nur, sie malte auch gerne. Hauptsache Fantasie einsetzen und dazu beitragen, dass die Welt lebenswerter wurde. Dann war sie in ihrem Element.
Sie war gerade dabei, die schwungvollen Flügel einer Friedenstaube auszumalen, als sie ein Schluchzen vernahm.

»Habt ihr das gehört?«

»Ach, das ist nur Charel, ein alter Toxikomane«, bemerkte die mit Farbe beschmierte Michèle.
»Er kommt ab und zu ins Jugendhaus, wärmt sich in unserer Teestube auf. Entweder er heult oder er nervt jeden mit seinem philosophischen Geschwafel!
Zudem stinkt er furchtbar!«

36

Michèle stöhnte missbilligend und widmete sich wieder ihrem Friedenszeichen. Odora musste nicht lange überlegen.

Was ist das denn für eine Einstellung? Leid ist Leid, ob durch Krieg oder Sorgen.

Sie entschwand in das alte, knarrende Treppenhaus, dem Greinen entgegen.

Auf der letzten Stufe hockte eine kleine armselige Kreatur in einem ausgeleierten, beschmutzten Pullover. Hätte sie es nicht besser gewusst, Odora hätte auf Rumpelstilzchen getippt.

Sie zögerte nicht lange, hockte sich neben ihn und nahm ihn in den Arm. Odora spürte das Aufbeben seines Körpers bei jedem Schluchzer. Das Männchen legte seinen Kopf auf ihre Schulter, heulte Rotz und Wasser.

Das gerührte Mädchen putzte ihm die Nase mit ihrem Schal ab, sagte kein Sterbenswörtchen. So verharrten sie eine Weile aneinandergeschmiegt, bis das Jammern an ihrer Schulter verebbte.

»Wer bist du?«

Das Häufchen Elend namens Charel hob seinen Kopf und blickte Odora mit rotgeränderten, verblassten blauen Augen an.

»Warum machst du das?«

Er ist es nicht gewohnt, dass man sich für ihn interessiert. Das kenne ich allzu gut.

Odora bemerkte die tiefen Furchen, die sich in sein Gesicht gegraben hatten. Den gelb-grauen Bart. Haare, die wirr wie ein Nest sein Haupt bedeckten. Er roch nach Elend und nach Hilferuf. Odora stellte sich vor.

Als würden sie sich schon ewig kennen, philosophierten sie alsbald zusammen wie alte Kampfkameraden. Sie entdeckten ihre gemeinsame Liebe zur Poesie. Odora wurde sich der Intelligenz dieses Mannes schnell bewusst. Charel erzählte, dass er auf einem Camping-Platz wohne, dass er einsam sei, ein Drogen- und Alkoholproblem habe und nicht mehr leben wolle.

Ein Ausgestoßener! Ich muss dem Mann helfen!

Sie sprang von der Treppe auf, legte den berotzten Schal um Charels Hals und reichte ihm die Hand.

»Komm mit!«

Verwundert, doch wie beseelt folgte der kleine Mann diesem eigenartigen Mädchen. Es schleppte ihn zur nächsten Haltestelle, bugsierte ihn in einen Bus.

»Bei mir zu Hause kannst du schön warm duschen. Es wäre ja gelacht, wenn wir keine passenden Kleider für dich auftrieben. Dann koche ich dir Spaghetti.«

Spaghetti waren Odoras absolutes Leibgericht.

»Und deine Eltern?«, stammelte Charel verängstigt.

Odora stutzte. An ihre Eltern hatte sie im Sog ihrer begeisterten Hilfsbereitschaft nicht gedacht. Ihr wurde mulmig.

»Ach, die sind zur Arbeit. Kommen erst später nach Hause«, beruhigte sie ihn und sich gleich mit.

Trotzdem war sie erleichtert, etwas später keine Elterntiere zu Hause vorzufinden.
Sie verdonnerte Charel zum Duschen. Derweil stöberte sie im Kleiderschrank ihres Vaters, ergatterte stolz frische Unterwäsche, einen Pullover und eine Jogginghose, die sie ihm durch den

Türschlitz reichte. Seine alten, stinkenden Klamotten steckte sie in eine Mülltüte.
Eine halbe Stunde später stand ein lächelnder, gut duftender kleiner Mann vor ihr. Seine Haare waren adrett nach hinten gekämmt. In der Küche, wo die emsige Helferin sich ans Kochen machte, unterhielten sie sich wie alte Freunde.

»Odora, hast du Besuch?«

Die Küchenbesetzer sahen sich erschrocken an, gaben keinen Mucks von sich. Schon stand Odoras Muttertier in der Küchentür. Mamas Blicke sprachen Bände.
Sie bewahrte jedoch Contenance.

»Hallo, ich bin Charel.«

Odoras Besucher streckte der Mutter verlegen die Hand entgegen, die diese willentlich übersah.

»Ob Sie Charel oder Ödipus heißen, erklären Sie mir bitte, was ein Mann Ihres Alters in den Kleidern meines Mannes mit meiner jungen Tochter in meinem Haus macht.«

Charel blickte verlegen zu Boden und begann zu zittern. Odora setzte zur Erklärung an, kam aber nicht weit.

»Sie bleiben hier stehen Charel! Odora ins Büro!«

In diesem Zimmer der ewigen Rechtfertigungen musste Odora den ganzen Hergang erklären. Ihre Mutter sagte nichts, hörte nur zu und nickte verständnisvoll mit dem Kopf.

»Ach du rote Nonne! Du willst helfen und das verstehe ich. Ich will mir nicht ausmalen, was alles passieren könnte, wenn du Fremde im Alleingang ins Haus schleppst. Jetzt gehst du raus und bittest deinen Freund zu gehen. Die Kleider kann er behalten.«

Erleichtert huschte Odora in die Küche. Charel war verschwunden. Auf Mamas kleinem Notizblock stand in krakeliger Schrift *Danke*. Wochen später fand Odora einen an sie adressierten großen Umschlag im Briefkasten. Es waren von Charel verfasste gesammelte Gedichte. Beim Lesen wurde klar, dass dieser Mann in seiner verworrenen Psyche, schlimmer als Baudelaire, durch alle Tore der Hölle gewandert war. Odora hörte nie wieder etwas von ihm. Auch im Jugendhaus tauchte Charel nicht mehr auf. Vergessen hat sie ihn nie. Jahre später schenkte man Odora einen schwarzen Kater. Sie nannte ihn Charel, es war ihr Tribut an das schwarze Schaf in Menschengestalt.

Liebe und Sprengstoff

2 Jahre später

Mittlerweile verließ Odora ihre traute Bücherhöhle öfters, um dem Ruf der Hormone zu folgen. Ihre Freundinnen und sie trafen sich nicht mehr zum Ballspiel. Auch das Versteckspiel war out. Jungs waren in.

Ihr Treffpunkt bei der alten Molkerei mutierte zu einem Balzplatz, wo Herzen hin und her flogen wie bunt gefiederte Vögel. Den Balztanz führten die Jungs mit ihren knatternden Motorrädern auf. Vor den verliebten Augen der Mädchen fuhren sie hin und her, um ihnen zu imponieren.

Odora schwärmte für Claudio, den feschen Italiener. Er roch nach Liebe. Als er sich für sie entschied, war sie überglücklich. Mit ihm fand sie endlich Nähe. Das Gefühl, irgendwohin zu gehören.

»Odora! Stell diese italienischen Schnulzen leiser!«

Mutter stand plötzlich mit verschränkten Armen im Zimmer.

»Dein Vater und ich müssen ins Büro. Ich verlasse mich darauf, dass du keinen Jungen hier reinschmuggelst. Dafür bist du noch viel zu jung.«

»Na gut …«, erwiderte Odora und dachte *Das werden wir noch sehen.* Sie stellte die Musik leiser und büffelte italienische Vokabeln. Als zukünftige Frau eines Italieners musste man schließlich seine Sprache beherrschen.

Es klingelte an der Tür. Odora trat hinaus: Weit und breit war keine Menschenseele zu sehen. Fast wäre sie über eine kleine Kiste gestolpert, die vor ihren Füßen stand. Ohne Absender oder Adressaten. Sie verhieß nichts Gutes. Ein Geruch nach Verbranntem stieg dem Mädchen in die Nase.

Odora nahm die Kiste, hielt sie ans Ohr, schüttelte sie. Kein Geräusch war zu hören.

In der Küche rückte sie dem Klebeband, das mehrfach um die Kiste gewickelt war, mit einem Messer zu Leibe. Das Mädchen hielt einen auf der Schreibmaschine verfassten Brief in Händen. Bei den ersten Zeilen erstarrte sie:

Dies ist eine Warnung an Sie und Ihre Familie …

Das Blatt zitterte in ihrer Hand, sie las weiter:

Falls Sie nicht sofort aufhören, sich in Angelegenheiten einzumischen, die Sie nichts angehen, wird das beiliegende Teil das nächste Mal den nötigen Sprengstoff enthalten.

Erschrocken ließ Odora den Brief fallen, rannte zum Telefon, tippte hastig die Nummer ihres Vaters ein. Es schien eine Ewigkeit zu dauern, bis er am anderen Ende abhob.
»Papa, ihr müsst sofort kommen! Wir haben so etwas wie eine Bombe erhalten!«
Sie setzte sich mit schlottrigen Knien hin und wartete auf ihre Eltern.
Da Odora von dem Tag an nicht mehr ohne Begleitung das Haus verlassen durfte, überzeugte sie diese, Claudio als Personenschützer einzusetzen. So gelang es ihr, den Freund ins traute Heim zu schleusen.
Seltsamerweise war sie plötzlich nicht mehr zu jung dazu.

Als Parlamentarier und Journalist, ermittelte Odoras Vater in den 1970er- und 1980er Jahren gegen Gruppierungen wie Stay-Behind und Gladio. Es handelte sich um antikommunistische, militärische Geheimorganisationen der Nato, die während des Kalten Krieges Geheimdienst-Aktionen gegen den Warschauer Pakt und dessen Sympathisanten ausführten. Als Mitglied der Untersuchungskommissionen in der berühmten Jahrhundertaffäre Anfang der 1980er Jahre (Waffenhandel und Prostitution) und der ominösen Bombenlegeraffäre ein paar Jahre später, war der engagierte, kommunistische Parlementarier ein unbequemer Fragesteller. Bei der Bombenlegeraffäre vermutete er einen Zusammenhang mit diesen geheimen Gruppierungen, als Sprengungen von Elektromasten und Anschläge gegen öffentliche Gebäude, wie militärisch vorbereitet, stattfanden. Seiner Meinung nach sollte dieses terroristische Vorgehen Angst verbreiten und eine Aufrüstung der luxemburgischen Armee und der Polizei rechtfertigen. An seine Adresse ergingen seit Anfang der 1980er Jahre des Öfteren Morddrohungen gegen ihn und seine Familie.

Der Vater machte den Waffenschein. Personenschutz bekam die Familie nicht.

Odoras Spleen

Mit ihrem Kopf auf gekreuzten Armen ruhte Odora in der vordersten Schulbank und verwünschte die störende Geräuschkulisse ihrer Klassenkameraden. Diese verbrachten eine unerwartete Freistunde mit lautstarken Gesprächen, schrien herum.

Ein Hühnerstall vor der Fütterung!
Jeder wollte jeden von seiner Größe überzeugen, die dicksten Körner für sich erhaschen.

Die reinste Hühneroper!
Sie verabscheute jedes Tohuwabohu dieser Art und sehnte sich nach ihrem friedlichen Zimmer sowie nach Claudios Armen. Dort fremdelte sie nicht wie hier, in dieser Masse von oberflächlichen Kindsköpfen. Ihr Französischlehrer, Herr Thillo, hatte den Nagel auf den Kopf getroffen:
»Odora, du liebst Baudelaire UND du hast seinen Spleen.«
Leise rezitierte sie eine Zeile ihres Lieblingsgedichts *Spleen* aus *Les Fleurs du Mal* vor sich hin: »Quand le ciel bas et lourd pèse comme un couvercle …«
Ja, Herr Thillo hatte sie erkannt. Ihre aufblitzende Begeisterung, die daraufhin auflodernde Schwermut. Himmelhoch jauchzend – zu Tode betrübt, auch als Schülerin.
So war Odora. Mit Stimmungsschwankungen, die ihr selbst ein Rätsel waren, schreckte sie ihre Mitmenschen ab. In einem Augenblick strahlte sie wie ein Leuchtfeuer, stürzte sich freudig in die Klassengemeinschaft und mischte lautstark mit. Im nächsten Moment schottete sie sich ab, lag teilnahmslos. mit dem Kopf auf der Bank vor ihren Mitschülern. Wer sollte das schon verstehen?
Wenn man sich immerzu anders fühlt als die anderen, ist man auch anders.
Manchmal startete sie den Versuch, Anschluss zu finden, bemüht, eine einfühlsame Mitschülerin zu sein. Es fühlte sich falsch an

für die meisten, es war ihnen nicht zu verdenken. Gerade noch hatte sie abseits ein paar Tränen verdrückt, zwei Minuten später stand sie wieder normal lächelnd in der Gruppe.

Sie spürte dann deren Erstaunen und Unverständnis ob dieses Wechselbads der Gefühle. Odora empfand sich jedoch selbst als tapfer, denn es kostete sie viel Überwindung. Für ihre Mitschüler war sie skurril.

Sie aber wollte nur dazugehören.

Da Odora von Kind auf die eigentümliche Gabe besaß, Gefühle und Spannungen sowie Missgunst anderer zu empfinden, gewahrte sie diese wortlose Beurteilung ihrer Kameraden unverzüglich und seilte sich mental noch tiefer ab.

Menschen, die wie ein Rudel Schafe einer Gruppendynamik folgten, verstand sie nicht. Sie vermochte es nicht, deren Verhalten zu erlernen, sosehr sie es auch versuchte.

In diesem Zusammenhang dachte sie oft an ihre Großeltern väterlicherseits. Während der Nazibesatzung waren sie nicht dem Rudel der Mitläufer gefolgt. Sie mussten als Kommunisten vor der Gestapo fliehen, tauchten in Brüssel unter, wo sie im belgischen Widerstand wirkten. Bis zum Kriegsende befanden sie sich in ständiger Lebensgefahr. Sie lebten jahrelang getrennt von ihren Kindern, die sie bei der Mutter zurücklassen mussten. Auch ihre Eltern waren politisch engagiert und wurden dafür ausgegrenzt und angefeindet. Odora mit ihnen.

Warum konnte ich nicht in einer normalen Familie geboren werden?

Der Gedanke an Claudio tröstete sie. Da war noch ihre Clique aus dem Ort. Obschon, dort fiel sie genauso aus dem Raster. Als ihre Freunde tagtäglich an der Tür einer sehr alten, krumm gebeugten Dame klingelten und wegliefen oder im Kiosk um die Ecke Kaugummi stahlen, weigerte sich Odora vehement mitzumachen. Die betagte Frau tat ihr leid. Klauen war unehrlich.

Ja, die Ehrlichkeit war ein eigenes Thema. Von Kind an richtete Odora eine Blockade auf, wenn es ums Lügen ging. Irgendjemand hatte ihr einen Ehrlichkeitsmotor eingebaut. Nur klitzekleine

Notlügen waren in Ordnung. Wenn man sie bat, die Wahrheit zu sagen, schoss diese aus ihr heraus wie ein Wasserfall aus dem Felsen.

Sie konnte nicht anders. Sogar die kleinsten Finten zauberten ihr rote, schuldbewusste Wangen. In einer Prüfung abschreiben? Ging gar nicht. Zu unehrlich. Jemanden veräppeln? Unmöglich! Bevor sie log oder ungebremst die Wahrheit herausprustete, hüllte sie sich lieber in Schweigen, kapselte sich abermals ab. Das stete Zurückziehen ihrerseits hatte unweigerlich zu ihrer eigenen Ausgrenzung geführt.

Odora konnte also nicht verzweifelt Schuldzuweisungen großzügig austeilen.

Wann hatte dieser zwiespältige Tanz begonnen? Wie konnte sie die richtigen Tanzschritte erlernen, um sich endlich im Rhythmus der anderen zu bewegen?

So was von absurd, wie ein blöder Fluch.

Sie verließ ihre Gedanken, hob den Kopf von der Schulbank und blickte zur Wanduhr.

»Guten Morgen! Liegt der ›Faust‹ bereit?«

Endlich! Ihr Lieblingslehrer steckte seinen schönen Lockenkopf in die Klasse.

Herr Mann unterrichtete Deutsch. Ein Bild von einem Mann, der Name passte. Ein Gang wie ein stolzer Hahn. Immer ein Lächeln im Gesicht. Odora war überzeugt, dass er ahnte, wie mächtig »Zwei Seelen, Ach!« in ihrer Brust schlugen. Wenn es um Metaphern in der Literatur ging, war sie unschlagbar. In den Literaturkursen konnte sie wie die Sonne im Sommer glänzen. Bekam Anerkennung, Aufmerksamkeit des Lehrers, wurde gelobt. Es waren ihre Sternstunden!

Mit der Welt und sich versöhnt, ergriff sie voller Vorfreude ihr kleines gelbes Reclam-Heftchen und winkte Herrn Mann heimlich damit zu.

Odora und die Olympiade

Wie jedes Jahr in den Sommerferien reiste Odora 1980 mit ihren Eltern in den Osten. Hinter den Eisernen Vorhang, wie man im Westen zu sagen pflegte.

Diesmal ging der Flug nach Moskau. Sie waren zur Olympiade eingeladen und wurden wie die großherzogliche Familie empfangen. Am Flughafen erwartete sie auf der Flugbahn eine schwarze Tschaika-Limousine samt Dolmetscher und Begleitperson. Alle anderen Fluggäste mussten warten, bis die Familie ausgestiegen war. Ihr Vater fand dieses Gehabe furchtbar und genierte sich. Er mochte keine Extrabehandlung. Die Wahl ließ man ihm nicht, er musste sich den Gepflogenheiten des Landes im Umgang mit wichtigen Gästen beugen. Dort, hinter diesem Vorhang, war Odoras Papa eine respektierte Persönlichkeit.

Als sie durch die Straßen von Moskau fuhren, sahen sie an einer roten Ampel einen alten Mann geduldig am Straßenrand stehen. Er hatte nur ein Bein und stützte sich auf Krücken. Sein blaues, zerknittertes Jackett war mit Medaillen übersät.

»Sieh nur«, flüsterte ihr Vater, »das ist ein Kriegsveteran. Der müsste an unserer Stelle in dieser Limousine sitzen.«

Odora nickte. Alles war widersprüchlich, aber äußerst abenteuerlich und aufregend. Im Radio erklangen russische Lieder. Sie liebte die Melancholie dieser Sprache. Der Gesang begleitete sie in Richtung Kreml.

Wenn ich bedenke, dass ich dort vor vier Jahren mit der ersten Frau im Weltall auf der Bühne stand.

Ihr Name war Valentina Tereschkowa. Die Eltern hatten die elfjährige Odora mit anderen Abkömmlingen von Parteigenossen in ein Pionierlager geschickt. Es war ein Jugendfestival unter dem Banner des Friedens und der Freundschaft, an dem Kinder aller Kontinente teilnahmen. Dieses Gemeinschaftsgefühl hatte Odora in ihrer Welt so nie erfahren. Tausende von Kindern aller Couleur wurden mit einem Zug von Moskau auf die Krim gebracht – ins Pionierlager Artek.

Es schien, als sei die Zukunft der ganzen Welt in diesem Zug unterwegs.

In jedem Wagen traf man auf eine andere Nation. Im Gegensatz zu ihren Landsleuten wanderte Odora von Abteil zu Abteil, steckte ihre neugierige Nase hinein, testete die Sprachen und verständigte sich mit Händen und Füßen. Ein kleiner Nepalese mit einer Art blauer Fliegermütze hatte sich an Odoras Fersen geheftet, folgte ihr überallhin. Dieser Junge rang sich kein einziges Lächeln ab, wie ein Geist verfolgte er sie durch den ganzen Zug, sah sie dabei eigenartig an. So wie er gekommen war, verschwand er wieder. Es war eine jener unscheinbaren, kurzen Begegnungen des Lebens, die sich dennoch im Gedächtnis festbrennen.

Danach zog sie sich mit ihrem Schreibheft zurück, ersann die Geschichte über einen traurigen Jungen mit Fliegermütze, der den falschen Zug genommen hatte.

In Artek bezog sie mit den anderen Luxemburgerinnen einen schönen hellen Bungalow, wo sowjetische Mädchen sie erwarteten. Hunderte dieser kleinen Häuser bildeten ein Kinderdorf am Meer. Viele Freundschaften wurden geknüpft, Späße und Aktivitäten im Namen des Friedens standen auf dem Programm. Morgens ertönte aus einem Lautsprecher das Festivallied. Das hieß: aufstehen, anziehen und Frühsport. Vor dem Frühstück wohl verstanden.

Oh, das mochte Odora gar nicht! Es war wie beim Militär. Wenn man nicht schnell genug parat stand, tauchte eine durchtrainierte, hünenhafte Russin mit Trillerpfeife auf und machte einem Beine. Einmal hatte Odora versucht, dieser frühmorgendlichen Quälerei zu entkommen.

Auf den Toiletten versteckt, hockte sie zusammengekrümmt in der letzten Kabine. Doch diese stillen Örtchen hatten einen Haken. In keiner der Toilettenkabinen befand sich eine Tür. Plötzlich stand der Quälgeist mit breiten Beinen vor ihr. Blies zweimal in ihre grelle Trillerpfeife.

»Odora! Paschli!«

Hängenden Kopfes schlich sie zum Sportplatz, wo alle Kinder sie auslachten. Die Unsportliche ergab sich in ihr Sportschicksal. Es waren vier wunderschöne Wochen, trotz körperlicher Anstrengung. Zum Abschluss des Festivals durften einige Kinder mit der Kosmonautin Valentina in Moskau auf die Bühne des Kremls und das Festivallied anstimmen. Nicht nur, dass die kleine Luxemburgerin dazu auserwählt wurde, nein, es war ihre Hand, die Frau Tereschkowa als Erste ergriff. Welch eine Ehre!

»Träumst du schon wieder?«

Mutter stieß sie mit dem Ellenbogen an.

»Schau wie schön!«

Tausende bunte Fahnen säumten Moskaus Straßen.

Farbige Olympiaringe und das Maskottchen Mischka, ein dicker brauner Bär, winkten ihnen zu. So langsam kam Odora in Olympialaune.

Voller Vorfreude ließ sie die farbenfrohe Fahnenkulisse auf sich wirken.

Eine Menge Schreibstoff!

Und doch konnte sie es nicht erwarten, sich in ihr Hotelzimmer zurückzuziehen, um sich eine Geschichte über den Mann mit einem Bein auszudenken. Sowie von Claudio zu träumen, natürlich.

Mischka und Arafat

Am nächsten Morgen stieg die Familie gut gelaunt in ihren Tschaika. Sie würden an der Eröffnungsfeier der Olympiade in Moskau teilnehmen.

»Komm, spiel uns ein Lied!«

Mama drückte dem Familienoberhaupt einen roten Kuss auf die Stirn. Odora liebte es, wenn die strenge Mutter im Ferienmodus so ausgelassen war.

»Na gut!«, grinste der Geküsste, griff in seine Jackentasche und fischte seine Mundharmonika heraus.

Noch heute, viele Jahre später, hört Odora manchmal diesen Klang. Wenn die Sehnsucht nach ihrem Vater übermächtig wird, lässt sie ihn in Gedanken Mundharmonika spielen. Es versöhnt sie ein klein bisschen mit seiner Abwesenheit.

»Eins, zwei, drei los!«

Schon blies er in sein Instrument, entlockte ihm die Melodie des »Feierwon«, eines luxemburgischen Volksliedes. Ihre Mutter fing aus voller Brust an den »Feuerwagen« zu singen, Odora stimmte ein. So fuhren sie schaukelnd und Lieder schmetternd dem Olympiastadion entgegen.

Mit Erfrischungen ausgestattet, wurde die Familie zur Ehrentribüne geführt. Ehrfürchtig blickte Odora vom Geländer aus ins prall gefüllte Stadion. Gegenüber den Sitzplätzen hielten Hunderte von Menschen einem Puzzle gleich bunte Bilder über ihre Köpfe. Je nachdem, wie sie gedreht wurden, fügten sie sich zu einem einzigen Motiv zusammen. Die Olympiaringe, Mischka, der Bär und viele andere. Es war magisch!

Auf dem Rasen des Stadions standen Kinder und Erwachsene in bunten Volkstrachten zum Tanz bereit. Eine Farbenpracht! Wunderschöne russische Musik erklang aus den Lautsprechern, die im ganzen Stadion verteilt angebracht waren.

»Odora komm, setz dich!«

Sie schlüpfte auf einen Sitzplatz neben ihren Eltern und blickte sich um.

»Schau, das sind die Popen der orthodoxen Kirche«, flüsterte Mama. Männer mit langen Bärten, in schwarze Gewänder gehüllt, saßen seitlich von Odora. Sie trugen kastenförmige, hohe Hüte, blickten streng geradeaus und verzogen keine Miene. Odora musste kichern und ließ ihre Augen weiter schweifen.

Direkt in der Reihe unter ihr, zu ihren Füßen, hatte ein Mann mit einem Palästinenserschal auf dem Kopf Platz genommen. Vater zwickte sie ins Bein.

»Zieh mal an dem Schal!«, forderte er sie auf.

Das ließ sich Odora nicht zweimal sagen, ergriff mit einer Hand das Ende des Schals und zog daran. Der Mann drehte sich um, schenkte dem Mädchen ein riesengroßes Lächeln mit entblößten weißen Zähnen. Es war Jassir Arafat, der Führer der Palästinenser! Zeitgleich drehten sich aber auch dessen rechts und links neben ihm sitzenden Begleiter sehr böse blickend um. Odora lächelte die drei Männer zaghaft an. Arafat zwinkerte ihr zu und schenkte seine Aufmerksamkeit wieder dem Stadion.

Die Eröffnungszeremonie begann und die Zeit verstrich wie im Flug. Der Einzug der Sportler aller Länder mit den National-flaggen, die Tänze: fantastische Vorführungen von begabten Artisten. Ein einzigartiges Spektakel! Als die Olympiaflamme schließlich brannte, weinte Odora vor Freude. Sie war unendlich dankbar für dieses einmalige Erlebnis.

Auf dem Weg zurück ins Hotel tauschten Eltern und Tochter begeistert und wie beschwipst ihre Eindrücke aus. Vater zückte nochmals seine Mundharmonika. Die Töne erklangen leiser, sanfter. Etwas erschöpft. Odora roch Liebe und Freude, bevor sie mit dem Kopf an ihren Vater gelehnt einnickte.

Die Hellseherin und
der Liebeskummer

1 Jahr später

An einem sonnigen Nachmittag sollte der liebenswerte Italiener seine Odora für eine geplante Spritztour abholen. Sie hockte wartend an ihrem Zimmerfenster, ließ ihre Gedanken jenseits der Wolken in den weiten Himmel schweifen.

Seit sie an dem Morgen aufgewacht war, hatte Odora ein flaues Gefühl im Magen, das sie sich nicht erklären konnte. Zum Heulen war ihr zumute.

Wie damals bei Oma …

Ihre Eltern fuhren oft ohne sie ins Ausland. Politische Missionen! Dann musste Odora bei Zenius und seiner lieben Frau Giosetta übernachten.

Zenius war zu ihrem großen Leidwesen Mathematikprofessor, der sie während ihrer sogenannten Ferien mit mathematischen Formeln berieselte. Man nannte das zwar Nachhilfe, für Odora aber waren es Folterstunden.

Man kann nichts in einen Kopf hineindrücken, was nicht hineingehört!!

Eines Morgens wachte Odora weinend auf. Sie war todunglücklich, wusste aber nicht so richtig, warum. Plötzlich kam die Vorahnung. Das zwölfjährige Mädchen schlich zu Giosetta in die Küche, hockte sich an den Küchentisch und sagte ganz traurig: »Oma wird sterben.«

Giosetta fiel fast die Kaffeetasse aus der Hand. Sie schien verärgert zu sein, ob so vieler negativer Energie am frühen Morgen.

»Ach, Odora, was soll das? Wie kannst du nur so was Schreckliches sagen? Deiner Oma geht's gut, du hast doch gestern mit ihr telefoniert!«

»Oma wird sterben. Ich weiß das eben«, sagte das Kind und weinte jämmerlich.

Zwei Wochen später wurde Odoras geliebte Oma Ketti auf dem Zebrastreifen vor ihrem Haus von einem jungen, betrunkenen Autofahrer angefahren. Vierzehn Tage und zwei Operationen danach verstarb die Großmutter an den Folgen dieses Unfalls.

»Ich habe es euch ja gesagt, keiner wollte mir glauben …«

Endlich! Claudio fuhr mit seinem blitzblank gewaschenen Lada vor.

Mit einem verstörenden Gefühl im Bauch stieg Odora zu ihrem Freund in den Wagen. Sah augenblicklich seine Tränen.

»Was ist los?«

»Komm, lass uns zu unserem Feldweg fahren. Dort werde ich dir alles berichten.«

In den grünen Wiesen angekommen, hielt Claudio den Wagen an, drehte sich zu ihr um. Er ergriff ihre Hand, schaute ihr nicht in die Augen. Ein Beben durchlief seinen Körper, Odora konnte es bis in ihre Fingerspitzen spüren. Es roch verdammt noch mal nach Abschied!

»Odora, meine Eltern haben mir heute mitgeteilt, dass wir in sechs Monaten nach Italien umziehen.«

»Claudio, neiiiiin!!!!« Jetzt konnte Odora sich ihr Vorgefühl erklären.

Sie warf sich verzweifelt an seine Brust, drückte ihn so fest an sich wie einst ihren geliebten Teddybären. Aber Claudio war kein Plüschtier, das sie trösten konnte. Er war ihre erste große Liebe und würde sie verlassen. Beide hielten sich fest umschlungen. Lange fiel kein einziges Wort. In diesem Moment genügten sie sich selbst. Blieben vereint sitzen, als könnte nichts und niemand sie jemals trennen. Leider war dem nicht so.

Odoras Eltern nahmen das persönliche Drama ihrer Tochter ganz locker. Anstatt ihr Trost zu spenden, lachten sie über ihren nicht enden wollenden Tränenfluss.

»Es gibt viele Claudios auf der Welt!«

Ihre Mutter … Typisch!

»Mensch, hör doch auf zu heulen, der Kummer wird vergehen und bald ein neuer Mann auf der Matte stehen!«, reimte Vater. Er fand das auch noch witzig.

Dabei hatte das Schicksal dem Mädchen gerade ihre Welt unter den Füßen weggezogen.

Man teilte Odora mit, dass die Familie dieses Jahr nach Paris und in die Bretagne reisen würde. Zwei Wochen vor Claudios Umzug nach Italien. Paris, die Stadt der Liebe! Welch Ironie! Gnadenlos hielten die Eltern an diesem Vorhaben fest, sosehr Odora auch bettelte, die Reise zu verschieben oder sie zu Hause zu lassen. Die folgenden Monate waren gefüllt mit Liebesschwüren und Plänen. Odora würde die Schule beenden und Claudio nach Italien folgen. Oder er würde nach seinem obligatorischen Militärdienst wieder nach Luxemburg zurückkehren.

Dem Mädchen fiel damals nicht auf, dass diese Zukunftsvisionen hauptsächlich von ihr gesponnen wurden, nicht von Claudio. Doch sie wollte, musste daran glauben können.

»Komm schon Odora!«

Der Wagen war mit Koffern vollgepackt. Ihre Eltern standen abfahrbereit einige Schritte von dem Paar entfernt, das sich nicht trennen wollte. Odora hielt Claudio fest umklammert, spürte nochmals die Wärme seines Körpers. Roch an seinem Hals, seinen Haaren, seinen Lippen. Sie wollte diesen Geruch in sich weitertragen. Auch heute noch schleicht sich Claudios Duft in ihr Herz, wenn sie an ihn denkt. Weinend lösten sie sich voneinander. Claudio hielt ihre Hand noch ein wenig, stammelte seinen letzten Satz hervor. Dieser hätte Odora eigentlich bedenklich stimmen müssen, da sie davon ausging, dass es kein Abschied für immer war.

»Versprich mir, was auch immer geschieht, dass du mir mit dreißig Jahren schreiben wirst. Ti amo, Odora …«

Claudio winkte schniefend dem Wagen nach, bis er um die Ecke verschwunden war.

Vier Wochen lang vermieste Odora ihren Eltern den Urlaub mit einer einzigen und ständigen Hintergrundmusik: Weinen.

Zu Weihnachten rief sie in Italien an. Claudios Mutter teilte ihr mit hämischer Stimme mit, dass Claudio mit seiner Verlobten ausgegangen sei. Mit dreißig schrieb Odora ihm einen langen Brief. Er kam ungeöffnet zurück. Jedes Mal, wenn sie an ihrem gemeinsamen Liebesnest, dem Feldweg, vorbeifuhr, sprach Odora liebevoll seinen Namen aus. »Claudio …« Und lächelte.

Odoras Entscheidung

2 Jahre später

Mit einer eigenartigen Beklemmung in der Brust wachte Odora auf. Es fühlte sich an, als habe die ganze Nacht ein Schattenwesen auf ihrem Brustkorb gehockt. So wie neulich im Gruselfilm.

Irgendetwas stimmt nicht, nur was?

Sogar der Spiegel warf ein verschleiertes Bild ihrer selbst zurück. Sie rieb sich die Augen. Ein Blick auf den Wecker bestätigte, dass ihr noch gut zwei Stunden bis zum Schulanfang blieben.

Na klar. Erst peitschen mich Albträume durch die Nacht und dann verschlafe ich nicht mal!

Verärgert beschloss sie, erneut zwischen die behaglichen Kissen zu schlüpfen.
Seit einigen Wochen kämpfte sie mit Albträumen, stapfte lustlos und müde zur Schule. Die Abiturklasse stand unter Strom. In drei Monaten würden die Würfel fallen. Sämtliche Klassenkameraden schienen zu wissen, wo sie danach studieren wollten, hatten mit ihren Eltern Universitäten im Ausland besucht, in freudiger Erwartung der Geburt eines neuen Lebens.
Odora nicht. Zu Hause wurde darüber nie geredet. Einmal kurz wurde gesagt:
»Du musst Journalismus studieren, du schreibst gut.«
Ansonsten lief alles weiter wie gehabt. Die Eltern gingen ihren Weg. Die Tochter den ihrigen. Kein Vorschlag für die Besichtigung einer Universität. Kein Drängen, nichts.

Tja, Odora wird's schon richten.

Keiner schien an ein Versagen ihrerseits zu denken. Oder war es ihnen egal? Dabei hatte sie furchtbare Angst zu scheitern. Einmal in ihrem Leben wäre es ein Muss gewesen, ihren Kopf in Bücher zu stecken. Aber sie tat es nicht, konnte nicht lernen. Sie war wie gelähmt. Hatte kein konkretes Ziel vor Augen.

Was ist nur mit mir los?

Wusste sie, was sie studieren wollte? Auf keinen Fall Journalismus. Sie wollte schreiben, über was und wann sie wollte. Und schon gar nicht über Politik.
Odora war mit dieser Entscheidung ganz allein und überfordert. So würde sie ihr Abitur sowieso nicht schaffen. Nicht ohne Lernen, ohne Motivation.

Ich bräuchte eine Auszeit! In die Arbeitswelt reinschnuppern, mir dann nach reiflicher Überlegung bewusstwerden, was ich im Leben erreichen will!

Es war an der Zeit, Nägel mit Köpfen zu machen. Sie stand auf, zog sich zügig an, schubste ihren Schulranzen mit einem Fuß zackig hinter die Zimmertür. Odora warf ein selbstbewusstes Lächeln in den Spiegel, machte sich erleichtert auf in die Schule. Im Sekretariat schrie es förmlich aus ihr heraus:

»Manon, ich will mich hiermit von der Schule abmelden!«

Der Sekretärin rutschte fast die Brille von der Nase.

»Aber Odora, das kannst du doch nicht tun, so kurz vor dem Abitur!«

»Ich will, ich kann und ich darf!«

Schließlich war sie volljährig, sogar im Besitz eines Führerscheins. Die junge Frau fühlte sich stark wie nie zuvor. Keiner konnte ihr mehr hineinreden. Ha! Ihre Eltern würden Augen machen. Das hätten sie ihr nie im Leben zugetraut!

So selbstständig zu handeln. Die hielten sie sowieso für bescheuert. Mit der Abmeldung in der Hand, festen Schrittes und ohne einen Blick zurück verließ die Schulabgängerin das Schulgelände.

So war Odora. Eben spontan.

Und jetzt schnell Arbeit suchen und finden!

Odora findet Arbeit

Odora zog die Zeitung aus dem Briefkasten. Die Abmeldebescheinigung von der Schule hatte sie sorgfältig zusammengefaltet in die Tasche gesteckt. Um diese Uhrzeit war das Haus verwaist. Es herrschte eine herrliche Ruhe. Im Schneidersitz auf dem Sofa hockend, schlug sie die Zeitung bei den Stellenangeboten auf.
Garage Kanada sucht Rezeptionistin.
Vor Aufregung biss sich Odora auf die Lippen.
Das Bewerbungsgespräch findet jetzt gerade statt! Das ist ein Zeichen! Auf meinen Riecher ist Verlass!
Unverzüglich schnappte sie sich die Autoschlüssel, machte sich optimistisch auf den Weg, diese Arbeitsstelle zu ergattern.
Mein Gott!, dachte sie, als sie im Eingangsbereich des Betriebs ankam. Wie aufgereiht, brav nebeneinander, saß da eine Horde Püppchen. Frisierte Locken, bemalte Fingernägel. Perfekt geschminkte Gesichter, bei deren Anblick Odora das Bedürfnis befiel, einen Spachtel zu ergreifen und diese energisch zu bearbeiten. Schicke Kleidung und hohe Schuhe rundeten das Bild ab. Wieder einmal sah man Odora an, als käme sie von einem anderen Planeten. So war es auch! Mit Jeans, Lederjacke, weißen Turnschuhen und abgekauten Fingernägeln stand Odora vor dieser schönen Konkurrenz. Mit nichts in der Hand als einem Autoschlüssel.
Alter Schwede, die haben sogar Diplome dabei!, stellte sie mit deutlich geschmälertem Selbstbewusstsein fest. *Was soll's. Nun bin ich hier. Wer nicht wagt, der nicht gewinnt.*
Etwas zerknirscht setzte sich zu der parfümierten Schar.
Die Tür am Ende des Flurs öffnete sich. In Tränen aufgelöst stürmte eine Grazie auf wackeligen Absätzen an den Wartenden vorbei, fluchte ganz unelegant und flüchtete aus dem Betrieb.
Odora machte sich auf etwas gefasst. Ein Mann trat aus dem Büro, noch jung, seidiges schwarzes Haar und ein stechend blauer, strenger Blick. Sämtliche Augen und so manch ein

kokettes Lächeln wandten sich ihm zu. In Erwartung, dass er
»Die Nächste!« ausrufen würde. Aber nein. Das tat er nicht.
Er schlenderte an der Stuhlreihe vorbei wie ein Offizier bei
der Musterung seiner Soldaten. Schaute sich die Mädchen an,
die alle wie Zwillingsschwestern aussahen. Bei Odora blieb er
stehen. Sie hob den Kopf und lächelte ihn an.

»Du!«

Der Schein-Offizier ging zurück in sein Büro und ließ die Tür
einladend aufstehen. Ein Gegacker der Empörung folgte Odora,
als sie ihm nachging. Zaghaft trat sie ein.

»Setz dich! Wer bist du, was kannst du und warum willst du dich
für diese Stelle bewerben? Na?«

Er scheint nicht viel Zeit zu haben!

Sie zögerte nicht lange, wie aus einem Maschinengewehr ratterte
es aus ihr heraus:

»Ich bin Odora, achtzehn Jahre, kann gar nichts außer Schreiben,
will aber ganz viel lernen. Und ja, ich habe heute Morgen mein
Abitur geschmissen!«

»Ach schreiben, hmmm … Abitur geschmissen, aha … Schreibmaschine?«

»Nein, aber ich lerne schnell!«

Odora spürte, wie sich der Schweiß in ihren billigen Turnschuhen
sammelte.

»Gut! Du schreibst mir jetzt in Deutsch und Französisch einen
Text, in dem du dich vorstellst.«

»Englisch und Italienisch gehen auch!«

Darauf war die junge Frau sehr stolz.

»Das brauchen Sie nicht, Fräulein Odora.«

Schmunzelnd schob er ihr einige Blätter und einen Stift hin.
Odora schrieb um ihr Leben. In kürzester Zeit war sie fertig und
reichte dem Herrn ihre Schriften.

»Tadellos, fehlerlos – und schnell!«

Er lächelte sie an, schritt zur Tür und öffnete sie.

Ich kann den Job schon riechen!

Odora zitterte vor Aufregung.

Der Chef schickte die Püppchen nach Hause und drehte sich zu ihr um.

»Du hast die Stelle. Probezeit drei Monate. Montag fängst du an. Unsere Vivi ist schwanger und hört mit dem Arbeiten auf. Sie wird dich noch während einer Woche anlernen.«

Zack – Zack – Zack! Wirklich etwas militärisch!

Die Familie hatte sich am Mittagstisch versammelt, die Eltern ereiferten sich wie üblich in einer politischen Diskussion. Odora wartete auf den richtigen Moment, ihre Bombe platzen zu lassen. Als Mutter sie kurz ansprach und die ausgeleierte Frage stellte, wie es denn in der Schule war, um gleich wieder das Thema zu wechseln, dachte sie: *Jetzt!* Sie erhob die Stimme, wollte sich Gehör verschaffen.

»Mama, du hast ja eben gefragt, wie es in der Schule war?«

»Ja?« Verdutzt sah sie Odora an.

»Es war super, Mama! Ich habe mich von der Schule abgemeldet.«

Unheilvolles Schweigen erfüllte den Raum.

Ihren Eltern blieb bestimmt das Essen im Hals stecken. Sie starrten sie an.

»Ihr braucht euch keine Sorgen zu machen«, griff die Schulabgängerin jeglicher Kritik vor, »ich habe schon eine Stelle gefunden. Montag geht's los!«

Odora wollte stolzen Schrittes entschwinden, drehte sich jedoch nochmals um und verkündete mit hochtrabender Stimme:

»Ehe ich es vergesse ihr Lieben! Sobald es geht, werde ich mir eine eigene Wohnung besorgen.«

Die stolze Tochter guckte erhaben über die Köpfe der getroffenen Betroffenen hinweg und schwebte wie auf Wolken in ihr Zimmer. Kein Geschrei, keine Empörung folgten ihr. Das eine oder andere Stöhnen glaubte sie zu hören. Ein aufgeregtes Tuscheln. Das saß! Odora fühlte sich unendlich befreit. Es roch nach Leben – nach ihrem eigenen Leben.

Odora und das Rotlichtmilieu

Ich habe es tatsächlich geschafft!
Odora plumpste auf ihr funkelnagelneues Bettsofa, ließ die noch
fremden vier Wände auf sich einwirken. Eine niedliche Einzim-
merwohnung mit kleinem Bad und Küche. Ihr erschien das einzige
Zimmer wie ein Schloss, in dem sie von nun an ganz allein
herrschen konnte.
Die Eltern hatten versucht, die Schulabgängerin eines Besseren
zu belehren, Odora aber ließ sich nicht umstimmen.
Mit einer Festeinstellung in der Tasche war sie losgezogen, ein
eigenes kleines Nest zu finden. Mamas Unterstützung bestand
in der Möblierung der gesamten Wohnung.
Glück gehabt! Und hier bin ich!
Ihre Wohnung befand sich im schillernden Bahnhofsviertel. Im
sogenannten Rotlichtmilieu.
Mitten im Leben!
Sie hatte die Warnungen der Eltern in den Wind geschlagen.
Was soll mir schon passieren?
Odora machte sich ans Einräumen ihrer Habseligkeiten. Vor allem
ihre Bücher verdienten einen Ehrenplatz im neuen Wandschrank.
Halb verhungert von der freudigen Aufregung kochte sie sich
Spaghetti, die sie genüsslich vor dem Fernseher verspeiste.
Freiheit!
Sie machte sich bettfertig, verwandelte ihr Sofa in ein Nacht-
lager, rutschte zufrieden mit sich und der Welt unter die Decke.
Und schon ging es los.
Mensch, macht die Lichter aus!
Mit Anbrechen der Nacht bahnten sich rot und grün aufblit-
zende Lichtstrahlen in Odoras Zimmer.
*Ach ja, die kommen von dem Nightclub gegenüber. Ich muss unbedingt
dunkle Vorhänge besorgen!*

Laute Musik drang an ihr Ohr, wenn sich auf der anderen Straßenseite die Türen des Klubs öffneten und schlossen.

Wie eine Klapptür im Cowboy-Saloon!

Je später die Nacht, desto schlimmer der Lärm, mischte sich jetzt auch noch das Geschrei von Angetrunkenen unter die Musik.

Odora stopfte ihren Kopf unter das Kissen, versuchte krampfhaft die Geräuschkulisse mit Träumereien zu überspielen.

Was war das?

Jemand hatte an ihre Tür geklopft. Ihr Wecker zeigte drei Uhr nachts an! Noch ein Klopfen. Diesmal heftiger. Eine männliche Stimme raunte:

»Chantal, ouvre-moi!«

Dem werde ich seine Chantal austreiben!

Wütend riss Odora die Tür auf.

Vor ihr torkelte ein glatzköpfiger, dicker Kerl mit trüben roten Augen. Er ließ sie über ihr brav zugeknöpftes Nachthemd wandern und grinste anmaßend.

»Tu n'es pas Chantal. Mais si tu veux, je viens chez toi. T'as l'air fraîche!«

Zitternd knallte Odora die Tür vor der Nase dieses ekeligen Nachtschwärmers zu.

Empört drehte sie den Schlüssel dreimal um, blieb vorerst mit dem Rücken an die Wand gelehnt stehen. Lauschte. Sie hörte, wie der Mann an der Tür nebenan klopfte. Die öffnete sich. Odora hörte noch ein *Ah, Chantal!* Endlich war Ruhe im Flur.

Wo bin ich hier gelandet?

Entmutigt kroch sie in ihr Bett. Kurz vor sechs, sie war irgendwann eingenickt, drang das Klappern von Stöckelschuhen direkt über ihrem Kopf in ihren leichten Schlaf.

»Nein! In einer halben Stunde klingelt mein Wecker!«

Über ihr brachte die Dame mit Absätzen einen geräuschvollen Staubsauger in den Einsatz. Odora kapitulierte und stand auf.

Sie verbrachte einen schrecklichen Arbeitstag mit mehrfachem Sekundenschlaf, bei dem ihr Chef sie leider erwischte und kräftig rügte.

Jetzt wird Tacheles geredet.

Beim Hausmeister wollte sie sich abends über die Störung der Nachtruhe beschweren.

»Meine Liebe, meine Frau und ich haben uns schwer gewundert, als gerade Sie hier einzogen. Wussten Sie denn nicht, dass in diesem Stadtviertel gewisse Damen nur nachts arbeiten? In ihren kleinen Wohnungen?«

Es fiel Odora wie Schuppen von den Augen. Sie hatte sich ahnungslos zwischen Prostituierten eingemietet. Sie schaffte es, eine Frage des Stolzes, ganze sieben Monate. Dann kehrte sie reumütig nach Hause zurück. Sie war dankbar, dass ihre Eltern sie nicht mit dem Satz *Wir hatten dich ja gewarnt* empfingen, sondern mit ausgebreiteten Armen.

Distanz schafft Nähe

Odoras Rückkehr ins Elternhaus roch schon vor dem Umzug nach Veränderung. Nichts war wie zuvor. Alles war viel besser. In den Pupillen ihrer Eltern spiegelte sich kein eigenartiges kleines Mädchen mehr, dessen Fantastereien man schlichtweg übersprang. Sie sahen endlich eine junge Frau in ihr. Als habe ihr der kurze Flug aus dem Nest den Respekt und die Aufmerksamkeit verschafft, nach denen sie sich stets gesehnt hatte. Odora wurde endlich in das Erwachsenenteam eingegliedert.

Ergriff sie das Wort, hörten die Eltern aufmerksam zu, diskutierten und lachten mit ihr auf einer Ebene. Eine Wohltat! Natürlich sollte das Odora nicht vor weiteren Dummheiten und Fehlentscheidungen bewahren. Zumindest war sie wenigstens zu Hause keine Außenseiterin mehr.

Die Lektion, dass Distanz Nähe schafft, war von beiden Parteien im Haus erlernt worden.

Ihre bessere Beziehung versöhnte Odora mit der Politik und der speziellen Harmonie ihrer Eltern. Man hatte ihr das Recht zugestanden, eigenständig Entscheidungen zu treffen, ihr Leben so zu führen, wie sie es für richtig hielt. Dies dankte die Tochter ihnen mit der Einsicht, dass sie nicht nur Eltern waren, sondern genau wie sie selbständige Menschen außerhalb der Familie.

Das ist es also, das Erwachsenwerden.

Ein letzter Blick in den Ganzkörperspiegel ihrer Mutter ließ sie kurz verweilen. Sie strich sich ihre langen, braunen Locken hinters Ohr, begutachtete ihren weiblichen Körper, den sie nicht mehr unter weiten Schlabberpullis verbarg.

Der rote Lippenstift steht mir wirklich gut.

Sie winkte ihrem Spiegelbild zum Abschied zu.

Ab ins Nachtleben!

Odora hatte die heilsame Wirkung des Tanzens für sich entdeckt. Jedes Wochenende fuhr sie mit Freunden zu einem anderen

Dorfball, schwang das Tanzbein, bis die letzte Note des Orchesters verklungen war.

»Ich bin dann mal weg!«

Dieser Zuruf stieß auf taube Ohren, ihre Eltern diskutierten, *what else?*

Es war Odora so was von egal …

Odora und der Ziegenmann

Bin ich müde!

Odora gähnte ausgelassen. Nach etlichen Umdrehungen und Verrenkungen auf der Tanzfläche hatte sie ihre Tanzfreunde eingesammelt und kreuz und quer durchs ganze Land nach Hause gefahren.

Schon dumm, wenn man als Einzige ein Auto besitzt.

Sie ratterte mit ihrem alten Renault 5 über einen Feldweg, den sie für eine Abkürzung hielt.

Wo bin ich nur?

Um sie herum nur Finsternis. Manchmal kratzten Äste von tiefhängenden Bäumen über das Autodach.

Wie Monsterkrallen.

Odora versuchte ihre Vorstellungskraft zu mäßigen. Es war ihr ohnehin unheimlich zumute, so ganz alleine in der Pampa.

Hier müsste bald eine Hauptstraße kommen. Na ja, Wege konnte ich noch nie erschnuppern.

Das monotone Surren des Motors sowie das Rumpeln über den unebenen Feldweg erinnerten Odora an einen Film, in dem die Hauptfigur über genauso einer Straße geradewegs in eine andere Welt fuhr.

Hör auf!

Odora versuchte mit aufgerissenen Augen starr und stur nach vorne zu schauen, um die heraufziehende Panik zu entmutigen. Ihre Augenlider wurden schwerer, die Tanzorgie und die stundenlange Fahrt forderten ihren Tribut. Rums! Sie schreckte hoch. Sie war eingeschlafen! Der Wagen war auf eigene Faust in das hölzerne Tor einer Absperrung gefahren. Aber ganz sanft, schön geradeaus.

Eine Einbahnstraße, auch das noch!

Die Nachteule stoppte den Motor und stieg aus. Geradewegs mit ihren neuen Ballerinas in etwas Schlammiges, das sich sofort im

Inneren ihrer Schuhe breitmachte. Sie schüttelte sie ab, stand jetzt mit nackten Füßen in tiefem Schlamm.

Bravo Odora! Wie kann man nur so blöd sein! Das riecht nach einer Nacht in der Wildnis!

Sie stieg mit schmutzigen, nasskalten Füßen wieder ein, startete und versuchte rückwärtszufahren. Vergeblich. Die Reifen steckten fest, drehten durch. Odora legte ihren Sitz um. Trotz der Kälte wollte sie nur noch schlafen. Bei Tageslicht würde sie weitersehen.

Die tapfere Fahrerin war erstaunt, als sich vor dem Einschlafen ein behagliches, warmes Gefühl in ihr breitmachte, obschon keine Decke sie aufwärmte.

»Hallo?«

Ein Klopfen riss sie in die Gegenwart zurück. Die Morgendämmerung hatte ihr einen Gast beschert. Lustige, braune Augen blickten sie durch die Fensterscheibe an. Zwei Hände ließen ein Paar verdreckte Ballerinas vor ihrer Nase baumeln.

»Guten Morgen, ich bin Rio. Ich glaube Sie benötigen Hilfe.«

Nachdem er eine verdutzte und sprachlose Odora aus der misslichen Lage befreit hatte, trug er sie auf Armen in seine gute Stube, damit sie sich die Füße waschen und sich aufwärmen konnte. Rio wohnte umsonst in einem Holzhaus zwischen Wiesen und Wäldern. Als Gegenleistung kümmerte er sich um die Ziegen der Besitzer, deren Stall sich ans Chalet anschloss.

»Danke für den Tee.«

Rio legte eine Decke um ihre Schultern.

»Und dass Sie mich auf Händen durch den Schlamm getragen haben.«

»Gern geschehen Odora. Aber lass das Siezen, sonst fühle ich mich noch älter.« Der Ziegenmann strahlte sie an.

Die von Rio abgewischten Ballerinas lagen auf einem alten Kachelofen, der wohlige Wärme und Gemütlichkeit verbreitete. Odora hatte sich auf Rios Sofa in bunte Kissen hinein geschmiegt. Hier, zwischen Holzbalken und prall gefüllten Bücherregalen bis unter die Decke, fühlte sie sich pudelwohl. Rio hatte sich auf dem Sessel gegenüber drapiert.

Wie die Kirsche auf dem Sahnekuchen.

Odora fand dieses Bild sehr appetitlich. Sie schlürften ihren Tee, erzählten sich Geschichten aus ihrem Leben und lachten lauthals, als Rio schelmisch feststellte, dass heute der Außenseiter-Rettet-Außenseiterin-Tag war.

Wie schön!

Rio war ebenfalls ein Bewunderer der hohen Kunst der Poesie. Und schrieb!

Als freiberuflicher Journalist für eine renommierte englische Zeitung mit Sitz in Frankfurt am Main, verfasste er ebenfalls Geschichten und Artikel, die er anderen Blättern in aller Welt anbot. Von irischer Herkunft seitens der Mutter, die man nur im Rotstich seiner Haare erahnen konnte, und mit einem brasilianischen Namen, der vom Vater stammte, war sein Akzent bezaubernd! Rio war elf Jahre älter als Odora. Er hatte schon viel von der Welt gesehen war irgendwann in Luxemburg gelandet, sozusagen als Zwischenstation vor dem Sprung in ein neues Abenteuer.

»Ich bin nicht der sesshafte Typ«, vertraute er sich ihr an.

Schade.

Odora spürte förmlich, wie sich ihr Herz einmal umdrehte. Oder war es der Magen? Die Hintertür öffnete sich knarrend. Mit einem Windhauch kalter Luft schlich ein ungleiches Paar herein. Eine kleine Ziege und eine schwarze Katze kamen in trauter Zweisamkeit hereinspaziert!

»Nelli und Columbus, darf ich euch Odora vorstellen?«

Ziege Nelli sprang mir nichts, dir nichts zu Odora aufs Sofa, legte den Kopf auf ihr Bein. Wie ein Hund. Kater Columbus landete auf Rios Schoß. Da saßen sie zu viert, friedlich vereint.

Hoffentlich trocknen meine Schuhe nie!

Odora suchte Rios Augen. Sie wollte kein einziges Aufglimmen in diesem tiefen Braun verpassen. Als Rio sich aus dem Sessel schälte, ärgerte Columbus sich maunzend und scherte sich zu seiner Freundin Nelli aufs Sofa. Beide stupsten sich mit der Nase an und verweilten vereint an Odoras Seite.

Das glaubt mir kein Mensch. Vielleicht hat der Feldweg mich doch in eine andere Welt geführt.

»Hier meine Liebe. Lass uns versuchen, dein Auto zu befreien.«
Rio reichte ihr wollene Strümpfe und ein Paar Gummistiefel. Als
sie durch den nassen Morgentau stiefelten, ergriff Rio ihre Hand.
»Damit du dich ja nicht in eine Schlammkönigin verwandelst!«
Odora liebte seinen Humor. *Wie Vater!*
Leider gelang es ihnen, den Wagen wieder auf festen Grund zu
befördern. Rio drehte ihn dann in Fahrtrichtung.
»Perfekt! So Odora, komm, lass dich drücken.«
Fest schloss er sie in seine Arme. Seine braune Lederjacke roch
nach Holz, Ziegen und …
Nein! In diesen Kerl darfst du dich nicht verlieben!
»Pass gut auf dich auf, bleib, wie du bist!«
Kein: »Wann sehen wir uns wieder?«
Er winkte ihr nach, bis sie schaukelnd im Wäldchen verschwunden
war.
Na warte, das letzte Wort ist noch nicht gesprochen, frohlockte Odora.
Denn DU hast noch meine Ballerinas. ICH deine Gummistiefel!
Es schien, als fliege der R5 mit Odora nach Hause. So ungefähr
fünf Zentimeter über dem Boden.

Liebe hat viele Gesichter

Die ironische Miene ihrer Mutter sprach Bände, als Odora gegen Mittag zu Hause auftauchte.

»Kein Telefon gefunden, wie?«

Sie kann's nicht lassen!

»Lass gut sein, schau, wie sie strahlt!«, entgegnete ihr ewig Salat kauender Vater. Odora liebte dieses *Lass gut sein …*

»Komm, setz dich, iss und erzähl!«

Odora war ihrem Vater für diese Aufforderung sehr dankbar, musste ihre irrwitzige Geschichte sofort loswerden.

Sie ließ sich nicht zweimal bitten und schwang sich aufgeregt auf ihren Sitzplatz. Vater legte seine Zeitung zur Seite, sah sie erwartungsvoll an. Mama stand mit gerunzelter Stirn an den Türrahmen gelehnt, ein Spültuch über der Schulter.

Sie ist immer noch so skeptisch! Aber wenigstens hört sie zu.

Es sprudelte nur so aus Odora heraus. In einem einzigen Atemzug schilderte sie die abenteuerliche Nacht von vorne bis hinten.

»Na, dieser Rio scheint dich ganz schön beeindruckt zu haben«, so ihr Vater.

»Ich sehe den nächsten Liebeskummer schon kommen!« Das war typisch Mama!

Kopfschüttelnd nahm sie neben Vater Platz.

»Also, ich lasse mich von deinem Pessimismus nicht anstecken!«, erwiderte die optimistische Tochter und fuchtelte mit ihrer Gabel vor Mutters Nase.

Odora aß mit Heißhunger und verspürte heimlich mit jedem Bissen eine ganz andere Art von Appetit. Sie machte sich nach dem Mahl auf in ihre Höhle.

Ich muss darüber nachdenken.

Sie fühlte sich entflammt. Verspürte zum ersten Mal Lust auf einen Kerl, ohne genau zu wissen, ob es Liebe war. Da war Feuer in ihrem Bauch, ein ihr noch unbekanntes starkes Kribbeln.

Konnte das Liebe sein? So schnell? Auf jeden Fall ohne konkrete Zukunftsvision wie mit Claudio. Diese Liebe war sehr intensiv, sanft und beständig. Unschuldig. Naiv. Was sie jetzt empfand, war wild und unberechenbar. Ein Tier war in ihr geweckt! Oder? Rio hatte sich klar ausgedrückt. Er war nicht sesshaft. Eine andauernde Liebschaft mit ihm dadurch unmöglich.

Liebe hat viele Gesichter, schrieb sie in ihr Heft.

Und wer kann schon bestimmen, wie Liebe gelebt werden muss. Wie lange? Liebe kann doch nicht an Zeit gebunden sein! Ob es einer festen Beziehung bedarf, um sie auszuleben oder nicht!
Die größten Literaturklassiker von Goethe über Stendhal, von Shakespeare bis Tolstoi, alle erzählen von unerfüllten, manipulierten und tragischen Lieben, die kurzweilig und dennoch zeitlos waren, es heute noch sind.
Ist Begehren denn Liebe? Wie kann man einen Menschen nach nur ein paar Stunden so verinnerlichen? Ist es nur eine Projektion der eigenen Sehnsucht? Ist es Liebe? Sind es Hormone oder Gefühle? Ein banaler Wunsch nach gewöhnlichem Sex? Ist man in die Liebe verliebt oder in einen bestimmten Menschen?

Das Ausschließen der Liebe bei Sex konnte Odora noch nicht annehmen. Zerstörte es doch ihre illusorische Vorstellung von der Liebe, die sie nicht loslassen wollte. Sie schrieb weiter.

Wissenschaftler behaupten, dass das Empfinden von dem, was wir Liebe nennen, nur der Fortpflanzung dient. Viele Männer verlassen ihre Frauen, wenn ihre Gebärmutter ausgedient hat oder verwelkt ist. Sie wenden sich jüngeren Frauen zu und gründen neue Familien. Was ist mit der späten Liebe? Von Menschen, die gar nicht mehr im Fortpflanzungsalter sind? Ist es Gewohnheit, Bequemlichkeit, einzig und allein eine intuitive Handlung gegen die Einsamkeit, die im Idealfall als Liebe empfunden wird?
Bleibt am Ende immer nur eine Zweckgemeinschaft übrig? Sind es gemeinsame Erinnerungen, die alte Paare weiterhin verbinden? Oder echte Zuneigung? Ein über Jahre gepflegtes und gehegtes Miteinander, das unlösbar wird? Ist das Liebe?

Die Natur! Was sie mit uns Menschen macht, ist verwunderlich. Ist Liebe nur Chemie? Eine rationale Entscheidung? Gibt es wirklich Seelenverwandte jenseits jeder physischen Einschätzung? Ist die Einstellung der Gesellschaft zur Liebe genauso in Normen verfasst wie wirtschaftliche und soziale Direktiven darüber, wer sich offiziell lieben darf und wer nicht? Gesetze, die entscheiden, welche Liebe für genehm erklärt wird, was rein ist oder verwerflich?

Da gibt es die gemachten Unterschiede zwischen Frauen und Männern. Lebt eine Frau ihre Sexualität frei aus, ist sie eine Schlampe. Ein Mann wird als gesund eingestuft und verständnisvoll belächelt.

Konnte es Schicksal sein, dass sie letzte Nacht auf den Feldweg eingebogen war, an dessen Ende sie Rio traf? War es Vorbestimmung? Zufall? Odora war verunsichert. Der Gegensatz der rationalen Fragen versus Bauchgefühl rieb sie auf.

Man kann in der Theorie vieles analysieren, Tausende von Büchern lesen. In Wirklichkeit ist man seinen eigenen, zwiespältigen Gefühlen hilflos ausgeliefert.

Die Verwirrte in Sachen Liebe saß an ihrem Schreibtisch. Verloren. Sollte sie? Oder sollte sie nicht? Würde Rio sich freuen, wenn sie heute mit seinen Gummistiefeln bei ihm anklopfte? Wäre es besser, eine Woche zu warten? Sollte sie überhaupt den Schritt wagen? Rio hatte kein Interesse angemeldet, sie wiederzusehen.

Ich rieche nichts, aber auch gar nichts!

Das war sehr bedenklich für Odora.

Ich werde darüber schlafen müssen.

Das war ein Ratschlag ihrer Mutter, den sie letztendlich gut fand. »Ein spontaner, emotionaler Mensch wie du ist damit gut beraten«, hatte sie Odora schon mehrmals ermahnt. Sie hatte recht.

Danke, Mama.

Sie beschloss, einen bereinigenden Mittagsschlaf zu halten. Hoffte auf Entwirrung der Verwirrung. Eine kleine Ziege, ein schwarzer Kater, braune Augen und ein warmes Ziehen im Bauch wiegten sie in den Schlaf.

Das Geständnis

Die Mittagsruhe hatte Odora besänftigt. Der Gedanke an Rio verursachte kein loderndes Feuer mehr, eher ein Prasseln warmer Glut.

»Lass dir Zeit – lass dir die Zeit, die es braucht, bis du zu einer Entscheidung kommst«, riet ihr Vater.

Er und Odora gondelten am Nachmittag in seinem Ford Granada durch die Gegend, wie so oft sonntags, früher, als sie klein war. Das waren die einzigen Momente, in denen Papa ihr gehörte, waren sie doch endlos länger als ein kurzer Wimpernschlag des Alltags. Die Tochter hatte den Vater über den Zwiespalt ihrer Gefühle aufgeklärt. Über jene vielen Fragen, deren Antworten sie noch nicht kannte.

Nach einem Waldspaziergang in trauter Zweisamkeit kehrten sie in eine kleine Spelunke am Waldrand ein.

»Heute trinkst du einen Cognac mit deinem Alten«, schmunzelte er. »Ich muss dir ein wichtiges Geständnis machen.«

Odora konnte es kaum erwarten. Ihr Vater? Ein Geständnis? Er holte zwei Cognacs an der Bar, stellte ein volles Glas vor ihre Nase und nahm ihr gegenüber Platz. Er räusperte sich.

»Weißt du, meine liebe Tochter, ich war auch einmal jung und sehr verliebt. Dieses Feuer, von dem du sprichst, hatte auch von mir Besitz ergriffen.«

Er hüstelte verlegen.

»Als ich ungefähr so alt war wie du. Das war lange vor deiner Mutter ...«

Die Pausen zwischen seinen Worten schienen ewig zu dauern.

»Sie hieß Alice, kam aus Italien, genau wie dein Claudio.

Zu jener Zeit konnte man seinem Begehren nicht so nachgeben wie heute. Es ging nicht nur um Verhütung. Alice hatte vier Brüder. Die hätten mich umgebracht, hätte ich eine unehrenhafte

Frau aus ihrer Schwester gemacht. Kurzum: Ich begehrte sie so sehr, dass ich sie geheiratet habe.«

Odora verschluckte sich an ihrem Cognac, hustete, war dankbar, als Vater aufstand und ihr beruhigend auf den Rücken klopfte. Er ergriff ihre zwei Hände, sah ihr tief in die Augen.

»Das war ein großer Fehler, Odora! Alice und ich, endlich verheiratet, tobten uns im Bett aus. Wir vollzogen das Begehren, das wir für Liebe hielten. Schon nach kurzer Zeit des Zusammenlebens wurde uns beiden bewusst, dass es nicht passte. Ich war schon politisch engagiert, Alice interessierte sich überhaupt nicht dafür. Irgendwann war die Lust aufeinander verflogen. Es blieb nur noch ein unglückliches Paar übrig, das sich nichts zu sagen hatte, durch eine frühzeitige Ehe aneinandergekettet war.«

Vater schluckte, ließ ihre Hände los, setzte sich wieder hin und nippte an seinem Glas. Odora hatte Tränen in den Augen. So emotional hatte sie ihn nie zuvor erlebt. Sie sagte kein Wort.

»Tja, wir trennten uns, obschon wir uns mochten. Es ergab keinen Sinn. Nächtelang weinte ich heimlich in meine Kissen. Es tat so weh. Auf einem Fastnachtsball begegnete mir dann eine Schönheit mit Mut und Verstand, die Tochter eines Parteigenossen, die mich faszinierte. Sie hatte all meine Artikel gelesen und bewunderte den Journalisten in mir, mein politisches Engagement, meinen Humor … Ich war nicht der Schönste, sie aber war eine Wucht!«

»Mama«, kicherte Odora.

»Ja, deine Mutter, die Holde!«

Belustigt sahen Vater und Tochter sich an.

»Warum ich dir das jetzt erzählt habe, meine Liebe, ist eigentlich klar, oder?«

»Hmmm«, stöhnte Odora, »du willst mir damit sagen, dass man nicht zu schnell seinem Verlangen nachgeben soll, dass wahre Liebe mehr braucht?«

»Genau, vor allem, wenn man eine viel zu spontane Odora ist, die gerade erst ihre wahre Libido entdeckt und noch nicht abschätzen kann, ob es ihr mehr schadet, als guttut, dem Ruf der Natur zu folgen.«

Sie prosteten sich zu.

»Damit will ich deine Sexualität nicht unterbinden. Ich kenne dich eben, mein Kind. Du nimmst dir von klein auf alles zu Herzen. Ich glaube nicht, dass du mal eben so nebenbei mit jemanden ins Bett springen kannst, ohne Gefühle zu entwickeln.

Rio wird nicht in Luxemburg bleiben. Aber er wird so einen Leckerbissen wie dich sicherlich nicht von der Bettkante stoßen. Er ist ein Mann – und über dieses Geschlecht musst du noch viel lernen.«

»Oh ja!«, seufzte Odora.

»Er wird wegziehen, so wie Claudio. Also wäge gut ab, was du tust. Erinnere dich an deinen furchtbaren Liebeskummer – ich würde dich sehr gerne davor bewahren. Na ja, schlussendlich sind wir Eltern machtlos – doch diesen guten Rat will ich dir auf jeden Fall mit auf den Weg geben.«

Auf dem Nachhauseweg war es sehr still im Wagen. Mal abgesehen davon, dass Odoras Papa eine Kassette von James Last einlegte und die Melodie mitpfiff. Sie liebte diese Augenblicke der Zweisamkeit. Egal, was Sache war, er war immer lustig, so unbeschwert, versuchte stets, sie aufzumuntern. Heute hatte er ihr viel Stoff zum Nachdenken geliefert. Etwas geläutert beschloss Odora, die Gummistiefel von Rio nur abzuwaschen. Sie würde dann eine Woche abwarten und das Glühen in ihr weiterverfolgen. Vielleicht war es nur ein Strohfeuer – Oder auch nicht?

Pippi in Rio-Land

Die Arbeitswoche schleppte sich schwermütig dahin. Odora konnte sich trotz aller Mühe nicht konzentrieren. Sie sandte mehrere Telegramme an den falschen Empfänger und versaute dem Betrieb somit ein gutes Geschäft.

»Odora, so kann das nicht weitergehen!«, ärgerte sich ihr Chef. »Noch einen Patzer und du fliegst!«

Erbost bewilligte er ihr eine Woche Urlaub.

»Danach hast du dich hoffentlich eingefangen! Sonst ist Sense hier!«

Am Freitagabend schlurfte sie erschöpft zur Bürotür hinaus. Ihr Vorgesetzter hatte sie für ihren Fehler sowie den anstehenden Urlaub mit unzähligen zusätzlichen Aufgaben bluten lassen. Sie konnte nicht riechen, ob sie dieses Wochenende zu Rio fahren sollte. Der Rat ihres Vaters klang in ihren Ohren nach. Sehnsucht nagte an ihr. Als sie am Wagen angekommen war, schien die Abendsonne direkt in ihren Kofferraum hinein und hüllte die dort abgestellten grünen, gereinigten Gummistiefel in ein grelles Licht.

Ein Zeichen!

Die Müdigkeit fiel wie ein schweres Gewicht von ihr ab.

Ich fahre zu Rio! Sofort! Ich brauche Klarheit!

Eine Stunde später stand sie vor dem hölzernen Tor. Die Nacht wollte bald hereinbrechen, sie musste sich beeilen. Odora schlüpfte in Rios Gummistiefeln durch das Tor, erwartungsvoll stapfte sie Richtung Chalet. Einige Hundert Meter später verweilte sie. Kein Rauch stieg aus dem Schornstein auf, die Holzläden waren verschlossen. Der kleine Ziegenstall stand offen, keine Ziege weit und breit.

Ihr Herz sackte bis in die Gummistiefel.

Er ist weg – ich komme zu spät.

Odora umrundete das Holzhaus schweren Schrittes, hoffte noch – aber nein.

»Columbus!«

Der schwarze Kater kam angetänzelt, rieb sich mit erhobenem Schwanz an ihren Beinen. Sie hob ihn hoch, drückte ihn an sich, vergoss enttäuschte Tränen in sein Fell. Der Kater maunzte, ließ sie aber gewähren.

Ich bin eine dumme Heulsuse! Immerzu nahe am Wasser gebaut …

»Sind Sie Odora?«

Eine junge Frau kam ihr von der Stallseite entgegen. Sie trug grüne Arbeitskleidung und war mit einer Heugabel bewaffnet. Zwei rote Zöpfe wippten lustig um ein errötetes Gesicht voller Sommersprossen.

Pippi Langstrumpf in Rio-Land.

»Ja, die bin ich«, schniefte Odora verwundert, »aber wieso kennen Sie meinen Namen?«

»Es wird bald dunkel sein, wenn Sie wollen, können wir das bei einer Tasse Tee besprechen.«

Pippi wies mit dem Finger zum Bauernhof auf der anderen Seite des Tores.

»Komm Columbus!«

Die drei machten sich auf den Weg durch die Felder.

Wie die drei Musketiere.

»Was für ein Glück, dass ich gerade heute den Ziegenstall ausgemistet habe«, sagte Pippi, die sich als Marie vorstellte.

An den Mauern des Hofes entlang rankten sich Hunderte von wunderschönen Rosenstöcken, die in allen möglichen Farben blühten. Überall standen bunte Kübel mit Blumen und Kräutern. Drei rote Katzen trollten herum, ein Wurf schwarzer Katzenjunger kam ihnen entgegengehüpft.

»Das sind die Nachfolger von Columbus.«

Marie schmiss die Heugabel zur Seite, hob ein Kätzchen hoch und legte es Odora in den Arm.

»Hier, wenn du willst, schenk ich es dir, wir haben so viele kleine Panther.«

Wir duzen uns also!

»Ich weiß nicht so recht.«

Odora fühlte sich überrumpelt.

»Ich will nur noch wissen, was mit Rio los ist.«

Sie ließ das kleine Wesen zu Boden gleiten.

»Ach ja!«, erwiderte Marie »komm!«

Sie streiften ihre verdreckte Fußbekleidung ab, traten durch prachtvolle Rosenbögen ins Haus hinein.

Hier könnte auch Dornröschen wohnen.

In einer wunderschönen, auf neu getrimmten Bauernküche reichte Marie ihr einen Brief – und ein Paar Ballerinas.

»Lese ihn in Ruhe durch, ich setze uns einen Kessel Tee auf«, sagte Marie verschwörerisch, wandte ihr den Rücken zu.

Odora sank auf einen Stuhl, öffnete mit flatternden Händen den Brief.

Liebe Odora,

wenn du diesen Brief in Händen hältst, haben meine Gefühle mich nicht getäuscht. Ich habe inständig gehofft, dass du wiederkehrst. Wenigstens zwecks Schuhtausch. Als die Nachricht kam, dass meine Mutter sich ein Bein gebrochen hat, musste ich nach Irland. Sie lebt alleine und ist auf Hilfe angewiesen. Wir beide haben keine Telefonnummern getauscht. Leider auch keine Familiennamen. Ich konnte dich nicht unter – Schlammkönigin – im Telefonbuch finden!

Odora fühlte sich unglaublich erleichtert. Marie stellte zwei dampfende Tassen Tee auf den Tisch, wuselte weiter diskret in der Küche rum.

Ich werde einige Zeit weg sein. Auf jeden Fall, solange meine Mutter mich braucht. Mein ganzer Name ist Rio Clarocéu, meine Mutter heißt Fiona Skydown.

Ihre Adresse in Irland:

Cat's Cottage 3/Killarney-Kerry – Irland/Telefon: + 353 87 411 8555

So meine liebe Odora, ich hoffe sehr, von dir zu hören oder zu lesen.

Fühl dich gedrückt,

Rio

P. S: liebe Grüße und ein Dankeschön an Marie

»Erleichtert?«

Die Pippi vom Land hockte auf dem Küchentresen, wippte mit den Füßen und grinste sie an. Sie trug sogar verschiedenfarbige Wollsocken!

»Sehr! Danke schön, Marie. Wo sind denn Nelli und die anderen Ziegen?«

»Neben unseren Hühnern im Stall, bis Rio wieder einzieht. Nelli will andauernd mit den Hühnern schmusen, das Gegacker müsstest du hören!«

Die zwei Frauen amüsierten sich prächtig.

»Jaja, Rio hat Nelli total verzogen, die macht jetzt einen auf Schmusehund.« Plötzlich saß Marie auf dem Küchentisch und zwirbelte an ihren Zöpfen.

»Vor seiner Abfahrt mussten mein Mann Renato und ich ihm jedoch versichern, dass er zurückkehren darf. Da wir mittlerweile befreundet sind, halten wir ihm das Chalet frei.«

Sie nickte zufrieden.

»Jetzt weiß ich wenigstens, warum. Und das gefällt mir!«

Odora richtete verlegen die Augen auf das Telefon hinter Marie.

»Na los, ruf ihn schon an!«

Sie sprang auf, verschwand kichernd aus der Küche.

Odora schnappte sich den Hörer.

Auf der Flucht

»Skydown!«

»Oh, guten Abend. Entschuldigen Sie die späte Störung, mein Name ist Odora.«

»Ja bitte?«

Uff! Seine Mutter redet Deutsch. Ich bin viel zu aufgeregt, um jetzt Englisch zu sprechen.

»Könnte ich bitte mit Rio sprechen?«

»Tut mir leid, Rio ist heute Abend mit seiner Freundin ausgegangen.«

Odora erstarrte. Warf den Hörer auf die Gabel, als habe sie sich verbrannt.

Nein! Nicht schon wieder! Kaum drehe ich einem Typen den Rücken zu, Schwupps, hat er eine andere! Wie konnte ich mich so arg verriechen?

Sie stand wie angewurzelt da. Wie am Holzboden festgenagelt, den ganzen Körper angespannt. Sie vergaß zu atmen. Ihr Herz schien nicht mehr zu schlagen. Marie trat in die Küche, von einem regelrechten Hünen gefolgt. Klare blaue Augen unter langen Wimpern, die ihr neugierig entgegenblickten.

»Odora, das ist Renato, mein Ma…«

Ihr Lächeln knickte beim Anblick ihrer neuen Freundin ein. Die stand regungslos und leichenblass vor ihr.

»Ich muss weg. Danke für alles … Ich …«

Odora schlüpfte in ihre Ballerinas, ergriff Rios Brief und rannte an dem erstaunten Paar vorbei aus dem Haus. Schnell weg durch die Nacht, über die Felder zu ihrem Wagen. Der Vollmond kam wie gerufen, er beschien der aufgelösten jungen Frau den Weg.

»Odora, warte …!«

Nein, nein, nein!

Odora fuhr den Feldweg rückwärts bis auf die Hauptstraße, wo sie fast mit einem Laster zusammenstieß. Sie fluchte, gab Gas und ergriff die Flucht. Während sie durch einen Tränenschleier hindurch versuchte, den Wagen auf der Fahrbahn zu halten, fiel ihr der Himmel auf den Kopf.

Ich bin so was von dumm und naiv! Wie konnte ich nur annehmen, dass ein erwachsener Mann wie Rio sich wirklich für mich interessiert! Schluss mit der Liebe!

Der Ärger löste die Trauer in Windeseile ab.

Ich lasse mich nie mehr auf einen Mann ein! Sowieso alles nur Illusion, alles nur Kitsch!

Und Odora verschloss einstweilen ihr Herz.

Ihre Eltern schliefen schon. Hastig stopfte sie Kleider, Turnschuhe sowie Gehaltstüte und Schreibheft in eine Tasche, schnappte ihre Regenjacke und schlich am Elternzimmer vorbei in die Küche. Dort schrieb sie ein paar Zeilen auf Mutters Notizblock und verschwand in der Nacht.

Ihr Lieben,
macht euch keine Sorgen. Ich habe eine Woche Urlaub und muss weg! Melde mich der Tage! Eure Odora.

An einer Tankstelle, irgendwo auf der Autobahn nahe der belgischen Küste, stand Odora an ihren vollgetankten Wagen gelehnt. Eine leichte Brise Seeluft umhüllte sie.

Ich will gar nichts mehr riechen. Ich irre mich nur noch!

Sie war total erledigt. Zuerst der schwere Arbeitstag, dann die Reise nach Rio-Land, anschließend der Wurf ins kalte Wasser. Sie fühlte sich beschämt und gedemütigt. Ihr spontaner Aufbruch Richtung Ostende – das waren fast vier Stunden Fahrt gewesen.

Ob ein Teufel mich reitet? Was mache ich eigentlich hier?

Sie wollte kein Mitleid. Weder von Marie noch von ihren Eltern. Trost gab es sowieso keinen. Odora war es gewohnt, allein zu sein. Darum fiel es ihr leichter als anderen, sich ihrem Kummer und ihren Problemen ohne Hilfe zu stellen. Sie bevorzugte den Rückzug, um mit sich ins Reine zu kommen.

Ich bedarf keiner starken Schulter, um mich auszuheulen, niemanden brauche ich für nichts! Ich bekomme sowieso immer Ratschläge, mit denen ICH nichts anfangen kann! Ich ticke eben ANDERS!

Ärgerlich kickte die Erboste eine rostige Bierbüchse zur Seite, stieg wieder ein und fuhr los. Zwei Kilometer weiter hielt ein Wagen auf der Pannenspur. Sämtliche Lichter blinkten auf wie ein S. O. S. Odora bremste. Eine kleine Person stand breitbeinig an der Leitplanke. Die Arme zum Winken erhoben, sprang sie auf und ab.

Na klar, immer ich!

Odora fuhr langsam auf die Pannenspur. Die Silhouette kam auf sie zu. Im Scheinwerferlicht stand eine ältere Dame mit Hut.

Gott sei Dank, kein Mann!

Odora stieg aus und lief der Frau entgegen …

Odora und die Künstlerin

Frau Vamdebeek war ein zartes Persönchen.

Nicht größer als eine Zehnjährige.

Die Kleider und Habschaften der unerwarteten Mitfahrerin verströmten den Duft von Mottenkugeln und einen Spritzer Chanel Nr. 5.

Nachdem sie auf den Abschleppdienst gewartet hatten, saßen sie beim ersten Morgenlicht zusammengezwängt zwischen mindestens fünf Koffern in Odoras bescheidenem Transportmittel.

»Richtig gemütlich!«, freute sich die kleine Dame.

»Ist ja wunderbar, dass Sie auch nach Ostende fahren!«

Sie warf ihren zerknautschten Hut zu dem unzähligen Gepäck nach hinten, entledigte sich ihrer zerbeulten Schuhe und streckte ihre kurzen, wenn auch flotten Beine aufs Armaturenbrett. Vergnügt wackelte die Barfüßige mit den Zehen.

»Junge Frau, Sie sind ein Engel!«

Sie streckte ihre Arme aus und traf geradewegs Odoras Nase.

»Oh, Pardon!«, näselte sie.

Gar nicht damenhaft!

»Ich mache Ihnen einen Vorschlag. Sie haben mir eben erzählt, dass Sie noch keine Unterkunft für diese Woche in Ostende haben.«

Sie schüttelte ihre wirren, blond gefärbten Locken.

»Ich wohne ganz alleine in einer alten Villa am Meer. Sie sind herzlich eingeladen, Mademoiselle!«

Oho. Diese Frau ist interessant! Schreibmaterial? Ich rieche mehr als nur das Meer!

»Danke, ich nehme Ihren Vorschlag gerne an.«

Odoras Müdigkeit war verflogen, die Neugierde hatte gewonnen. Frau Vamdebeek wies den Weg. In den Dünen nahe Ostende hielten sie an einem weißen, alten Haus der Belle époque, das in einem Pinienwäldchen eingebettet lag. Kein Nachbarhaus war zu sehen. Unweit schlugen Meereswellen rhythmisch auf einen verlassenen Strand.

»Mein Privatstrand!«

Die vor Lebensfreude strotzende Dame sprang graziös aus dem Wagen, streckte die Nase in die Luft, die Arme den Wolken entgegen. Einer Möwe rief sie zu:

»Ma Jolie, Maman ist endlich wieder zu Hause!«

Odora bedauerte, dass diese komische, feine Dame kein Personal hatte.

Mühsam schleppte sie sämtliches Gepäck in das Foyer der Villa, wo sie außer Atem auf einem der Koffer niedersank. Die Frau war verschwunden, ein gut gelauntes Trällern hallte durch das Treppenhaus. Im Eingangsbereich dieser noblen Behausung standen mit weißen Laken bedeckte Möbel unordentlich herum. Eine in Rosa gestreifte Tapete blätterte von den Wänden ab. Ölbilder in allen Größen und Farben lehnten an den tristen Mauern.

»Ah! Da sind Sie, meine Liebe! Kommen Sie, kommen Sie!«

Die aufgeregte Dame hatte sich umgezogen. In einen weiten, gelben Umhang gehüllt, die Locken unter einem roten Turban verborgen, flog sie Odora entgegen. Sie jonglierte mit einem Tablett, auf dem zwei Tassen Kaffee und eine Schachtel Kekse verzweifelt versuchten, das Gleichgewicht zu halten.

Frau Vamdebeek schob Odora in einen Raum mitten in die Kulisse von 1001 Nacht hinein. Ein Meer von bunten Tüchern war an den Wänden befestigt und überdeckte die alte Tapete.

Die Kleider der Zwergin!

Sessel aller Stilrichtungen standen durcheinandergewürfelt im Zimmer, wurden von den farbigen Gewändern umschmeichelt. Vor dem bodengleichen, hellen Fenster war eine Staffelei aufgebaut. Gebrauchte Pinsel und Farbtöpfe dekorierten den bunt befleckten Boden.

»Es ist wunderschön hier, Madame!«

»Ach Kindchen, nennen Sie mich Jule!«

Jule setzte das Tablett schwungvoll zu Boden und drückte Odora auf einen Sessel nieder. Wie ein junges Mädchen sprang sie ihr gegenüber im Schneidersitz auf ein Kissen.

»Schauen Sie nicht so verwundert, ich bin vielleicht alt, aber sehr gelenkig. Ich mache jeden Morgen meine Turnübungen.«
Sie schmunzelte verwegen.
»Die hat mein Liebhaber mir beigebracht.«
Sie streckte Odora ihre spitze Nase entgegen, sah sie aus glasklaren, hellblauen Augen an.
»Ich bin so neugierig auf Ihre Geschichte, Liebes.«
Ich auch auf Ihre!
Jule schnappte sich die Schachtel Kekse, fuchtelte damit herum.
»Also, was führt eine bezaubernde junge Frau wie Sie des Nachts nach Ostende?«
Sie fischte sich einen Keks heraus, knabberte daran und sah sie erwartungsvoll an.
Mit jedem Satz, der aus Odora heraussprudelte wie ein unendlicher Fluss, machte sich Erleichterung in ihr breit. Sie schilderte der Gelbgewandten die Geschichte mit Rio, ließ den Zwiespalt ihrer Gefühle nicht aus. Sie verstummte befreit. Jule sah sie lange wortlos an.
»Wissen Sie, mein Kind, es ist immer sinnvoll, eine Lebensgeschichte gegen eine andere zu halten. Ich werde Ihnen jetzt meine Geschichte erzählen.«
Odora verstand nicht, was sie meinte. Sie roch viel Mitgefühl und wartete geduldig und gespannt ab. Jule richtete ihren verrutschten Turban.
»Ich war damals sehr jung. Lebte bei meinen Eltern in diesem Haus. Mein größter Wunsch, Künstlerin zu werden …«, sie zeigte auf ihre Staffelei, »… wurde mir nicht gestattet.«
Ihr Blick schweifte verträumt durch den bunten, hellen Raum.
»Stattdessen musste ich als einziges Kind der Familie in der Firma meines Vaters als Buchhalterin arbeiten. Dort begegnete mir Pierre. Ein Leckerbissen! Er war als Laufbursche tätig und hätte den Erwartungen meines Vaters nie genügt. So trafen wir uns heimlich. Ich war verrückt nach ihm. Versteckt in den Dünen, spielte er auf meinem Körper wie auf einer Geige …«
Jule ahmte die Bogenbewegungen einer Geigerin nach. Odora war entzückt.

Schauspieltalent ist ihr ebenfalls gegeben!
Jule wischte sich unbeholfen mit ihrem Umhang einen Krümel von den Lippen. Ein schelmischer Blick unterstrich die herrlich lebendigen Augen.

»Mein Vater fand die Liaison heraus, drohte uns heftig und entließ Pierre aus seinen Diensten. Über Nacht entschieden wir uns zur Flucht. Wir fuhren zu seinen Eltern nach Brüssel. Es waren bescheidene Leute. Das störte mich nicht …«

Sie seufzte, stand auf, schritt zum Fenster und sah hinaus.

»Was mich störte, war, dass man mich nicht willkommen hieß. Pierres Mutter mochte mich nicht und erniedrigte mich bei jeder Gelegenheit. Sie gab mir die Schuld daran, dass ihr Sohn arbeitslos war. Zudem lag ich der Familie auf der Tasche.«

Sachte, fast zärtlich legte Jule eine Hand aufs Fensterglas, als wolle sie nach der Vergangenheit greifen.

»Ich wollte endlich malen. Wir hausten in einer kleinen Kammer, nirgends war Platz. Die Malutensilien hätte ich mir sowieso nicht leisten können. Pierre beteuerte mir unaufhaltsam seine Liebe und sprach mir Mut zu. Meine Flamme aber erlosch Tag für Tag etwas mehr. So hatte ich mir das nicht vorgestellt.«

Sie drehte sich um und sah Odora mit einem Stirnrunzeln an.

»Meine Mutter sagte stets: ›Da, wo die Armut zur Tür hereinkommt, fliegt die Liebe zum Fenster raus.‹

An diesen Satz musste ich in jenen Zeiten oft denken. Schlussendlich war meine Liebe zu Pierre doch stärker … Bis zu dem einen Tag.«

Jule breitete ihren Umhang mit zwei Armen aus, als wolle sie davonfliegen.

»Kommen Sie, Odora, wir gehen spazieren. Etwas Bewegung und frische Luft sind angesagt! Schließlich wartet das Meer auf uns!«

Sie hielt Odora an der Hand, als beide dem Strand entgegenliefen. Etwas später saßen die zwei Damen in den mit wehenden Gräsern bewachsenen Dünen, die Zehen im Sand vergraben. Die Schaumkronen der Wellen winkten ihnen zu. Odora wartete geduldig auf die Fortsetzung der Geschichte. Sie wollte Jule nicht drängeln.

Diese hielt ihre feine Spitznase mit geschlossenen Augen in die Sonne.

Sie kann also auch ohne Gezappel ruhig sitzen bleiben!

Jules angeklebte Wimpern klimperten, sie nahm den Faden ihrer Erzählung wieder auf.

»Wo war ich stehen geblieben … ah ja! Ich spürte schon morgens beim Aufwachen, dass dieser Tag nichts Gutes bringen würde. Das mag verrückt klingen, aber ich kann Geschehnisse im Voraus empfinden. Nur nicht immer deuten.«

Odora fühlte sich zusehends wohler in der Gesellschaft dieser Frau.

»Pierre hatte früh die Wohnung verlassen, eine kleine Rundreise durch Belgien sollte ihm ermöglichen, eine neue Arbeit zu finden. Seine Mutter bat mich nach dem Frühstück um ein Gespräch. Wie zwei Hähne vor einem Kampf saßen wir uns gegenüber am Tisch. Sie eröffnete mir, dass Pierre verheiratet sei und ein Kind habe. Ich bezeichnete sie als Lügnerin, schrie: ›Wo sind denn Frau und Kind, Sie alte Hexe?‹

Es folgte der Schwerthieb der Schwiegermutter in spe.

›Er hat sich Ihretwegen von seiner Familie getrennt.‹

Als Beweis legte sie mir ein Bild vor. Pierre mit einem kleinen Kind auf den Schultern. Eine schöne, blonde Frau, die sich an ihn schmiegte. Alle lachten glücklich in die Kamera.«

Die kleine Jule wischte sich einen Meerestropfen aus ihren plötzlich wässrigen Augen. Oder war es eine Träne?

»So eilte ich zum Packen in unser kleines Liebesnest, wollte keinem Kind den Vater stehlen, konnte Pierre nicht mehr vertrauen. Per Autostopp verließ ich Brüssel Richtung Ostende. Die reumütige Tochter wurde nach zwei Wochen Abwesenheit freudig empfangen. Pierre stand mehrmals vor unserem Haus und bat um Einlass. Die Türen blieben verschlossen. Schließlich gab er auf.

Von dem Tag an unterstützten meine Eltern meine Künstlerkarriere. Ich wurde mit allem eingedeckt, was ein Künstlerherz begehrt. So vertrieb ich meinen Liebeskummer mit vielen bunten Pinselstrichen. Versuchte es zumindest …«

Sie ergriff Odoras Ellenbogen.

»Ich habe nie mehr einen Mann so begehrt wie ihn.«

Jule zuckelte nervös mit dem Hintern im Sand hin und her.

»Jahre später lernte ich auf einer meiner Vernissagen in Brüssel eine Lehrerin kennen. Eine große, blonde Frau, die sich für meine Bilder interessierte. Sie kam mir bekannt vor. Als sie im Gespräch erwähnte, dass ihr Cousin Pierre einst in der Firma meines Vaters arbeitete, dämmerte es mir. Bei einem Glas Wein fand ich heraus, dass Pierre nie verheiratet war und kein eigenes Kind hatte, sondern einen Neffen.

»Er war krank vor Liebeskummer und ist nach Lateinamerika ausgewandert. Mein Sohn und ich vermissen ihn sehr.«

Jule sprang wie ein junges Geißlein auf die Beine. Ihr gelbes Gewand wehte wie eine Fahne lustig im Wind.

»Hätte ich damals mit Pierre über die Aussagen seiner Mutter gesprochen, ihn zur Rede gestellt, wäre alles anders gekommen, Odora.«

Sie bückte sich zu der braven Zuhörerin hinunter, streichelte über ihre erhitzten Wangen. »Verstehen Sie nun, warum ich Ihnen diese Geschichte erzählen musste?«

Odora nickte.

»Klären Sie das mit Ihrem Rio!«

Jule legte den Kopf in den Nacken, schrie *Juhu!* in den Wind, hüpfte wie ein junges Mädchen zum Meer und planschte im Wasser umher.

»Kommen Sie, meine Liebe, genug Trübsal geblasen!«

Odora kehrt zurück

Diese Frau ist unglaublich.
Odora lag zufrieden in einem knarrenden Himmelbett. Sie freute sich, Marie, Nelli und Columbus bald wiederzusehen.
Aber die Sache mit Rio … Unverzüglich schob sie diesen Gedanken unter die Bettdecke.
»Es ist nicht immer so, wie es scheint!«, hatte Jule gesagt.
»Sie gehen der Sache ab morgen auf den Grund, Kindchen! Keine Widerrede!«
Am Abend hatten sich die beiden heißhungrig an zwei Stückchen Käse und einer Flasche Rotwein ergötzt und sich den Rest Kekse einverleibt. Als sie sich bei dem kargen Mahl ständig geräuschvoll angähnten, war klar, dass nur noch eine Mütze Schlaf sinnvoll wäre. Jule verfrachtete Odora mit einem Stapel frischer Bettwäsche ins Gästezimmer, zog sich dann in ihre eigenen Gemächer zurück. Odora schlief schnell ein. In ihren Träumen wanderte sie in einen gelben Umhang gehüllt durch Vergangenheit, Gegenwart und Zukunft. Alle Figuren dieser Scheinwelt trugen einen verrutschten roten Turban …
Am Morgen gab es statt Frühstück ein paar Turnübungen mit Jule.
»Nichts ist besser für eine verirrte Seele als körperliche Züchtigung!«
Gut, dass ich abreise. Ich würde hier glatt verhungern! Oder zum Muskelpaket mutieren.
Zum Abschied schenkte Jule ihr ein Bild. Die Dünen von Ostende. Hinter einem Sandhügel in der Ferne lugte ein kleiner roter Turban hervor.
»Mein Markenzeichen als Künstlerin!«
Mit diesen Worten entließ Jule Odora aus ihrer farbenfrohen Welt.
Als die junge Frau einige Stunden später auf den berühmten Feldweg einbog, war ihr richtig schlecht. Während der Autofahrt hatte sie versucht, die Gedanken an Rio auf Eis zu legen.
Augen zu und durch!

Als hätte sie die Flüchtige erwartet, stand Marie-Pippi am ominösen Holztor am Ende des Weges, winkte ihr entgegen. Sie umarmte Odora so innig, als wäre diese eben aus dem Krieg heimgekehrt.

»Odora, ich will ja nichts sagen, aber den Hof kann man auch über einen Seitenweg erreichen.«

»Ich liebe Schleichwege mit Schlamm!«

Beide prusteten los. Schulter an Schulter machten sie sich auf den Weg. Ganz vertraut.

»Da gab es wohl ein Missverständnis, liebe Odora. Rio hat nach deiner überstürzten Flucht hier angerufen. Wir wissen nicht, was seine Mutter dir erzählt hat, aber er war an dem Abend mit einer alten Schulfreundin essen!«

Dieses Schwiegermonster!

In der wohligen Küche hatte Marie ihre neue Freundin in Richtung Esstisch geschubst und sie gebeten, doch bitte Platz zu nehmen.

»Und ich dachte …«

Odora sah Marie beschämt an.

»Wer nur denkt, weiß noch lange nichts.«

Marie drückte ihren Arm.

Wenig später saßen sie mit Pippis Mann in trauter Einheit zu Tisch.

»Wo zwei essen, da können auch drei essen!«

Heiter reichte Renato der halb verhungerten Odora eine Riesen-schüssel Kartoffeln mit Speck. Marie schob ihr eine große Portion Omelett und Salat auf den Teller.

Endlich etwas Anständiges!

Anschließend schilderte Odora ihr Abenteuer mit Jule. Ihre neuen Freunde waren begeistert.

»Was du alles so erlebst!«

Marie staunte nicht schlecht.

Columbus kam hereingeschlichen und rieb sich an Odoras Beinen.

»Er will dir damit sagen, dass du einen zweiten Anruf versuchen solltest.«

Renato zog seine Frau vom Stuhl, hurtig verschwand das Paar aus der Küche.

Odora zog Rios zerknitterten Brief aus der Hosentasche und trat zum Telefon. Columbus sprang auf den Küchentresen und setzte sich daneben.

Im Katergesicht erkannte Odora ein zufriedenes Nicken.

Odora, das Landei

Rio war über Odoras Anruf sehr erfreut.

»Ich habe meiner Mutter eine Haushaltshilfe besorgt. Am Montag fliege ich für zwei Tage beruflich nach Frankfurt, und am Mittwoch bin ich wieder in Luxemburg.«

Überglücklich lief Odora in Richtung Hof, um Mensch und Tier die Frohe Botschaft zu verkünden.

»Soweit ich im Bilde bin, hast du diese Woche Urlaub.«

Odora hatte Marie im Stall beim Tierfüttern aufgestöbert.

»Wenn du magst, bleibst du hier und wartest auf Rio.«

Sie goss Wasser in einen Trog. Schon kam die Ziegenfamilie angestapft, darunter Nelli. Odora streichelte sie. Die kleine Ziege drückte ihren Kopf fest gegen ihre Hand. Ein fröhliches *Mäh* erklang einem Dankeschön gleich.

»Falls du es noch nicht wissen solltest, wir haben ein Chalet als Gästehaus.«

Marie verfütterte eifrig Körner an die Hühnerschar, die sich zwischen Ziegenhufen aufgeregt darum balgte.

»Hallo Papa!«

Odora war eingefallen, dass sie Eltern hatte, die bestimmt besorgt auf ein Lebenszeichen hofften. Ein Telefonanruf war fällig.

»Ich bleibe diese Woche auf dem Hof bei Marie. Gruß an Mama!«

Marie geleitete sie zum Chalet, belustigt reichte sie ihr die grünen Gummistiefel, die hinter der Eingangstür des Holzhauses auf sie warteten, und drückte Odora den Schlüssel in die Hand.

»Na dann! Bis heute Abend!«

Pippi klopfte ihr auf die Schulter und machte sich von dannen. Mit den Stiefeln in der Hand setzte Odora sich aufs Sofa und blickte sich um. Das heimelige Gefühl, das sie an die paar Stunden mit Rio geknüpft hatte, wollte sich nicht mehr einstellen. Sie fremdelte.

Ich bin ganz schön verrückt. Begegne einem Typen, entwickle in Windeseile
Hochgefühle, mache einen Riesenaufwand und ziehe andere mit rein. Uns
das alles für einen Mann, den ich eigentlich gar nicht kenne.
Manchmal war Odora sich selbst nicht geheuer.
Hier, in dem unbewohnten Chalet, fühlte sie sich ernüchtert. Sie
dachte an die Worte ihrer Mutter: »Du musst ständig Treppen
überspringen, hastest von voreiligen Gefühlen getrieben ins
Extreme.«
Sie hatte recht. Die Magie der verbrachten Zeit mit Rio war
verflogen.
Jetzt sitze ich hier und warte auf einen Fremden.
Es maunzte an der Tür, Columbus forderte Einlass. Mit dem
Kater auf dem Arm streunte Odora verloren durch das Holzhaus.
»Keine Angst, kleiner Mann, diesmal wird Odora nicht flüchten.
Sie wird abwarten, was genau auf sie zukommt.«

»Du bist so schweigsam.«
Marie und Odora deckten nach dem Abendessen den Tisch ab.
Renato hatte sich in den angrenzenden Raum verzogen und sah
sich ein Fußballspiel an. Das laute Geschrei des Kommentators
mischte sich mit Maries Worten und Odoras Zweifel.
»Ich habe Angst vor meiner eigenen Courage, Marie.«
»Wer Angst hat, der lebt nicht«, erwiderte diese, über die Spülma-
schine gebückt.
»Da ist was dran. Könnte von mir sein«, kicherte Odora.
»Komm, jetzt trinken wir mal einen.«
Marie stellte zwei Gläser hin, holte eine Flasche hausgemachten
Pflaumenschnaps aus dem Schrank und füllte die Gläser bis obenhin.
»Odora, was ist los?«
Etwas geniert versuchte Odora ihre momentane Gefühlslage zu
erklären.
»Mensch, Odora!«
Marie schien leicht verärgert, kippte den Schnaps in einem Zug
runter.
»Ich kannte Renato drei Monate, bevor wir heirateten«, säuselte
sie nach nur einem Glas. »Liebe ist doch nicht an Zeit gebunden!«

Meine Worte.

Odora spülte sich das brennende Gebräu in den Rachen, Maries Augen schielten auf die Flasche.

»Meine Eltern sind kurz nacheinander verstorben …«

»Tut mir leid, Marie!«

Odora füllte die Gläser wieder auf. Dass Eltern sterben konnten, war ein heikles Thema.

»Ich blieb ganz allein zurück, hier auf dem Hof. Ich gab eine Anzeige auf, um eine Hilfskraft zu finden. Dann stellte Renato sich vor.«

Marie warf ihre roten Zöpfe nach hinten und genehmigte sich das zweite Glas Schnaps.

Pippi kann aber was trinken!

Odora schloss sich dem Trinkritual an.

»Ich glaube, dass es wie bei dir und Rio war: Veni, vidi, vici!«, lallte Marie.

Latein kann sie auch noch!

»Auf den ersten Blick Odora, wie im Fi… Film!«, schrie sie laut. »Und hoppla hopp, waren wir verheiratet! … Seit fünf Jahren sind wir … gl… glücklich!« Noch lauter.

Renato kam in die Küche, nahm die Flasche vom Tisch und sah seine Frau rügend an.

»Sie verträgt nichts. Jetzt ist sie hinüber!«

Trotzdem lächelte er Marie liebevoll an.

»Hiermit löse ich den Mädelsabend auf. Gute Nacht, Odora!«

»Jute Acht! … Ohhhh … Nacht«, rief Marie ihr zu, als Renato sie über seine Schulter legte und mit ihr im Haus verschwand.

Odora torkelte zum Küchentresen, wo Columbus auf sie zu lauern schien.

Sie legte sich den Kater über die Schulter und trollte sich ins Fernsehzimmer. Dort fiel sie mit dem Kater auf die Couch.

»Jute Acht, Marie!«

»Jute Acht, Renato!«

Dann stockte Odora, Columbus stupste sie mit seiner Nase an.

»Jute Acht, Rio!«

Und weg war sie.

Es regnet.
Odora öffnete die Augen. Kein Regen. Duschgeräusche und Schritte über ihrem Kopf, der sich wie ein ausgehöhlter Kürbis anfühlte.
Ich habe einen Kater!
Sie sah sich um, bemerkte, dass sie auch jede Menge Katzen hatte. Columbus und seine Gefährtin hatten es sich auf Odoras Nachtlager gemütlich gemacht, beobachteten ihre niedliche Katzenbrut, die sich auf dem Teppichboden balgte.
»Guten Morgen«, stöhnte Odora, kratzte sich an der Kopfhaut und glitt schlangenartig zu Boden.
Eines der Kätzchen kam auf sie zugestolpert und wollte ihren Schoß besteigen. Sie hob es hoch. Zwei blaue Katzenaugen sahen sie an. Eine kleine Pfote griff nach ihrer Nase. Das Näschen der Katze hatte einen weißen Fleck. Schon war es um Odora geschehen.
»Willst du mein Kater sein? Also, mein richtig-richtiger Kater?« Fest drückte sie das Kätzchen an ihre Brust.
»Dann heißt du von nun an Charel! Ich kannte mal einen Menschen, der eigentlich ein schwarzes Schaf war – der hieß auch Charel.«
»Das freut mich! Guten Morgen Odora!«
Marie stand in der Tür. Ihre Augen waren gerötet, ansonsten schien sie topfit zu sein.
»Ab in die Dusche du Stinktier! Ich habe dir Tücher, Unterwäsche und Arbeitskleidung bereitgelegt. Heute darfst du mir auf dem Hof helfen!«
Mit DEM Kater? Eh ... mit zwei ...?
Im Treppenhaus kam ihr Renato entgegen, verpasste ihr einen leichten Klaps auf den Kopf. »Wer trinken kann, kann auch arbeiten!«
Die Maxime meiner Eltern ist landbekannt!
Odora fühlte sich trotz Kater pudelwohl. Nach dem Frühstück stand die Fütterung der Tiere an. Für Odora war es Ehrensache, kräftig mit anzupacken. Marie führte sie in ihren Gemüsegarten und zeigte ihr, wie man Schnecken entfernt und Unkraut jätet.
»Alles ohne chemischen Dünger!«

Sie setzte ihr eine Schnecke auf den Kopf und lief zum Haus zurück. Die wunderschönen Rosenstöcke mussten gehegt und gepflegt werden.

Odora befreite die Schnecke aus ihrem Haar, setzte sie zurück in den Salat, grinste das Tierchen verschmitzt an.

»Schlag dir den Bauch voll, Marie ist weg!«

Sie lernte viel an diesem Tag. Sogar Marmelade einkochen.

Sich körperlich zu beschäftigen, verhindert überflüssige Gedanken.

Mittlerweile fühlte sie sich wieder wohl im Chalet. Columbus und der kleine Charel begleiteten sie, wenn sie abends vom Hof dorthin zurückkehrte. War es schon dunkel, schwang sie mit einer Hand die Taschenlampe, mit der anderen hielt sie Charel an sich gedrückt. Am Dienstagabend lud Renato zu einem Grill am Lagerfeuer ein.

»Als Dankeschön für deine Hilfe.«

Lagerfeuergeschichten

Auf alten Baumstämmen hockten sie zu dritt am prasselnden Feuer, tranken artig aus Wasserflaschen und genossen das Leben.

»Renato, leben deine Eltern noch?«

Ehe Odora die Frage ausgesprochen hatte, bereute sie es schon. Renatos Traurigkeit drang unverzüglich zu ihr durch. Ihre Rezeptoren ... Diese ewig offenen Sinneskanäle der Hochsensibilität, die Odora oft verfluchte.

Marie hatte gerade von ihren Eltern erzählt, die sie sehr vermisste. Wie mühsam der Vater den Hof aufgebaut hatte, von seiner Frau stets unterstützt. Renato blickte in die Flammen, stieß einen tiefen Seufzer aus. Er nahm einen alten Ast, stocherte damit in der Glut herum. Die jungen Frauen waren mucksmäuschenstill.

»Eine schmerzvolle Geschichte«, murmelte er bedrückt.

»Damit du sie verstehst, muss ich weiter ausholen.«

Der junge Mann atmete so tief ein, dass Odora befürchtete, er würde mit der Frischluft gleichzeitig Feuerglut in seine Lungen ziehen.

»Meine Mutter Claire lernte meinen Vater Arno auf dem Geburtstagsfest ihres Patenkindes kennen. Sie sahen sich und schon konnten sie die Finger nicht mehr voneinander lassen!«

Renato trank einen Schluck Wasser aus seiner Flasche.

»Scheint in der Familie zu liegen«, sagte er leise.

Er tut sich schwer mit seiner Familiengeschichte.

»Nun, sie verbrachten einen einzigen Sommer zusammen, an dessen Ende meine Mutter über mir schwanger war und mein Vater bei einem Autounfall ums Leben kam.«

Odora hätte Renato am liebsten umarmt, unterließ es aber.

»Darum habe ich ihn nie kennengelernt, litt furchtbar darunter und tue es heute noch. Als Heranwachsender empfand ich sehr viel Trauer und Wut, dass mir von Anfang an der Vater genommen worden war.«

Abermals stocherte er im Feuer herum.

»An allen Ecken des Lebens fehlte er mir. Meine Mutter tat ihr Bestes, konnte den Vater leider nicht ersetzen.

Mutter erkrankte an chronischen Ganzkörperschmerzen … Fibromyalgie, eine Krankheit, die vom Gesundheitswesen leider nicht anerkannt wird, sie ist im Körper nicht nachweisbar.

Um uns durchzubringen, war sie gezwungen, weiterhin ganztags zu arbeiten. Tagtäglich kam Mutter ausgelaugt nach Hause, konnte meiner eigenen Verzweiflung nichts entgegensetzen. Claire hatte keine Kraft mehr, des Öfteren nickte sie über dem Abendessen auf ihrem Stuhl sitzend ein. Ich fühlte mich von ihr im Stich gelassen, vertrug Mamas Schwäche nicht …Obschon sie nichts für ihre Krankheit konnte.« Er schluckte.

»Je schlimmer ich mich fühlte, desto gemeiner behandelte ich sie. Ich gab Mama die Schuld an allem, was mir misslang. Sie litt sehr darunter … Das vertrug ich schon gar nicht, kippte immer noch eine Schippe drauf, machte sie schlecht bei vielen Leuten … Heute tut mir das sehr leid …«

Das Feuer flammte auf und knisterte, als wollte es Verständnis bekunden.

»Ich wurde zum Rebellen, kam nicht im Leben an. Ich war überall und doch nirgends, leben fiel mir schwer.«

Renato stand auf, legte ein Holzscheit aufs Feuer, setzte sich zu seiner Frau und nahm sie in den Arm.

»Dann hat meine Mutter mir doch noch das Leben gerettet und mein Glück bestimmt. Sie war es, die mich auf Maries Stellenanzeige aufmerksam machte. Anfangs habe ich nicht an eine Chance geglaubt. Diesmal hatte ich Gott sei Dank einmal in Jahren auf Mutter gehört. Und hier bin ich!«

Renato drückte Marie einen langen Kuss auf die Lippen.

»Claire möchte jetzt von uns Menschenbabys anstatt Katzenbabys haben!«

Die beiden umarmten sich inniglich.

»Schön, dass ihr euch gefunden habt.«

Odora erhob sich.

»Ich fange noch Charel ein und gehe schlafen. Gute Nacht und danke für den gemütlichen Abend.«

Nur weg hier. So viel Liebe ist mir heute zu viel.

»Gute Nacht, Odora!«, rief das Paar wie aus einem Munde.

Die Einsame drehte dieser Stätte der Zweisamkeit den Rücken zu, vernahm bis zum Chalet ein eifriges Plaudern. Odora wollte den gastfreundlichen Abend nicht mit ihren Sorgen beschweren. Manchmal sollte man eigene Belange hintanstellen. Renato und Marie hatten sich so viel Mühe gegeben, ihre Geschichten waren tragisch, Odoras Liebesgehabe dagegen nur warme Luft.

»Ach, Charel!«, seufzte sie, als sie mit ihrem Kätzchen im Bett kuschelte. Er schmiegte sich an ihren Hals, den er mit seiner kleinen Zunge zu waschen begann. Odora legte ihre Hand auf sein weiches Fell, spürte sein Herz schlagen. Columbus lag eingerollt zu ihren Füßen. Es beruhigte sie. Erschöpft von einem langen Arbeitstag, vertrieb sie jegliche Bedenken und verfiel in einen tiefen Schlaf.

Die Einsicht

Der Tag der Tage war gekommen. Rio hatte für seine Ankunft keine Uhrzeit genannt, Odora wollte bereit sein. Sie stand mit den Hühnern auf, fühlte sich beflügelt.

Egal was heute passiert, mach das Beste draus!

Ihre Erlebnisse und die gehörten Geschichten während Rios Abwesenheit hatten sie verändert. So manche Fragen, die sie sich über die Liebe stellte, waren beantwortet worden. Die Geschichte von Jule und Pierre hatte sie gelehrt, dass Liebe vor allem Vertrauen und Zuversicht brauchte und Weglaufen keine Lösung war. Marie und ihr Renato waren das beste Beispiel dafür, wie wenig die Zeit bei der Liebe eine Rolle spielte, die Uhr des Lebens gnadenlos tickte und man einen geliebten Menschen allzu schnell an den Tod verlieren konnte.

Darum soll man jeden Augenblick genießen, nicht voreilig urteilen, schon gar nicht flüchten und alles in Ruhe abklären.

Stolz über diese Einsicht straffte Odora ihren Rücken. Sie musste an den berühmten Spruch ihrer Mutter denken, den man bei Niederlagen so gut wie bei Erfolgen anwenden konnte: *Bauch rein, Brust raus!*

Columbus und Charel kratzten an der Tür.

»Ab zum Frühstück mit euch, grüßt mir Marie und Renato!«

Odora entließ sie in die Freiheit, schloss die Tür, lehnte sich mit dem Rücken dagegen und blickte sich um.

Dann wollen wir mal!

Eine Stunde später herrschte ungewohnte Ordnung im Chalet. Die Kissen waren akkurat auf Bett und Sofas drapiert, die Fenster geputzt, die Bücher abgestaubt.

Rios unordentlichen Schreibtisch rührte sie nicht an. Bei dessen Anblick staunte Odora über sich selbst.

In den letzten Tagen habe ich weder ein Buch noch einen Stift in Händen gehalten!

Sie fuhr liebevoll mit den Fingern über Rios alte Schreibmaschine.

In Menschen zu lesen, ihnen zuhören und daraus zu lernen ist auch viel interessanter. Man kann das Leben dann besser verstehen.

Odora wühlte in ihrer Sporttasche, fischte Jules Bild heraus und stellte es gut sichtbar auf die Fensterbank.

Ein bisschen Kunst muss schließlich sein!

Sie warf einen letzten zufriedenen Blick über ihre Schulter.

Jetzt kann er kommen!

Erwartungsfroh lief Odora dem Hof entgegen.

Odora und Rio

»Da bist du ja!«

Ihre Freunde saßen beim Frühstück, bissen herzhaft in ihre Brote und schienen sehr gut gelaunt zu sein, deutlich mehr als sonst.

»Wir sind heute auch später dran«, schmatzte Marie und lächelte in sich hinein.

Aha! Da war wohl viel los gestern Nacht.

Odora verdrängte diesen gewagten Gedanken und gesellte sich zu dem harmonischen Paar. So kauten sie eine Weile zusammen, in friedlicher Eintracht.

»Na, aufgeregt wegen heute?«

Marie wartete ihre Antwort gar nicht ab, trat hinter sie und zog sie an den Haaren.

»Also, mit so einem Schmuddelkopf kannst du Rio nicht empfangen, meine Kleine!«

Sie zog Odora die Treppe hoch, schnurstracks ins Badezimmer. Diese erhaschte davor noch kurz Renatos mitleidigen Blick.

»Arbeitskleidung runter! Duschen!«

Sie gehorchte. Marie nahm Platz auf der Toilette, wo sie, ein Lied summend, wartete. Wie eine Mutter ihr Kind wickelte sie die frisch Geduschte in ein großes Tuch und verknotete es über ihrer Brust.

»Setzen!«

Sie drückte Odora auf einen bereitgestellten Schemel vor dem Spiegel, ergriff eine Bürste und begann ihre Locken ziemlich unsanft zu bearbeiten.

»Du bist heute Morgen aber ganz schön rabiat«, traute Odora sich zu murren.

»Ruhe! Stell dir vor, Rio steht schon bald auf der Matte und du bist nicht fertig!«

Das war ein gutes Argument, so ergab sich die Marie-Geplagte ihrem Los.

Marie föhnte Odoras Haare, band sie zu einem Pferdeschwanz zusammen, zog ihr ein paar Strähnchen ins Gesicht. Zufrieden begutachtete sie ihr Werk. Odora fand sich recht ansehnlich, obschon so ein Frauengehabe in puncto Schönheit nicht ihr Stil war.

»Danke Marie, sieht wirklich gut aus.«

»Moment!«

Ihre emsige Freundin war schon wieder zur Tür hinaus gehuscht, stand kurz darauf mit frischer Unterwäsche und einem langärmeligen Blümchenkleid vor Odora.

»Jetzt übertreibst du aber!«, schrie diese entsetzt auf.

»Wie soll ich so denn arbeiten?«

»Heute arbeitest du nicht. Sonst war meine ganze Mühe ja umsonst!«

Da ließ Marie wohl nicht mit sich diskutieren.

Aber so viel Fürsorge tut unheimlich gut!

Renato tauchte einige Minuten später hinter seiner Frau auf, grinste bei Odoras Anblick. Wie ein begossener Pudel stand diese da.

»Na, Rio wird Augen machen!«

Lustig pfeifend lief er die Treppen runter. Odora ergab sich in ihr Schicksal. Sie war Marie so dankbar für alles und vermochte ihr nicht zu widersprechen, obschon sie sich etwas verkleidet vorkam. Sie umarmte die Freundin.

»Darf ich dann wenigstens die Katzen füttern?«

Der Gedanke an Rio machte sie nervös, sie brauchte Beschäftigung.

»Natürlich Kindchen!«, erwiderte Marie. »Lauf schon!«

Mit einem großen Sack Katzenfutter trat Odora vor das Haus, sah einen Schatten und blickte auf. Da stand Rio.

»Hallo Odora, schön, dich zu sehen!«

Rio kam auf sie zu und umarmte sie. So gut es eben ging mit dem Katzenfuttersack zwischen ihren Körpern. Sein Geruch stieg Odora direkt in die Nase und von dort aus geradewegs in ihren Bauch hinein – und doch fühlte sie sich abermals überrumpelt, unbeholfen machte sie einen Schritt nach hinten.

»Hallo Rio!« Mehr fiel ihr nicht ein.

Marie kam aus dem Haus gelaufen und rannte geradewegs in Odora hinein. Diese stolperte über den Sack in Rios Arme, wo sie mit den Köpfen zusammenstießen.

»Schon besser!«, sagte dieser und drückte ihr einen Kuss auf die Nase.

Dank Maries Tollpatschigkeit war das Eis gebrochen. Renato kam aus dem Stall gelaufen und umarmte seinen Freund.

»Kommst du, mir eine meiner Frauen zu rauben, du Dieb?«

Er klopfte Rio auf den Rücken.

»Ich stehe nicht so auf Blümchenkleider«, grinste er, zeigte auf Odora.

»Die kannst du haben!«

Vergnügt vereint belagerten die Freunde noch eine Weile die Küche. Rio hatte behutsam unter dem Tisch Odoras Hand ergriffen und drückte sie. Einerseits war diese froh, nicht sofort mit dem Ziegenmann allein zu sein, andererseits konnte sie es kaum erwarten. Sie war sich noch nicht schlüssig über ihre Gefühle zu diesem Mann, auch wenn ihre feuchten Hände und ein leichtes Ziehen in der Brust schon mehr zu wissen schienen. Sie war vorsichtiger geworden, irgendwie reifer. Dachte an die Worte ihres Vaters.

Marie und Renato erzählten Rio begeistert von Odoras Einsatz auf dem Hof, lobten sie in den höchsten Tönen.

»Rio, du hast jetzt zwei Kater im Chalet!«, verriet Marie.

»Na, dann habe ich ja mächtig Konkurrenz!«

Rio erhob sich und zog Odora mit sich hoch.

»Meine lieben Freunde, ich will mich herzlich bei euch bedanken. Ihr werdet sicher verstehen, dass ich mich mit diesem Blümchenwesen zurückziehen will. Wir haben uns viel zu erzählen.«

Odora errötete, winkte ihren Freunden zu, als Rio sie entführte. Wie auf Absprache rannten Marie und ihr Mann zum Fenster, wo sich ihnen ein schönes Bild bot. Rio und Odora wanderten Hand in Hand übers Feld. Hinter ihnen tapsten treu und im Gleichschritt zwei schwarze Kater, ein großer und ein kleiner.

»Ehrlich gesagt, so gefällst du mir viel besser!«

Gleich nach ihrer Ankunft im Chalet war Odora in eine alte Jogginghose von Marie gesprungen und hatte sich einen Pulli über den Kopf gezogen. Es verminderte ihre Angriffsfläche. Im Kleid fühlte sie sich nackig. Währenddessen streckte sich Rio mit den Katern auf dem Sofa aus. Odora hatte befürchtet, er würde sich sofort an sie ranmachen, und war froh, dass er einen gewissen Abstand wahrte.

»Danke Odora, es ist schön, in ein gemachtes Nest heimzukehren«, nuschelte er unter einem kleinen Pelzbauch hervor.

Charel hatte beschlossen, Rios Gesicht zu erkunden, das er mit seinen Pfötchen abtastete.

Mein Komplize. Als wüsste der kleine Kater, dass ich Angst vor meiner eigenen Courage habe. Wie soll ich mich Rio gegenüber verhalten?

Sie goss einen Tee in Rios schöner alten Teekanne auf, stellte zwei Tassen auf dem kleinen Beistelltisch bereit und hockte sich, wie vor nur zehn Tagen, gegenüber von Rio auf das andere Sofa.

Sei einfach du selbst!

Rio erhob sich. Mit Charel auf dem Arm kam er an, ließ den Kater auf Odoras Schoss gleiten und setzte sich neben sie. Er nahm ihre Hand, drehte ihr den Kopf zu, beugte sich vor und küsste sie auf die Stirn.

»Ist eine komische Geschichte mit uns beiden.«

»Das kannst du laut sagen!«

Rio schien es wie ihr zu ergehen.

Nur nichts überstürzen!

»Tja, Odora, ich bin ja um einiges älter als du.«

Er schlug seine Beine übereinander.

»Ich kann dir aus Erfahrung sagen, dass es selten ist, einem Menschen zu begegnen und ihn sofort so sehr zu mögen, wie ich dich mag.«

Odora konnte nichts erwidern. Was sie gerade hörte, gefiel ihr aber sehr gut.

»Nach unserem Treffen dachte ich, dass ich zu alt wäre und du viel zu unerfahren, um diesem Gefühl weiter nachzugehen. Aber ich bekam dich nicht mehr aus meinem Kopf.«

Rio stand auf, holte die Teekanne und füllte die Tassen. Er kniete sich vor sie hin und streichelte Charel, der leise schnarchend an Odoras Bauch gelehnt ein Schläfchen wagte.

»Deshalb hinterlegte ich diesen Brief bei Marie. Ich dachte, wenn Odora das Gleiche empfindet, wird sie den Weg zurück sicherlich finden.«

Er sah sie an, streichelte jetzt Odoras Knie. Es störte sie überhaupt nicht.

»Bitte sag auch was!« Er hielt inne, sah ihr in die Augen.

»Ich fühle mich gerade wie ein Teenager in einem kitschigen Liebesfilm! Du musst zugeben, dass diese Rolle mir nicht besonders gut steht. Sie beraubt mich meines männlichen Naturells.«

Odora konnte nicht anders und legte ihre Arme um seinen Hals.

»Ach Rio, natürlich geht's mir genauso mit dir. Sonst wäre ich ja gar nicht hier.«

Sie drückte ihm einen Kuss auf die Stirn. Charel trollte sich verärgert miauend von ihren Beinen. Bei zwei Bäuchen war einer zu viel!

»Aber lass es uns langsam angehen, ja?«

Columbus grüne Katzenaugen blickten ungeduldig zu dem Menschenpaar.

Es schien die Zeit vergessen zu haben. Sie hatten stundenlang über Bücher und die Welt geplaudert, es war schon später Nachmittag.

Der Kater verspürte nagenden Hunger. Rios Ankunft und das furchtbare Menschengeplänkel hatten ganz dummerweise seine Fütterung verhindert.

Er sprang auf, lief zur Tür und verfiel in dramatisches Geraunze. Gelernt war gelernt! Menschen reagierten immer darauf! So war es auch. Odora hastete zur Tür, öffnete sie ihm. Majestätisch und mit erhobenem Siegerschwanz wollte der Kater ins Freie traben.

»Columbus, warte!«

Rio brachte Charel, schob dessen kleinen Hintern samt dem eingebildeten Katzenvater zur Tür hinaus.

»Komm Odora, lass uns in die Stadt fahren, ich habe einen Mordshunger.«

»Mensch Rio, meine Eltern! Fändest du es verfrüht, wenn ich sie dir heute vorstellen würde? Wir könnten ja vorbeischauen! Ersatzkleider brauche ich auch.«

»Kein Problem, Odora, es wäre mir vor allem eine Ehre, deinen Vater kennenzulernen. Er ist ein guter Journalist, eigentlich sind wir Kollegen, falls ich das so sagen darf.«

Es war ihr Vater, der ihnen freudig die Tür öffnete. Sein Blick schweifte von Odora zu ihrem Begleiter und zurück.
»Sie können eigentlich nur Rio sein.«
»Der bin ich.«

Rio war beeindruckt von der Tatsache, dass Odoras Vater seinen Namen kannte. Dieser sah schmunzelnd zu seiner Tochter, die in Maries Blümchenkleid vor ihm stand.
»Erstaunlich!«, bemerkte er mit einem leicht ironischen Unterton.
»Vor ein paar Tagen ist von hier aus ein verwirrtes Mädchen aufgebrochen. Jetzt bringen Sie mir eine strahlende junge Frau zurück!«
Er sah Rio vielsagend an.

Papa konnte so anzüglich sein!

»Respekt! Na, dann kommt herein. Ich habe gerade einen exzellenten Cognac aufgemacht.«
Rio grinste übers ganze Gesicht. Odora fragte sich, ob Rios Interesse ihrer bescheidenen Person oder der ihres berühmten Vaters galt!

Der Anwalt

»Wow, Odora! Bist du gewachsen!«

An Papas Bar hockte Besuch!

Gerade heute. Darum der Cognac.

Pascha Paul, Vaters bester Freund und Anwalt, erhob sich vom Barhocker, um die Neuankömmlinge zu begrüßen. Ein stattlicher Mann, wie üblich im feinsten Faden gekleidet. Seine kurzen Haare waren ergraut, eine moderne Brille schmückte sein Nasenbein.

»Der berühmte Staranwalt Pascha Paul!« Rio staunte nicht schlecht. »Ich habe Ihre Prozesse und Interviews schon öfters im Fernsehen verfolgt!«

»Nennen Sie mich Pascha!«

Der Star schüttelte Rio die Hand und lächelte erhaben.

Cognac floss in Strömen, die Männer fanden einen Gesprächsstoff nach dem anderen, derweil Odora ein bisschen im Abseits stand. Sie vermisste ihre Mutter, die trotz später Stunde noch nicht zu Hause gelandet war.

Eigentlich ungewöhnlich. Wo bleibt sie bloß?

»Ich habe gehört, Sie sind auch Journalist?«

Vater nuschelte durch den Rauch seiner Zigarre.

Rio nickte. »Ja, eher selbstständiger Autor.«

Er erzählte von der Zeitung in Frankfurt, von einem Fernsehsender, für den er vier Jahre als Auslandskorrespondent in London arbeitete.

»Momentan bevorzuge ich es, über Themen zu schreiben, die mich bewegen. Welt- und Friedenspolitik, soziale Brennpunkte und so weiter.«

Noch so einer!

Papa nickte wohlwollend, zündete erneut seine Zigarre an, die er gekonnt mit dem Mundstück in sein Glas Cognac tunkte. Odora roch ihre Kindheit. Pascha lehnte sich zu Rio.

»Also Rio, wenn Sie einen guten Anwalt brauchen, ich bin auch im Bereich der Klagen von und gegen Journalisten spezialisiert.«

»Der Robin Hood der Pressefreiheit! Den können wir stets gut gebrauchen!« Mittlerweile jonglierte Papa mit den Streichhölzern, beäugte die Flasche Cognac. Gleich würde er Nachschub besorgen müssen.

»Ich brauche dringend Robin Hoods Hilfe!«

Alle schreckten hoch. Mama stand in der Tür, sie sah furchtbar aus.

»Ich war bis jetzt im Büro!«

Sie eilte an die Bar, ergriff sich Rios Glas und kippte sich den Rest Cognac hinter die Binde. Dann erst nickte sie dem neuen Gesicht an der Bar und ihrer Tochter zu.

Wie peinlich! Die Tochter des Hauses war entsetzt über solch despektierliches Benehmen.

»Kurz vor Redaktionsschluss ereilte mich die Mitteilung, dass der Staat uns die nötige finanzielle Zuwendung für den Druck der Parlamentsberichte streichen will. Als einziger Zeitung im Land!«

Sie stieg gekonnt auf einen Barhocker, gab ihrem Mann das unverkennbare Zeichen für ein Glas Cognac.

»Ihr offizielles Argument ist unsere geringe Anzahl an Abonnenten!«

Sie drehte sich zu Rio um.

»Dabei wollen sie uns nur schaden, langsam, aber sicher mundtot machen. Wir brauchen diesen Auftrag, sonst können wir den Betrieb dichtmachen!«

Alles beim Alten. Politik und die Zeitung stehen sogar dann im Mittelpunkt, wenn ich einen Mann mitbringe. Odora war genervt.

Pascha klopfte Mutter liebevoll auf den Rücken.

»Beruhige dich, mein Partner Grisone und der Staranwalt *in persona* werden euch beistehen. Morgen früh werden wir uns diese Mitteilung ansehen und sofort rechtliche Schritte einleiten.«

»Pascha Paul wird die Sache schon schaukeln. Er ist der Beste!«

Vater tätschelte Mamas Hand, die sie ihm prompt entzog. Sie mochte es definitiv nicht, angefasst zu werden. Als wolle man sich an ihrer Autonomie vergreifen.

Rio blickte absolut entzückt zu Odora. Seine Augen funkelten gierig, als habe er Blut geleckt. Odora seufzte. Jetzt hatte sie Rio nicht mehr für sich allein.

Das Gelage im elterlichen Haus ging bis in die Nacht hinein. Irgendwann rief ihre Mutter:

»Odora, mach uns doch deine guten Spaghetti!«

Als Einzige nüchtern zu sein hat nur Nachteile.

Die Nasen der Barbesetzer glänzten verdächtig. Sogar der Herr Anwalt hing etwas schief ohne Krawatte neben Rio, dessen roter Schopf bei jedem Satz hin und her schwang.

Schöne Bescherung!

Odora hoffte, dass ihre berühmt-berüchtigten scharfen Nudeln diese Cognac-Extremisten zur Besinnung bringen würden. Schon öfters hatte sie des Nachts für die Eltern und ihre Gäste gekocht, wurde dafür extra aus dem Schlaf gerissen und in die Küche verschleppt. Aber ihr Spezialgericht half immer, diesmal tatsächlich auch. Nach dem frühen, warmen Frühstück beruhigten sich die Geister, die es extremst nach frischem, kaltem Wasser dürstete.

Rio war im Schmusemodus, wollte Odora andauernd küssen. Diese wich ihm aus, mochte seine Fahne nicht. Ihre Eltern beobachteten das Spiel mit einem zufriedenen Ausdruck im Gesicht, lächelten sich verschworen zu.

Pascha spielte zum Abschluss noch etwas Luftgitarre, schlüpfte dann wieder in sein Hugo B-Kostüm.

»Leute, das war ein grandioser Abend! Morgen … eh … Heute früh erwartet mich Grisone in der Kanzlei. Dann kümmern wir uns um euer Anliegen!«

Mit einer schiefen Brille auf der Nase küsste er alle zum Abschied.

»Ach ja, Rio! Falls es dich interessiert, ich bin nicht nur Rechtsverdreher, sondern auch Gitarrist. Am Samstag gibt meine Band auf dem Wilhelmplatz ein Konzert. Ich sage nur: Faszination! Auch Odora wird es gefallen! Kommt doch hin!«

Die Nüchterne räumte auf, gab ihren Eltern einen Gutenachtkuss und sorgte dafür, dass Rio die Treppen unfallfrei hochkam. Sie schaffte ihn fluchend in ihre Höhle, wo er sogleich aufs Bett fiel.

»Odora, das war der helle Wahnsinn!«, schnurrte er, schlief sofort ein und schnarchte die Wände an.

An ihrem Schreibtisch sitzend, ließ Odora den Abend Revue passieren. Sie nahm ihr Heft und schrieb:

Ich mag eine komische Familie haben und selbst ziemlich eigenartig sein. Doch Rio passt …

Hallo Wach

Es war das erste Mal in ihrem Leben, dass Odora in ihrem Jungmädchenzimmer neben einem Wesen mit Bart aufwachte, das ihr piksende Küsse auf den Mund drückte und mächtigen Mundgeruch verströmte … Eine Mischung aus Cognac und Knoblauch. Sie rückte von Rio ab.

Das ist so, als würde ich meinen Vater küssen!

»Ich glaube, meine Eltern haben immer eine Zahnbürstenreserve.« So war sie vorerst aus dem Schneider. Ihr ging das alles zu schnell. Das Eindringen eines richtigen Mannes in ihr Kinderreich fühlte sich an diesem Morgen wie ein Sakrileg an. Rio streckte sich in alle Himmelsrichtungen.

»Kaffee vor Zahnbürste? Ich habe so einen dicken Kopf, Odora!«

»Na gut.«

Von unten aus der Küche vernahm sie geschäftiges Geklapper.

»Bestimmt ist der Kaffee schon fertig.«

Sie kannte ihre Eltern. Egal wie lange die Nacht, wie heftig das Gelage unter der Woche, ausnahmslos standen sie morgens früh bereit und kamen ihren Pflichten nach. Ihre Tochter bewunderte sie für diese Kraft, diesen starken Willen.

»Guten Morgen ihr beiden!«

Der Gutelaunebär in Vatergestalt hatte tatsächlich frische Brötchen geholt!

»Morgen«, brummte Mama, die mindestens zwei starke Kaffees benötigte, in denen der Löffel quasi stehen blieb, bevor sie ansprechbar war. Sie nannte diese Kaffeemischung »Hallo Wach«. Rio benötigte diese Mischung dringend! Hintereinander trank er drei Tassen. Mama schien das nicht zu gefallen.

»Ich sollte noch eine Kanne aufsetzen«, ärgerte sie sich, verschwand schlurfend wie eine Hundertjährige in der Küche, die Haare in der Luft.

»Tja Rio, mitgehangen, mitgefangen!«, scherzte Papa. »Sei froh, dass meine Tochter eher nach mir kommt!«

Vater und Rio tauschten sich über gute ungarische Salami und Frühstücksgepflogenheiten aus aller Welt aus. Odoras Erinnerungen schwebten aus dem Raum in das Haus hinein, die Treppen hoch … In Begleitung eines kleinen Mädchens mit Zöpfen, das einst hier wohnte. Sobald dessen Vater gegen drei Uhr nachts mit dem Wasser plätscherte, schlich es sich zu ihm ins Bad, beobachtete ihn ehrfürchtig während seiner Rasur. Die kleine Odora war fasziniert von dem großen, runden Pinsel am Ende eines hellen Holzgriffs, mit dem Papa sich wohlriechenden Rasierschaum im Gesicht auftrug. Das Kind streckte dem Vater die Nase hin, auf die er behutsam etwas Schaum tupfte. Das war ihr Ritual, es gehörte Vater und Tochter gleichermaßen. Nur ihnen. Dann folgte ausnahmslos der Satz: »Ab ins Bett mit dir, es ist noch viel zu früh!«

Etwas später lauschte die Kleine dem Quietschen des Garagentors. Papa entschwand in den frühen Morgen. Er eilte in den Betrieb, wollte vor dem Druck der Zeitung nochmals Korrektur lesen. Sein Mädchen schlief zufrieden ein, roch mit dem Tupfer Rasierschaum die Nähe ihres geliebten Papas. Der tauchte am frühen Morgen mit frischem Brot oder Croissants wieder auf. Herrlich!

»Odora! Träumst du schon wieder?«

Mutter reichte ihr ein weich gekochtes Ei im Glas. Auch das war eine beliebte Tradition. Egal wie beschäftigt oder müde ihre Eltern waren, dreimal am Tag fand sich die ganze Familie an diesem Tisch ein, um gut zu speisen.

Rio widmete sich um einiges wacher seinem Ei.

Die Stimme ihres Vaters erhob sich, er rezitierte seine lustigen Lieblingsverse. Damit lockerte er stets die Stimmung auf, ehe ein peinliches Schweigen sich einschlich:

»Bienbien, sagte der Graf, denn er sprach fließend Französisch. Die Gräfin lächelte kühl, was bei der großen Hitze sehr angenehm war. Das Dienstmädchen brachte eine Schlagsahnetorte herein, worauf alles sich setzte. Doch der Graf, der keine Süßigkeiten mochte, ließ sich ein weich gekochtes Ei bringen, worauf er in dumpfes

Brüten versank. Und der Baron schwang sich von Kronleuchter zu Kronleuchter, um den Teppich zu schonen.«

Rio verschluckte sich vor Lachen. Stolz über den Humor ihres Vaters tappte Odora ihm erlösend auf den Rücken.

Mutter, die dank »Hallo Wach« endlich zu Sinnen kam, blickte Rio misstrauisch an. Lässig ein Brot schmierend, fragte sie ganz nebenbei:

»Rio, sagen Sie, was sind Ihre Absichten mit meiner Tochter?«

Peinliches Schweigen. Sogar Papa fiel die Kinnlade runter. *Typisch Mama!*

Odora war diesmal mächtig verärgert. Gespannt wartete sie mit den Eltern auf Rios Antwort.

»Madame«, gab dieser gewitzt von sich, »die Frage ist wohl eher: Was hat Ihre Tochter mit MIR vor?«

Odora war überzeugt, dass das ohrenbetäubende Gelächter der Eltern im ganzen Ort zu hören war.

Die Standpauke

»... übrigens bin ich alt genug, um zu wissen, was ich tue ... Mit wem ich will, wann ich will!«

Odora werkelte nach dem Frühstück mit ihrer Mutter in der Küche, die Männer plauderten gut gelaunt nebenan. Sie verpasste Mama währenddessen eine kräftige Standpauke. Ihre Frage an Rio war für Odora ein Ding der Unmöglichkeit.

»Misch dich ja nicht ein!«

Sie räumte das abgewaschene Geschirr geräuschvoll in den Schrank.

»Aber Odora ...«

»Nix Odora! Ich bin mir bewusst, dass Rio älter ist als ich und ja, ich bin ziemlich unerfahren«, ereiferte sich die erboste Tochter und knallte eine Schublade zu.

»Aber dies ist mein Leben, meine Angelegenheit!«

Im Nebenraum verstummte die männliche Sippschaft. Keiner der Männer schien sich jedoch zu trauen, seinen Kopf in die Küche zu stecken.

Odora warf das Spültuch in eine Ecke und stellte sich mit verschränkten Armen vor ihrer Mutter auf. Die Gescholtene schien einzuknicken, sagte kein Wort, blickte besorgt zu ihrer Tochter.

»Wenn du einmal eine Tochter hast, wirst du oft an mich denken.« Ganz zart und leise war diese Aussage. Obschon ihr ungewohnt schwacher Anblick Odora erweichte, blieb sie hartnäckig.

»Wenn, wenn, wenn! Ich lebe jetzt und hier, Mama, und will meine eigenen Erfahrungen machen! Das hast du doch früher genau so gehandhabt!«

Nun senkte die angefauchte Mutter resigniert den Kopf.

»Verhütest du wenigstens?«

Mit der Frage hatte Odora nicht gerechnet. Es tat ihr ein bisschen leid, dermaßen angriffslustig mit ihrer Mama umgesprungen zu sein. Sie machte einen Schritt auf sie zu, legte eine Hand auf ihre Schulter.

»Mama, mach dir nicht so viele Sorgen! Wir sind noch nicht so weit.«

Eine traurige Falte umspielte Mutters Lippen, sie hob den Kopf, sah ihre Tochter liebevoll an.

»Odora, das kann ganz schnell geschehen. Man sollte nie versuchen, einem alten Affen Grimassen beizubringen. Versprich mir, dass du zum Arzt gehst und dir die Pille verschreiben lässt, Kleines.«

»In Ordnung Mama, wenn du in Zukunft solche Bemerkungen an Rio unterlässt.«

Mutter schien ungemein erleichtert zu sein.

Als Odora die Küche verlassen wollte, hielt ihre Mutter sie am Arm zurück.

»Eigentlich bin ich immens stolz auf dich, Odora.«

Sie fuhr ihrer Tochter mit der Hand durch die Locken.

»Ich muss dir nächstens Mal von meiner Jugend erzählen … Du wirst Augen machen!«

Sie gab Odora einen festen Klaps auf den Hintern.

»Geh schon, mein Wildfang!«

Über ein Jahrzehnt später schenkte das Leben Odora eine Tochter. Die Mama in ihr dachte ständig an die Worte der eigenen Mutter zurück. Vor allem die alten Affen mit deren Grimassen lernte sie intensiv kennen. Odora verstand nachträglich jene Bedenken und Sorgen und dass das mit Müttern und Töchtern schon immer so war und auf ewig so bleiben würde.

Der Unfall

Nachdem die Eltern geknickt zur Arbeit aufgebrochen waren, saß Odora neben Rio am Tisch, unschlüssig, ob sie ihn nur heimbringen oder noch ein paar Tage mit ihm auf dem Land verbringen wollte. *So viel Nähe* ... Sie fingerte nervös an ihren Locken, als Rio ihr vorschlug, sich bis Sonntag zu ihm zu gesellen. Erleichtert darüber, dass Rio ihr zuvorgekommen war, lief Odora in ihr Zimmer und packte Ersatzkleider ein.

»Du hattest recht.«

Auf dem Beifahrersitz kratzte Rio sich am Kopf.

Ich sage nur: Cognac!

»Ihr seid wirklich eine spezielle Familie ...«

Er legte den Kopf nach hinten, schloss seine Augen und döste vor sich hin.

Je näher sie dem Hof kamen, umso unruhiger wurde Odora. Unerwartete Bauchschmerzen und das Bedürfnis, weinen zu müssen, beunruhigten die junge Frau.

Etwas stimmt ganz und gar nicht. Hoffentlich irre ich mich.

Odora drückte das Gaspedal fest nach unten, wollte schnellstmöglich bei ihren Freunden sein. Diesmal nahm sie die von Marie empfohlene Seitenstraße auf den Hof. Keine Pippi weit und breit. Renato schien ihre Ankunft ebenfalls nicht zu bemerken. Nur die Katzen tippelten umher, Columbus kam aufgeregt auf sie zugestürmt. Odora musste Charel aus einer Hecke vor dem Haus befreien, wo er total verheddert elendig fiepste.

»Was ist denn hier los?«

Besorgt lief Rio in den Stall, Odora machte sich im Haus auf die Suche.

Keine gute Seele tauchte auf. In der Küche stand unaufgeräumtes Geschirr, im Badezimmer lagen Tücher auf dem Boden. Blutbefleckt!

»Rio, komm schnell!«, rief sie ihrem Freund aus dem Fenster zu, der hastig den Stall verließ. Er stürmte wenig später ins Badezimmer und sah erschrocken zu, wie Odora eines der blutigen Tücher mit zwei Fingern in der Dusche ablegte. Am Rand des Duschbeckens und auf dem Boden bemerkten sie zusätzliche rote Flecken.

»Odora, hier gab es einen Unfall!«

Stundenlang warteten sie wie erschlagen auf eine Nachricht von ihren Freunden. Rio hypnotisierte das Telefon, doch es wollte nicht klingeln! Unruhig räumte Odora die Küche auf. Sie musste sich beschäftigen! Plötzlich spitzten sich ihre Ohren.

Das war doch das Zuklappen einer Autotür!

Odora und Rio vernahmen ein klägliches Schluchzen. Vor dem Haus erwartete sie ein schrecklicher Anblick. Renato lag mit blutigen Kleidern auf dem Kühler seines Wagens, den er heulend mit den Fäusten bearbeitete. Rio eilte zu ihm, drehte ihn um, nahm ihn in den Arm.

»Ruhig Renato, beruhige dich.«

Er führte seinen Freund ins Haus.

»Ich machte gerade Kaffee, Marie wollte duschen … Dann ein entsetzlicher Schrei … dann nichts mehr … Ich fand sie da liegend, in einer Blutlache …«

Ein Beben unterbrach Renatos Bericht, er zitterte am ganzen Körper.

»Schon gut, Renato!«

Rio klopfte ihm sanft auf den Rücken.

»I… Ich habe sofort den Notruf gewählt, ver… versuchte dann die Blutung an ihrem Kopf mit den Badetüchern zu stillen … Sie … sie war so blass und so still … Ihr Bein war verrenkt wie das einer Schaufensterpuppe …«

Er legte den Kopf auf seine Arme, ergab sich seinem großen Kummer.

»Komm, sag schon, wie schlimm ist es?«

Odora musste es wissen.

»So schlimm, dass sie gerade notoperiert wird.«

Renato stand auf, wankte zum Schrank, schnappte sich den Pflaumenschnaps und trank einen großen Schluck direkt aus der Flasche.

»Es war surreal … Der Krankenwagen brauchte ewig, bis er hier war. Dann durfte ich nicht mitfahren, sondern mit meinem Wagen hinterher …«

Der verzweifelte Ehemann setzte sich und verstummte, die Tränen versiegten.

»Ich konnte nicht bei Marie bleiben. Die Tiere … füttern … Lieferung … der Hof … nicht zugesperrt …«

Nur noch Stammeln. Odora wischte sich die Tränen ab.

»Rio, du sorgst jetzt dafür, dass Renato sich umzieht und nichts mehr trinkt. Ihr esst was, fahrt in die Klinik zu Marie. Ich füttere die Tiere, kümmere mich um alles. Los jetzt!«

Die Männer widersprachen nicht. Odora winkte ihnen nach, als sie eine Stunde später vom Hof fuhren.

Jetzt werde ich zum ersten Mal in meinem Leben beten.

Die Notlösung

»Ach Nelli …«

Odora umarmte ihre kleine Ziegenfreundin, versuchte nicht zu schluchzen, wie sie es eine Stunde lang beim Blutabwischen im Bad getan hatte. Es war eine Sache, für andere in der Not stark zu sein. Eine andere aber, wenn es um die eigene Befindlichkeit ging. Die Tiere waren gefüttert, die Lieferung einer Fuhre Holz entgegengenommen. Mit einem Ohr in Richtung Haus erwartete sie einen hoffentlich erlösenden Anruf.

Odora setzte sich auf die kleine Holzbank neben der Haustür. Columbus war zu ihr hochgesprungen, behielt sie im Blick. Seine weisen Augen leuchteten voller Anteilnahme. Charel tobte quietschvergnügt mit seinen Geschwistern im Blumenbeet. Doch um die Hecke machte der kleine Kater einen großen Bogen.

Marie würde auf dem Hof ausfallen. Odora war bewusst, dass sie einspringen musste und auch wollte. Doch wie sollte sie das bewerkstelligen, mit einem Arbeitsplatz in der Stadt?

Ihre Mutter würde sagen, dass die Suppe nicht so warm gegessen wird, wie sie gekocht wurde. Und in diesem Fall sicherlich mahnend: »Odora! Schritt für Schritt, keine Treppen überspringen! Nachdenken und dann handeln!«

»Na gut! Abwarten und Tee trinken!«

Odora machte sich auf, den Männern mit frisch gepflückten Tomaten und Basilikum aus Maries Garten eine Spaghettisoße zu bereiten. Das Anrühren dieser Soße beruhigte sie ausnahmslos immer. Endlich klingelte das Telefon. Es war Claire, Renatos Mutter.

»Hallo, Odora! Ich soll Ihnen ausrichten, dass Marie außer Lebensgefahr ist. Die Blutung wurde gestillt, es werden wahrscheinlich auch keine Hirnschäden oder andere verheerende Folgen auftreten.«

»Danke Claire! – und ihr gebrochenes Bein?«

»Wurde gerichtet. Sie bekommt einen Gips. Ach ja, Odora, schön, dass Sie und Rio jetzt an Renatos Seite sind! Die beiden Männer sind unterwegs nach Hause. Marie braucht wegen ihres Schädeltraumas jetzt viel Ruhe. Ich komme dann morgen vorbei.«

Erleichtert hantierte Odora in der Küche mit den Tellern, bereitete den Tisch für das Abendessen vor.

»Hallo Odora, hier riecht es aber gut!«

Renato stand blass in der Tür. Auf Zehenspitzen lugte Rio über seine breiten Schultern.

»Kommt zu Tisch, Jungs! Kräftiges Essen hält Leib und Seele zusammen!«

Nachdem die Männer mit vollen Backen geschlemmt hatten, wollten sie verständlicherweise nur noch schlafen. Renato legte sich zur Nacht aufs Sofa, wollte für alle Fälle in Reichweite des Telefons bleiben. Ein Stock höher lagen Odora und Rio mit den schwarzen Gefährten im Wasserbett des Paares. Sie brachten es nicht übers Herz, Renato diese Nacht allein zu lassen. Wie auf treibenden Schiffsplanken im Meer schaukelten sie mit ihren Katzen bei jeder Bewegung leicht hin und her, fielen alsbald in einen tiefen Schlaf.

»Wie geht's ab Montag weiter mit Renato und dem Hof? Ohne Marie ist er aufgeschmissen.«

Odora stand startbereit in Maries Arbeitskleidung vor dem Schrankspiegel ihrer Freundin, während Rio mit den zwei Katern auf dem Bauch *Luftmatratze im Pool* spielte. Ein friedliches Bild in stürmischer See.

»Na ja, ich kam nicht dazu, dir das zu erzählen, aber nächste Woche muss ich wieder für drei Tage nach Frankfurt. Der Betriebsleitung meiner Zeitung schweben strukturelle Veränderungen mit dem Personal vor.«

Er hievte sich aus dem Bett, als benötige er einen Kran, trat zu Odora.

»Ich weiß nicht, was mich erwartet. Ich hoffe, wir werden in die Entscheidungen mit eingebunden.«

Rio nahm sie in den Arm, gab ihr einen Kuss, den sie nur zu gerne erwiderte. Odora roch diesmal keinen Mundgeruch. Viel schlimmer noch, sie roch … Ja, was denn nun? Ihre kindliche Gabe schien mit dem Erwachsenwerden langsam, aber sicher wie die Butter in der Sonne zu schmelzen.

»Und Claire? Kann sie Renato nicht unter die Arme greifen?«

»Mit Claire haben wir vereinbart, dass sie nach Maries Entlassung hierherkommt, sich um den Haushalt kümmert und ihre Schwiegertochter aufpäppelt.«

Rio entfernte Charel liebevoll aus seinem Schuh.

»Claire ist von ihrer Krankheit körperlich geschwächt. Mehr kann man nicht von ihr verlangen.«

Er packte Charel, der versuchte, sich an seinem Bein hochzuhangeln.

»Komm, lass uns nach Renato sehen!«

Ein bedrückter Ehemann hockte in der Marie-verwaisten Küche mit der Nase über einer dampfenden Tasse Kaffee.

»Ich habe in der Klinik angerufen, den Umständen entsprechend geht es ihr gut.«

Er sah seine Freunde erleichtert an.

»Rio, dich brauche ich nach dem Kaffee zum Ausmisten. Dann fahren wir aufs Feld. Ich muss unbedingt nachsehen, ob die Kartoffeln gedeihen. Du, Odora, weißt ja schon, was zu tun ist.«

Renato hatte sich wieder mit seinem normalen Alltag verknüpft. Die drei Freunde gingen ihren Verpflichtungen nach. Odora liebte diese Arbeit an der frischen Luft. Genussvoll wühlte sie mit den Händen im Gemüsebeet, entfernte Unkraut und Ungeziefer, ließ die braune Erde durch ihre Finger rieseln.

Viel besser und gesünder als die blöde Büroarbeit! Mit der Erde verbunden …

Der Gelegenheitsgärtnerin war wasserklar, dass der Job in der Garage Kanada ihr nicht zusagte.

Es war nur eine Zwischenlösung. Auf zu neuen Ufern!

So begann sie heimlich einen teuflischen Plan zu schmieden.

Odoras Plan

Die restlichen Tage als Landei vergingen für Odora wie im Flug. Samstags besuchte sie Marie. Die konnte sich wieder im Bett aufrichten, nur die Kopfschmerzen machten ihr schwer zu schaffen.

»Ende nächster Woche darf ich heimkommen!«

»Das ist prima! Deine Schwiegermutter übt schon fleißig. Taucht einmal am Tag mit einer Essensration für eine ganze Armee auf. Eine liebe Frau!«

»Ja, sie ist meine Ersatzmutter geworden …«, lächelte Marie.

Wie würde diese Welt ohne Ersatzmütter aussehen?

»Ich mache mir Sorgen, dass Renato sich mit dem Hof übernimmt. Du gehst ab Montag wieder arbeiten, Rio fährt nach Frankfurt …«

Das Grinsen, das Odora ihrer Freundin zuwarf, glich dem der Katze aus *Alice im Wunderland*.

»Mach dir keine Sorgen, liebe Freundin. Ich hab' da so eine Idee – mal sehen, ob es klappt!« Mehr verriet sie nicht.

Freitags zog Claire mit ihrem Koffer und allerhand Koch- und Putzutensilien auf dem Hof ein.

»Wenigstens werde ich dem Jungen den Haushalt schmeißen können. Schade, dass du gehen musst!« Sie atmete schwer aus.

Meine Güte, das wird alles zu viel für Claire!

Rio und Odora zogen sich vor ihrer Abfahrt noch eine Stunde allein ins Chalet zurück.

»Ich bin so froh, dass du dich hierher verirrt hast, Odora.«

Wie üblich lungerten sie zusammen auf dem Sofa.

»Du gehörst dazu …« Diese Aussage war das schönste Geschenk, das er Odora machen konnte. Sie gehörte endlich außerhalb ihres Elternhauses irgendwo dazu.

»Ja, Rio, die Rückkehr in mein altes Leben fällt mir schwer. Spätestens am Wochenende bin ich wieder hier. Ich bin gespannt, wie dein Gespräch in Frankfurt verläuft, hoffe sehr, dass du nicht nach Frankfurt ziehen musst.«

Rio antwortete nicht. Zog sie näher an sich ran und streichelte sie. Das Gefühl des Begehrens vom ersten Abend erwachte wieder in Odora. Es fühlte sich vertrauter an als zuvor. Er hatte verstanden und gab ihr Zeit. Dafür mochte sie ihn umso mehr.

Als Odora vom Hof fuhr, sah sie im Rückspiegel drei liebe, winkende Menschen sowie zwei ihr nachstarrende schwarze Kater.

Familie … Ich bin gespannt, was ihr sagt, wenn ich meinen Plan umgesetzt habe. Sie hupte ihnen zu und gab Gas.

Montag früh machte sich Odora auf, den Drachen zu bekämpfen. Sie hatte sogar ungewohnte Kriegsbemalung aufgelegt, den knallroten Lippenstift ihrer Mutter.

Du handelst im Namen der Freundschaft!

Einem Mantra gleich wiederholte sie pausenlos diesen einen Satz auf dem Hinweg zur Arbeit. Im Betrieb benahm sie sich wie üblich. Leerte den Briefkasten, begrüßte die Kollegen aus der Werkstatt, setzte Kaffee für den Chef auf. In ihrem Büro stapelten sich die Unterlagen bis unter die Decke. Erheitert ergriff sie sich den Haufen Aufträge, den ihr Chef ordentlich mit der Notiz *Telex* versehen hatte.

Sie pfiff munter vor sich hin, tippte die Teletexte ein. Ein langer, codierter Textstreifen, der wie Blindenschrift aussah, lief für jeden Auftrag auf Band aus dem Telex-Apparat heraus. Jetzt hieß es, diese Bänder an die richtigen Adressen zu versenden. Es reichte, sie in den Apparat einzulegen und die Telefonnummern der Empfänger einzugeben. Dann schluckte der Apparat die langen Streifen, diese kamen beim visierten Kunden als Text zeitgleich an. Vorher aber amüsierte sich Odora, alle Bänder zu einem quirligen Spaghetti-Salat zu vermischen. Sie nahm irgendein Band, gab auf Geratewohl eine der Nummern ein und ließ einen nach dem anderen alle Streifen durchlaufen.

»Guten Morgen, Odora. Ich sehe, du bist schon fleißig!«

Der Chef streckte seinen Kopf zur Tür herein, war kurz darauf wieder verschwunden.

Den werde ich geschwind wiedersehen!

Odora fühlte sich mittlerweile wie eine Kriminelle. Ihr Handeln tat ihr leid. Schließlich schädigte sie gerade den Betrieb. Sie besann sich jedoch schnell auf das Warum. In dieser Mission ging es um mehr als Geschäfte und Geld. Es dauerte ungefähr eine Stunde bis zur Apokalypse. Angespannt wartend, rutschte Odora nervös auf ihrem Bürostuhl hin und her. Die Tür flog auf, mit geballten Fäusten und einem cholerischen Ausdruck im roten Gesicht stand er da – ihr Chef.

»Odora, du bist fristlos entlassen!«

Odora, die Feige

Geschafft!
Die bewusst provozierte fristlose Kündigung war die einzige
Lösung. Ohne Kündigungsfrist, ohne Einarbeiten einer neuen
Kollegin. Odora hatte das wütende Gezeter ihres Chefs über sich
ergehen lassen, ohne einmal mit der Wimper zu zucken.
Ich kann aber ganz schön gemein sein!
Diese Erkenntnis betrübte sie, als sie beschämt zu Hause ankam.
Der Ausfall eines Gehalts war ihr gleich. Kost und Logis gegen die
interessante Arbeit auf dem Hof. Dazu noch gratis Herzlichkeit
und Liebe von Mensch und Tier. *Alles, was Odora begehrt!*
Sie schmiss ihre Wäsche in die Waschmaschine, sang vor sich hin.
Später nahm sie sich Mamas Notizblock aus der Küche und setzte
sich an die Bar. *Zeit zu beichten!* Odora schrieb einige Zeilen,
hielt inne und fuhr fort.

… darum habe ich so gehandelt. Ich liebe Rio, will in seiner Nähe sein.
Würdet ihr meine Freunde kennen, könntet ihr verstehen, warum mein
Handeln so wichtig war. Mama, du hast mir neulich ein Poster geschenkt,
das in meinem Zimmer hängt: Home is where the heart is.
Genauso ist es! Seid mir nicht böse,

in Liebe,
eure Tochter

Odora musste schmunzeln. Es war eine Premiere, dass sie ihrer
Mutter die erste Treppenpost hinterließ. Sonst hatte sie deren
Briefe bloß beantwortet.
Jaja, die Zeiten ändern sich!
Ungeduldig ließ sie ihre Wäsche durch den Trockner laufen, faltete
sie leicht feucht zusammen und packte sie mit allerlei anderem
Kram in einen Koffer.

Gleich würde ihr Vater antanzen, um seinen Salat anzurühren. Odora war zu feige, sich ihm von Angesicht zu Angesicht zu stellen. Ihrer Mutter wollte sie schon gar nicht über den Weg laufen. Als sie aus der Straße fuhr, kreuzte sie den Wagen ihres Vaters. Dieser blickte sie mit fragenden Augen an. Sie winkte ihm vergnügt zu und machte sich aus dem Staub.

»Überraschung!«
Claire zuckte zusammen. Sie war dabei, Teig auszurollen, als Odora hinter ihr auftauchte.
»Kind, ich erleide noch einen Herzinfarkt!«, stöhnte die mollige Frau.
Sie setzte sich nieder, fuhr sich mit einer mehlbeschmierten Hand durch das angegraute Haar. Dann erst verstand sie, dass eine junge Frau am Kopf des Tisches stand, die eigentlich nicht dahin gehörte.
»Odora, wo kommst du denn her?«
Sie stand mühsam auf, umarmte die unverhoffte Heimkehrerin, fuhr ihr zärtlich mit der Mehlhand übers Gesicht.
Odora hatte sich eine abgemilderte Fassung ihrer Geschichte für die Mitglieder ihrer Hoffamilie ausgedacht. Es würde sie beschamen, wüssten sie, dass Odora für sie eine fristlose Kündigung herbeigeführt hatte.
»Ich habe wieder Fehler gemacht und wurde fristlos entlassen.«
Diese reduzierte Fassung war keine Lüge.
Rio aber werde ich die ganze Wahrheit sagen.
»Tut mir so leid!«
Claire sah Odora mitleidig an. Diese schämte sich … Gewaltig!
Mein Ehrlichkeitsmotor ist defekt.
»Muss dir nicht leidtun, meine Liebe, diese Arbeit war nichts für mich.«
Odora änderte schnell das Thema. In ihrem Gesicht wallte eine verräterische Röte auf.
»Wie kann ich dir behilflich sein?«
Sie zog die noch feuchte Arbeitskleidung aus dem Koffer.

»Warte Odora! Ich bereite gerade das Essen zu. Ich muss nur schnell die Fleischfüllung in den Teig einrollen, dann gart er noch eine halbe Stunde im Ofen. Wer arbeitet, muss auch essen.« Odora liebte diese ernährende Philosophie! Sie machte sich auf, um im Garten einen Salat zu pflücken.

Am späten Abend lag Odora mit ihren Katzen im Chalet. Charel hatte das Schnurren für sich entdeckt und übte wie ein Weltmeister. *Was für ein aufregender Tag! Langweilig wird mir nie!*

Sie dachte an das komische Grinsen in Renatos Gesicht, als er von der Kündigung erfuhr. *Der ahnt etwas!*

Dann erinnerte sie sich an die Andeutung, die sie Marie bei ihrem Besuch im Krankenhaus gemacht hatte. *Ich bin so dumm!*

Die Arbeit auf dem Hof war unglaublich erfüllend. Sie wusste, dass sie jetzt und hier das Richtige tat. Ihr Plan war aufgegangen. *Moment mal …*

Schlagartig wurde ihr bewusst, dass Rio sie bei ihren Eltern nicht erreichen konnte. Er wusste nicht das Geringste von ihrem Plan, vermutete sie in der Stadt!

Mein Gott, dann wird er es von ihnen erfahren! Egal! Ich werde mich der Sache stellen, ich stehe dazu!

Sie hoffte vor allem, dass Rio mit guten Nachrichten aus Frankfurt zurückkäme. Über die Zukunft wollte sie momentan nicht mehr nachdenken.

Schritt für Schritt, Odora …

Karma und Sternschnuppen

Rio ruft nicht an!
Heute Morgen hatte Renato ihr einen Topf mit weißer Farbe und einen Pinsel in die Hand gedrückt. Sie sollte die kleine Bank vor der Haustür neu anstreichen.
»Marie wird sich freuen. Ich zimmere ihr gerade noch einen passenden Hocker. Dann kann sie hier draußen vor dem Haus sitzen, ihren Gips hochlegen und uns im Auge behalten.«
Bei jedem Pinselstrich war Odora elender zumute.
Warum ruft Rio nicht an?
Er hatte versprochen, sich am Montagabend zu melden, wollte sie bei ihren Eltern anrufen. War er verärgert? Sie ging davon aus, dass er spätestens nach einem Anruf bei ihren Eltern die Wahrheit erfahren hatte. Diese aber wollte Odora nicht anrufen und befragen.
Ich erspare mir lieber eine der heftig-deftigen Standpauken meiner Mutter!
»Charel!«
Der kleine Schwarze tapste mit weißen Tatzen über den Hof, verschönerte die Pflastersteine mit niedlichen Pfotenabdrücken. Odora hatte nicht aufgepasst, neben ihr lag der umgekippte Farbtopf.
»Fein gemacht, du Künstler!« Eine Katzen-Reinigungsaktion war fällig!
An diesem Dienstag blieb Odora länger mit Claire am Abendtisch sitzen, hoffte auf einen Anruf. Die Ersatzmutter nähte besinnlich an einem bunten Kissenbezug für Maries Bank. Jeder kleine Stich, den Claire mit der Nadel ausführte, schien in Odoras Herz zu stechen.
»Geh schlafen Kind, er ruft nicht mehr an, es ist schon spät.«
Auf dem Heimweg ins Chalet dachte Odora über Karma nach. Sie hatte darüber gelesen. Dieses spirituelle Konzept, nach dem jeder Akt physisch wie geistig unweigerlich eine Folge hat, war beeindruckend, in ihrem Fall auch beängstigend. Ihre gute Tat

war ebenfalls eine böse Handlung. Einerseits hatte sie sich für ihre Freunde freigeschaufelt, andererseits dem Betrieb ihres Chefs geschadet.

Wogen diese entgegengesetzten Taten sich nicht auf? Konnte man Schuld auf sich laden, um Gutes zu tun? War es moralisch verwerflich oder akzeptabel? Charel maunzte an ihrer Brust, als kenne er die Wahrheit. Odora blieb stehen, richtete die Taschenlampe in den Sternenhimmel über ihr.

Columbus strich um ihre Beine, lud sie ein, endlich weiterzugehen. *Kann es sein, dass das Karma wirkt? Werde ich jetzt mit Rios Schweigen bestraft? Oder noch schlimmer? Kommt auch Gutes zu mir zurück?*

Leider blieb das Universum Odora eine Antwort schuldig.

Ein Kuss auf die Stirn ließ die Philosophin aus dem Schlaf hochschrecken. Vor ihr stand Rio, sah sie mit ungewohnter Ernsthaftigkeit an.

»Du hast verschlafen, Odora, es ist schon elf Uhr.«

Er hockte sich ohne weitere Worte zu seiner Freundin auf die Bettkante, musterte sie vorwurfsvoll.

»Hallo, Rio.«

Odora spürte den Ernst der Lage, roch eine Mischung aus Ärger und Frust. Aber da war noch etwas … Undefinierbares. Sie streichelte über seine Hand, als könnte sie die negativen Schwingungen damit vertreiben. Obschon … So schlecht waren die gar nicht … hmmm …

»Die Katzen …

… habe ich herausgelassen. Komm Odora, steh auf, wir müssen reden. Ich mache uns Tee.«

So, jetzt schlägt das Karma zu.

Odora wickelte sich in die Bettdecke, als könne diese sie beschützen, setzte sich gerade aufs Sofa und harrte der Dinge, die da kommen sollten. Rio setzte sich nicht neben sie, sondern ihr gegenüber hin. Jegliche Leichtigkeit, die sie zuvor verband, schien davongeflogen zu sein.

Ins Universum, zum Karma, eine umgekehrte Sternschnuppe.

»Ich habe mit deinem Vater gesprochen.«

Odora hüllte sich in Schweigen. *Wohl besser so …*

»Ich war erleichtert, als er mir versicherte, dass deine anscheinend typische Hals-über-Kopf-Aktion mir nicht angelastet wird.«
Rio verknotete seine Hände ineinander, seine Stimme vibrierte leicht, als er fortfuhr.
»Auch wenn es überhaupt nicht vernünftig war, kann ich dich verstehen, Odora.«
Sein Blick war freundlicher geworden. Odora sah die Stern-schnuppe förmlich wieder in Richtung Erde fliegen.
»Du bist halt nicht der vernünftigste Mensch, dafür besitzt du eine Intelligenz des Herzens, die ihresgleichen gesucht und gefunden hat. Hier auf dem Hof, bei diesen lieben Leuten – und bei mir?«
Jetzt grinste Rio übers ganze Gesicht bis zum Haaransatz.
»Komm rüber zu mir, du unmögliches Weib! Ich habe deinem Vater versprochen, seine unvernünftige Tochter ein bisschen bluten zu lassen. Strafe muss sein!«
Er breitete die Arme aus, in die Odora wie eine Rakete zum Mond schoss.
Gegen Mittag wusste sie, was die Künstlerin Jule mit dem Geigen-spiel gemeint hatte. Es war wundervoll!

Heimkehr

»Gute Nachrichten!«

Als Rio und Odora mit erhitzten Wangen und Gemütern verspätet auf dem Hof ankamen, wurden sie von einem glücklichen Renato empfangen.

»Ich darf Marie heute Nachmittag abholen!«

»Mensch! Die Bank ist noch nicht fertig, das Unkraut …«

»Keine Sorge Odora, nur die Rückseite war noch zu streichen, da musste ich mich nicht einmal bücken!«

Claire stand mit stolzer Miene und einigen Farbklecksen im Gesicht vor der Tür und guckte Odora ganz verwegen an.

»Man sollte nicht nur arbeiten, sondern auch für sein Leibeswohl sorgen.«

Wie genau Claire das meinte, war unklar, doch sie bat zum Mittagessen in die gute Stube.

»Na Rio, was sagt die Chefetage in Frankfurt?«

Renato tischte sich die zweite Portion Lasagne auf.

Ups! Das mit Frankfurt habe ich ganz vergessen!

»Nimm es mir nicht übel, mein Freund, aber darüber möchte ich zuerst mit Odora reden.« Rio warf ihr einen geheimnisvollen Blick zu.

»Ihr werdet es noch früh genug erfahren.«

Tausend Fragezeichen schossen Odora nach Rios Aussage durch den Kopf. Sie sah ihn fragend an, dieser schüttelte nur seinen Rotschopf und flüsterte mit stummen Lippen: »Später!«

Die nächsten zwei Stunden bereitete die Hoffamilie Maries Rückkehr vor. Claire schmückte die getrocknete Bank mit den neu betuchten Kissen, eilte anschließend in die Küche. Ein Kuchen musste gebacken werden! Renato schleppte den eigenhändig gezimmerten Hocker herbei, dem er schnell noch einen Anstrich verpasste. Odora und Rio kümmerten sich um das Gartenbeet, Marie sollte keinen Stängel Unkraut vorfinden. Während die

Männer sich fertigmachten, richteten Claire und Odora einen kleinen Tisch neben der Bank auf, verzierten ihn mit einem Blumentopf. Die Rosenstöcke am Türbogen wurden entlaubt, verwelkte Köpfe entfernt.

Nach der Abfahrt der Männer rückten die Damen den Küchentisch zurecht, um Marie und ihrem Gipsbein genügend Raum zu verschaffen. Das liebevolle Eindecken übernahm Odora. Claires Kuchen im Ofen roch wunderbar. Die Wärme verbreitete Gemütlichkeit.

Es riecht nach Oma Ketti.

Odora entdeckte ihre geliebte Großmutter neben Claire in der Kochnische, eine Schüssel mit Backäpfeln in der Hand.

Als Marie mit den Jungs auf den Hof rollte, standen die eifrigen Damen bereit in der Auffahrt und hießen sie willkommen.

Die Entscheidung

»Ich bin so froh, dass Pippi wieder da ist!«

»Pippi?« Rio richtete Odora die Taschenlampe geradewegs in die Augen, zischte mit tiefer Stimme »Solange du mich nicht Carlsson vom Dach nennst!«

Das Paar hatte sich endlich von ihren Freunden gelöst. Zufrieden machten sie sich mit ihrem tierischen Gefolge heimwärts.

Odora lag mit dem Kopf auf Rios Bauch. Alle Bedenken in Bezug auf Nähe waren seit der Mittagsstunde verschwunden. Sie fühlte sich wie eine richtige Frau, die wusste, wo sie hingehört.

»Jetzt will ich endlich wissen, was sich in Frankfurt abgespielt hat!«

Rio streichelte ihr übers Haar, drehte ihre Locken um seine Finger.

»Meine Liebe, das war ein schwerer Kampf.« Er seufzte, nahm tief Luft. »Leider habe ich diesen nicht gewonnen.«

Wie von einer Wespe gestochen fuhr Odora in die Höhe.

»Musst du …?«

»Sie wollen mich zum Chefredakteur der kulturellen Abteilung ernennen.«

Rio zog Odora wieder zu sich hin und nahm sie fest in seine Arme.

»Sie geben mir zwei Tage für die Entscheidung. Stimme ich zu, bleiben mir zwei Monate für die Wohnungssuche. Sage ich Nein – wird die Zeitung nicht mehr mit mir zusammenarbeiten.«

»Oh nein!«

»Ihre strukturellen Veränderungen sehen in Zukunft keine unabhängigen Journalisten mehr vor. Warum auch immer.«

Charel löste sich von Columbus, stapfte durch die Laken zu Rios Gesicht, wo er sich unter seinem Kinn wie zum Trost schnurrend einrollte.

»Tja, Odora, jetzt heißt es eine Entscheidung treffen.«

»Rio, ich will dich nicht verlieren!«

»Wirst du nicht!«

Rio erhob sich, setzte den armen Charel auf ihren Kopf. Der verärgerte Kater fauchte, sprang hinunter und hopste zu Columbus zurück.

»Rio! Mir ist wahrlich nicht nach Spaßen!«

Zwei schwarze Kater sprangen aufgeschreckt vom Bett.

»Ach Odora! Egal wie ich mich entscheide, es wird keine Lösung ohne dich geben!«

Rio hob sie hoch und drehte sie im Kreis.

»Eine Abmachung konnte ich treffen. Nehme ich den Job an, darf ich in meiner Abteilung eine Halbtagsstelle mit der Kolumnistin meiner Wahl besetzen. Mit ihrer eigenen Rubrik!«

Odora blickte verständnislos zu ihrem Freund.

»Meine Liebe, verstehst du denn überhaupt nichts? Du kommst mit mir nach Frankfurt!«

Frankfurt

In einen wollenen, hellblauen Schal gehüllt, stand Odora auf dem Balkon in der Eckenheimer Landstraße. Die Dreizimmerwohnung lag an einer verkehrsreichen Hauptstraße im Nobelviertel von Frankfurt. Unter ihrem Fenster hielt im Fünfminutentakt die Straßenbahn. Wie ein Ameisenbär seine kleine schwarze Beute sog sie die Wartenden ein, spuckte andere Fahrgäste aus, als mundeten sie nicht. Das geschäftige Treiben unter ihr lenkte Odora von den Umzugskisten ab, die, zu einer Mauer gestapelt, im Wohnzimmer auf sie warteten.

Sechs Wochen brauchte das Paar, um eine Wohnung in Frankfurt zu finden und umzuziehen. Diese Zeit benötigte Marie zur vollständigen Genesung. Odora konnte der Familie bis zum Umzug auf dem Hof zur Hand gehen und sich gleichzeitig moralisch auf den Aufbruch in ein neues Leben einstellen.

Rio hatte sich um alles Praktische gekümmert. Ihre Eltern waren von der Nachricht nicht gerade begeistert. Die Aussicht, dass Odora sich als Kolumnistin einer Zeitung beweisen könnte, gefiel ihnen hingegen. Es war ihr Traum gewesen, dass die begabte Tochter Journalismus studierte. Nun kam sie wenigstens zum Schreiben. »Welch eine grandiose Gelegenheit«, sagte ihre Mutter, »und das ganz ohne Abschluss!«

Odora fühlte sich überfordert, alles ging rasend schnell. Sie wünschte, sie könnte ihre Unsicherheit in die Umzugskisten werfen und sie wie ein Zauberer den Hasen aus dem Zylinder als gestärktes Selbstbewusstsein wieder rausfischen.

Sie hatte noch nie mit einem Mann zusammengelebt. Zudem würde sie in zwei Wochen mit Rio als ihrem Vorgesetzten in die Redaktion einer renommierten englischen Zeitung einziehen. Dann müsste sie Kolumnen in Englisch abliefern. Tratsch und Klatsch aus einer Kulturwelt, die ihr vollkommen fremd war.

Zu Odoras Entsetzen verschwand Rio gleich nach dem Absetzen der Umzugskisten. Noch war kein Telefon installiert. Umso mehr fühlte Odora sich von aller Welt abgeschnitten. Charel und Columbus hatte sie bei ihren Freunden zurücklassen müssen. Ihre Ankunft im neuen Leben hatte sie sich anders vorgestellt.

Ein kräftiger Windstoß wehte ihren Schal von den Schultern. Hochgetrieben hing er eine Weile in der Luft, glitt dann schwebend und außer Reichweite der Straße entgegen. Odora beugte sich über das Geländer, verfolgte neugierig seine Flugbahn.

Oh nein!

Sanft, aber sicher landete der Schal auf dem Kopf einer alten Dame mit einem Einkaufswagen, den sie beschwerlich hinter sich herzog. Die Frau blieb stehen, befreite ihr Haupt umständlich von dem hellen Blau, blickte nach oben und winkte Odora damit zu.

Das jiddische Cello

Odora schnappte sich die Hausschlüssel und hastete nach unten. Vor der Tür stand die alte Frau mit dem Schal. Ihr schneeweißes Haar schimmerte rosa in der Herbstsonne. Ein mit Falten übersätes Gesicht schmückten grüne Augen mit lila Lidschatten. Die Dame hatte ihren krummen Körper in einen altmodischen, schwarzen Lammfellmantel gesteckt, der viel zu lang war. Grüne, moderne Wanderschuhe lugten darunter hervor. *Süß!*
»Entschuldigen Sie vielmals und Dankeschön!«
Odora nahm den ihr gereichten Schal und hüllte sich ein. Es war kalt. Umso wärmer war das Lächeln der Dame.
»Sie sind bestimmt meine neue Nachbarin!«
Mit arthritischen Fingern wies sie auf den Balkon neben ihrem.
»Da wohne ich! … Nun, solange ich es noch schaffe, meinen Einkaufswagen zwei Stockwerke hochzuschleppen.«
Odora ließ sich nicht lange bitten, schnappte sich den Wagen und folgte der Frau durch einen separaten Eingang ins Haus.
»Das ist aber sehr nett, meyn Meydl!«
Nach dem ersten Schritt in die Wohnung befand sich Odora in der Vergangenheit. Jeder Zentimeter der Wände war von Leuten besiedelt, die ihr ernst oder lächelnd von den schwarz-weißen Fotografien entgegensahen.
»Meyn Familie«, erklärte die Dame mit trauriger Stimme. »Ich bin Grete, kommen Sie, leisten Sie mir ein bisschen Gesellschaft!«
Sie geleitete Odora in eine kleine Stube, die von Rosenmustern nur so strotzte.
Das würde Marie gefallen.
Auf dem Esstisch stand ein pompös geschwungener Kerzenständer mit sieben Armen. Kleine Porzellanfiguren und Bücher in einer ihr fremden Schrift füllten verschnörkelte Wandregale. Vor dem Fenster standen ein Cello und ein Notenständer.

Ich rieche eine interessante Geschichte. Wird auch langsam Zeit!
Grete servierte Tee in prächtigem, altem Porzellan. Sie fragte
Odora über ihre Herkunft und ihre Pläne aus.
»Ach Luxemburg – dort hatte ich weitläufige Familie. Sind auch
alle deportiert worden, kamen in Auschwitz und Ravensbrück um.«
Odora verstand, dass eine Überlebende der Schoah vor ihr saß.
»Und all diese Bilder?«
»Das ist das, was mir von meiner Familie bleibt, meyn Kind.«
Grete erzählte ihre Geschichte. Als die Gestapo ihre Eltern und
vier Geschwister abholte, befand sich das Mädchen zum Spielen
bei einer befreundeten nichtjüdischen Familie.
»Gute Menschen. Derer gab es während dieser schweren Zeit
nicht viele.«
Die Familie hielt das zwölfjährige Kind während fünf Jahren
hinter einer geheimen Kellerwand versteckt. Nur nachts durfte
sie ihr Verlies verlassen. Der Vater der Familie traute sich, bei
Nacht in die Wohnung ihrer Eltern einzudringen, für Grete die
Fotos, den Kerzenständer und noch mehr Nippes als Erinnerung
mitgehen zu lassen.
»Wirklich gute Menschen … Kommunisten. Ich hatte Glück im
Unglück. Und sie auch. Die Häscher ahnten nichts von ihrer
politischen Gesinnung.«
Dann sind die Kommunisten ja doch keine bösen Monster … Staats-
feinde! Haha …
»Gustav, der älteste Sohn der Familie, war Cellist bei der Frank-
furter Philharmonie. Wenn er von der Arbeit zurückkam, schlich
er zu mir in den Keller und brachte mir das Cellospielen bei.«
Ihre Augen leuchteten die Erinnerung an.
»Nach dem Krieg war ich so gut geworden, dass ein bekanntes
Musikensemble mich aufnahm. Ich wurde sogar barimt!« *Oh,*
eine berühmte Frau!
Grete schnäuzte in ihr rosen-besticktes Taschentuch, erhob sich
schwerfällig, schritt zum Cello, setzte sich auf einen Stuhl und
begann zu spielen. Die Töne, die sie dem Instrument mit arthritischen Fingern entlockte, waren tief und schwer, heiter und
leicht. Eine ergreifende Melodie entwich der Wohnung, erfüllte

das Treppenhaus und bahnte sich durch Fenster- und Türfugen einen Weg in die Freiheit.

Frust

Odora und Grete verabschiedeten sich liebevoll. Zwei einsame Seelen hatten sich gefunden. Grete versprach der jungen Frau bei ihr zu klingeln, falls der Einkaufswagen wieder zu schwer war. Fröhlich und motiviert machte Odora sich endlich ans Auspacken, bezog das Bett und brach auf, Essbares zu besorgen. Eine gute Gelegenheit, die neue Nachbarschaft zu erkunden. Die in grünen Gärten gelegenen alten Villen, die etablierten Geschäfte in diesem Viertel der Stadt.

Zurück in der neuen Wohnung zauberte sie ihre bekannte Spaghettisoße und wartete auf Rio. Sie musste lange warten, bis der Schlüssel sich endlich im Türschloss drehte. Es war elf Uhr nachts. Rio stand ganz zerzaust vor ihr, sein Hemd hing halb aus der Hose, eine Alkoholfahne breitete sich aus.

»Die selbstständigen Journalisten haben Abschied gefeiert«, lallte er, torkelte zum Bett, kippte um und schlief sofort ein.

Ist dieser Mann mein Rio?

Odora stellte die verkochte Soße kalt, legte sich frustriert neben den schnarchenden Rotschopf, fühlte sich fremd im neuen Ambiente. Sie war bitterenttäuscht, konnte nicht einschlafen. Um zwei Uhr nachts stand sie auf, braute sich einen Tee, hockte sich an Rios Schreibtisch und notierte die bisher gehörte Geschichte von Grete. Sie musste unbedingt mehr über deren Musikkarriere erfahren. Odora wollte Grete ihre erste Kolumne widmen, gehörte diese interessante Frau doch zur kulturellen Geschichte dieser Stadt.

Die Sonne, die durch die gardinenfreien Fenster drückte, kitzelte Odora an der Nase. Ein Blick auf den Wecker verkündete ihr die zehnte Stunde des Tages. Neben ihr ein eingedrücktes Kopfkissen. Eine körperverformte Daunendecke. Kein Rio. Keine Nachricht. Odora verstand die Welt nicht mehr. Sie war von zu Hause mit einem anderen Mann aufgebrochen als mit dem, den sie in Frankfurt entdeckte.

Etwas stimmt hier nicht!

Sie würde diesen Fremden am Abend zur Rede stellen. Odora riss alle Fenster in der Wohnung auf, als könnte die hereinströmende, feuchte Herbstluft ihre Bedenken und ihre Einsamkeit davontragen, weit weg über die Dächer der Stadt.

Odora will's wissen

Eine beeindruckte junge Frau sah zu dem hohen, durch und durch verglasten Gebäude. Hier befand sich also der Hauptsitz der *Critical Mirror*, jener Zeitung, bei der Odora in zwei Wochen ihren Kulturklatschtanten-Dienst antreten sollte.

Sie war mit der U-Bahn ins Zentrum bis zum zentralen Ross-Markt-Platz gefahren. Tapfer hatte sie sich durchgefragt, bis sie das Gebäude fand.

Selbst ist die Frau!

Eigentlich musste sie nicht lange überlegen, diesen Schritt zu wagen.

Bis abends warten? Nein, auf keinen Fall! Neugierig betrat Odora den Pressetempel.

Hübsche Damen, in feinem Zwirn und mit Ordnern beladen, schwebten auf Stöckelschuhen durch die Eingangshalle, verschwanden wie von Zauberhand hinter sich automatisch schließenden Türen.

»Kann ich Ihnen behilflich sein?«

Die Empfangsdame saß an einem riesigen, kreisförmigen Tresen, nestelte nervös an ihrer Designerbrille, durch die sie Odora streng von oben bis unten musterte. Ihr englischer Akzent klang wie ein Vorwurf. Die Augen auf Odoras ausgelatschten Turnschuhe gerichtet, sagte sie hochnäsig:

»Ich glaube, Sie haben sich verlaufen.«

Und wie! Sie können sich gar nicht vorstellen, wie weit ich mich verlaufen habe! Odora roch, dass sie hier niemals arbeiten würde.

Bauch rein, Brust raus! Die verinnerlichten Worte ihrer Mutter ermöglichten ihr, um einiges sicherer vor die arrogante Vorzimmerdame zu treten.

»Ich will den Herrn Rio Clarocéu sprechen.«

»Haben Sie einen Termin?«

»Nein, aber er ist mein Verlobter, und es ist dringend!«

Die genervte Dame zuckte bei dieser Aussage zusammen, ihr Blick wurde freundlicher, sie griff zum Telefonhörer.

»Es tut mir leid, Herr Clarocéu befindet sich in einer Versammlung und darf nicht …«

Bei ihren ersten Silben war Odora zum Aufzug hinter dem Tresen gestürmt, der sich gerade öffnete und einen gut betuchten Mann ausspie. Sie stieg ein, scannte sekundenschnell die Liste mit den Abteilungen neben den Etagenknöpfen und drückte auf 4, Kultur. Als der Lift sich schloss, erhaschte sie einen Blick auf die aufgerissenen Augen der Tresen-Dame. Im vierten Stock schlich sie sich in einen lautlosen Flur, der zu verschlossenen Türen führte.

Ein Labyrinth … ohne Wenn und Aber, ich muss da durch!

Odora legte ihr Ohr an die erstbeste Tür, vernahm nichts. An der zweiten Tür glaubte sie, Rios Stimme zu vernehmen, klopfte kurz an und riss sie auf. Dort stand ihr Freund mit einem weiblichen Wesen im Arm, von dem er sich beim Anblick der jungen Frau sofort löste. »Odora! … es ist … nicht so, wie es aussieht!«, stotterte Rio.

Doch die junge Frau war bereits im Labyrinth verschwunden.

145

Die Aussprache

Odora rannte durch den Gang, fand das Treppenhaus, wo sie mehrere Stufen abwärts miteinander übersprang und nur noch flüchten wollte.

Im zweiten Stockwerk hielt sie plötzlich inne. Trotz Herzrasen vernahm sie die Worte von Jule, der Künstlerin.

Klär das mit deinem Rio!

Sie dachte an ihre letzte Flucht, an das Missverständnis.

Na ja, das eben war zwar eindeutig.

Odora lehnte an der kalten Wand, versuchte, ihr erhitztes Gemüt zu beruhigen. Beschwor Jules liebes, verrücktes Turban-Gesicht herauf, mit dem sie gedanklich Zwiesprache hielt. Einige Minuten später hastete Odora die Treppen wieder hinauf. Rios Tür stand noch offen. Im Büro fand sie ihn am Schreibtisch sitzend vor, gegenüber von ihm kauerte die eben umarmte Frau, die ihr beschämt entgegenblickte. Rio sprang *stante pede* auf, lief auf sie zu und nahm sie in den Arm. Odora befreite sich, ging auf Abstand und verschränkte wie zum Schutz die Arme vor der Brust.

»Ich höre!«

Rio zögerte flüchtig, deutete auf die rothaarige Frau.

»Darf ich dir Fiona vorstellen, eine gute alte Kollegin.«

So alt sieht sie nicht aus und trägt auch noch den Namen seiner Mutter!

Odora nickte der Rothaarigen zu, richtete ihr Augenmerk jedoch auf den Mann, der ihr fremd geworden war.

»Fiona war ebenfalls eine selbstständige Mitarbeiterin der *Critical Mirror*. Die strukturellen Veränderungen der Zeitung haben für sie keine feste Stelle vorgesehen.«

Rio räusperte sich.

Nachtigall, ick hör dir trapsen!

»Wir hatten gestern Vorstandssitzung. Ich habe mich für Fiona eingesetzt, damit man sie einstellt. Nach eingehender Beratung hat der Vorstand uns mitgeteilt, dass die einzige Möglichkeit für Fiona darin bestehen würde …«

»… für dich als Kolumnistin zu arbeiten«, vervollständigte Odora Rios Satz.

»Genau. Ich befand mich dadurch in einer furchtbaren Zwickmühle, darum habe ich gestern einen über den Durst getrunken. Ich soll mich heute Morgen festlegen. Odora, ich konnte und wollte nicht mit dir reden, bis ich eine Entscheidung gefällt habe.«
Mit IHR hast du aber geredet!

Fiona gab einen Schluchzer von sich, hatte inzwischen den Kopf in ihre Hände gebettet.

»Fiona ist alleinerziehend, zog für diese Arbeit mit ihren Kindern von London nach Frankfurt. Die Kinder sind hier eingeschult, eingelebt – und dann du, die ich mit der Aussicht auf einen interessanten Job hierhergelockt habe.«

Odora musste schlucken.

»Als du vorhin hereingeschlittert kamst, war es Fiona, die mich tröstete und auf den Job verzichten wollte. Unsere Umarmung war freundschaftlich!«

Nun wusste Odora, was zu tun war, und sprang vor den Wagen.

»Kommt nicht infrage!«

Fiona und Rio sahen sie fragend an.

»Es ist ja wohl klar, dass du Fiona einstellen musst!«

Odora schritt zu der verdutzten Frau und ergriff ihre Hand.

»Männer kann man wirklich nicht gewähren lassen, Fiona.«

Rio stand wie ein geschlagenes Kind und wie eine Salzsäule vor seiner versöhnlichen Freundin.

»Die Arbeit hier war nicht der ausschlaggebende Grund für mich, mit Rio nach Frankfurt zu ziehen … und ehrlich gesagt, spätestens nach der Begegnung mit eurer bebrillten Bulldogge in der Rezeption, weiß ich, dass mein Platz sicherlich nicht hier ist!«

Fiona und Rio atmeten erleichtert auf.

»Ich hatte mal eben kurz vergessen, wer ich bin. Ich wollte doch nie Journalistin werden, will frei schreiben, was, wann und wo ich will!«

Fiona staunte nicht schlecht. Etwas zu sehr in Richtung Rio.

Auf dem Heimweg überkam die Nicht-Journalistin ein seltsames Gefühl. Das Zuckeln der U-Bahn imitierte das Ziehen in ihrem Bauch. Noch eine Vorahnung? Eine weinerliche Stimmung begleitete Odora nach Hause.

So ist Odora!

Die Konkurrenz in Frankfurt ist groß, sinnierte Odora am Nachmittag, als sie mit ihrem Restgehalt auf Kleiderjagd ging. *Zu viele hübsche Frauen*. Dabei dachte sie vor allem an Fiona.

Rio kam früh von der Arbeit zurück, wollte Odora zum Essen ausführen.

Ihm fielen fast die Augen aus dem Kopf, als seine Freundin in einem figurbetonten roten Wollkleid vor ihm stand. Die Turnschuhe waren gegen schwarze Stiefel mit Absatz eingetauscht worden.

Das Paar kehrte in ein typisch hessisches Lokal mit deftiger Kost ein.

»Ich bin sehr stolz auf dich, Odora«, prostete Rio ihr zu.

»Tut mir leid, wie es gelaufen ist.«

Tut es das wirklich?

»Nicht schlimm, Rio, ab morgen werde ich mir Gedanken machen, was ich unternehmen kann, um Geld zu verdienen und dabei zufrieden zu sein.«

Bei einem guten Glas Rotwein berichtete sie dann ausführlich von ihrer Begegnung mit Grete. Rio war begeistert.

»So ist Odora! Wirft ihren Schal vom Balkon, um sich eine Freundin zu fangen! Dann stürmt sie ein bekanntes Blatt, besiegt eine Bulldogge und rettet eine Existenz!«

Ein bisschen von meinem Ziegen-Rio ist noch übrig.

Rio verschluckte sich an seinem Wein, der über den Tisch auf Odoras neues Kleid stob. Er verstummte, sah sie erschrocken an.

Odora schaute an sich hinunter, dann zu Rio.

»Ich wollte sowieso lieber ein gesprenkeltes Kleid, Rio!«

Jetzt johlten die beiden regelrecht. Tränen liefen über Rios Wangen. Ein Schatten fiel auf das lustige Paar. Bitterböse Augen starrten sie mahnend an.

»Wenn Sie sich nicht benehmen können, müssen Sie dieses Lokal verlassen!«

Odora unterbrach ihr Gelächter, so gut es ging, blickte den Kellner keck an.

»Mein Herr, wir haben sowieso keine Lust auf diese grüne Tunke, die sie bei jedem Fleischgericht kredenzen.«

Mit hochgereckter Nase erhob sie sich.

»Unsere Jacken, bitte schön!«

Wenig später zog sie den kichernden Rio zur Tür hinaus. Der blieb nochmals stehen, drehte sich zum Kellner um und brüllte laut:

»So ist Odora!«

Nach ihrem Abgang war es noch eine Weile still im Restaurant. Der Kellner ertappte einige Gäste, wie sie versuchten, ein Schmunzeln hinter vorgehaltener Serviette zu verbergen.

Odora und Grete

Mit aneinander gestupsten Nasen wachte das Paar auf. Sie lächelten sich an, als hätten sie die ganze Nacht heimlich Verschwörungen geplant.

»War schön gestern Abend«, flüsterte Rio.

Alles wird gut.

Nach ihrem blitzartigen Rausschmiss aus dem Lokal hatten sie sich belustigt mit einem alten Stück Brot an der kalten Spaghettisoße vergangen, über Gott und die Welt geplaudert und waren voller Harmonie ins Bett gesprungen.

»Ja, Rio.« Odora kämpfte sich aus der warmen Decke.

»Und jetzt nach guter alter Tradition: Tee trinken.«

Sie verschwand in der Küche.

Du trinkst ohnehin zu viel Alkohol, seit wir in Frankfurt sind! Die Frage ist: warum?

Eine Stunde später war Odora erleichtert, als Rio in die Redaktion eilte. Sie holte Hörnchen an der Ecke und überraschte Grete mit einem Besuch. Diese freute sich sehr über den unerwarteten Gast, herzte und küsste Odora bei deren Ankunft. Sie war schon fein angezogen und geschminkt.

Würde und Stolz des Alters.

Alsbald genossen zwei Damen ihre Hörnchen.

»Wie geht es dir, meyn Kind?«

Endlich konnte Odora ihre Geschichte loswerden.

»Tja liebe Grete, jetzt heißt es Arbeit finden! Mein Erspartes ist fast aufgebraucht und ich will Rio nicht auf der Tasche liegen. Wie meine Freundin Jule zu sagen pflegte: ›Kommt die Armut zur Tür herein …‹«

»… fliegt die Liebe zum Fenster raus!«, ergänzte Grete.

Sie sahen sich an, als hätten sie schon immer zusammen Hörnchen gegessen, die beiden.

»Wenn du möchtest, statten wir zwei Hübschen heute Nachmittag einer alten Freundin von mir einen Besuch ab. Ihre Tochter und sie suchen eine neue Mitarbeiterin. Es könnte dich interessieren. Mehr verrate ich nicht, meyn Kind.«

Odora war begeistert. Sie liebte Überraschungen und lechzte nach frischen Begegnungen. Zudem brauchte sie unbedingt neuen Schreibstoff. Zu Hause wusch sie ihr Wollkleid, wollte dieser alten, schicken Dame bei ihrem gemeinsamen Ausflug alle Ehre machen. Odora roch ein neues Abenteuer. Die beste Medizin, um jegliche Vorahnungen Rio betreffend zu vertreiben.

Die Galerie

»Hier sind wir!«

Nicht weit vom Ross-Markt-Platz entfernt standen die geschniegelten Damen vor einer Kunstgalerie. Bunte, moderne Bilder sowie alte Graphiken waren im Schaufenster ausgestellt. Neben der Tür war eine rosa Fahne aufgespannt, auf der in geschwungenen lilafarbenen Buchstaben *Galerie des Beaux Jours* stand.

Sehr weiblich.

»Komm, Charlotte erwartet uns.«

Und schwupps, war Grete im Inneren der Galerie verschwunden. Gespannt folgte Odora ihr. Die neue Freundin war dabei, eine korpulente, grauhaarige Dame zu umarmen, die breitbeinig hinter der Tür einen Stuhl in Beschlag genommen hatte. Die Umarmte trug einen langen bunten Farbkleckser-Rock, der mit den schmucken Bildern an der Wand durchaus konkurrieren konnte. An ihren Ohren baumelten riesige Creolen, auf denen kleine Wellensittiche vergnügt schaukeln könnten.

»Venez, ma chérie, venez donc!«

Aha! Charlotte ist Französin!

Schweratmend erhob die Galeristin sich vom Stuhl, watschelte auf Odora zu und umarmte sie.

»Les amies de mes amies sont mes amies! Bonjour, Odora!«

Grete trat im Hintergrund enthusiastisch von einem Bein auf das andere, rieb sich ihre kalten Hände.

»Surprise ma chère amie!«, rief sie lauter, als es sich für eine alte Dame geziemt.

Grete sprach ebenfalls Französisch! Wie alle Kinder in Luxemburg wurde Odora ab dem siebten Lebensjahr in dieser melodiösen Sprache geschult. So beherrschte sie diese perfekt.

»Ische kann aber auch Deutsch!«

Charlotte geleitete sie zu einer im Boden eingelassenen roten Sitzgruppe, die man über zwei Treppenabsätze hinunter erreichte. Schon wurde ein Einstellungsgespräch geführt!

»Meine Liebe, ische führe diese Galerie mit meiner Tochter Madeleine. Sie ist zurzeit ime Ausland. Wir arbeiten vor allem mite Künstlern aus Frankreisch und Belgien zusammen. Wollen den Deutschen ier auch diese Werke nicht vorentalte.«

Dieser Akzent, zum Schießen!

»Darum suchen die Mädels eine Mitarbeiterin, die Französisch sprechen kann!«, warf Grete aufgeregt dazwischen.

»So ist es, liebe Grete.«

Charlotte tätschelte gelassen ihr Knie.

»Und danne kommte eine kleine Luxemburgerin nache Frankfurt und sucht eine interessante Arbeite. Parfait!«

Odora wollte sich nicht mir nichts, dir nichts einspannen lassen.

»Entschuldigen Sie, aber was genau wäre denn meine Aufgabe?«

»Reisen und verhandeln, ma chère. Meine Madeleine ist Mutter gewordene und würde sehr gerne das Erumreisen aufgebene, zudem generell etwas kürzer tretene. Es geht darume interessante Künstler auszumachen und zu kontaktieren, sie für eine Ausstellung bei unse zu interessieren. Dann zu ihnen reisen, ume gemeinsam die besten Werke Sélection zu machen und sie zu fotografieren für unsere Katalog. Na, intéressée?«

»Aber ich verstehe nichts von Kunst«, gab Odora zu bedenken, »ich schreibe und male nur gerne.«

»Für unsere 'Aus gilte: Schöne ist, was berührt und das traue ische Ihnen zu!«

»Ich fühle mich sehr geehrt von Ihrem Angebot. Wäre es möglich, mir das bis morgen zu überlegen, Madame Charlotte?«

»Natürliche! Rufen Sie morgen ane. Falls Sie die Arbeite annehmen, werden Sie nächste Woche anfangen könne. Danne ist Madeleine wieder da und wird sich eine Freude darausse machene, Sie unter ihre Fittiche zu nehmen!«

Als zwei vollgelaberte Damen zur U-Bahn schritten, legte Odora ihren Arm über den gebeugten Rücken ihrer Freundin.

»Ach Grete, ich weiß gar nicht, wie ich dir danken soll.«

»Ische aber«, erwiderte sie trocken, »frische Örnschen zweimal
die Woche!«
Erheitert trabten sie Arm in Arm nach Hause.

Das Geheimnis der Erinnerung

»Das ist ja fantastisch! Du musst unbedingt zusagen!«
»Ich werde aber oft auf Reisen sein.«
Skeptisch musterte Odora ihren Freund.
»Ach Odora! Das ist doch immer nur für ein paar Tage. Du wirst neue Städte entdecken, Mengen an interessanten Menschen kennenlernen und viel Schreibmaterial sammeln! Oder willst du tagtäglich zu Hause auf mich lauern?«
»Auf keinen Fall!«
Du scheinst auch nicht scharf darauf zu sein, Rio!
Am nächsten Morgen fand sich Odora mit Örnschen bei Grete ein. Sie riefen Charlotte an und vereinbarten einen Termin für folgenden Montag.
»So, das wäre geschafft!«, freute sich Grete.
»Sag mal Grete, du bist doch bei Deutschen versteckt aufgewachsen. Wie kommt es, dass du die hebräische Sprache beherrschst?«
»Ach, Odora, mein Leben danach war doch viel länger als diese fünf Jahre. Und die zwölf Jahre mit meiner Familie zuvor haben mich sprachlich geprägt.«
Es gibt ein Vor und ein Nach der Schoah, unwiderruflich, auf ewig …
»Erzähl mir von deinen Erinnerungen«, forderte Odora sie auf, »natürlich nur, wenn du magst.«
Grete nahm tief Luft, rückte körpernah zu Odora, als könnte diese Nähe ihr Kraft einflößen.
»Erinnerungen … Weißt du, meyn Kind, manchmal schmerzt die Erinnerung.
Dann wieder … lacht man diese an … Wenn man auf ein langes Leben zurückblickt, macht man das mit einem lachenden und einem weinenden Auge.«
Sie fuhr sich mit der Hand über die Stirn, als würde sie einige besagter Erinnerungen wegwischen.

»Mit zunehmendem Alter nahm ich wahr, dass ich auf dem weinenden Auge nach und nach erblindete.«

Grete lächelte in sich hinein.

»Wie schnell man altert und verdrängende Güte einem zuteilwird, liegt am Erlebten. Vergangene Lebensjahre bieten gnädigst Schutz vor erlebter Trauer und längst entschwundenen Sorgen. Paradox, nicht wahr?

Als würde eine Stimme dir zuflüstern: ›Jetzt ist gut, ruh dich aus, quäle dich nicht mehr.‹

Dein Gedächtnis gleitet sanft in den positiven Widerhall von Stimmen und Gerüchen, von Gesichtern und Gefühlen aus längst verflossenen Tagen. In die Resonanz der Unbeschwertheit, die nur Kindern und alten Menschen zu eigen ist, liebe Odora.«

Grete sah ihre junge Freundin gedankenversunken von der Seite an.

»Das Dazwischen ist das, was man Leben nennt. Erwachsen sein, nicht mehr jung, noch nicht alt. Man muss sich in die Gesellschaft einbinden, Geld verdienen, abliefern in allen Lebenslagen … kämpfend durch die Jahre hasten, als befände sich am Ende der Heilige Gral …«

Grete hüstelte leicht, das Reden schien sie zu ermüden.

»In diesem Lebensabschnitt mangelt es an der Zeit, meyn Kind, die dir erst im Alter zugänglich wird. Wenn alles gelebt und alles zu spät scheint. Dann erst verweilst du und erinnerst dich wahrhaftig. Erfahrenes, von deinem Gedächtnis aus Zeitmangel in Schubladen deiner Erinnerung verborgen, offenbart sich dir in einem neuen Licht. Wohlgesonnen ist das Altwerden, wenn reine, glänzende Erlebnisperlen herauspurzeln, dunkle, schwarze Lebensbänder hingegen verblassen. Eine außergewöhnliche Zeitreise in das Gute, das war …Mir ergeht es jedenfalls so … Eine Gnade! Andere haben viel Schlimmeres erlebt. Ich frage mich, wie sie damit umgehen, meyn Kind.«

Nach diesen weisen Worten bat Grete ihre junge Freundin zu gehen, sie fühle sich etwas müde. Odora stand zum Abschied bereit in der Tür, drehte sich nochmals um und sah geradewegs in die verklärten Augen einer Zwanzigjährigen. Ein abgerücktes Lächeln schmückte das Gesicht der alten Dame. Odora war tief berührt, vermutete Grete auf ihrer ganz eigenen Reise in die Vergangenheit. Dorthin, wo sie nur weiße Perlen zählen konnte. Viele ihrer Lebensgeschichten blieben Odora zwar gänzlich unbekannt, das Geheimnis der Erinnerung jedoch hatte sich auf ewig in ihre Seele gebrannt.

Freud und Leid

Samstags schnappte sich Rio seine Freundin, bugsierte sie durch die vielen edlen Kleidergeschäfte der Frankfurter Meile.

»Du hattest heute Spendierhosen an!«

Oder vielleicht ein schlechtes Gewissen?

Odora schmiss fünf Tüten aus verschiedenen Boutiquen aufs Bett, schoss ihre Schuhe im hohen Bogen durch das Zimmer und sank vollkommen erschöpft neben die Einkäufe.

»Stundenlanges Schoppen ist wahrlich nichts für mich! Aber Danke!«

Sie warf Rio einen Handkuss zu.

»Diese Ausstattung brauchst du für deine neue Arbeit. Die Hof-Zeit ist vorbei!«

Leider ... in allen Hinsichten.

Stolz sah Rio sie an.

»Die kleine Odora vom Land hat sich ganz schön gemausert. Ich habe noch eine Überraschung für dich, komm!«

Jaja, die kleine Odora wird gerade furchtbar verkleidet und ihrer Natürlichkeit beraubt!

Mit gekrümmtem Zeigefinger lockte er sie ins Wohnzimmer. Auf dem Schreibtisch stand ein funkelnagelneues grünes Telefon.

»Rio, wie ...?«

»Tja, ich habe dem Hausmeister meine Wohnungsschlüssel hinterlegt, er hat dem Posttechniker die Tür geöffnet, während du vor mindestens hundert Spiegeln deine Tänzchen vorgeführt hast.«

»Dann kann ich endlich meine Eltern und Marie anrufen, so oft ich will, muss dazu nicht zu Grete rüber!«

Begeistert umarmte sie ihren Überraschungsmann. Das Telefon war viel wichtiger als die Klamotten!

»Ruf nur an, ich hole mir in der Zwischenzeit meinen Wohnungsschlüssel zurück.«

Als Rio eine halbe Stunde später die Wohnung betrat, vernahm er ein Schluchzen. Er fand Odora am Schreibtisch vor, den Kopf auf ihren Armen gebettet.

»Ich … Marie … Columbus …«

»Beruhige dich, Liebes!«

Behutsam führte er das Häufchen Elend zum Sofa, wartete ab, bis das Weinen versiegte, strich ihr dabei über den Rücken. Es dauerte lange, bis Odora sich die Nase am Pulli abwischte und nicht mehr schluchzte.

»Was ist denn los?«, fragte Rio behutsam.

»Columbus … Er … er ist tot.«

Wieder liefen die Tränen.

»Renato hat ihn leblos vor dem Chalet gefunden … neben ihm hockte Charel und maunzte entsetzlich … Ach Rio!«

Sie hockten eine Weile stumm beieinander. Jeder hing seinen eigenen Erinnerungen an Columbus nach … Es waren nur schöne …

»Er war schon alt«, flüsterte Rio. »Columbus hatte ein langes Katzenleben in Freiheit auf dem Hof.«

Odora drehte sich zu Rio um, schenkte ihm ein trauriges Lächeln.

»Wie nahe Freud und Leid doch zusammenliegen, Rio. Ich bekam auch eine gute Nachricht. Marie erwartet ein Kind.«

In dieser Nacht träumte Odora von einem Schmuckkästchen. In dessen kleinen Schubladen entdeckte sie reine, weiße Perlen, auf denen ein schöner schwarzer Kater abgebildet war.

Madeleine

Endlich Montag! Odora konnte es kaum erwarten, ihre neue Stelle anzutreten.

Seit der Nachricht vom Ableben ihres schwarzfelligen Freundes war sie stets in Gedanken versunken, in denen Leben und Tod sich um arme Seelen stritten.

Sogar im Schwimmbad, in das Rio sie zur Ablenkung mitnahm, sah Odora Columbus überall. Sein schlaues Katzengesicht lugte hinter einer Dusche hervor, spiegelte sich im Wasser des Pools, auch wenn Kinder, die hineinhüpften, es vertreiben wollten. Dann wieder kauerte er am Beckenrand, sah ihr nickend zu, während sie ihre Bahnen schwamm.

Jetzt reicht's Odora!, ermahnte sie ihr Spiegelbild, eine junge Frau in einem hellblauen Hosenkostüm, *die Arbeit ruft!*

Im Schaufenster der Galerie lagen die auszustellenden Bilder kunterbunt durcheinandergewürfelt darnieder. *Ein Schlachtfeld!* Dazwischen lugte ein schwarzhaariger Pagenkopf mit schwarzer Brille hervor, eifrig bemüht, die schönen Werke neu zu ordnen. *Das muss Madeleine sein.*

Odora klopfte an das Fenster. Flugs schnellte der Kopf hoch, braune Knopfaugen sahen sie freundlich durch die dicke Brille an. Madeleine kam vor die Tür gehuscht, um die neue Mitarbeiterin zu begrüßen.

»Odora! Ich freue mich so!«

Madeleine war ein nervöses Wesen. So dünn, wie ihre Mutter korpulent war, führte sie jede Bewegung hastig aus, nichts an ihr stand still. Beim Reden zupften ihre langen Finger stetig an ihrem schwarzen Jumpsuit, dann war es die bunte Glasperlenkette um ihren Hals, die hin und her geschoben wurde.

Von dem Moment an, da sie sich zur Besprechung auf der Sitzgruppe niedergelassen hatten, redete Madeleine wie ein Wasserfall. Dabei sprach sie mit Händen und Armen, die wie Schlangen durch die

Luft kreisten. Odora hatte Mühe, ihren Worten zu folgen. Einen Teil davon schluckte Madeleine nämlich schlichtweg runter.

Der Satz »Ich werde dich in die verschiedenen Stilrichtungen der Kunst einweisen.« klang in etwa so: »Ich de di in d verschie Stilrichtungen d Kunst eweisen.«

Puh, ist die anstrengend!

Doch es nahte Rettung. Charlotte erschien mit einem Kleinkind auf dem Arm, grüßte Odora und richtete sich an ihre zappelige Tochter:

»Madeleine! Beruhige dische doch! Du vertreibst uns Odora noche!«

Sofort stoppte die gescholtene Tochter ihren Redefluss, blickte Odora schuldbewusst an.

»Es tut mir leid; wenn ich aufgeregt bin, gehen die Pferde mit mir durch.«

Eine ganze Herde Pferde!

»Nicht schlimm.«

Odora lächelte sie an.

»Aber es wäre sinnvoll, wenn du mir das Ganze noch einmal in Deutsch erklären könntest.«

Mutter und Tochter lachten befreit auf.

Auf Charlottes Hüfte juchzte der kleine Bub sichtlich angesteckt.

»Ich gelobe Besserung«, schwor Madeleine und fing wieder von vorne an.

»Dann verstand ich endlich, was sie mir sagen wollte.«

Rio hörte ungeduldig zu, als Odora ihm abends Bericht erstattete.

Seine Freundin schien an einem Redevirus erkrankt zu sein.

»Wir haben vereinbart, dass ich jedes Mal die Hand als Zeichen erhebe, falls Madeleine in ihren Wortsalat verfällt.«

Odora kicherte, Rio war *not amused*.

»Die Einweisung in die verschiedenen Stilrichtungen und Maltechniken hat mich fasziniert. Acryl, Ölfarben ... alle schwirren in meinem Kopf herum!

Mensch Rio, darüber hätte ich fast das Wichtigste vergessen!

In zwei Wochen fahre ich nach Paris! Charlotte will diverse Aquarelle und einige Skulpturen des Bildhauers Paul Belmondo ausstellen. Ein alter Bekannter von ihr, der vor einigen Jahren verstorben ist. Sie wird zwar nichts daran verdienen, es ist, glaube ich, eine Hommage an einen alten Liebhaber. Also, Madeleine hat so was verlauten lassen.«

»Und in was genau besteht deine Arbeit?«

Rio gähnte genervt, es war sehr spät. Sie lagen unter ihren Daunendecken, das Licht war ausgeschaltet. Doch Odora warf sich nervös im Bett hin und her, konnte nicht aufhören zu erzählen.

»Ich muss diesmal gar nicht viel machen, Rio. Die Werke wurden bereits ausgewählt, es existieren Ektachrome davon, die wir für unseren Katalog und die Werbung nützen können. Man kann sie ebenfalls in Dias umwandeln. Madeleine will diese an eine nackte Wand projizieren. Ist das nicht großartig?

Nur müssen diese Dinger persönlich in einer Graphikwerkstatt in Paris abgeholt werden. Sie weigern sich, sie mit der Post zu versenden – zu kostbar.«

»Interessant«, murmelte Rio, ganz und gar nicht interessiert. Odora spürte es, doch sie wollte ihrer Begeisterung keinen Abbruch tun.

»Ja, ich freue mich auf meine Reise nach Paris. Ich liebe Zugfahrten. Morgens hin, abends zurück! Weißt du eigentlich, wessen Vater Paul Belmondo ist?«

Keine Antwort. Sie stupste Rio an, der sich schnaufend zur Seite drehte.

»Der von Jean-Paul Belmondo, dem Schauspieler«, flüsterte sie auf taube Ohren, wickelte sich in ihre Decke ein und ergab sich endlich der fälligen Nachtruhe.

Odora in Paris

Odora entspannte in ihrem bequemen Sitz der ersten Klasse des TGV-Zuges nach Paris. Neben ihr stand eine spezielle Tasche der Galerie, in der sie die kostbaren Ektachrome fachmännisch verwahren und transportieren konnte. Die Beauftragte dieser delikaten Mission sah aus dem Fenster. Die Landschaften zogen an ihr vorbei, das Rattern des Zuges spielte die Musik zu diesem schnellen Film, an dem Odora sich ergötzte.

Es ist wie das Leben, wie die Zeit, die verfliegt.

Am Bahnhof Gare de l'Est, nahm sie den Zettel mit der wichtigen Adresse aus ihrer Tasche und stolzierte zum nächsten Taxistand. Dort standen in einer langen Schlange unzählige Taxis bereit. So schritt Odora zum erstbesten hin und wollte einsteigen. Brutal wurde sie am Arm zurückgerissen, ein verärgerter Wortschwall ging wie ein unerwarteter Sommerregenguss auf sie nieder.

Ein wütender Mann ermahnte sie und zeigte auf eine lange Schlange wartender Reisender. Unerfahren, wie sie war, hatte sie nicht darauf geachtet und sich vorgedrängt.

Seufzend und geniert stellte sie sich hinten an. Nach einer endlosen Zeit war sie an der Reihe. Sie stieg in das Taxi und zeigte dem Fahrer die Adresse auf ihrem Zettel.

»Belleville? Je ne vais pas à Belleville, Madame!«

Er schien entrüstet zu sein, winkte sie aus seinem Wagen. Ein anderer Passagier stieg ein, mit quietschenden Reifen fuhr das Taxi davon. Beim nächsten Fahrer erging es Odora genauso.

»Belleville? En aucun cas!«

Was war denn nur mit diesem Belleville los? Warum wollte keiner sie hinfahren? Im dritten Taxi hatte sie schließlich mehr Glück. Ein noch junger Fahrer blickte sie mitleidig an, als sie ihm den Zettel reichte.

»Jetzt verstehe ich, warum meine Kollegen Sie nicht fahren wollen … Auch ich werde Sie nicht bis nach Belleville hineinfahren, sondern Sie an der Straßengrenze zu diesem Viertel absetzen.«

Der Taxifahrer schaltete in den ersten Gang und fuhr los.

»Eine junge, hübsche Europäerin wie Sie sollte sich wirklich nicht nach Belleville begeben.«

Er sah sie im Rückspiegel an, blickte dann über seine Schulter auf ihr schickes Kostüm.

»Schon gar nicht in dem Aufzug und mit diesem knallroten Lippenstift!«

Ich glaube, ich träume. Sonst sind es meine Turnschuhe, die stören!

»Was ist denn nur so schlimm an diesem Viertel?«

Von Angst gepackt, versuchte Odora ihre Alarmglocken zum Verstummen zu bringen.

»Madame, in diesem Viertel ist es gefährlich. Dort leben viele Immigranten.

Man vermutet sogar, dass die Drahtzieher der schlimmen antisemitischen Anschläge des letzten Jahres sich dort verstecken.«

Bestimmt nur Stimmungsmache gegen diese armen Menschen!

»Sehen Sie mal da!«

Ihr Fahrer zeigte auf die Unterführung einer Metrostation. An deren Ausgang standen Polizisten mit Maschinenpistolen und sahen sich achtsam um.

»Und da sind wir!«

Der ängstliche Fahrer parkte sein Taxi am Straßenrand.

»Bitte seien Sie vorsichtig! Reden Sie mit niemandem, lassen Sie sich nicht ansprechen und vor allem: Begegnen Sie einem Mann, beugen Sie den Kopf, sehen Sie ihm auf keinen Fall in die Augen!«

Jetzt war Odora verärgert.

»Wissen Sie, ich bin keine Rassistin! Europäische Männer halten Frauen ebenso für Freiwild! Ihre Ausländerfeindlichkeit ist unglaublich!«

Sie bezahlte die Fahrt und stieg aus. Der Fahrer kurbelte sein Fenster herunter.

»Beruhigen Sie sich. Ich meine es doch nur gut mit Ihnen. Wenn ich mich recht erinnere, liegt die Werkstatt hinter dieser Gasse da drüben.«

Er zeigte nach rechts.

»Könnten Sie nicht auf mich warten?«

Ich mache mir vor Angst fast in die Hose!

»Tut mir leid, nie und nimmer! Und überhaupt, ich bin kein Rassist, komme ursprünglich aus Tunesien. Aber unter diesen Leuten sind welche, die sich ein Vergnügen daraus machen könnten, Sie zu vernaschen! Für Menschen anderer Kulturen ist Ihr Aussehen eine Provokation!«

Er düste davon.

Tja, ich habe stets ein falsches Händchen für Klamotten!

Zaghafte Schritte führten Odora in die dunkle Gasse. Aus den Fenstern drangen fremde Sprachen und Gerüche. Es roch gut! So exotisch! Ihr Magen knurrte. Sie ging förmlich auf Zehenspitzen, da das Klappern ihrer Stöckelschuhe als Echo zwischen hohen Steinmauern widerhallte. *Nur keine Aufmerksamkeit erregen.* Am Ende der Gasse fand sie die Werkstatt, trat schnell ein und sah sich um. Ein paar alte Männer waren an für sie unbekannten Maschinen zugange, keiner blickte hoch. Odora räusperte sich laut.

»Kommen Sie von der *Galerie des Beaux Jours* aus Frankfurt?«

Ein kleiner Mann in einem Hosenrock hielt ihr ein in Zeitungspapier umwickeltes Päckchen entgegen.

»Oui« flüsterte die eingeschüchterte junge Frau.

»Ihr Name?« Im Befehlston. »Unterschreiben!«

Mit der kostbaren Fracht in ihrer Hand ließ man Odora ohne Umschweife stehen.

Sie stopfte das wertvolle Gut hastig in ihre Tasche, zog die Schuhe aus, stopfte sie dazu und rannte. Raus aus der Werkstatt, durch die Gasse bis zur Metrostation, wo die Polizei immer noch Wache schob.

»Ça va, Madame?«, fragte einer der Bewaffneten, dem sie atemlos zunickte und eiligst im Schlund der Metro verschwand.

Jean-Paul Belmondo

Für die Eröffnung der Ausstellung von Paul Belmondo machten Charlotte und Madeleine einen Aufwand ohnegleichen. Ihre alten Kunden waren schriftlich eingeladen worden, Odora führte die Liste der Zu- und Absagen. Die Kataloge lagen zum Verteilen bereit, echter Champagner war kaltgestellt und der Feinkostbäcker von gegenüber hatte allerlei köstliche Leckereien geliefert. Als Odora gerade dabei war, diese mit den Champagnergläsern auf einem Tisch mit Blumengestecken künstlerisch anzurichten, vernahm sie einen Freudenschrei.

»Maman, Odora kommt schnell!«

An ihrem Schreibtisch sitzend, raufte Madeleine sich die Haare, rote Aufregungsflecken flammten in ihrem Gesicht auf. Der kleine Jacques, Madeleines Sohn, krabbelte auf einer Spieldecke und quietschte vergnügt.

»Jean-Paul Belmondo, er kommt!«

Sie stand hastig auf, der umkippende Stuhl verpasste nur knapp den Kopf ihres Kindes.

»Maman, wir müssen der Presse Bescheid geben! Odora, du rufst sofort Rio an! Ich kümmere mich um die anderen Kulturredaktionen!«

Jaja, ein gutes Kommando ist die halbe Arbeit!

»Wir aben nur noch eine Stunde bisse zur Eröffnung!«

Charlotte hob ihren unbeschadeten Enkel auf die Hüfte. Die Bürde schien schwerer als die Freude. »Ich bringe Jacques noch schnell zure Nachbarin.«

Der Schauspieler stand nicht auf meiner Liste.

Man hatte ihr wohl etwas verschwiegen. Madeleine und Odora gaben Gas, das Telefon lief heiß. Eine Stunde später standen alle bereit: die Pressefotografen lauernd auf dem Bürgersteig gegenüber der Galerie, die drei Damen am Eingang. Grete und ihr äußerst schicker Hut saßen auf dem Stuhl hinter der Tür.

Odora war freudig erregt, würde den attraktiven Schauspieler endlich *in natura* sehen.

Eine Limousine mit verdunkelten Fensterscheiben rollte heran. Sie hielt vor der Galerie, die Spannung wuchs. Die Fotografen rückten ihre Apparate in Position, Madeleine rupfte mittlerweile an Odoras Kostüm anstatt an ihrem eigenen. Der Fahrer der Limousine stieg aus, schritt zur Beifahrertür und öffnete sie. Heraus glitt ein kleiner, dünner Mann mit einem Hündchen auf dem Arm, halb unter seiner Lederjacke verborgen. Odora war entsetzt. Das soll Jean-Paul Belmondo sein? Der stattliche, starke Held aus einiger ihrer Lieblingskomödien? Dieser Mann hatte nichts Männliches an sich! Er bewegte sich linkisch auf Charlotte zu, hauchte ihr vier Küsschen auf die Wangen.

»Bonjour Charlotte, content de te revoir enfin.«

Wenigstens ist sein Lächeln groß, dachte Odora, als er ihr zur Begrüßung die Hand reichte.

Die Blitzlichter der Presse begleiteten sie in die Galerie. Charlotte, ihre Tochter sowie die geladenen Gäste stürzten sich auf den Schauspieler und das schleimige Geplapper ging los. Odora wurde angewiesen, für Jean-Pauls treues Hündchen Wasser zu holen und die Meute mit Champagner zu versorgen.

Ich wusste gar nicht, dass ich als Bedienung eingestellt wurde.

Wie so oft fühlte Odora ihr Licht unter den Scheffel gestellt.

Als sie Herrn Belmondo ein Glas Champagner reichen wollte, riss Madeleine es ihr aus der Hand.

»Ich kümmere mich darum!«

Und dafür habe ich in Belleville mein Leben riskiert!

Der ganze Zauber war innerhalb einer halben Stunde vorbei. Sogar die Diashow von Madeleine kam nicht zum Einsatz. Alles drehte sich nur um den Schauspieler, mit dem sich die Gäste hochtrabend von der Presse ablichten ließen.

Aha! Sehen und gesehen werden. Alles Schall und Rauch!

Die Aquarelle sowie die bemerkenswerten Skulpturen von Paul Belmondo fanden nur geringste Beachtung. Einzig die gute Grete schritt eleganten Schrittes an seinen Werken vorbei, lehnte ihren

Hut gegen das eine oder andere Bild, hing mit ihrer feinen Nase auf der Darstellung eines nackten Jünglings.

Odora war von dem ganzen Gehabe der restlichen Schickeria angeekelt.

Mehr Schein als Sein!

»Odora!« Rio stand hinter ihr, umfasste ihre Schultern. »Na?« Er wollte einen Blick auf Jean-Paul erhaschen, der gerade mit seinem Hündchen samt Gefolge zur Tür hinaus tänzelte.

»Bring mich hier weg, Rio … das ist nicht meine Welt!«

Entsetzt und verärgerte starrte Rio sie an.

»Was ist eigentlich deine Welt, Odora?«

Leib und Seele

»Was ist denn eigentlich meine Welt, Grete?«
Odora hatte Grete zum Essen ins urige Lokal *Leib und Seele* ausge-
führt. Nach der Eröffnung der Ausstellung war ihr erboster Freund
in die Redaktion geeilt, mit dem Argument, dass er die Faxen
von Odoras Stimmungsschwankungen dicke hätte.
»Werde endlich erwachsen!«, war sein letzter Zuruf, bevor er ihr
den Rücken zuwendete.
»Diese Antwort, meyn Kind, kannst nur du dir geben«, seufzte
Grete und schaufelte sich eine anständige Portion grüne Soße
mit Gemüse in den Mund.
»Ich weiß, Grete.«
Odora sah nachdenklich zum Fenster hinaus.
Immer wenn ich glaube, dass ich irgendwo angekommen bin …
Die Straßen im Zentrum Frankfurts leerten sich nie. In Luxemburg
wurden nach Ladenschluss die Bürgersteige hochgeklappt.
Gegenüber vom *Leib und Seele* befand sich ein italienisches
Restaurant, Rios und ihr Lieblingsitaliener.
Ihr Körper erstarrte plötzlich, ihre Fäuste ballten sich.
»Was ist denn los, meyn Kind?«
Die alte Dame hatte gerade ihren Rest Soße mit einem Stück Brot
aufgewischt. Odora konnte nicht reden, zeigte mit dem Finger
auf die andere Straßenseite.
Dort liefen Fiona und Rio Hand in Hand. Sie verschwanden im
italienischen Restaurant. Odora war das Glühen ihrer Gesichter
nicht entgangen.
So brennt man nur, wenn man verliebt ist!
Ihr Herz zerbrach in tausend Stückchen, sie konnte es hören und
roch zugleich den ihr schmerzhaft bekannten Duft des Abschieds.
Wie angewachsen saß Odora auf ihrem Stuhl. Grete ergriff über
dem Tisch ihre Hand und drückte sie.
»Odora, ich weiß nicht, was ich sagen soll …«

Der kleinen Frau war das Strahlen von Rio und Fiona ebenfalls nicht entgangen.

»Grete, ich gehe jetzt hin und stelle sie zur Rede!«

»Warte meyn Kind!«, hörte Odora Grete noch rufen, als sie wutentbrannt aus dem Lokal stürmte und gegenüber das Restaurant enterte. Hinten, fast versteckt, saßen Rio und Fiona an einem Tisch, hielten sich an den Händen und sahen sich vertraut in die Augen.

»Odora …«, stöhnte Rio, als er sah, wer ihm auf die Schulter tippte. Fiona zog sich vom Tisch zurück, blickte sie betroffen an. Mitleidig sah Rio zu ihr hoch, sein Blick traf eher ihr Kinn als ihre Augen. *Feigling!*

»Es tut mir so leid, Odora … Fiona und ich sind uns näher gekommen … und ja!

Wir haben uns verliebt, obschon wir uns dagegen gewehrt haben.« Er schluckte.

»Ich wusste nicht, wie ich es dir beibringen sollte … habe auf den richtigen Moment gewartet …«

»Der richtige Moment ist jetzt und hier!«

Odoras Stimme versagte. Weinen wollte sie diesmal nicht. Keine einzige Träne war dieser Kerl ihr wert.

Ehe sie ihre Schritte in Richtung Ausgang richtete, schenkte sie ihm noch den bösesten Blick aller Blicke.

»Komm Grete«, sagte sie wenig später, bezahlte das Essen im *Leib und Seele* und zog ihre Freundin mit sich. »Zeit zu packen! Ich fahre nach Hause!«

Das Vertrauenskonto und
der Schwur

Drei Monate waren vergangen, seit Odora ihre Zelte in Frankfurt abgebrochen hatte. Mit Grete stand sie in regem Telefonkontakt. Von ihr erfuhr Odora, dass Rio die Wohnung gekündigt hatte und bei Fiona eingezogen war. Die alte Dame hatte ein klein wenig Miss Marple für Odora gespielt.

Ihre Eltern hatten sie liebevoll aufgenommen und getröstet. Die blöden Sprüche, die sie damals beim Abschied von Claudio klopften, kamen diesmal nicht über ihre Lippen. Dafür war Odora ihnen sehr dankbar.

Vater und Mutter machten sich etliche Sorgen um ihre Tochter. Diese war nicht mehr das sprühende, spontane und etwas verrückte Mädchen, das bis in den Himmel lachen konnte. Nein, das Wesen, das jetzt durch ihr Haus geisterte, war verstummt. Schwarze Augenringe prägten traurige Augen, die meiste Zeit verbrachte die Enttäuschte auf ihrem Zimmer. Sogar ihr Vater vermochte sie diesmal nicht aufzuheitern.

»Odora, du müsstest so langsam wieder in die Gänge kommen!« Mama streichelte über ihre Serviette, die liebe Geste galt wohl eher Odoras Gemüt.

»Es ist jetzt drei Monate her!«

Odora stocherte lustlos in Vaters Salat, hob den Kopf und sah ihre Eltern an.

»Wisst ihr, eigentlich leben Rio und ich nicht in derselben Galaxie. Es hätte auf Dauer sowieso nicht gepasst.«

Wäre er bloß mein Ziegen-Rio geblieben!

»Meine Gefühle für ihn habe ich schon entsorgt, keine Angst! Meine Gabe macht mir Sorgen. In Sachen Männern kann ich mich nicht darauf verlassen.«

Ihre Eltern blickten sich vielsagend an.

»Ich habe mir die ganze Nacht Gedanken gemacht. Über das Vertrauenskonto. Jeder Mensch kommt mit einer gewissen Gesundheit zur Welt. Achtet er nicht auf sich, wird er langsam krank, und seine Gesundheit ist nie mehr wie zuvor. So ist es auch mit dem Vertrauenskonto. Als Kind besitzt man ein Urvertrauen. Nach und nach bucht das Leben mit seinen Enttäuschungen von diesem Konto ab. Und irgendwann ist kein Vertrauen mehr übrig …«

Odora nahm ihre Gabel, aß mit scheinbar gutem Appetit ihren Salat. Nach ihrem Redeschwall war eine Last von ihrem Magen gefallen.

»Na ja, Odora, da hast du vollkommen recht.«

Ihr Vater tupfte sich mit seiner Serviette etwas Öl vom Kinn.

»Das ist genau das, was man das Reifen oder das Werden im Leben nennt. Durch Enttäuschungen wächst man und lernt, nicht mehr blauäugig durch die Welt zu laufen. Die Menschen, mit denen man sich umgibt, nimmt man fortan genauer unter die Lupe.«

Ja Papa, in den Bauch hinein aber sieht man keinem!

»Man wird weniger enttäuscht, hat immer noch Vertrauen auf dem Konto übrig.«

Ihre Mutter nutzte die Gelegenheit, ihrer Tochter noch eine Portion Salat aufzutischen.

»Odora, wir alten Hasen wissen auch nicht alles, lernen jeden Tag dazu!«

Das Leben passiert einfach so. Man kann sich nicht erwehren.

Die Frage, inwiefern man in verschiedensten Lebenslagen zur Passivität verdammt war und in welchem Masse man die Lebenszügel in Eigenregie führen konnte, vermochte Odora nicht mehr zu stellen. Ihr Vater hatte entschieden, den Clown zu geben.

»Oh, es riecht nach verbrannten Gehirnzellen!«

Er nahm seine Stoffserviette, band sie sich wie ein Kopftuch um und verknotete sie unter dem Kinn. Seit sie in Kinderschuhen stand, lockerte diese Lachnummer Odora gehörig auf. Ein Lächeln schlich sich auf ihre Lippen. Jetzt imitierte der Kopftuch-Papa mit seiner Stimme eine alte Hexe und krächzte:

»Die Kunst des Lebens, meine Kleine, besteht darin, sich und die anderen Menschen nicht allzu ernst zu nehmen!«

Abends in ihrem Bett kreuzte Odora die Finger und legte einen Schwur ab.

»Ich, Odora, schwöre hiermit, dass nichts und niemand in diesem Leben mir je mein Lächeln nehmen wird!«

Odora blüht auf

Unglaublich, wie erwachsen sie geworden ist.
Odoras Mutter rührte in dampfenden Töpfen, dachte an ihre Tochter.

Anstatt weiterhin leidend durchs Haus zu schlurfen, legte Odora plötzlich einen Pragmatismus an den Tag, den niemand vermutet hätte. Jeden Tag schlug sie als Erste die Zeitung auf, versank in Stellenangeboten, half im Haushalt mit.

Sogar ihre Mimik und ihre Bewegungen hatten sich verändert. Ihre Reaktionen waren geläuterter, die Sprunghaftigkeit ihres Wesens verblasste.

Wie eine Blume, die sich langsam öffnet, um ihre ganze Schönheit zu offenbaren.

»Mama ich hab' was!«
Die Mutter eilte rasch zu Odora, die an der Bar sitzend die Zeitung durchstöberte. »Sieh mal!«

Hotel Lemmer – Echternacherbrück – Deutschland
Suchen dringend Dame für unsere Rezeption
Profil: freundlich und zuvorkommend
Sprachen: Lux, De, Fr, Eng.
Wenn möglich, Erfahrung mitbringen.

»Ich erfülle das Profil, Mama.«
Odora grinste von einem Ohr zum anderen.
»Auf was wartest du noch? Zieh dir was Nettes an und ab nach Echternacherbrück!« Schon baumelten die Autoschlüssel vor Odoras Nase. Auf dem Weg dorthin dachte Odora an ihre Freunde, deren Hof sich auf der Strecke nach Echternach befand. Seit dem Aus mit Rio hatte sie sich nicht mehr bei ihnen gemeldet. Maries Anrufe wollte sie nicht entgegennehmen. Sie konnte nicht reden und basta! Odora verdrängte ihr schlechtes Gewissen.

Zuerst eine Arbeit bekommen, dann einen Besuch abstatten. Man will schließlich etwas Positives zu melden haben!

Zuversichtlich vor sich hin summend fuhr sie beim Hotel Lemmer vor, das sich nur einen Katzensprung von der luxemburgischen Grenze entfernt befand.

»Ich rieche wieder Erfolg!«, flüsterte sie sich zu, als sie die Eingangstür des Hotelbetriebes aufstemmte.

»Guten Tag, mein Name ist Odora, ich komme wegen des Stellenangebotes.«

Eine etwas ältere, blond frisierte Frau blickte ihr hinter dem Tresen höflich entgegen. Sie sah bieder aus, mit ihrem grauen Strickrock und einem noch tristeren Schal um den Hals. Kein Schmuckstück zierte die Frau, sie trug einen Hauch von Nichts an Schminke. Odora entdeckte abgekaute Fingernägel, welche die Dame nach ihrem Blick darauf gekonnt hinter dem Tresen verbarg.

Ein graues Mäuschen voller Sorgen.

»Warten Sie bitte einen Moment, ich rufe meinen Sohn. Er ist gerade in der Küche zugange.«

Sie sah Odora freundlich an und ergänzte stolz: »Er ist nämlich der Chef hier!« Schon war sie verschwunden.

Odora sah sich um. Ein rot-weiß-schwarzer Teppichboden schwamm in einem Wellenmuster durch den ganzen Lobby-Bereich.

Da wird einem ja schwindelig!

Ein weißes Ledersofa mit roten Satin-Kissen in einer Sitzecke lud zum Verweilen ein. *Schick!*

Dahinter ein verspiegelter Bartresen, der eher zum Trinken einlud. Beleuchtete Flure verschwanden im Bauch des Hotels.

Wie ein Verdauungstrakt mit diesem Teppichmuster!

Neben dem Rezeptionsbereich befand sich eine große Flügeltür, über der in eleganter Schrift *Speisesaal* stand. Die Tür öffnete sich, ein Mann trat heraus, eilte auf sie zu und musterte sie eindringlich.

»Lemmer mein Name!«

Lasch schüttelte Herr Lemmer die Hand der Anwärterin. Der mollige Mann hatte ein liebes Gesicht mit Pausbacken, grünbraunen Augen und einer langen Narbe auf einer Wange, die noch relativ frisch zu sein schien. Etwas sehr Verletzliches ging von ihm aus und wie bei seiner Mutter nahm Odora den Geruch von Sorgen wahr.

»Odora Ungewöhnlich mein Name.«

Herr Lemmer lächelte und enthüllte eine riesige Zahnlücke, die ihm den letzten Lausbuben-Schliff verpasste. Nach einem kurzen Gespräch schlug er vor, sie nach einer Probezeit von einer Woche einzustellen.

Das geht aber zügig!

»Wenn das hier mit Ihnen funktioniert. Wir hatten letztens sehr viele Probleme mit unserem Personal, sind also sehr misstrauisch geworden.«

Aha! Trifft sich gut. Das bin ich auch geworden!

Der pausbäckige Chef führte Odora durchs Hotel. In den Fluren trafen sie auf die Hausmädchen Annika und Svetlana, die an einen Rollwagen mit frischer Wäsche gelehnt munter plauderten. Als der Chef mit ihr um die Ecke bog, huschten sie schnell in zwei Zimmer hinein. Lemmer rief sie zurück, stellte Odora vor und ermahnte sie mit müder Stimme, doch endlich mit den Gäste-räumen fertigzuwerden.

Hier liegt einiges im Argen.

Kaum hatte der Chef ihnen den Rücken zugekehrt, konnte Odora die Frauen tuscheln hören.

Der Wellnessbereich war umwerfend schön. Zwischen grünen Topfpalmen plätscherte ein kleiner Wasserfall aus einem Natur-steinfelsen heraus in ein Schwimmbecken. Einige Stufen führten nach oben hinter den Felsen, wo ein sprudelnder Jacuzzi zwischen Natursteinen eingelassen war. Ein bodentiefes Fenster gab den Blick auf hohe, grüne Hecken und Blumen frei.

»Um diesen Bereich kümmert sich José«, brummte Lemmer, »wenn er mal da ist.«

Oho! Odoras Vermutung wurde bestärkt.

»Also gut, Odora, dann wollen wir morgen mit der Probewoche beginnen.«

Lemmer drückte ihr flüchtig die Hand zum Abschied.

»Bitte seien Sie um 12 Uhr hier, damit meine Mutter Ihnen alles zeigen kann. Sie arbeitet von 7 bis 14 Uhr. Sie dann von 14 bis 22 Uhr.«

»Bis dann!«, rief er noch, schon war er hinter die Flügeltür entwischt.

Sehr befremdlich!, dachte Odora, als sie Richtung Hof fuhr, *ich war über eine Stunde im Hotel, ein Hotelgast aber ist mir nicht begegnet …*

Sie schob den Gedanken einstweilen beiseite und freute sich auf ihre Freunde. Eine Erkenntnis blitzte noch kurz in ihr auf: *Ich werde der Sache auf den Grund gehen!*

Die Neugeburt

Der Hof lag verlassen da, wurde trotz des kalten Wetters von einer Schar Katzen bewacht. Eleganten Pfotenschrittes kam ein schlanker, schwarzer Kater maunzend auf Odora zugeschwänzelt.

»Charel!«

Sie erkannte ihn am weißen Fleck auf der Nase, hob ihn hoch und herzte ihn.

»Wo sind denn alle hin, mein kleiner Freund?«

Ein Zettel klebte an der Tür: *Wir sind zur Geburt!*

Odora schmunzelte. Die kringelige Schrift und deren aufgeregter Inhalt konnten nur von Claire sein. Sie drückte die Klinke herunter, und die alte Tür sprang knarrend auf. *Das Vertrauenskonto meiner Freunde ist noch recht gut gefüllt.*

In der Küche herrschte heilloses Durcheinander. Der hastig verlassene Frühstückstisch mit gefüllten Teetassen und halbgeschmierten Broten verriet das Szenario, das sich hier abgespielt hatte.

»Dann wollen wir mal Charel.«

Sie hob den Kater auf den Tresen neben das Telefon, von wo aus Columbus ihr immer zugenickt hatte.

»Du bist ein würdiger Vertreter«, flüsterte sie Charel ins Ohr.

Odora hängte ihre Jacke auf, schlüpfte aus ihren Schuhen und krempelte die Ärmel ihrer Bluse hoch. Charel sah ihr eine Weile zu, hüpfte gelangweilt vom Tresen und verschwand.

Eine halbe Stunde später war die Küche aufgeräumt. Sie warf einen Blick in den Kühlschrank. Fast alle Zutaten für ihre berühmt-berüchtigte Spaghettisoße waren vorrätig. Odora machte sich ans Kochen. Sie beruhigte damit ihre Aufregung um Marie und es half – sie musste es sich eingestehen – die Gedanken an Rio zu unterdrücken. Odora hatte es noch nicht gewagt, einen Blick in Richtung Chalet zu werfen, dorthin, wo sie so viele schöne Stunden mit ihm verbracht hatte. So wie mit Columbus. Sie wurde sich bewusst, dass sie den alten Kater mehr vermisste als den untreuen Mann, lächelte und trat ans Fenster. Unzählige Regentropfen am Fenster verschleierten die Sicht auf das Chalet, dessen Umriss sie in der Ferne erkennen konnte.

Es ist wie mit der Erinnerung. Ein gnädiger Schleier des Verdrängens legt sich über sie, hüllt die damit verbundene Trauer ein, damit man weiterleben kann …

Odora eilte zu ihrer Soße, die sie durch ein aufkochendes Brutzeln ermahnte, doch bitte in ihr zu rühren. Sie stellte den Topf auf kleine Flamme, damit sie nicht anbrannte. Beim Geräusch des leisen Köchelns, umhüllt von den wunderbaren Gerüchen der frischen Gartenkräuter, nickte Odora am Tisch sitzend ein.

Sie wachte auf, als ein frisch gebackener Vater sich auf sie stürzte, sie vom Stuhl hob und im Kreis durch die Luft drehte. Claire stand mit funkelnden Augen in der Tür, wischte sich eine Freudenträne von der Wange.

»Odora, es ist ein Junge!«

Die wackeren Geburtshelfer fielen über die Spaghetti her. Es dauerte nicht lange, bis die Köchin wusste, wie eine Geburt vonstattenging. Renato konnte es nicht lassen, ihr bei Tisch den ganzen Vorgang bis ins letzte blutige Detail zu schildern. Euphorisch wurden Odora jeder einzelne kleine Zeh und andere Merkmale des Frischgeborenen vor Augen geführt.

»Ich werde ihn Aldo nennen, nach meinem Vater!«

Claire sah ihren Sohn dankbar an. Nach dem Essen kippte die Begeisterung. Claire und Renato hingen plötzlich komplett erschöpft in ihren Stühlen.

So eine Geburt ist anstrengend!

Odora scheuchte sie mit dem Versprechen ins Bett, bald wieder anzuklopfen. Sie räumte schnell die Küche auf und machte sich auf den Heimweg.

Was für ein Tag!

Und doch fühlte sich Odora wie neugeboren. Wie der kleine Junge, der aus Maries Leib in die Welt gerutscht war, glitt sie in ihr neues Leben. Der Hofbesuch war immer aufs Neue vertagt worden, aus Angst, ihre Sehnsucht nach Rio könnte dort erneut entfacht werden. Aber dem war nicht so. Endlich war sie vom letzten Zweifel befreit.

Die alte Brücke ist abgebaut, jetzt kann ich eine neue errichten.

Zu Hause lauerten die Eltern auf ihr Mädchen, freuten sich mit ihr über die gelungene Jagd nach Arbeit.

»Meine Tochter!«, grinste ihr Vater.

»Nein, ganz eindeutig meine Tochter!«, bestand ihre Mutter.

Meine Neugeburt.

Das Lämmchen

Ausgeschlafen und guten Mutes trat Odora am nächsten Tag Punkt zwölf Uhr ihren Dienst an. Sichtlich erfreut empfing Frau Lemmer die neue Mitarbeiterin.

Beim Anblick von Odora klatschte sie in die Hände wie ein Kind, dem man einen roten Luftballon schenkte.

Hinter dem Tresen begann sie die neue Mitarbeiterin in die Welt des Hotelwesens einzuweihen.

»Wir haben 20 Zimmer.«

Odora zeigte auf die Wand, an der die Zimmerschlüssel hingen.

»Da fehlt nur ein Schlüssel«, bemerkte sie trocken.

Bei diesen Worten erschrak Lämmchen, wie Odora sie heimlich nannte, verlegen strich sie sich über den grauen Rock.

»Na ja, die Saison ist vorbei – im Herbst und im Winter leben wir hauptsächlich von unserem Restaurant. Die Kochkunst meines Sohnes ist bekannt und beliebt.«

Warum glaube ich ihr das nicht?

Lämmchen führte Odora in den hellen Speisesaal.

»Hier bewirten wir an die fünfzig Gäste pro Abend, mittags ist die Küche geschlossen, montags ist Ruhetag.«

Sie zeigte auf die runden, in Rot eingedeckten Tische mit weißen Stoffservietten und silbernen Kerzenständern in der Mitte.

Nobel geht die Welt zugrunde!

Odora wusste nicht, warum dieser Spruch ihres Vaters ihr gerade jetzt einfiel.

»Natürlich müssen Sie sich auch um die Reservierungen fürs Restaurant kümmern – und die Gäste abkassieren. Unser Kellner José geleitet die Gäste nach dem Essen zu Ihnen, überreicht Ihnen die Liste der zu bezahlenden Gänge und Getränke.«

Komisch, nur ein Kellner für fünfzig Gäste? Und warum darf dieser nicht einkassieren? Soll das der José sein, der anscheinend so oft fehlt und sich zusätzlich um den Wellnessbereich kümmert?

Odora brach in Angstschweiß aus.

»Ich hoffe, Sie können gut rechnen«, gab das Lämmchen mit unbeschwerter Stimme zu bedenken, als handele es sich um ein Spiel.

Hotelmonopoly!

Odora wurde es zunehmend mulmiger. *Ich und rechnen!*

Zurück in der Rezeption zog Lämmchen ein großes schwarzes sowie ein rotes Buch hervor.

»Schwarz für das Hotel. Rot für das Restaurant.«

Sie zeigte auf die schon eingetragenen Reservierungen der nächsten Tage.

Viel stand da nicht.

»Ums Frühstücksbuffet kümmern sich die Hausmädchen, bevor sie ihren Putzdienst antreten.«

Oje! Es wird immer besser. Am Ende ist der Koch auch noch die Klofrau!

Dann lehrte die graue Maus Odora das Ritschratsch-Verfahren für Kreditkarten und zeigte ihr die Kassenbox, eine eingebaute Schublade unter dem Tresen, die mit einem Schlüssel versehen war.

»Nach der Schicht abends immer gut abschließen, dann den Schlüssel meinem Sohn aushändigen!«

Zimmerpreise flogen Odora um die Ohren und sie lernte im Schnellverfahren, wie man Rechnungen und Quittungen für Gäste erstellt.

»So für heute reicht es!«

Das kannst du laut sagen, es reicht!

Odora schwirrte der Kopf. Kurz nach 14 Uhr schlüpfte Lämmchen sichtlich in Eile in ihren Mantel.

»Kommen Sie doch morgen ebenfalls so frühzeitig! Dann können wir weitere Anliegen besprechen.«

Lämmchen entschwand. Bedenkenlos überließ sie Odora das Zepter, obschon es deren erster Tag war.

Und die Kasse noch dazu, das ist doch nicht seriös.

Chaos

Wo bin ich hier nur gelandet?

Nach Lämmchens überhastetem Abgang plumpste Odora verzweifelt auf den Rollhocker hinter dem Tresen. Die Schicht fing erst an, sie fühlte sich bereits wie erschlagen. Das Telefon klingelte. Eine Tischreservierung für abends. Sie schlug das Buch auf und notierte den Namen. Dabei bemerkte sie, dass das bisher der einzige Eintrag für diesen Abend war. Vier Personen im Ganzen …

Plötzlich stand ein älterer Herr mit Glatze vor ihr und nuschelte offenbar angetrunken:

»Mr. Harrisson, room 3, I ost my keys.«

Er schunkelte dermaßen ungelenk vor dem Tresen hin und her, dass Odora zu ihm eilte und ihn zügig zur Sitzecke geleitete.

Sonst fällt der mir noch um!

»Do have a seat, one moment please.«

Sie begab sich in den Speisesaal, trat durch die Klapptür in die Küche und fand Chef Lemmer mit nacktem Hintern in eindeutiger Pose auf Svetlana vor.

Auf der Arbeitsplatte! Pfui Deibel!

Als sie auseinanderstoben, hatte sich Odora respektvoll, wenn auch entsetzt, hinter die Klapptür verzogen.

»Ich brauche einen Ersatzschlüssel für unseren Gast!«, rief sie mit zitternder Stimme und hastete zurück in die Rezeption.

Sich die Schürze zubindend, huschte Svetlana in einen der Flure. Lemmer stand verlegen und mit feuerrotem Gesicht vor ihr.

»Odora, ich …«

»Sie sind mir keine Erklärung schuldig, bitte zeigen Sie mir, wo die Ersatzschlüssel liegen!«, entgegnete sie barsch und zeigte auf Mr. Harrisson, der schnarchend in der Sitzecke lag.

Was für Zustände!

Der Chef zeigte ihr den Schrank mit den Schlüsseln und verkrümelte sich mit hängendem Kopf wieder in seine Küche. Dann kam die hübsche, blonde Annika angelaufen.

»Toilettenpapier ist aus. Frau Lemmer vergisst immerzu die Bestellung und ich muss gleich nach Hause!«

Und wer genau benutzt das Toilettenpapier?

Bis Odora ihr verständlich gemacht hatte, dass man die Klorollen aus den nicht besetzten Zimmern nehmen konnte, war eine Viertelstunde um.

Mr. Harrissons Schnarchen tönte lautstark in der Lobby. Odora rief den Chef abermals aus der Küche und bat ihn, den Glatzkopf auf Zimmer 3 zu befördern, was dieser ohne Aufbegehren erledigte. Der restliche Nachmittag verlief ruhig. Das Telefon klingelte nicht mehr.

Odora nutzte die Zeit zum Nachdenken. Schrieb sich dann Notizen in ihr mitgebrachtes Heft:

Rechenmaschine kaufen oder Papa fragen, ob er noch eine hat.

Toilettenpapier? Bestellen!

Vieles hinterfragen!

Abends erschien der Mann namens José zum Dienst. Schwarz wie die Nacht und hochgewachsen, entblößte er seine perlweißen Zähne, sah sich die Reservierungsliste an.

»Ho! Vierrr Leute, wie immerrr!«, lachte er und verschwand.

»Schauen noch nach Wellness!«

Seine dunkle Samtstimme hallte bis in die Lobby.

Vier Leute wie immerrrr ... weit entfernt von 50, wie von Lämmchen behauptet!

Um 21 Uhr 30 brachen die Gäste auf, Odora rechnete ab und lief in die Küche, um Lemmer den Kassenschlüssel zu überreichen. Der Koch konnte ihr nicht in die Augen blicken.

Ich weiß nicht, ob die mich jemals wiedersehen, gähnte Odora, als sie sich halb verhungert und schweren Schrittes zu ihrem Wagen begab.

Das Gespräch

»Dieser Betrieb braucht eine feste Hand!«
Kopfschüttelnd bearbeitete Odoras Mutter mit einem Löffelchen ihr Frühstücksei.
»Entweder du bist bereit und versuchst, diese Hand zu sein, oder du suchst dir besser eine andere Stelle.«
Jetzt erst recht!
Unerwartet stand Odora um elf Uhr im Hotel auf der Matte. Lämmchen fielen fast die Ordner aus der Hand, in denen sie gerade hektisch blätterte.
Ohne Floskeln bat Odora um ein Gespräch. Im Speisesaal saßen sie sich gegenüber, Lämmchen wirkte sehr besorgt.
»Sie wollen uns doch hoffentlich nicht schon verlassen?«, fragte sie zaghaft mit dünner Stimme.
Jetzt kommt die hohe Kunst der Diplomatie!
Odora lehnte sich nach hinten und beschwor ihr Selbstbewusstsein.
»Liebe Frau Lemmer, ich würde sehr gerne bleiben. Die Voraussetzung aber ist, dass Sie mir ehrlich sagen, was hier los ist, damit ich Ihnen helfen kann. Ein Blinder kann sehen, dass hier so manches im Argen liegt, und ehrlich gesagt, frage ich mich, wie Sie mich eigentlich bezahlen wollen.«
Nun weinte das Lämmchen lautlos. Tränen schimmerten in ihren Augen, mit denen sie Odora aufrichtig ansah.
»Sie haben ja sowas von recht, junge Frau.« Sie schluckte kurz.
»Vor vier Monaten ist meine Schwiegertochter Hannelore abgehauen und hat meinem Sohn während eines schrecklichen Streits die Narbe im Gesicht verpasst – mit einem Küchenmesser. Stellen Sie sich das vor!
Leider hat sie auch das gemeinsame Konto geräumt. Unser guter Maître d'Hôtel Hans saß in einem ihrer Koffer.«
Nervös knetete das Lämmchen seine Finger, bestimmt, um nicht an den Fingernägeln zu knabbern.

»Von da an ging es bergab, Odora. Hannelore und Hans hatten das Hotel samt Personal fest im Griff, regierten hier mit eiserner Hand. Mein Sohn Roger brauchte sich nur um seine Kochkunst zu kümmern.«

Ihre Stimme klang erschreckend verzweifelt.

»Er hat weder das Geschick noch das Format, ein Hotel zu leiten. Rogers Vater ist vor drei Jahren verstorben. Er hat bis dahin in der Küche geherrscht, seinen Sohn sah er als Konkurrenten an, unterdrückte ihn und lehrte ihn nie, seinen Mann zu stehen.«

Odora empfand aufrichtiges Mitleid für das Mutter-Sohn-Gespann.

»Nach Hannelores Flucht fing Roger an, seine Küche zu vernachlässigen, bot nicht mehr die gewohnte Qualität an. Nach und nach blieben die alten Gäste aus. Neue kamen, kehrten aber nicht zurück.«

Wen wundert's, bei der Stimmung hier.

»Das Personal tanzt uns auf der Nase rum.«

Und unter der Nase! Das habe ich leibhaftig gesehen!

Odora dachte vor allem an die zu einem falschen Zweck benutzte Arbeitsplatte in der Küche.

»Bitte bleiben Sie Odora! Ich stelle Ihnen einen Freischein aus, hier zu ändern, was Sie für nötig halten – bitte! Ich habe keine Kraft mehr.«

Mit Inbrunst sah sie die neue Mitarbeiterin an.

»Sonst machen wir Pleite! Ich habe noch die Erbschaft meiner Eltern zur Verfügung, das ist nicht wenig, aber irgendwann ist auch diese aufgebraucht.«

Die rote Nonne, wie ihr Vater sie ironisch nannte, war stärker als der Zweifel, dieses Haus retten zu können. Sie hatte eine wichtige Aufgabe.

»Abgemacht! Aber nur, wenn Sie Ihrem Sohn klarmachen, dass wir das Problem zusammen angehen müssen! Diese Verantwortung will ich nicht alleine tragen. Dafür bin ich noch zu unerfahren. Aber keine Sorge! Ich habe da so meine Ideen.«

Auf meine Fantasie ist Verlass!

Erste Schritte

Lämmchen und Odora einigten sich vorerst, den ganzen Tagesdienst zusammen zu stemmen. Denn nun hieß es einen Schlachtplan schmieden.

»Odora, unzählige Zimmer stehen frei. Suchen Sie sich doch eins aus, dann brauchen Sie zum Schlafen nicht ständig bis nach Luxemburg zu fahren.«

»Sie nehmen sich dann bitte auch ein Zimmer, damit Sie mich im Auge behalten können.«

Die beiden Frauen lachten und sahen sich an. Eine besondere Art des Zusammenhalts war zwischen ihnen gesponnen.

»Nennen Sie mich Rose«, bat das Lämmchen.

Nach der Mittagsstunde verdonnerten die Damen einen verdutzten Roger zum Rezeptionsdienst. Beide fuhren nach Hause, packten ihre Koffer und belegten zwei gegenüberliegende Zimmer im Hotel. Mit ihnen schien eine neue Leichtigkeit einzuziehen.

»So Rose, jetzt kann Roger uns was Feines kochen. Der ist sichtlich unterfordert. Das bringt ihn auf Trab. Wir beide installieren uns im Speisesaal, lassen die Flügeltür offenstehen, behalten so den Lobby-Bereich im Auge und hören das Telefon.«

Rose war sehr angetan von dieser Idee. Roger freute sich wegen seiner kulinarischen Aufgabe. Er zauberte ein köstliches Filet-Mignon vom Schwein in einer Wein-Zwiebel-Soße mit frischem Gemüse und Kartoffeln als Beilage. Zu dritt genossen sie das Gericht, lehnten sich dann zufrieden in ihren Stühlen zurück.

»Roger, ich habe Odora alles erzählt. Sie will uns helfen, das Hotel wieder auf Vordermann zu bringen.«

»Das ist gut.« Roger sah Odora an, als wäre ihm gerade ein Berg Steine vom Herzen gefallen.

»Das geht aber nur, wenn Sie mitmachen, Roger?«

Odora sah ihn fragend an.

»Auf jeden Fall!«, grinste er.

»Gut. Dann fangen wir ab morgen damit an, dass das ganze Personal hier zusammen an einem Tisch zu Mittag isst. Wer arbeitet, muss auch essen. Es muss ja kein Filet-Mignon sein.«

Rose klatschte vor Freude in die Hände, es schien ein Tick zu sein.

»Wir holen José, falls möglich, ab morgen Mittag dazu, er wird nicht nur abends gebraucht. Ein gemeinsames Mahl knüpft Bände und motiviert.«

Nun war es Roger, der sich wie ein Kleinkind in die Hände patschte.
»Nach dem Essen werden wir die jeweiligen Aufgaben besprechen, und das Personal kann Verbesserungsvorschläge unterbreiten. Es geht auch um ihre Jobs!«

Rogers bewundernder Blick sprach Bände.

»Ach ja, Roger, solange wir nicht eine größere Anzahl an Gästen verbuchen, können Sie in der Rezeption einspringen, falls Rose und ich anderweitig beschäftigt sind.«

Der Koch staunte nicht schlecht.

»Mensch Roger, Sie sind der Chef im Haus, zeigen Sie Präsenz!
Nicht nur in der Küche!«

Odora zwinkerte ihm verschwörerisch zu. Seine lieben Pausbacken
glühten rot auf. Trotzdem schien er sich köstlich zu amüsieren.
Odora roch ein neu aufflammendes Selbstbewusstsein bei Roger.
Die gute Rose schien über ihrem Stuhl zu schweben.

»Eine Frage in Bezug auf unser Personal hätte ich noch: Wo
kommt José her, und warum spricht er kein richtiges Deutsch?«

Mutter und Sohn tauschten einen verlegenen Blick. Es war Rose,
die ungern das Wort ergriff, Odora spürte es.

»José … Odora, es ist gut, dass du das Thema ansprichst … da
du jetzt so sehr eingebunden bist. Also … Hmmm … José ist
ein Illegaler!«

Hätte sie sich nicht an der roten Tischdecke festgehalten, Odora
wäre vom Stuhl gerutscht.

»Glaub mir, Odora, wir gehören nicht zu diesen Sklaventreibern,
die die Lage eines armen Mannes ausnutzen. Er wird genauso
regulär bezahlt wie das restliche Personal, eben bar auf die Hand,
da er kein Konto haben kann.«

Odora wollte Rose nicht unterbrechen. Sie konnte sich vorstellen,
wie schwer der grauen Maus diese Worte fielen. Zum Urteilen
wäre noch später Zeit.

»Vor einem Jahr ungefähr stand José in der Lobby, bat um Hilfe.
Total verhungert und verdreckt stand er vor mir. Roger kochte
ihm eine Suppe, ich ließ ihn in einem unserer Zimmer eine
Dusche nehmen. Du hättest sehen müssen, wie er sich auf die
Suppe stürzte!«

Rose war angesichts so vielen Hungerleids nachträglich entsetzt.

»José kommt aus Nigeria. Hat dort durch irgendeine Clan-Fehde seine gesamte Familie verloren. Er schlug sich durch bis nach Europa, sein Asylantrag in Luxemburg wurde abgelehnt. Aus Angst vor Abschiebung streunte er durch die Gegend, bis er bei uns auftauchte. Da ich alleine in einem großen Haus wohne, gab ich ihm ein Zimmer. Am Anfang kümmerte er sich zum Dank um Haus und Garten … dann brauchte er etwas Geld, so bot ich ihm die Stelle im Hotel an. Natürlich ohne offizielle Anmeldung … ist ja leider nicht möglich.«

Rose nestelte verlegen an der Tischdecke.
Roger sah Odora fragend an, machte sich wahrscheinlich auf eine Standpauke gefasst. Die junge Frau aber blieb still. So fuhr er persönlich mit Josés Geschichte fort.

»Wir mochten diesen Kerl auf Anhieb! Zuvorkommend, jovial und fleißig band er sich in den Betrieb ein, hat sich nie beschwert. Er gehört mittlerweile zur Familie, Odora.«

»Was passiert denn, wenn José krank wird oder gar ein Unfall geschieht? So ganz ohne Krankenkasse? Oder wenn eine Behörde auf die Idee kommt, das Personal zu überprüfen? Dann bekommt ihr echte Schwierigkeiten.«

Traurig schüttelte Odora den Kopf.

»Ich weiß es nicht, Odora. Bisher hatten wir Glück. Du hast natürlich recht. Was sollen wir nur tun? Wir würden José so gerne helfen, damit er offiziell hier leben und arbeiten darf.«

Der betrübte Roger klang hilflos.
»Der beste Freund meines Vaters ist Anwalt. Ich werde mit ihm reden müssen.«

Besuch

Mr. Harrisson gab seine Schlüssel ab.
»I was so lonely here, no other guests to speak to.«

Als er abgereist war, schrieb Odora eine weitere Notiz in ihr Heft: *Kundenbetreuung.*
Bis spät in den Abend hatten die drei Köpfe des Hotels Pläne geschmiedet. Ein jeder hatte seine Ideen vorgebracht, Odora schrieb das Protokoll der Sitzung. Für das erste Treffen mit dem Personal waren sie perfekt vorbereitet.
Roger hatte Gemüselasagne in den Ofen geschoben, so konnte er mit am Tisch sitzen. José war ebenfalls erschienen. Als alle im Speisesaal versammelt waren, hielt Roger unter den stolzen Augen seiner Mutter eine Ansprache. Er erklärte das neue Konzept, dabei fiel sein Augenmerk öfters auf Svetlana als auf die anderen.

»… wir haben nicht nur entschieden, jedem von euch neue Verantwortung zu übertragen, sondern auch ein Mitspracherecht zu gewähren.«

Applaus! Roger verbeugte sich so plump wie charmant, bedachte aber seine Mitarbeiter mit einem strengen Blick.

»Nichtsdestotrotz bin ich euer Chef. Ich verlange Gehorsam und Respekt. So wie es in letzter Zeit hier lief, kann es nicht weitergehen.«

Bestimmend schweifte sein Blick über die Anwesenden.

»In Zukunft verlange ich Pünktlichkeit sowie einen Krankenschein bei Fehlstunden. Überstunden werden bei Odora aufgeschrieben und natürlich bezahlt.«

Roger war irgendwie an seiner Aufgabe gewachsen.

»So, meine Lieben …!« Rose hob die Sitzung auf.

»Macht euch bis morgen Gedanken. Was seid ihr gewillt zu tun, damit der Betrieb koordinierter läuft? Was schlagt ihr vor? Was müssen wir verbessern? Und nun: an die Arbeit!«

Na, geht doch! Aus einem Lämmchen wird ein Hirtenhund!

Rose hatte sich hingelegt, Odora hütete die Rezeption, wollte weitere brauchbare Ideen in ihr Heft schreiben. Ein Hüsteln schreckte sie auf, sie hob den Kopf. Vor ihr standen ihre Eltern!

»Wir haben gehört, dass es hier einen wunderbaren Wellnessbereich gibt, junge Dame.«
Ihr Vater lehnte lässig am Tresen, eine lange Zigarre in der Hand.

»Und ein gutes Restaurant!«

Ihre Mutter schob divamäßig ihre Brille auf die Stirn.

»Hier, ein Mitbringsel!«

Gnädig überreichte Vater ihr seine alte Rechenmaschine.

»Haben Sie noch drei Zimmer frei?«

Mittlerweile hatte Odoras Vater den Arm besitzergreifend um den Hals seiner Frau gelegt. Komischerweise ließ diese ihn gewähren. Sie, die sonst so abweisend war, was körperliche Nähe anging.

»Wieso drei Zimmer?«

Die verblüffte Tochter verstand gar nichts mehr.

»Na ja, Pascha Paul und seine Frau brauchen eine Auszeit. Sie bringen zudem noch Freunde mit: Patrick und Nadine. Sie reisen bald an. Ah ja, junge Frau, reservieren Sie uns bitte auch einen Tisch im Restaurant: für sechs Personen, bitte schön!«

Ihre Eltern hatten definitiv nicht immer nur von Solidarität geredet – sie lebten sie auch.
Nachdem die drei Paare eingecheckt hatten, rannte Odora aufgeregt in den Wellnessbereich, wo Roger und José gerade größere Palmen zwischen neuen Liegestühlen absetzten. Der gesamte Bereich glänzte blitzblank.

»Sind die nicht prrrächtig? Haben wirrr gerrrade geholt!«

Liebevoll fuhr José mit seiner großen Hand über die zarten Blätter einer Pflanze.
Roger freute sich über die frohe Nachricht, begab sich beseelt in die Küche, um sich für den Abend vorzubereiten. José beschloss, den Bestand der Bar in der Lobby zu kontrollieren, da Odoras Papa und Pascha Paul so gerne Cognac tranken.

»Ich bin heute Barkeeperrr und dann Kellnerrr«, beschloss er, seine perlweißen Zähne entblößend.
Na also! Odoras Plan fing an aufzugehen. Die Motivation beider Männer war spürbar. Annika und Svetlana hatten von dem hohen Besuch erfahren, lauerten auf sie in der Rezeption.

»Ihr seid ja noch da!«, freute sich Odora.

»Ich muss gleich zu meinen Kindern, wollte Sie vorher aber noch an die Bestellung von Toilettenpapier erinnern. Neue Flüssigseife und Waschmittel brauchen wir auch.« Annika sah Odora freundlich an.

»Und ich wollte vorschlagen, José und Ihnen abends beim Kellnern zu helfen. Auf mich wartet eh keiner zu Hause.«

Svetlana schlug die braunen Augen verlegen nieder, zwirbelte an ihrem hüftlangen slawischen Zopf.

Von der Küche und Roger sagt sie nichts.

»Das ist ja super, ihr beiden, danke! Svetlana, wenn du magst, kannst du heute vor dem Kellnern bei den Vorbereitungen in der Küche helfen. Kontrolliere, ob das Geschirr sauber ist! Ziehe bitte danach eine saubere Schürze an!«

Und lass sie ja unten!

Dankbar hüpfte die Jugoslawin davon, Annika machte sich auf den Heimweg.

Rose und José waren dabei, hinter der Bar mit Flaschen zu jonglieren. Es ging lustig zu, sie alberten ununterbrochen herum.

Odora widmete sich ihren Bestellungen. Die Adressen der Lieferanten suchte sie sich aus den Ordnern heraus und sortierte sie alphabetisch. Zudem erstellte sie eine neue Akte für die Überstunden.

Der Anfang ist gemacht!

Odora beobachtete ihre Eltern dabei, wie sie entspannt in flauschige Bademäntel gehüllt in Richtung Wellnessbereich schritten. *Schön!*

Odora machte sich auf, den Speisesaal zu kontrollieren.

Pascha Paul kommt gerade richtig! Den werde ich mir in Bezug auf José heute noch vorknöpfen!

Das Gourmet-Menü und die Hormone

»Der Jacuzzi war fantastisch!«

Odoras Vater stand schwärmend mit seinem Gefolge an der Bar. Pascha Paul beobachtete seine Frau Jeanne, die ihren Blick nicht von Josés Zähnen lösen konnte. Ihr Mann stieß sie mit dem Fuß an.

»Und wir freuen uns auf ein gutes Essen, nicht wahr Jeanne?«

Diese zuckte zusammen, wendete sich mit Unschuldsmiene ihren anderen Freunden zu, die genüsslich an einem Mojito schlürften.

»Ich frage mich, ob man im Hotel Fahrräder verleiht. Jenseits der Grenze soll es einen wunderbaren Fahrradweg geben! Dann könnten wir uns morgen das angefressene Kilo wieder abstrampeln.«

Patrick, Paschas Bekannter, schien voller Tatendrang zu sein. Seine Frau Nadine nickte sportlich. Odora sah José fragend an. Dieser verneinte diskret mit dem Kopf.

»Leider noch nicht. Aber ihr habt drei Nächte gebucht. Übermorgen in aller Früh werden die Räder spätestens bereitstehen.«

José sah Odora belustigt an, tippte sich vielsagend auf die Brust. Die junge Frau wusste, dass sie sich auf ihn verlassen konnte. Sie roch es, obschon ihr Vater den ganzen Barbereich mit seiner Zigarre verpestete.

»Auf zu Tisch!«, rief Odora, »unser berühmter Chefkoch wartet!«

Sie hoffte inständig, dass Roger über sich hinauswachsen würde. Das tat er.

Die Präsenz von Svetlana in seiner Küche hatte den sonst so Mutlosen inspiriert. Unter Svetlanas wohlwollenden Blicken begrüßte er die Gäste freundlich, vielleicht ein bisschen überheblich – mit der Nase in der Luft – als sie den Speisesaal betraten.

Er schlug ihnen ein Gourmet-Menü vor, um die Vielfalt seiner Kochkünste vorzuführen. Die jeweiligen Gerichte würden dann von Weinen aus der Region begleitet werden.

»Von unserer zauberhaften Svetlana.«

Roger sah seine Geliebte irgendwie hungrig und durstig an.

Die Mannschaft arbeitete an diesem Abend perfekt Hand in Hand. Odora behielt die Lage im Blick, hockte sich ab und an zu der fröhlichen Truppe an den Tisch. Der Service lief wie am Schnürchen.

Pascha Paul musste seine Jeanne jedoch einige Male unter dem Tisch mit dem Fuß anstoßen, da sie jede Bewegung des feschen Kellners mit den Augen verschlang.

Es war ein unvergesslicher Erfolg. Roger trat nach dem Essen aus der Küche, um das Lob zu ernten, das er verdient hatte.

»Ich werde als bekannter Gourmet Ihr Haus auf jeden Fall weiterempfehlen!«

Pascha Paul strahlte mit Roger um die Wette. Die Freude des talentierten Chefkochs und dessen Crew erhellte den Raum. Josés Zähne schienen sich im Silberbesteck zu spiegeln.

Der Aufenthalt der Gäste verlief weiterhin bei guter Laune. Nur Pascha Paul war etwas genervt. Seine Frau hielt sich weiterhin unverfroren in der Nähe von José auf, verpasste keine Gelegenheit, ihm schöne Augen zu machen.

»Seit ihrem fünfzigsten Geburtstag ist sie in einer Midlife-Krise«, vertraute der Anwalt sich Odora am nächsten Morgen an, »seit unser Sohn Maxu in Boston Gesang studiert, dreht sie völlig durch.«

»Sie braucht eine neue Aufgabe, wie wär's denn mit einem Hundewelpen?«

Belustigt blickte Pascha Paul die hilfsbereite Odora an.

»Gute Idee! Maxu kommt für die Ferien nach Hause, dann sehen wir weiter.«

Odora nutzte die Gelegenheit, dem smarten Anwalt Josés Lebensgeschichte ans Herz zu legen.

»Ich werde mich mit Grisone beraten. Der kennt sich mit solchen Problemfällen aus.«

Josés Fall befand sich in guten Händen.
Der fleißige Illegale hatte Fahrräder besorgt, die nun zum festen Bestand des Hotels gehörten. Rose hatte die Ausgabe abgesegnet. Zur Mittagsstunde versammelte sich die Mannschaft wiederum im Speisesaal. Die Gäste waren zu einem Ausflug aufgebrochen, man war unter sich. Dementsprechend laut ging es bei einer köstlichen Gemüsesuppe zu. Annika und Svetlana hatten eine Liste vorbereitet:

- *frisches Obst für die Zimmer,*
- *Betthupferl für die Kissen,*
- *bei Ankunft 1 Flasche Sekt kaltgestellt.*

Die guten Vorschläge wurden von allen begrüßt. Stolz wie Oskar saßen die Hausmädchen in der belebten Runde. Roger machte den Vorschlag, eine Anzeige in allen Zeitungen des Landes zu schalten. Visitenkarten müssten gedruckt werden. Rose schmunzelte zufrieden.

»Genau, wir sollten in die Werbung investieren.«

José schlug vor, alle zwei Wochen einen Gärtner zu beauftragen.

»Als Barrrkeeperrr, Kellnerrr und Wellnessmann viel zu tun. Und ich kümmerrre mich auch um Bestellungen! Odorrra hat genug Aufgaben!«

Jetzt blickten die Kollegen zu Odorrra, die José dankbar zunickte.

»Nun, ich hatte heute Morgen ein interessantes Gespräch mit Pascha Paul.«

Bei dessen Erwähnung schossen die Köpfe in die Höhe.
»Er hat den Speisesaal inspiziert und kam zu der Schlussfolgerung, dass wir Motto-Abende mit oder ohne Musik anbieten können. Die Infrastruktur ist gegeben, die Menüs würde Roger jeweils anpassen.«

Der begeisterte Koch konnte nicht stillhalten und wippte hin und her. Svetlana setzte dem ein schnelles Ende, indem sie ihm den Ellenbogen in die Rippen rammte.

»Diese Abende kann man mit einem Wellness-Wochenende im Hotel kombinieren. Man bietet sozusagen ein Pauschalpaket an. Natürlich sind auch jene willkommen, die nur zum Motto-Abend hier speisen wollen, ohne Übernachtung.«

Die Mitarbeiter klatschten freudig in die Hände, besonders Rose, die diese Technik hervorragend beherrschte.

»Dann bitten wir Reiseagenturen und Vereine, diese Angebote in ihre Kataloge aufzunehmen. Wir müssen von jetzt an Jahrespläne machen. Gruppenaufenthalte mit über dreißig Personen zum Schlafen sind im Hotel möglich. Mit einer anderen Anordnung der Tische …«, sie sah auffordernd zu Roger und Rose, »… und mit dem Zukauf von rechteckigen Tischen können bis zu hundert Leuten hier bewirtet werden.«

Ungläubige Blicke stierten Odora an.

»Erreichen wir langsam aber sicher diese Kapazität, muss natürlich neues Personal eingestellt werden, vor allem für die Küche und den Service.«

Nach ihrer letzten Zukunftsvision herrschte Totenstille. Odora musste lachen, als sie die verdutzten Gesichter sah.

»Wenn ich bedenke, was ihr in nur zwei Tagen hier geschafft habt und wie sehr sich eure Einstellung bereits verändert hat, schaffen wir das, Leute, keine Angst!«

Als sich die Kollegen an ihre Arbeit verzogen, ging das mit neuem Elan vonstatten. Roger und Rose umarmten Odora.

»Von heute an haben wir eine Verantwortliche für Veranstaltungen und Werbung!«

Roger klopfte ihr auf den Rücken. Seine Wunde im Gesicht verheilte erstaunlich schnell. *Die Macht der Liebe?*
Odora suchte José auf, der gerade emsig die Flurlampen kontrollierte.

»Achte bitte auf dein Benehmen bei Pascha Pauls Frau! Vielleicht ein bisschen weniger lächeln und auf Distanz gehen!«

José schüttelte den Kopf.

»Diese Frau macht mich verrrückt. Schon zweimal die Telefonnummerrr in Tasche gesteckt … aber wegeworrrfen!«

Gut, dass Pascha Paul das nicht mitbekommen hat!
Besorgt begab sich Odora in die Lobby.
Hormone die verrücktspielen, können ganz viel Unheil anrichten!

Schicksalsschlag

Am nächsten Morgen schnappte sich Papas Truppe die neuen Fahrräder und gondelte davon. Beim Anblick ihres unsportlichen Vaters auf dem Rad wurde es Odora bange. Sein Fahrstil ähnelte dem eines Affen im Zirkus. Papa fuhr Slalom, obschon es geradeaus ging. Zudem baumelte eine Zigarre aus seinem Mund, die er über dem Zickzackfahren anzündete.

Sie wurde von einer unsäglichen Welle Liebe erfasst. Angst und ein eigenartiger Duft schnürten ihr die Kehle zu, das Ziehen in ihrem Bauch beunruhigte sie. Am liebsten hätte sie ihm nachgerufen: »Bleibe hier! Komm, wir trinken lieber einen Cognac zusammen!«

Odora bemühte sich, ihre Ängste beiseitezuschieben. Es war genug zu tun. Die Vorschläge des Teams warteten auf eine fachgerechte Umsetzung.

Die Bestellungen für die Hausmädchen übernahm Rose. José wurde beauftragt einzukaufen. Odora setzte sich mit Roger zusammen, die Motto-Abende sollten festgelegt und kulinarisch angepasst werden. Die Anzeigen für die Werbung würden zu einem späteren, ausgereifteren Zeitpunkt des neuen Konzepts erstellt werden. Nach drei Stunden hatten sie eine Menge geschafft. Motto-Abende mit Namen wie *Italienischer Frühlingszauber*, *Meeresgeflüste*r, *Russischer Tanz* und *Waldwege* waren erdacht. Odora war schwer beeindruckt von Rogers dazu vorgeschlagenen Menüs.

Plötzlich stand Rose zitternd und blass vor ihrem Tisch.

»Odora, es gab einen Unfall!«

Wenig später eilte Odora zu ihrem Wagen.

»Fahr vorsichtig!«, rief eine besorgte Rose ihr nach.

Ein Helikopter hatte Vater in eine Klinik in Luxemburg-Stadt geflogen. Während der nicht enden wollenden Fahrt dorthin versuchte seine Tochter, Himmel und Hölle zu beschwören: *Alles wird gut, alles wird gut … bitte … bitte …*

Endlich traf sie in der Notfallstation des Krankenhauses ein. Im Wartesaal wurde sie von ihrer Mutter mit offenen Armen empfangen. Odora stürzte sich hinein, sah durch ihre Augenwinkel, dass der Rest des Fahrradteams ebenfalls dort verharrte.

»Ist es schlimm?«

Mutter verspannte sich unter ihrer Umarmung, löste sich, hielt Odora an den Armen von sich.

»Auf dem Fahrradweg in Luxemburg wollten wir eine Straße überqueren. Papa war hinter mir, als wir einen furchtbaren Knall hörten. Ich blieb stehen, drehte mich um, und da lag er …« Ihre vereiste Miene verriet, dass sie unter Schock stand.

»Ein Camper, der um die Kurve raste, hat ihn voll erwischt!«

»Mama, sag schon! Wie schlimm ist es?«

»Sie operieren noch. Der Lenker des Fahrrads hat sich trotz Anorak seitlich in seinen Brustkorb gebohrt.«

Mehr musste Odora nicht hören. Sie setzte sich neben ihre Mutter. Als sie deren Hand ergreifen wollte, stieß diese sie weg. Vier Stunden warteten sie schweigend und bangend im Wartesaal, bis schließlich ein Arzt vor die Wartenden trat. Ehe er das Wort ergriff, wand er sich wie ein gefangener Aal.

»Die Operation ist gut verlaufen, die Blutung wurde gestoppt, sein Körper ist mit Prellungen übersät. Es ist ein Wunder, dass nichts zusätzlich gebrochen ist. Beim Röntgen aber haben wir etwas entdeckt, das weiterer Untersuchungen bedarf.«

Wie zur Beruhigung legte der Mann in Weiß seine Hand auf Mamas Schulter. Diese schüttelte sie umgehend ab.

»Das Beste ist abzuwarten, bis er sich von der OP erholt hat. Er liegt jetzt noch ein, zwei Tage auf der Intensivstation.«

»Ich will zu meinem Mann!«

Mutters Stimme klang erstaunlich gefasst.

»Ja«, entgegnete der Arzt sehr behutsam, »Sie können ihn jetzt besuchen, aber bitte nur die engsten Familienmitglieder und eines nach dem anderen.«

»Komm, Odora! Wir gehen zu Papa.«

Odoras Mama erhob sich wie ein Roboter, schlingerte eigenartig in Richtung Aufzug.

»Wir fahren ins Hotel, geben dort Bescheid und warten auf euch, Odora«, flüsterte Pascha Paul ihr zu, als er sie zum Abschied fest an seine Brust drückte.

»Ah, da kommt meine schöne Tochter«, krächzte ihr Vater, als Odora an sein Bett trat. Umgeben von piepsenden Apparaten lag er darnieder, Hämatome bedeckten sein Gesicht, in der Nase war ein Sauerstoffschlauch befestigt. Schläuche in seinen Venen vervollständigten den erbarmenswerten Anblick. Die Hand leicht zum Gruß erhoben, gelang es ihm, seiner Tochter ein verrutschtes Lächeln zu schenken.

Wie der Mutter bei ihrem Besuch zuvor gelang es Odora, bei seinem Anblick nicht zu weinen. Sie rang sich ein Lächeln ab, küsste ihren Papa sanft auf die Stirn.

»Na, du Künstler?«

»Noch mal verdammt viel Glück gehabt.«

Ein paar geflüsterte Worte, schon war Odoras Vater fern von Schmerz und Sorgen in einen gnädigen Schlaf abgedriftet.

Tapferkeit

Auf der Fahrt zum Hotel hingen schwere Wolken an traurigen Gemütern.

»Wir machen jetzt kein Drama.«

Ihre Mutter schnäuzte sich.

»Er braucht starke Menschen um sich, die ihn aufmuntern.«

»Ja Mama, aber mir gehen die Worte des Arztes nicht aus dem Kopf … Was haben die wohl entdeckt, was weiterer Untersuchungen bedarf?«

»Es macht keinen Sinn zu spekulieren. Wir können nur abwarten.«

»Wie seid ihr überhaupt ohne Wagen in die Klinik gekommen, und wo sind die Fahrräder?«

»Ach Odora, du bist wirklich so herrlich pragmatisch geworden! Das tut jetzt gut! Die Fahrräder stehen in der Polizeistation in Echternach.« Sie schluckte.

»Die verbliebenen fünf. Das von Papa wurde für die Versicherung sichergestellt. Pascha Paul hat zwei Taxis bestellt, die brachten uns ins Krankenhaus.«

Obschon es bei ihrer Ankunft im Hotel sehr spät war, wartete die ganze Mannschaft außer Annika auf sie im Speisesaal. Patrick und Nadine waren abgereist. Sie wollten nicht weiter stören. Pascha Paul hing bedrückt mit einem Glas Schnaps auf seinem Stuhl.

»Lasst die Mitleidsbekundungen! Ich brauch einen Cognac!«

Ihre Mutter sank neben Pascha Paul auf einen Stuhl. José eilte zur Bar, besorgte eine ganze Flasche und genug Gläser. Svetlana brachte zwei Schüsseln mit warmer Suppe, Rose holte zwei Salzbrezeln. Roger fragte, ob er noch etwas Festes kochen solle, ohne eine Antwort zu erhalten. Alle wollten da helfen, wo es keine Hilfe gab. Wenn Mitleid schon nicht erlaubt war …

»Lasst uns schlafen gehen, es reicht für heute. Vielen Dank euch allen!«

Mutter setzte ihr Glas ab und erhob sich, löste somit die Versammlung auf. Die Mannschaft schien erleichtert zu sein, dass kein geistiger Beistand benötigt wurde, keine Trost-Nachtschicht anfiel. Odora begleitete ihre Mutter bis zum Zimmer.

»Ich reise morgen ab. Du bleibst schön hier und machst deine Arbeit.«

»Aber, Mama!«

»Kein Aber! Du kannst weder mir noch deinem Vater helfen. Es reicht, ihn zu besuchen, wenn er auf seinem Zimmer ist. Gute Nacht, Odora!«

Rums! Die Tür war zu.

Queen Mum hat entschieden!

Nach dem Frühstück reiste Vaters restliche Truppe ab. Pascha Paul versicherte Odora, dass er sich um ihre Mutter kümmern würde, »wenn sie es denn zulässt«.

José wurde aufgetragen, die fünf Fahrräder bei der Polizei abzuholen.

Am Nachmittag checkten zwei Paare ein, denen Odora gleich ein Pauschalpaket mit Abendmenü anbot. Sie stimmten freudig zu. Zwei weitere Personen riefen an und reservierten jeweils einen Tisch für abends. Ob Pascha Paul schon seine Fäden gesponnen hatte?

Die Arbeit ermöglichte Odora, ihre Tochter zu stehen und die Ängste zu verdrängen. Sie vermied jeden Blick zur Bar aus Furcht, ihren Vater dort zu erblicken, einen Cognac in der Hand, glücklich und zufrieden.

»Du bist so tapfer.«

In einer kleinen Teepause tätschelte Rose Odoras Knie.

»Tapferkeit, liebe Rose, liegt bei uns in der Familie!«

Zwei Tage später fuhr Mama in Vaters Wagen am Hotel vor. Sie setzte sich mit ihrer Tochter in die Lobby. Ihr ernstes Gesicht verriet nichts Gutes, Odora wurde von einer unsäglichen Traurigkeit befallen.

»Die Resultate der Untersuchungen sind gekommen, Odora. Papa hat Lungenkrebs.«

Nein … Nein … Nein! Mein humorvoller, geliebter Papa! Der Kummer der ganzen Welt schien in ihr einzuziehen.

»Er weiß seit gestern Bescheid, Odora. Ich war dabei, als der Arzt ihm die Nachricht überbrachte.«

»Wie lange noch?«, zischte Odora zwischen zusammengebissenen Zähnen hervor.

»Es ist zu früh, sich dazu zu äußern. Papa wird bald eine Chemotherapie erhalten, dann sehen wir weiter.«

»Wie hat er es aufgenommen?«

»Sehr tapfer, Odora.«

Rose hatte das Gespräch von der Rezeption aus verfolgt. Sie trat vor sie hin.

»Odora, nimm dir frei! Wir bewältigen das hier auch ohne dich.«

Odora war sich gewiss, dass das stimmte. Mit zwei Wagen brachen sie und ihre Mutter auf, den Vater zu besuchen.

»Dass das klar ist, ich will die letzten Monate meines Lebens nicht mit Heulsusen verbringen! Ich habe Heulsusen noch nie gemocht, also tut mir das gerade jetzt nicht an!«

Deine Tochter ist trotzdem eine Heulsuse, Papa …

Vater sah sie auffordernd an und schmunzelte sein Hexenlächeln. Unglaublich! Wie sehr sie ihn liebte!

»Ich hatte in allen Hinsichten ein schönes Leben. Seid nicht allzu traurig, wenn ich gehen muss. Es war schön und gut, wie es war.«

Odora würde diese tapferen, überzeugten Worte ihres Vaters ewig in sich weitertragen.

Die Zeit dazwischen

»Du wirst auf keinen Fall hier übernachten! Ich kümmere mich um alles. Bleib du im Hotel!«
So reagierte ihre Mutter auf Odoras Vorschlag, abends nach der Arbeit zum Schlafen nach Hause zu kommen.

»Na gut!« Odora hatte ihr Leben lang »Na gut!« zu ihrer Mutter gesagt, nur selten widersprach sie der starken Persönlichkeit.

»Morgen kommt Papa für eine Woche nach Hause, ehe die Chemotherapie beginnt. Ich werde ihn mit seinen Lieblingsgerichten aufpäppeln, damit er gestärkt da reingeht, keine Sorge!«

»Das Leben geht weiter, bis der Tod kommt«, hatte ihr Vater in der Klinik gescherzt und seine Tochter gebeten, sich nicht in eine Trauerweide zu verwandeln.

»Befolge seinen Wunsch!«

Der Befehlston ihrer Mutter war unmissverständlich.

»Na gut!«

Die gehorsame Tochter begab sich wieder zum Dienst. Jeder vom Team, den sie im Hotel kreuzte, schien das Bedürfnis zu empfinden, tröstend ihre Schulter zu betatschen. Vor allem José. Nach dem dritten Mal ärgerte sie sich.

»José! Wenn der Tag vorbei ist, habe ich blaue Flecken!«

»Sorry ...«, stammelte dieser, machte sich auf in die Bar, wo die neuen Gäste sich zum Aperitif eingefunden hatten. Dort lieferte

José beim Cocktailmixen eine regelrechte Show ab. Er schwang und schüttelte den Becher zeitgleich mit seinen Hüften, bewegte sich im Rhythmus lateinamerikanischer Musik. Rose und Odora sahen aus der Ferne zu und amüsierten sich prächtig.

Die *Aahs!* und *Oohs!* der animierten Gäste sprachen für sich. Odora fühlte sich aufgemuntert. Hier, bei ihren neuen Kollegen, war sie gut aufgehoben. Es tröstete sie ein klein wenig über die Sorgen hinweg.

Die Gäste waren mittlerweile im Speisesaal verschwunden, Rose hatte sich mit einer Migräne verzogen.

»Guten Abend, mein Name ist Alan Doherty, ich soll nach Odora fragen.«

Odora sah auf und erblickte einen ansehnlichen Kerl. Blonde Haare, blaue Scheinwerfer, Sommersprossen, Jeans, soweit ihr Auge reichte.

Interessant!

»Ich bin Odora. Wie kann ich Ihnen helfen?«

»Mein Freund Pascha Paul schickt mich. Anscheinend suchen Sie Musiker fürs Hotel.«

»Es ist ein bisschen spät, um sich heute noch vorzustellen. Unser Chef ist in der Küche beschäftigt. Können Sie nicht morgen am frühen Nachmittag wiederkommen?«

»Wenn Sie noch ein Zimmer frei haben, bleibe ich im Hotel. Ich bin außerdem halb verhungert und würde gerne im Restaurant speisen. Es soll hier ja sehr gut gekocht werden.«

Pascha Paul, du bist ein Schatz!

Odora erledigte das Check-in. Vor allem lugte sie neugierig auf das Herkunftsland im ausgehändigten Pass. Irland! Anschließend führte sie den appetitlichen Gast an einen Tisch im Speisesaal. Sie wünschte einen guten Appetit, ignorierte die etwas zu warmen Blicke des Musikers und kehrte in die Lobby zurück. Dabei hörte sie Josés fröhlichen Kommentar: »Elf Gäste! Wow!«

Ja, wow!

Odora stellte Vaters Rechenmaschine in der Rezeption zum Einkassieren bereit.

Ich war noch nie in Irland! Dessen Söhne aber finden immer ihren Weg zu mir!

Sie musste sich eingestehen, dass dieser junge Mann etwas in ihr berührte.

Na also, Papa, das Leben geht weiter! In allen Hinsichten!

Die Kochkunst des Hauses wurde durchwegs von zufriedenen Gästen gelobt.

Einer von ihnen stellte sich als Chefredakteur eines bekannten Wochenblattes vor.

»Glauben Sie, es wäre möglich, einen Termin mit Herrn Lemmer zu vereinbaren? Es geht um ein Interview.«

Unfassbar, wie viele Leute Pascha Paul innerhalb eines Tages mobilisiert hat!

Odora rief Roger aus der Küche, der Koch verzog sich gut gelaunt mit dem Herrn Chefredakteur zum Digestif in die Sitzecke. Andere Gäste verblieben ebenfalls im Barbereich, es wurde geplauscht und geprostet. Nur Mr. Doherty hatte sich auf sein Zimmer zurückgezogen.

»Bis Morgen und gute Nacht!«

Mit einem Augenzwinkern hatte er sich von ihr verabschiedet.

So langsam kommt hier Stimmung auf!

Nach dem Kassenabschluss schlich sich Odora unbemerkt auf ihr Zimmer. José würde sich schon kümmern. Manchmal klopfte in ihrem Inneren die kleine Odora an. Menschenansammlungen und die damit einhergehende Geräuschkulisse ermüdeten sie nach wie vor. Nicht immer, aber meistens. Ihre von Geburt an eingebauten, hochsensiblen Antennen wippten prompt überlastet hin und her, forderten einen umgehenden Rückzug in die besänftigende Stille der Einsamkeit.

Im Halbschlaf klangen Vaters Worte in ihr nach:

Das Leben geht weiter, bis der Tod kommt.

Sie nahm sich fest vor, die Zeit dazwischen zu nutzen. So gut, wie es ihr persönlich eben möglich war.

Schließlich bin ich die Tochter meines Vaters!

Leben anfangen ist immer

Es ist schön zu leben, denn Leben Anfangen
ist immer, in jedem Augenblick.
(Cesare Pavese)

Als Odora aufwachte, musste sie an den Spruch denken, den Mama ihr nach der Enttäuschung mit Rio via Treppenpost zukommen ließ. Dieser hing jetzt eingerahmt in ihrem Kinderzimmer.

Sie rekelte sich länger als gewöhnlich unter der Decke, wollte heute nicht mit zwei Beinen aus dem Bett springen. Sie empfand das Bedürfnis, in aller Ruhe zu sinnieren.

Es war unglaublich, wie weise dieser Spruch von Cesare Pavese war. Das Leben konnte einen von heute auf morgen aus den gewohnten Bahnen werfen und nichts war wie zuvor. Und doch gelang es dem Wesen Mensch stets auf ein Neues, sich der Situation anzupassen, weiterzuleben, neu anzufangen.

Sonst hätte unsere Spezies niemals überlebt.

Sie stand gemütlich auf, trat zum Spiegel und fragte das zerzauste Etwas:

»Wie geht es dir, Odora?« Keine Antwort. »Na komm schon!«

Die zögerliche Antwort ihres Spiegelbildes erstaunte sie.

Mir geht es … nicht schlecht. Mein Vater wird wahrscheinlich sterben …
Aber ich habe Lust zu leben. Gerade jetzt! Und ehrlich gesagt – nach
Liebe ist mir auch zu Mute.

Die tapferen Worte ihres Vaters hatten sie zutiefst beeindruckt. Wenn man an seinem verfrühten Lebensende diese Einstellung verinnerlichte, dann nur, weil man gelebt hatte. Nicht unbedacht und belanglos vor sich hin, nein, sondern intensiv und lustvoll, voll lebendig und aufmerksam.

»So will ich einmal abtreten, ohne irgendetwas zu bereuen oder verpasst zu haben.« Ihr Spiegelbild schien einverstanden zu sein.

Also stürze dich ins Leben, Odora!

Vater stand plötzlich neben ihr im Spiegel, ein Glas Cognac in der Hand. Zwischen seinen Lippen jonglierte er mit einem Zigarrenstumpen, prostete seiner Tochter auffordernd zu.

Du weißt doch, Leben anfangen ist immer … und blase mir ja keine Trübsal!

Von diesen Worten beflügelt, sprang sie in ein besonders schönes Kleid und bändigte ihre wilden Locken. Ehe sie das Zimmer verließ, rief sie in den Raum:

»Das werde ich bestimmt nicht tun, Papa!«

Sie war spät dran. In der Rezeption plapperte Rose aufgeregt mit einem Gästepaar übers Reisen.

Sie ist wahrscheinlich noch nie gereist.

Odora betrat den Speisesaal, lief geradewegs in Mr. Dohertys Arme.

»Oh, Verzeihung!«, riefen sie gleichzeitig freudig überrascht.

»Ich wollte gerade nach Ihnen sehen, Ihr Chef will, dass wir uns zu dritt zusammensetzen.«

»Na, na, Odora, wer haut mir denn hier unser angehendes Personal um?«

Roger thronte majestätisch an einem der Tische, Svetlana stand hinter ihm. Ihre Hände ruhten wie die einer heiligen Madonna auf seinen Schultern. Beide sahen glücklich aus. Die Notizen für die Motto-Abende lagen ausgebreitet vor Roger. Odora war stolz auf ihn.

Neues Leben, neuer Wind, neue Kraft. Aufwind!

Bei einer Tasse Tee stellte sich der ansehnliche Musiker endlich vor.

»Also, mein Name ist Alan Doherty, ich bin Ire, lebe in Luxemburg. Ich war Straßenmusiker, zog durch die Welt, bis Pascha Paul mich eines Tages in der Fußgängerzone in Luxemburg entdeckte. Er suchte nach einem Gitarristen für sein Tonstudio. Als er von meiner zusätzlichen Ausbildung als Tontechniker hörte, stellte er mich ein.«

Zuversichtlich blickte er in erwartungsvolle Gesichter.

»Da Pascha als Staranwalt viel beschäftigt ist, habe ich eine Menge Aufgaben im Studio übernommen – und doch hat er mich gebeten, so schnell wie möglich mit euch Kontakt aufzunehmen, meine Hilfe anzubieten.«

»Das ist ja fantastisch!«

Rogers Pausbacken glühten vor Freude.

»Darum habe ich hier übernachtet und im Restaurant gegessen, konnte mir ein vollständiges Bild von eurem Haus machen.«

Mr. Doherty setzte sich gerade hin, sein Blick wurde ernst.

»Hier also meine Vorschläge! Während der Motto-Abende würde ich die Musiker in der Lobby bei der Bar platzieren. Dort ist genug Platz zum Tanzen.«

Schmunzelnd sah er zu Roger.

»Ihre Kochkunst ist vorzüglich, es wäre eine Sünde, die Genießer mit Musik davon abzulenken. Das kann man in einer Pizzeria so handhaben, hier nicht!«

Rogers Brust schien ins Unermessliche zu schwellen.

»Ich werde Ihnen ein Team von Musikern zusammenstellen, da ich nicht immer persönlich zur Verfügung stehe.«

Mit einem leichten Bedauern im Unterton richtete er diese Worte an Odora.

»Aber keine Sorge! Ich habe genug Leute an der Hand, die sich die Motto-Abende gerne aufteilen wollen.«

Alle nickten sichtlich überzeugt.

»Ich habe mir die Programmnotizen beim Frühstück angesehen. Für Ihren ersten Abend in zwei Wochen, *Italienischer Frühlingszauber*, werde ich mit Maxu hier antanzen.«

»Ach Maxu! Paschas Sohn?«

»Genau Odora! Er ist ein begnadeter Sänger, liebt italienische Musik. Ich werde ihn auf der Gitarre begleiten.

Danke, uns auch in eurer Werbung zu erwähnen …«

Erschrocken blickte Roger zu Odora.

»Die Werbung, Odora! Wir müssen die Anzeigen aufgeben!«

»Ja, Roger. Mit den jeweils auftretenden Künstlern!«

An den hübschen Iren gerichtet: »Dann brauche ich so schnell wie möglich die Namen der Musiker!«

Alan erhob sich, packte seine Gitarre aus.

»Selbstverständlich! Heute noch! Eine kleine Kostprobe gefällig?«

Schon glitten seine gepflegten, langen Finger über die Saiten. Er entlockte der Gitarre eine optimistische Melodie, in die seine warme Stimme einfiel:

»Tu che mi bevi nel caffè

tu in ogni uomo vedi me

… innamorata, innamorata, innamorata …«

Verliebt, verliebt, verliebt … Das Lied von Toto Cotugno ist so unbeschwert … Wie die Liebe am Anfang.

Odora fühlte sich auf Anhieb federleicht. Roger und Svetlana schaukelten in schwereloser Zuneigung zum Takt der Musik. Nach dem Verklingen der letzten Töne klatschte man nicht nur im Speisesaal. Von der Melodie angelockte Gäste, Rose und die Crew standen in der Lobby vor der geöffneten Tür, bekundeten ebenfalls ihre Bewunderung.

»Vielen Dank, Mr. Doherty!«

Roger verpasste dem Gitarristen einen festen Klaps auf die Schulter.

Der und seine Schulterschläge! Irgendwann wird jemand zurückhauen!

»Ich bereite jetzt das Mittagessen für die Mannschaft vor, Alan, gesellen Sie sich doch bitte später zu uns! Sie gehören jetzt dazu!«

»Gerne! Dann teste ich zuvor noch den Wellnessbereich.«

In der Rezeption konnte Odora nicht anders, summte dauernd *Innamorata, Innamorata …*

Rose sah sie abschätzend von der Seite an, trommelte nervös mit ihren gewachsenen Fingernägeln auf dem Tresen.

»Na Odora, starten wir die erste Anzeige?«

Odora drehte sich zu Rose, ergriff ihre Hände.

»Nicht nur die Anzeige Rose, nicht nur die Anzeige …«

Weitergehen

Beim Mittagstisch ging es unbeschwert zu. Roger und Svetlana hatten einen bunten Salat mit Ingwer-Hähnchenragout und geschmortem Reis vorbereitet. Danach stellte der Koch seiner Mannschaft Mr. Doherty vor und bot ihm das Du an.

»Ich bin Alan, for everybody!«

Der sympathische Musiker verabschiedete sich, hielt Odoras Hand etwas länger in der seinen.

»Ich eile ins Tonstudio, rufe ein paar Leute an und dann dich, Odora. Du bekommst die Namen der Musiker und kannst die Anzeigen aufgeben.«

»Danke, das ist sehr nett, Alan.«

Beim Verlassen des Saals drehte er sich kurz um, grinste.

»Du bist auch sehr nett, Odora.«

José pfiff durch die Zähne, die Kollegen blickten sie vielsagend an.

»Ach! Hört doch auf!«

Mit roten Wangen schenkte sie den Kollegen einen rügenden Blick.

»An die Arbeit! Es haben sich fünf Gäste zusätzlich für heute angemeldet! Gott allein weiß, wo die alle herkommen!«

Am späten Nachmittag rief Alan an und gab Odora die Namen der Musiker für die Motto-Abende durch. Plötzlich hörte sie ein luxemburgisches Lied im Hintergrund, von einem Kinderchor gesungen.

Léiwer Hergottsblieschen …

Einmal im Jahr zogen die luxemburgischen Kinder mit Lampions von Haus zu Haus, sangen dieses typische Volkslied und bekamen zum Dank Süßigkeiten verteilt. Eine alte Tradition, die leider nicht als einzige langsam, aber sicher von amerikanischen Gepflogenheiten wie Halloween ersetzt wurde.

»Hör mal zu Odora, wir nehmen gerade eine Kassette mit einem Kinderchor auf …«

Alan schien den Hörer in das Studio zu halten.

»… Denn wir müssen weitergeh'n, weitergeh'n«, sangen die kleinen Kehlen.

»Bist du noch dran?«

Alan war wieder am Apparat.

»Ja, es ist sehr bewegend. Ein Stückchen Kindheit.«

»Wir sehen uns in zwei Wochen!«

Und weg war der Vielbeschäftigte.

Rose und Odora stellten sämtliche Anzeigen fertig, die José dann zu Zeitungen in Luxemburg und der deutschen Umgebung fuhr. Die vorbereiteten Umschläge mit den Adressen von Vereinen und Reiseagenturen lagen bereit. Rose tippte nochmals fein säuberlich mit Durchschlag mehrmals das Programm und setzte einen freundlichen Begleitbrief auf. Dann erstellten sie Listen für die Reservierungen zu den verschiedenen Motto-Abenden. Neue Gäste trudelten nach und nach ein, in der einst so verlassenen Lobby summte es wie in einem Bienenstock. In Odora knisterte es eigenartig. Obschon die Stunden wie im Flug vergingen, kamen die zwei Wochen bis zu ihrem Wiedersehen mit Alan ihr endlos vor. Als endlich Ruhe einkehrte, rief sie zu Hause an.

»Mama, wie geht es Papa?«

»Der ist ziemlich erschöpft, Appetit hat er noch!«

»Und seine Moral?«

»Nach wie vor ungebrochen.«

»Es muss ja weitergehen!«, hörte sie ihren Vater im Hintergrund rufen.

Diese Nacht schlief Odora äußerst unruhig. Sie hörte mehrmals Geräusche, die sie nicht zu deuten vermochte und anscheinend aus dem Hotel kamen, nicht von draußen.

Einer der Gäste wird schlaflos umherwandern.

Sie kuschelte sich behaglich ein. Hunderte von Kindern marschierten durch ihre Gedanken. Mit kunterbunten, leuchtenden Lampions sangen sie: … denn es muss ja weitergehen, weitergehen …

Odora und der Dieb

Ein heftiges Klopfen an der Tür riss Odora aus dem Schlaf. Ein Blick auf den Wecker verriet, dass es erst 6 Uhr 30 war. In Tränen aufgelöst stand Annika an ihrer Tür.

»Odora, komm schnell, die Rezeption wurde verwüstet!«

Im Pyjama rannte Odora in die Lobby. Sämtliche Schränke waren aufgebrochen, Ordner waren herausgerissen und in alle Himmelsrichtungen verteilt. Vor dem Tresen lag die geleerte Schubladenkasse.

»Oh nein! Annika, hilf mir so schnell wie möglich aufzuräumen, ehe der erste Gast hier auftaucht!«

Odora lief in ihr Zimmer, zog sich im Eilverfahren an, klopfte dann bei Rose.

»Wir müssen diskret vorgehen!«, mahnte das Lämmchen, als sie kopfschüttelnd vor dem heillosen Durcheinander in der Lobby stand.

Roger war mit Svetlana herbeigeeilt und nickte verzweifelt.

»Die vielen Einnahmen von gestern – weg!«

»Wir müssen die Polizei rufen!«

Rose sank erschüttert auf den Rollhocker hinter dem Tresen.

»Wir brauchen endlich einen Safe!«

Odora begann die zerstreuten Ordner einzusammeln.

»Vor allem brauchen wir ein Frühstücksbuffet«, erinnerte sich Svetlana. »Komm schnell, Annika!«

Bevor sie verschwanden, ermahnte Roger die Hausmädchen: »Kein Wort zu niemandem!«

Der verzweifelte Koch rang sich einen tiefen Seufzer ab.

»Mama, keine Polizei! Das würde unsere Gäste nur verschrecken. Wo es gerade so gut läuft …«

Seine Mutter sah ihn bekümmert an.

»Außerdem können wir ohne Beweise keinen der Gäste des Diebstahls bezichtigen. Es kann nur ein Gast gewesen sein! Die Haupttür ist nachts verschlossen und die wurde nicht aufgebrochen.«

»Ich werde José gleich nach dem Mittagessen beauftragen, einen Safe zu besorgen und ihn fest im Schrank zu verankern.«

Odoras Stirnrunzeln war rekordverdächtig.

»Ja, tu das, Odora!«

Wie geschlagen machte Roger sich auf in seine Küche. Odora roch, dass etwas an der Sache ganz schön faul war, und blickte zu der immer noch entsetzten Rose.

»Und wenn es doch kein Gast war?«

»Ach geh! Für meine Mädchen leg ich die Hand ins Feuer!«

Da könntest du dich verbrennen, das sind die Einzigen, die einen Hauptschlüssel besitzen. Und eine schläft sogar mit im Haus, bei deinem Sohn …

Beim Eintrudeln der Gäste zum Frühstück nahm Odora diese etwas gründlicher unter die Lupe. Doch sie gab schnell auf.

Man sieht keinem in den Bauch.

Sie glaubte sowieso nicht, dass einer der Hotelgäste sich schuldig gemacht hatte. Vor dem Mittagessen stand plötzlich Annika zitternd und weiß wie Mehl vor ihr.

»Mir ist so schlecht, ich wollte fragen, ob ich heute früher gehen kann.«

Odora rief Roger aus der Küche, damit der sein Einverständnis geben konnte. Wie ein Küken der Muttergans folgte Svetlana ihm dicht auf den Fersen. Das war üblich in den letzten Tagen. Entrüstet regte sie sich auf:

»Annika, die Zimmer müssen gemacht werden! Ich muss Roger in der Küche helfen!«

Chefallüren! Die Kleine scheint ihren Platz gefunden zu haben.

Roger war sprachlos, sah unschlüssig von seiner erbosten Geliebten zu der verzweifelten Annika.

»Einen Moment mal!«, richtete sich Odora an Svetlana, »es war abgemacht, dass du Roger nur hilfst, wenn sonst nichts anliegt.«

Eingeschnappt sah Svetlana sie an.

»Dies ist ein Notfall. Du wirst die Zimmer also heute im Alleingang herrichten müssen.«

»Ja, Svetlana – Odora hat recht. Tut mir leid!«

Rogers Augenmerk schwenkte selbstbewusst und bestimmend zu seiner Geliebten. Beleidigt rauschte diese davon.

Nach dem Mittagessen nahm Odora Rose zur Seite.

»Ich müsste heute Nachmittag eine Besorgung machen, Rose.«

»Kein Problem, ich halte die Stellung.«

Im Wagen kramte Odora die Adresse hervor, die sie sich auf einem Zettel notiert hatte: Neuerburg, Hammelstr. 7.

Und los, Miss Marple!

Dreißig Minuten später stand Odora vor einem alten, heruntergekommenen Haus. Der Vorgarten war ungepflegt, in der Haustür klebte Karton über gebrochenem Glas. Auf dem Weg zum Haus konnte sie laute Stimmen vernehmen, die sich in einem heftigen Streit überschlugen. Vor der Haustür war jedes einzelne Wort zu verstehen.

»… Wie oft muss ich dir noch klarmachen, dass es keine Armen trifft, du brauchst das Geld doch so dringend!«

»Ach hör auf, du hinterhältiger Mistkerl! Meine Schlüssel zu nehmen und dann meinen Arbeitgeber zu beklauen! Ich mag diese Leute sehr, meine Arbeit dort auch!«

»Ich habe es für dich getan, für die Kinder!«

Eine Stimmbruchstimme schluchzte.

»Dein Gehalt reicht hinten und vorne nicht! Jetzt kannst du wenigstens eine neue Tür kaufen. Es zieht schrecklich kalt hier herein! Ihr werdet euch alle noch den Tod holen!«

Genug gehört!

Odora klopfte an den Türrahmen. Die Stimmen verstummten. Nur ein Tuscheln war zu vernehmen. Irgendetwas mit Polizei.

»Ich bin's, Odora! Mach bitte auf Annika!«

Langsam öffnete sich die Tür, Annikas verheulte Augen sahen sie traurig an.

»Komm schon, lass mich herein, ich habe alles gehört.«

Odora bemühte sich, einen freundlichen Ton anzuschlagen. Hinter Annika stand ein schlaksiger Bursche mit hängenden Schultern und schuldbewusster Miene.

Er kann nicht älter als fünfzehn sein.

»Mein Bruder Joschi.«

Leise und zärtlich kam dies über ihre Lippen. Sie bat Odora herein.

»Kommt, setzen wir uns!«

Odora nahm die beschämte Annika in den Arm und führte sie zu einem alten Sofa, dessen beste Zeiten mindestens zehnfach überlebt waren. Die Geschwister lebten seit dem Tod der Eltern zusammen im Elternhaus. Da Annika alleinerziehende Mutter von zwei Kindern war, hatte Joschi die Schule abgebrochen, er wollte seine Schwester unterstützen. Morgens passte er auf die Kinder auf, nach Annikas Rückkehr von der Arbeit zog er los und hielt sich mit Aushilfsjobs über Wasser.

»Ich schwöre, ich habe so was noch nie getan, aber Annika war immerzu pleite und unglücklich … und die Tür … und überhaupt alles …«

So viel zur Kinderarmut!

Joschi und Annika kauerten mit gebeugtem Kopf vor Odora.

»Als ich die Schlüssel vom Hotel dort hängen sah, hat es mich überkommen. Ich habe mir das Moped von meinem Freund ausgeliehen, bin dann hin und …«

Mit schuldbewussten Augen sah er Odora an. »Es tut mir sehr leid.«

Das war jetzt verdammt ehrlich!

Annika ergriff sichtlich angeschlagen das Wort.

»Nach dem Einbruch überkam mich plötzlich eine schreckliche Vermutung. Joschi hatte die Schlüssel zu Hause nicht an den Haken zurückgehängt. Ich aber mache das immer ohne Ausnahme! Zudem habe ich letzte Nacht gehört, wie er das Haus verließ.«

Sie brach in Tränen aus.

»Natürlich musste ich so schnell wie möglich nach Hause – die Sache klären.«

Odora erhob sich.

»Ich kann euch nichts versprechen, aber ich werde sehen, was ich machen kann. Annika, sorge dafür, dass das Geld sicher verwahrt wird! Joschi, komme ja nicht auf den Gedanken zu flüchten, ich rufe euch heute Abend an! Dann sehen wir weiter.«

Die Geschwister nickten beschämt. Odora spürte, dass sie ihr Vertrauen nicht missbrauchen würden.

Im Hotel war Rose gerade dabei, neuen Gästen die Hausregeln zu erläutern. Odora begab sich in die Küche und bat Roger um ein Gespräch unter vier Augen. Fast eine Stunde später kehrte sie zurück in die Rezeption, wo Rose neugierig auf sie lauerte.

»Ist etwas Besonderes los?«

»Ja, Rose, wir werden einen Nachtwächter einstellen.«

Als sie auf ihr Zimmer eilte, um Annika anzurufen, hörte Rose sie noch fröhlich *innamorata, innamorata* … vor sich her singen.

Der doppelte Gang nach Canossa

Annika trat ihren Dienst am nächsten Morgen an, als wäre alles beim Alten.

Außer Roger und Odora sollte keiner der Mitarbeiter die Wahrheit erfahren.

Punkt zehn Uhr stand ein unbeholfener Junge in der Lobby.

Sein blondes Haar war ungeschickt mit Gel nach hinten gekämmt. Aus der Tasche seines viel zu breiten Jacketts lugte ein Briefumschlag. Schüchterne Augen blickten zur Rezeption, von der er sich auf zehn Meter entfernt hielt. Er trat nervös von einem Fuß auf den anderen, schien auf jemanden zu warten. Odora nickte ihm wohlwollend zu, die ahnungslose Rose eilte zu ihm hin.

»Kann ich Ihnen behilflich sein?«

»Guten … Tag, ich warte auf meine Schw…ester Annika.«

Schon kam diese herbeigeeilt.

»Rose, darf ich dir meinen Bruder Joschi vorstellen?«

»Ich wusste ja gar nicht, dass du einen Bruder hast! Guten Tag Joschi!«

Rose umarmte den scheuen Kerl, drückte ihm einen Kuss auf die Wange. Joschi schien vor Scham in sein Jackett hineinzuschmelzen, dieses sah nun größer aus als der junge Mann selbst.

Odora schritt zur Hilfe ein.

»Annika und Joschi haben einen Termin mit Roger.«

Sie bugsierte die zwei in den Speisesaal. Aus den Fluren kam eine neugierige Svetlana angerauscht, wollte hinter ihnen in den Raum schlüpfen. Fix drehte sich Odora zu ihr um.

»Nein Svetlana, es ist ein Gespräch unter acht Augen!«

Abrupt schlug sie die Tür vor ihrer Nase zu.

Roger saß bereits hinten im Saal, rührte nervös in seiner Tasse.

Er hat mitgedacht, dort kann uns keiner belauschen.

Odora musste Joschi in den Rücken drücken, damit er sich Roger näherte.

Annika hatte sich diskret an die Seitenwand neben dem Tisch gelehnt.

Odora gesellte sich zu ihr.

»Na komm schon, mein Junge, ich beiße nicht!«, schmetterte Roger dem zögernden Joschi mit strenger Stimme entgegen. Gebeugten Hauptes schritt der Schuldige zu Roger, nahm den Briefumschlag aus der Tasche, deponierte ihn zaghaft auf dem Tisch.

»E... Es ... tut mir sooo leid!«, schluchzte er plötzlich.

»Setz dich! Hör auf zu flennen, das hast du bestimmt auch nicht getan, als du meine Kasse gestohlen hast!« Rogers Stimme bebte vor Ärger.

Joschis Nase hing fast auf dem Tisch.

»Sieh mich gefälligst an!«

Das tat Joschi zögerlich, schluckte seine Tränen herunter.

Roger blickte ihm wortlos in die Augen. Er runzelte nachdenklich die Stirn, stand auf, tigerte um den Tisch wie eine aufgeschreckte Raubkatze und begann mit einer Standpauke für Joschi, die nicht von schlechten Eltern war.

»Mein Junge, du hast eine Straftat begangen! Das ist sehr ernst! Dafür müsstest du in den Jugendknast wandern. Bist du dir dessen bewusst?«

Er stellte sich hünenhaft vor Joschi auf, die Hände in den Hüften.

»Schau mich an! Hast du mich verstanden?«

»J...j...ja«, stotterte Joschi, sah den Chef mit aufgerissenen Augen an.

»Du bist doch noch ein Kind! So einen Blödsinn zu veranstalten, damit kannst du dir deine ganze Zukunft verbauen! Zudem hast du deine Schwester in eine unmögliche Lage gebracht. Wenn Annika denn jetzt ihre Arbeitsstelle deinetwegen verloren hätte, was wäre dann? Kreuzkümmel noch mal!«

Schwungvoll verpasste er Joschi einen leichten Klaps an den Hinterkopf. Dieser duckte sich. Roger hatte seinem Ärger Luft gemacht, setzte sich Joschi gegenüber hin und nahm einen großen Schluck aus seiner Tasse.

»Du kannst froh sein, dass ich deine Schwester so schätze! Und dass Odora deine Bittstellerin war.«

Sein Blick gewann an Milde, seine Stimme klang beschwichtigt.

»Als ich so alt war wie du, habe ich eine ähnliche Dummheit begangen …«

Verblüfft sahen Odora und Annika sich an.

»Mein Vater war ein egoistischer Mensch, der nur an seinem Hotel und an seiner Küche hing. Er hatte weder ein gutes Wort für mich noch für meine Mutter … Die Arme schuftete sich halb tot, hoffte auf Anerkennung. Aber nichts! Genau so erging es mir mit Vater in der Küche, wo ich lediglich als sein Sklave fungierte. Eigene Kreativität wurde im Keim erstickt.«

Joschis Augen waren ehrfürchtig auf Roger gerichtet.

»Als meine Mutter fünfzig wurde, erging es ihr wie jedes Jahr zum Geburtstag. Kein Glückwunsch, keine liebe Geste. Ich bettelte Vater an, mir Geld zu geben, damit ich ihr einen Blumenstrauß kaufen konnte. Aber nein! Er weigerte sich.«

Roger lehnte sich zu Joschi und Joschi lehnte sich zu Roger. Fast stießen sie mit den Köpfen aneinander. *Ein friedliches Bild.*

»Dann habe ich ihn beklaut, Joschi! Es war nicht nur das Geld für einen Blumenstrauß, das ich aus der Kasse stahl, es war viel mehr!« Roger schien noch heute über seine eigene Tat entsetzt zu sein. Oder war er begeistert?

»Natürlich sah mein Vater den schönen, bunten Strauß, den ich Mutter besorgt hatte, sowie den schicken Schal von Hermès, den sie trug.« Er stöhnte.

»Am Geburtstag meiner Mutter bereitete er uns die Hölle auf Erden.«

Joschi wollte seine Hand auf die von Roger legen, ließ es aber sein. Nur Odora hatte es bemerkt. *Ein guter Junge.*

»Meine Mutter nahm an, dass die Geschenke von meinem Ersparten seien. Ich hatte ihr verschwiegen, dass ich keinen Lohn erhielt. Damals liefen sämtliche Finanzen über meinen Vater. Selbst Rose musste für jeden kleinen Einkauf Geld erbetteln.«

Er sah Joschi tief in die Augen.

»Auch ich habe aus Not gestohlen.«

Joschi atmete auf, Annika ebenfalls.

»Darum gehe ich davon aus, dass dieser Diebstahl eine einmalige Sache war!«

»Ganz bestimmt, Herr Lemmer!«, entgegnete Joschi mit fester, dankbarer Stimme.

»Gut!« Roger lächelte ihn liebevoll an. »Ich erwarte dich von heute an zum Nachtdienst, Joschi. Von 21 bis 5 Uhr in der Früh. Dann kannst du mit dem ersten Bus nach Hause und Annika kann los zum Dienst. So wird immer einer bei den Kindern sein.«

Nach einer kleinen Pause: »Schon bald könnt ihr euch eine neue Tür leisten!« Joschi sprang auf, stürzte sich auf Roger, umarmte ihn innig, strahlte wie ein Honigkuchenpferd.

»Danke, danke, danke! Sie werden es nicht bereuen! Ich danke Ihnen sooo sehr! Sie können sich auf mich verlassen!«

»Na, na«, brummte Roger gerührt und befreite sich.

»Wir wollen den Tag nicht vor dem Abend loben.«

Er hielt Joschi an den Schultern von sich.

»Beweis es mir, lass auf Worte Taten folgen!«

Abends begab sich Odora zufrieden auf ihr Zimmer.

Das war ein heftiger Gang nach Canossa!

Gleich ein doppelter, von zwei unschuldigen Schuldigen!

Vorfreude

Während der nächsten Tage lief das Telefon heiß. Die Anzeigen hatten ihre Wirkung nicht verfehlt. Der *Italienische Abend* war fast ausgebucht, 25 Zimmer sicher reserviert.

Wie von Pascha Paul vorgeschlagen, besorgte José rechteckige Tische.

Es stand so viel Arbeit an, dass Joschi nach zwei Tagen freiwillig entschied, seinen Dienst zuzüglich der Nachtschicht auch nachmittags anzutreten.

Seit seiner Einstellung erschien er pünktlich zur Arbeit, war überglücklich für jede Sekunde, die er in Rogers Nähe verbringen durfte.

In diesem wuchsen stetig Vatergefühle für Joschi.

»Komm mal her, mein Junge … so macht man das, mein Junge … Schau mal dies, schau mal das, mein Junge …«, ertönte es überall im Haus zur Belustigung der Mannschaft, außer der von Svetlana.

Sie war zu einem eifersüchtigen Wesen mutiert, das bei jeder Gelegenheit Gift gegen Annika und Joschi versprietzte. Zu ihrem Nachteil versuchte sie das ebenfalls bei Roger, damit hatte sie die Rechnung wortwörtlich ohne den Wirt gemacht.

Er verbannte sie aus der Küche zum ausschließlichen Hausmädchendienst zurück und ging auf Distanz. Die Liebelei war vorbei.

Dafür genoss er umso mehr die Gesellschaft seines neuen, treuen Gefährten namens Joschi, den er minutiös in die Geheimnisse seiner Kochkunst einweihte.

Wie ein junger Gockel stand Joschi eines Abends vor den Damen der Rezeption und präsentierte sein neues Outfit.

»Das hat Roger mir besorgt!«

Mit geschwollener Brust paradierte er in seinem schwarzen Küchenkittel, auf dem in weißer Schrift sein Name prangte. Unter den begeisterten Augen der Damen stolzierte er zurück in Richtung Küche.

»Dieser Junge tut uns allen gut, er ist die reinste Verjüngungskur!«
Wie ihr Sohn war Rose seit Joschis Einzug im Hotel aufgeblüht.
Es wurde viel gelacht mit Joschi im Hause Lemmer.
Svetlana machte nur noch Dienst nach Vorschrift und verließ das
Hotel mit griesgrämiger Miene. Ein bisschen tat sie Odora leid,
doch sie hatte die Wahl gehabt, eine von ihnen zu sein. Eifer-
sucht war eben eine Leidenschaft, die mit Eifer sucht, was Leiden
schafft. Nun sprangen Rose und Joschi abends beim Servieren
der Gerichte ein. José wurde von Roger in die Geheimnisse
seines Weinkellers eingeweiht und spielte den Sommelier. Ein
Multitalent!
Am Vortag ihres ersten Motto-Abends fuhr ein mächtiger Laster
beim Hotel vor. Vier starke Möbelpacker stiegen aus, einer kam
zum Empfang.
»Wo sollen wir den Flügel hinstellen?«
»Wir haben kein Klavier bestellt!«
Rose sah Odora fragend an.
Der Mann blickte auf den Zettel in seiner Hand.
»Mr. Alan Doherty?«
Odora war entzückt.
»Na, dann sind Sie an der richtigen Adresse!«
Ein prachtvoller weißer Flügel wurde neben der Bar aufgestellt.
Nach der Abfahrt der Möbelpacker eilte ein kleiner dünner Mann
mit Brille herein.
»Ich komme, um das Klavier zu stimmen, Herr Doherty hat
mich beauftragt!«
»Dieser Herr Doherty denkt aber auch an alles!«
Höchst erfreut klatschte Rose nach alter Manier in die Hände.
Hoffentlich hat Mr. Doherty auch an mich gedacht.
Odora konnte es kaum erwarten, Alan wiederzusehen.
Sie freute sich genauso auf Maxu, ihren Freund aus Kindertagen.
Die beiden hatten sich stets gut verstanden, ihre außergewöhn-
liche Sensibilität und eine besondere Wahrnehmung der Welt
vereinten sie. Am Abend klingelte das Telefon.
»Hallo Odora!« Es war Maxu.

»Ich bin gerade bei Alan in Vaters Studio, wir proben wie die Wilden mit unserem Pianisten Felix. Ist der Flügel angekommen?«

»Ja, keine Sorge, professionell gestimmt wurde er auch. Das war ein Paukenschlag mit Niveau à la Maxu!« Sie konnte Maxus selbstzufriedene Miene durchs Telefon erahnen.

»Du weißt, ich bin immer für eine Überraschung gut, die du vorher nicht riechen kannst!«

»Ach Maxu! Ich freue mich unendlich auf morgen!«

»Vorfreude ist die schönste Freude, Odora!«

Italienischer Frühlingszauber

»Nein José, da lang … Moment … ja, genau dort … Mensch Joschi! Nicht dahin … mehr nach rechts!«

Heute war ein jeder zur Frühschicht angetreten. Der Speisesaal musste hergerichtet werden. Unter Odoras Anordnung schleppten die Männer die neuen Tische aus dem Keller und stellten sie auf. Nach dem Eindecken wurden Blumengestecke in den italienischen Nationalfarben geliefert und platziert. Stehtische wurden in der Lobby verteilt. Roger und Joschi eilten in die Küche, das Menü blieb vorzubereiten.

»José, vergiss den Champagner nicht!«

»Si si Signorrra!«, schrie er auf den Abend eingestimmt.

»Ich muss auch noch die Barrr kontrollieren!«

Trotz der Hektik lag ungebändigte Vorfreude in der Luft.

Oder spüre nur ich die?

Nein, sogar Rose vibrierte, von der grauen Maus war kein Stück Schwänzchen mehr übrig.

Ab Mittag checkten die Gäste nacheinander ein. Alle hatten das Pauschalpaket gebucht, wollten den Wellnessbereich nutzen. Plötzlich standen Alan und Maxu in der Lobby. Hinter ihnen, halb verborgen, der Pianist, mit Namen Felix, ein unscheinbarer junger Mann mit Brille. Odora war so glücklich, dass sie jeden fest umarmte, sogar den schüchternen Tastenschläger, dem vor Freude die Brille verrutschte.

Die drei Musiker installierten das technische Material. Mit Kabeln, einem Verstärker und Mikrofonen machten sie sich neben der Bar ans Werk. Maxu begann Zettel auf den Stehtischen und in der Sitzecke auszulegen. Mit ihnen winkte er Odora zu.

»Das musikalische Programm!«, rief er heiter und brachte einige zur Rezeption.

ITALIENISCHER FRÜHLINGSZAUBER
Gesang: Maxu Paul
Piano: Felix Paciotti
Gitarre: Alan Doherty
PROGRAMM
18 h–19 h KONZERT
La donna è mobile
Nessun dorma
Una furtiva lacrima
19 h–21 h GOURMET-MENÜ
21 h–24 h TANZMUSIK
A far l'amore comincia tu
Innamorata
Ti amo
& viele andere

»Ich bin so aufgeregt, Odora, ich muss unbedingt meine Texte nochmals durchgehen! Meine Darbietung heute Abend muss perfekt sein!«

So war Maxu. Ein Perfektionist mit schwarzen Haaren, tiefblauen Augen und sinnlich vollen Lippen. Und weg war er. Roses Haare standen ungraziös zu Berge, ihre Freude war ungebremst.

»Die Gäste treffen ein, sieh nur!«

Die Bar ähnelte mit den ihr anhaftenden Gästen einer riesigen Weintraube, der große José ragte wie ein kleiner Stiel hervor. Im Hintergrund lief leise italienische Musik, eifriges Geplapper erfüllte die Lobby. Pascha Paul und Jeanne hatten es sich mit Freunden in der Sitzecke gemütlich gemacht.

Gut gemacht Pascha, so kann sie José nicht belästigen, der Arme hat genug zu tun.

Rose hatte sich aufgehübscht und begab sich in die Küche.

»Meine Jungs brauchen mich!«

Kurz vor 18 Uhr platzte die Lobby aus allen Nähten.

Die drei Musiker erschienen im Frack auf der Bildfläche, das Publikum verstummte.

Maxu ergriff das Mikrofon, stellte die Band vor, betonte, dass Alan und seine Gitarre erst später zum Einsatz kämen.

Alan gesellte sich zu Odora und lehnte sich neben sie an den Tresen. Maxus glasklare Stimme erhob sich zu den Tönen des Klaviers. In der Menge hörte man keinen Mucks, er hatte alle in seinen Bann geschlagen.

Als die ersten Töne von *Nessun dorma* erklangen, spürte Odora eine warme Hand auf ihrem Arm. Die Musik ergriff sie, entführte sie auf eine kleine Reise nach Hause, zu ihrem kranken Vater. Eine furchtbare Sehnsucht erfasste sie so intensiv wie Alans Finger, die ihre Hand drückten. Bei den ausklingenden Noten des Liedes sahen sich beide an. Ohne Worte sprachen ihre Augen.

Du bist sehr traurig, Odora, komm, lass mich dir Trost spenden, schien Alans Blick zu sagen. Der ihrige antwortete mit einem kleinen Lächeln: *Freud und Leid liegen so nahe beieinander, Alan, danke, dass du da bist.*

Maxus Erfolg war unbeschreiblich. Der junge Sänger wurde nach dem Konzert belagert, konnte sich kaum aus den Fängen der Gäste befreien.

Roger hampelte plötzlich nervös in der Flügeltür zum Speisesaal herum, versuchte Odora ein Zeichen zu geben. Die trat ans Mikrofon, bat die Gäste zum Abendessen.

Als alle auf einmal hineindrängten, kam José angerannt, sprang über dem Rennen in sein Jackett. Schweißüberströmt hechelte er wie ein Kampfhund.

Das wird eine Katastrophe, außer es geschieht ein Wunder! Wir haben nicht genug Personal!

So geschah es zumindest am Anfang. Beim Servieren der Vorspeise, einem Trüffel- Carpaccio mit feinem Olivenöl, rutschte Joschi aus, ganze vier Teller flogen ihm aus den Händen auf den Boden.

Rose wischte unter hundert Entschuldigungsbekundungen das Desaster auf, hastete wieder in die Küche.

Dann kam das Wunder in Form von Maxu. Odora sah ihn in die Küche schlüpfen und folgte ihm.

»Schön die Ruhe bewahren«, sagte er gerade zu Joschi. »Ich helfe euch, ich kann das. Neben meinem Studium kellnere ich nämlich in einem Restaurant!« Roger setzte ein Stoßgebet ab, Rose war sofort beruhigt.

»Also Joschi, du hilfst Herrn Lemmer die Teller anzurichten. Frau Lemmer, Odora und ich servieren. Aber schön gemütlich, ohne Hast. Das Carpaccio kann eh nicht kalt werden!«

Von da an klappte alles wie am Schnürchen, die Gäste waren rundum zufrieden.

Der Barmann-Sommelier schritt graziös zwischen den Tischen hindurch, schenkte hie und da Wein in geleerte Gläser nach. Das perlweiße Lächeln dazu war gratis.

Etwas verspätet fing der Tanzabend an. Ausgelassene Stimmung machte sich breit. Odora dachte bloß an Alans warme Hände, während sie half, die Gäste mit Getränken zu versorgen.

Maxu stimmte gerade die schöne Schnulze *Ti amo* an, da legte Alan seine Gitarre nieder, kam zu Odora, nahm ihr das Tablett aus der Hand und führte sie zum Tanz. Eng aneinandergeschmiegt tanzten sie, vergaßen die Welt rundherum.

Maxus Stimme schien jetzt noch lauter zu singen: *Ti amo, ti amo, tiiii aaamooo …*

Zukunftsvisionen

Pour ce qui est de l'avenir, il ne s'agit pas de le
prévoir mais de le rendre possible.
(Antoine de Saint-Exupéry)

… chooo … chooo … chooo …
Sägegeräusche drangen in Odoras Schlaf. Als läge sie eingebettet in einer warmen Höhle, deren Felsmauern sie spüren konnte, ganz nah an ihrem Körper.

Aber die sind beheizt … und so weich …

Auf leisen Sohlen schlich die Erinnerung sich heran, Odora befand sich in ihrem Bett – mit Alan.
Bis seine Stimme versagte, hatte Maxu Lieder in die Nacht hinaus geschmettert.
Dank eines bestimmten Trinkpegels bemerkten die Gäste nicht, dass der Gitarrist ausschließlich auf der Tanzfläche spielte. Mit der netten jungen Dame vom Empfang. Roger war irgendwann mit Joschi und Rose dazugestoßen. Abwechselnd wirbelten die Köche eine glückliche Frau Lemmer durch die Lobby.
Alan rekelte sich hinter ihr, sein Schnarchen verklang, er wagte es, an ihrem Ohr zu knabbern. Jetzt war sie definitiv wach, blickte zum Wecker und erschrak. Sie müsste längst unten sein! Svetlana und Annika waren dabei, die Lobby aufzuräumen, Rose winkte der herbeieilenden Odora freudig zu.

»Das ist alles zu viel für mich, Odora«, seufzte sie etwas später den Kopf an Odoras Schulter gelehnt.

»Geh nur, Rose, ruh dich aus! Am Mittagstisch reden wir mit Roger. So kann es nicht weitergehen.«

Nach und nach reisten die Gäste ab. Sie versicherten, wie schön der Abend und wie sympathisch die Leute waren. Man würde sich auch für weitere Gelegenheiten anmelden, die gute Küche weiterempfehlen.

Wir haben es geschafft!

José schlurfte etwas angeschlagen zur Tür herein.

»Odorrra, es war ein schönerrr Abend, aberrr ein José allein packt das nicht mehrrr …«

»Ich weiß José, wir klären das mit Roger. Hol mir schnell die Kasse aus der Bar, damit ich vor Mittag abrechnen kann.«

»Gibt es noch Frühstück?« Die Musiker waren endlich aufgestanden.

»Mit einem Kaffee können wir noch dienen. Maxu, du kennst den Weg in die Küche. In einer Stunde ist Mittagstisch, gesellt euch zu uns, dann dürft ihr euch den Bauch vollschlagen.«

Maxu sah Odora allwissend an, blickte diskret zu Alan. Der Ohrknabberer drückte ihr ein Auge zu, formte mit seinen Fingern ein Herz und huschte hinter Maxu in die Küche. Sogar der unscheinbare Felix blickte sie konspirativ an, folgte seinen Kollegen in artigem Gänseschritt.

Als habe er einen Schatz geborgen, händigte ein stolzer José seine prall gefüllte Barkasse aus, verschwand zufrieden pfeifend in den Fluren. Odora verstaute die Beute zur sicheren Verwahrung im neuen Safe. Endlich konnte sie die Eindrücke des Motto-Abends in Ruhe Revue passieren lassen. Sie ergriff ihr Heft und schrieb …

»… Odora wollte uns neue Vorschläge unterbreiten.«

Nach dem Mittagessen hatte sich Roger herzlichst bei seiner Mannschaft für deren Einsatz am Vorabend bedankt. Nun sah er Odora erwartungsvoll an, die vergnügt zwischen Maxu und Alan hockte. Unter dem Tisch hielten die Männer je eine ihrer

Hände. Sie löste sich aus diesem liebevollen Bund, stand auf und trat mit ihrem Heft vor die angeschlagene, teilweise gähnende Crew. Svetlanas eifersüchtige Blicke prallten an ihr ab.

»Ihr habt mit viel Körpereinsatz zum Erfolg des gestrigen Abends beigetragen.
Eine Belohnung habt ihr euch redlich verdient! An einem der nächsten Montage stiftet unser Chef einen Betriebsausflug!«

Freudenrufe und begeisterte Mienen – außer von Svetlana, die jedoch beschämt an ihrer Schürze zupfte.

»Wann und wohin es geht, werdet ihr noch erfahren. Annika und die Kinder kommen natürlich mit …«

Zwischen langen Augenwimpern zerquetschte Annika ein paar Freudentränen.

»Der wichtigste Punkt aber ist, dass wir dringend neues Personal benötigen.«

Odora sah zu Roger, dann auf die Notizen in ihrem Heft.

»Ich schlage Folgendes vor: Wir brauchen zwei zusätzliche Kräfte für die Bar und den Speisesaal. José kann somit anderen Tätigkeiten nachgehen. Am Nachmittag helfen die Neuen beim Empfang und bei der Kundenbetreuung, abends übernehmen sie das Kellnern im Restaurant. Joschi gehört ausschließlich in die Küche. José übernimmt abends die Bar, er muss nicht mehr hin und her springen und die Bar ist durchgehend besetzt.«

Dem Multitalent schien das sehr zu gefallen, seine Zähne verfielen in ein freudiges Dauergrinsen.

»Schließlich brauchen Rose und ich auch mal eine Auszeit. Wir können nicht ewig Doppelschichten schieben.«

Rose atmete erleichtert auf.

»Du hast das hervorragend geplant, Odora! Natürlich bin ich einverstanden.«

Der Chef setzte an, um in seine Hände zu patschen, überlegte es sich jedoch anders. *Er wird doch nicht etwa erwachsen werden?* Odora musste schmunzeln.

»Nur will ich nicht mehr, dass unser Junge hier …«, er wies auf Joschi, »… weiterhin Nachtdienst verrichten muss …«
Er sah zu Annika. »… noch soll er dein Kindermädchen sein.«

Annika schluckte. »Ja, ich …«

»Du wirst eine Tagesmutter einstellen. Notfalls lege ich was dazu – aber dieser talentierte junge Mann hier …«, er nahm Joschi fest in den Arm, »… gehört in die Schule! Er wird bei mir eine Ausbildung zum Koch machen. Die drei Jahre Berufsschule, die er dazu braucht, hat er schon in der Tasche!«

Die Versammelten klatschten zustimmend. Joschi war eines jeden Kind.
»Schlussfolgern wir: Zwei Leute fürs Haus und ein Nachtwächter werden eingestellt! Rose und Odora, ihr könnt gleich die Stellenangebote aufgeben, das Profil kennt ihr ja!«

Endlich ist Roger der Herr im Haus!

Nachdem die Musiker ihre Technik verladen hatten, geleitete Odora sie zu ihrem Van. Maxu und Felix verabschiedeten sich, verzogen sich taktvoll ins Innere des Wagens. Endlich umarmte Alan sie.

»Wann sehen wir uns?«

»Ach Alan, noch haben wir kein neues Personal … und mein Vater …«

»Ich weiß, Maxu hat mir alles erzählt.«

Er strich ihr liebevoll übers Haar.

»Darf ich dich von Zeit zu Zeit abends hier besuchen?«

»Sehr gerne, Alan.«

»Gut! Dann wollen wir mal.«

Er drückte ihr einen Kuss auf den Mund und stieg ein. Mit lautem Gehupe fuhren sie los, müde blickte Odora ihnen hinterher. Als sie an den Empfang trat, sah Rose ihr traurig entgegen.

»Odora, deine Mutter hat angerufen, dein Vater … er will dich sehen.«

Der Anfang vom Abschied

So lass uns Abschied nehmen wie zwei Sterne
durch jenes Übermaß von Nacht getrennt, das eine Nähe ist,
die sich an Ferne
erprobt und an dem Fernsten sich erkennt.
(Rainer Maria Rilke)

»Danke, dass du so schnell gekommen bist, Odora!«

Ihre Mutter umarmte sie, wich dann zurück.
Immer schön die Fassung bewahren. Ach, Mama!

Odora trat ein. Es roch anders als sonst im Treppenhaus.
Der Zigarrengeruch fehlt.

»Papa liegt oben in seinem Büro auf dem Sofa. Komm in die gute Stube, ich bring dich zuerst auf den neuesten Stand.«

Odoras Mutter hatte in der kurzen Zeit viel abgenommen. Die Hose schlotterte um ihre Beine, der Pullover hing wie ein Mehlsack an ihr. Und doch leuchteten ihre Lippen nach wie vor in hellem Rot.
Würde …

»Gestern waren wir beim Arzt. Die Chemotherapie schlägt nicht an, die Metastasen wachsen schnell. Er gibt Papa noch plus minus drei Monate Zeit.«

Sie drückte Odoras Hand.

»Er will sich diese Quälerei nicht mehr antun … Er hat aufgegeben … Losgelassen … und es ist sein verdammtes Recht! Fange an Abschied zu nehmen, mein Kind!«

Diese Aussage war so definitiv und hoffnungslos, sie nahm Odora den Atem.

Die Tochter des Hauses öffnete die Tür zum Balkon, trat hinaus in die frische Luft. Hier lag ihr Vater im Sommer zur Mittagsruhe in seinem Liegestuhl, jedes Jahr webte eine Spinne neben ihm ihr Spinnennetz. Er behauptete steif und fest, dass es immer die gleiche sei, nannte sie liebevoll Spinni.

»Ist Odora da?«, tönte es aus dem Zimmer über dem Balkon.

»Ich komme, Papa!«

Sie eilte an sein Krankenlager, musste bei seinem Anblick schmunzeln. Trotz alledem ragte ein kalter Zigarrenstumpen aus seinem Mund. Papa lächelte ihr etwas schief entgegen. Er klopfte mit der Hand neben sich.

»Komm, setz dich, meng Modi.«
Das war ein typischer Ausdruck für »mein Mädchen«. Früher hatte er ihn als diplomatische Einleitung zu einem belehrenden Gespräch benutzt. Odora setzte sich behutsam neben den abgemagerten Vater.

»Es ist schön, dich zu sehen. Vor allem siehst du sehr zufrieden aus, Odora.«

»Mir geht es auch gut, Papa.«
Das will er hören.

»Das erfreut doch ein altes Vaterherz.«
Er wollte lachen, verschluckte sich und wurde von einem anhaltenden Hustenanfall gepackt, bei dem seine Zigarre auf Odoras Schoß flutschte. Es schmerzte die Tochter bis in die Zehenspitzen.

»Hat Mama dich aufgeklärt?«

»Ja, Papa.«

Odora nahm seine Hand in die ihre und streichelte sie.
Zärtlich fuhr sie über seinen halben Daumen. Die andere Hälfte
hatte Papa in jungen Jahren beim Zuschlagen einer Flügeltür
eingebüßt, als er einer schönen Frau nachblickte, anstatt aufzu-
passen. Vater entzog seine Hand, es war ihm wohl zu viel der
Zärtlichkeit.
Sie musterte sein liebes Gesicht. Die Narbe an seiner Lippe stammte
von einem Hundebiss. Odora empfand das Bedürfnis, sich jedes
kleine Merkmal ihres Vaters einzuprägen, um es nie zu vergessen.
Als wolle ihre Seele die seine für die Ewigkeit festhalten.

»Du musst loslassen, Odora, ich gehe bald«, sagte er kaum hörbar.
Seine Stimme. Würde sie deren Klang je vergessen? Die Liebe,
die sie für ihren Vater empfand, war nicht messbar. Sie war
unbeschreiblich, allumfassend. Nun musste Odora doch weinen.
Ihr Vater sah ihr stumm dabei zu, wartete, bis sie sich wieder
einigermaßen gefasst hatte.

»So, jetzt ist aber gut.« Er schlug ihr sanft aufs Knie.
Nichts ist gut!, hätte sie am liebsten geschrien. *Du wirst sterben!
Mein Leben wird nie mehr so schön sein wie mit dir mittendrin!,* hätte
sie gerne laut gebrüllt.

Aber das musste sie nicht. Ihr Vater sah sie allwissend an.

»Odora, bitte komm, so ist das Leben. Dazu habe ich dir alles
gesagt. Du kennst meine Einstellung. Heute geht es nicht um
mich, sondern um deine Mutter. Ich sorge mich um sie.«

»Ja, Papa, sie sieht nicht gut aus.«

»Ich kann fast nichts mehr essen. Diese chemische Sauerei hat
meinen Appetit zerstört.« Er musste tief Luft nehmen, hüstelte.

»Mama hat darum die Lust am Kochen verloren, isst auch nichts. Du musst mit ihr reden.«

»Ja, das werde ich, Papa.«

»Denk an unsere Abmachung! Kein Drama! Nicht vorher … und auch nicht … danach.« Er versuchte zu grinsen, es klappte aber nicht so richtig.

»Ganz sicher nicht, Pipsi.«

Jetzt gelang ihm ein Lächeln.
»Pipsi hast du mich zum letzten Mal mit zehn genannt.«

Er ergriff ihren Arm, hob leicht den Kopf und sah sie eindringlich an.

»Du wirst dafür sorgen, dass sie nicht jeden Tag zum Friedhof pilgert, denn dort werde ich nicht sein, nur kalter Stein.«
Odora musste sich sehr zusammenreißen.

»Sie soll sich dem Leben zuwenden, du übrigens auch!«
Erschöpft sank sein Kopf aufs Kissen.

»Und nun geh, ich bin müde. Sieh nach deiner Mutter!«

Odora drückte ihm einen zärtlichen Kuss auf die Stirn.
»Wie wär's denn mit leckeren Spaghetti à la Odora?«

»Wir können das ja mal probieren«, krächzte Vater, »das hat noch immer geklappt!«

Hilfe ist besser als Mitleid

Ich weiß jetzt, was zu tun ist!
Mutter war nirgends zu sehen, Odora hörte sie in der Waschküche rumoren.
Gut so!
Sie schnappte sich das Telefon und rief Rose an. Als ihre Mutter eine halbe Stunde später hochkam, fand sie die Tochter mit der Nase im Kühlschrank vor.
»Da herrscht nur gähnende Leere, Odora.«
»Aber nicht mehr lange! Hast du irgendwelche Gelüste, Mama? Ich fahre jetzt einkaufen.«
»Ach weißt du«, erwiderte diese klanglos, »mir ist nach gar nichts.«
»Etwas Süßes, Mama, das geht immer!«
Sie umarmte diese tolle, starke Frau, bei der sie zum ersten Mal in ihrem Leben Schwäche wahrnahm.
»Nicht verzagen, Odora fragen!«
Mama setzte sich sichtlich erschöpft auf einen Küchenstuhl.
Zwei Stunden später brodelte es in der Küche. Odoras Mutter hatte sich mit einem ansehnlichen Stück Quetschentaart mit Schlagsahne an den Esstisch verzogen, es genüsslich verputzt. Oben hörte sie ihren Vater im Bad hantieren.
Gut duftend kam er behutsam die Treppe hinunter. Er schlurfte schneller als gedacht in die Küche, nahm den Deckel vom Soßentopf und zog den Geruch tief durch seine Nase ein.
»Mensch Odora, die riecht ja GUT!«, entflammte Papa sich.
»Bis jetzt hat mich jeder Geruch angeekelt, deine Soße aber …«
Und sie aßen, alle beide! Sogar ihre Mama schaffte trotz verspeister Torte noch einen ganzen Teller. Ihr Papa einen halben, aber das war schon ganz in Ordnung.
Verwirrt sah Mutter sie an. »Musst du nicht zur Arbeit?«

»Ich bin frei bis morgen. Ab dann übernehme ich ausschließlich die Mittagsschicht. Gewöhne dich daran, dass deine Tochter wieder hier nächtigt, Mama.«

»Aber ...«

»Keine Widerrede!«

Ihre Mutter schien unglaublich erleichtert zu sein.

»Du rufst jetzt deinen Friseur an, ob er dir einen Termin gibt, ich bleibe bei Papa.«

Das tat Mama, zog sich etwas Nettes an und verschwand mit einem dankbaren Glimmen in den Augen. Ihr Vater hatte sich in der Stube vor den Fernseher gelegt, war eingeschlafen. Odora setzte sich ihm gegenüber, sah ihm zärtlich beim Schlafen zu.

Sie brauchen mich jetzt.

Rose würde das Kind schon ohne sie schaukeln. Wie sie Joschi kannte, würde der zwischen Küche, Speisesaal und Empfang hin und her hüpfen, um jedem zur Hand zu gehen. José sowieso.

Rose wird entzückt sein mit all ihren Männern um sie herum.

Ihr Vater seufzte im Schlaf. Es muss schwer sein zu wissen, dass man sterben muss ... Eine gute Stunde lauschte sie seinen Atemzügen, ertappte sich dabei, dass sie im gleichen Rhythmus zurück atmete.

»Ich werde dir dabei helfen, Papa, so gut ich kann«, versprach sie ihm leise.

Wie sagte Maxim Gorki so treffend: *Eigentlich sollte man einen Menschen überhaupt nicht bemitleiden, besser ist es, man hilft ihm.*

Es ist vorbei

Als bekannt wurde, dass seine Tage gezählt waren, kamen viele Besucher, sich von Vater zu verabschieden. Meistens nachmittags, wenn Odora arbeiten musste. Morgens, wenn sie nach dem Frühstück vor ihrer Abfahrt zusammensaßen, schilderte der Todgeweihte die makabre Parade.

»Das Bedauern von vielen ist echt, andere kommen nur, sich zu vergewissern, dass ich den Löffel wirklich abgebe – sie können es kaum erwarten«, bemerkte er sarkastisch. »Manche rammen einem Sterbenden ein Messer in den Rücken.«

Es ging darum, wer den Machtkampf um den freiwerdenden Vorsitzendenstuhl innerhalb der Partei gewinnen konnte.

Während der letzten drei Monate hörte Odora ihrem Vater zu. Er verspürte ein enormes Bedürfnis, ihr Anekdoten aus seinem Leben zu erzählen.

Vieles vernahm sie zum ersten Mal.

Sie bedauerte später, kein Aufnahmegerät benutzt zu haben.

Es war ihr unmöglich, sein ganzes Leben an dessen Ende in ihrem Kopf zu speichern. Zudem gab es Tage, wo sie so bemüht war nicht zu weinen, dass sie nicht genau zuhören konnte.

Geht ein Mensch, geht mit ihm seine Geschichte. Ein jeder kann von ihm erzählen. Er allein aber kennt nur seine Wahrheit und seine Sicht auf sein Leben.

Im Hotel hatte sie jedem verboten, nach ihrem Vater zu fragen. Sie würde nie mehr antworten können, dass es ihm gut ginge.

»Wenn du das Bedürfnis empfindest, bei deinem Vater zu sein, nimm dir frei! Wir kommen schon klar. Annikas Freundin hat angeboten, abends auszuhelfen, falls viel los ist. Joschis Schule fängt auch erst Ende des Jahres an – mach dir also keine Gedanken um den Betrieb, Odora!«

Das liebe Angebot konnte Odora nicht annehmen. Auch wenn sie es später bedauerte, in dem Moment ermöglichte die Arbeit es ihr, stark zu bleiben, nicht in die Schwäche zu verfallen, die ihr Vater nicht haben wollte.

Bis zur bitteren Neige.

Alan hatte sie auf Eis gelegt. Sie hatte andere Prioritäten. Ihr war nicht nach Gekuschel. Er war zwar leicht betrübt, trotzdem verstand er es.

»Dann melde du dich, Odora!«

So waren sie freundschaftlich verblieben.

Mama hatte sich wieder gefangen, ihrem Mann zuliebe die Rente angefragt und verbrachte jede mögliche Stunde mit dem Geliebten. Sie kochte wieder, er ernährte sich so gut wie irgend möglich. Als Papa immer schwächer wurde, versuchte sie ihn schamlos auszutricksen. Ihr Vater hatte sein Leben lang keine Milch getrunken. Er war im hohen Norden über einer Molkerei zur Welt gekommen und behauptete, dass der ranzige Geruch, der bis in die Wohnung drang, ihn schon als Neugeborener zutiefst angeekelt hatte.

Wir haben uns stets köstlich über diese Geschichte amüsiert. Sich ihn als Baby mit gerümpfter Nase vorzustellen, war ein Bild für die Götter.

»Ich trinke nur die Milch einer jungen Mutter«, scherzte er bei jeder Gelegenheit.

Aber Vanilleeis, das liebte er! Wahrscheinlich war seine Fantasie mächtig genug, sich vorzumachen, dass eine knackige junge Mutter die Milch dazu gestiftet hatte. Also mixte seine Frau ihm mit weißem Käse, viel Sahne und noch mehr Zucker und Vanille eine Art Eis zusammen, ließ es gefrieren und verkaufte Papa es als Vanilleeis.

»Der weiße Käse stärkt ihn ein bisschen.«

Vater heuchelte Begeisterung und aß das Eis ohne Murren. Odora war sich sicher, dass er den Betrug durchschaute. *Er macht das nur für Mama.*

An einem verregneten, nebligen Tag arbeitete Odora am Empfang, klassierte alte Rechnungen. Seit sie ihren Dienst angetreten hatte, unterdrückte sie ihre Tränen.

Bei ihrer Verabschiedung am Morgen lag er mit schlaffen Armen über der Bettdecke im Bett, seine chemische Toilette neben ihm.

Er konnte nicht mehr alleine aufstehen, wie einst vergnügt, stets mit einem guten Spruch auf Lager, durchs Haus spazieren.

Von einer Ahnung getrieben, drehte Odora sich im Treppenhaus nochmals um und sah ihn liebevoll an. Papa blickte eindringlich zurück, als wüsste er, dass sie einander das letzte Mal in die Augen tauchten. Seine Tochter brach mit Bauchschmerzen und schweren Herzens zur Arbeit auf.

Alles, was noch zu sagen blieb, war ausgesprochen worden. Oder auch nicht.

Das Telefon klingelte, Rose ging dran, hörte ruhig zu. Dann eilte sie in die Küche, kam mit Roger wieder heraus. Dieser legte die Hand auf Odoras Schulter.

»Es ist vorbei, Odora …«

Irland, 2030

Die Regentropfen klopften an ihr Fenster. Draußen jagte der Wind graue Wolken über das tiefblaue, aufgeregte Meer. Sie liebte diese rauen, verregneten Tage, wenn die Natur sich eine Stimme verschaffte und die Menschen in ihre Häuser trieb.

Stormy Days … Meine stürmischen Tage sind vorbei.
Die ältere Dame klappte das Heft zu, legte sanft ihren Schreibstift nieder, ihre Lesebrille dazu. Das war das Zeichen für Mia, ihre schwarze Katzendame. Diese durfte nun auf ihren Schoß springen, sich ihre längst fälligen Streicheleinheiten abholen. Ihr Frauchen war müde, das konnte Mia riechen. Tage- und nächtelang hatte sie am Schreibtisch vor dem Fenster verbracht und Worte gebändigt. »Ach Mia! Meine Hände schmerzen vom Schreiben. Ich werde doch den Rechner benutzen müssen, den man mir letztes Weihnachten geschenkt hat.«
Mia sah sie an, maunzte wie vor langer Zeit Columbus und nach ihm der kleine Charel, als würde sie jedes einzelne Wort verstehen und absegnen.
»Der erste Teil des Buches ist fertig. Eigentlich müssten wir feiern.«
Mia sah sie an und maunzte: *Ja, los, ein Leckerli zum Feiern wäre großartig, am besten mit Fischgeschmack.*
»Die Kapitel über den Abschied meines Vaters haben mich sehr mitgenommen. Nach seinem Tod sagte meine Mutter: Die Toten, die geliebt wurden, sind allgegenwärtig – und das stimmt, Mia. Nur weiß ich nicht, wie es in meinem Buch weitergehen soll.«
Mia schnurrte verständnisvoll, wurde jedoch von einer inneren Unruhe erfasst. Sie sprang von Odoras Knien, lief zur Küchentür, drehte sich um und fixierte die alte Dame.
»Na gut! Ich komme!«
Schwerfällig erhob sie sich vom Stuhl, folgte Mia in die Küche. Auf dem Weg durch den Flur sprangen ihr auf vielen farbenfrohen

Bildern kleine rote Turbane entgegen. Ihre alte und längst verstorbene Freundin Jule hatte sie ihr vermacht.

Mia kratzte am Küchenschrank. Sie wusste ganz genau, wo die Dame des Hauses kleine Köstlichkeiten für sie verstaute. Diese fischte gehorsam ein Leckerli mit Lachs aus dem Regal und stutzte. Neben dem Katzenessen stand ihr uraltes Tagebuch.

»Wie kommt das denn her?«

In letzter Zeit wechselten diverse Habseligkeiten selbstständig ihren Verwahrungsort. Ihre Brille schlich sich in den Kühlschrank, die Hausschlüssel wanderten durchs Haus, tauchten unverschämt dort auf, wo Odora es niemals vermutet hätte.

»Du also auch noch!«, raunte sie ihrem Tagebuch zu.

Sie gab der wartenden Mia das Leckerli, zog das verstaubte Buch aus dem Schrank. Das schöne Büchlein hatte Mutter nach Vaters Ableben für sie besorgt.

Mit einem Umschlag aus Emaille und dem Gesicht eines Mädchens als Blickfang stand dort in verschnörkelter Schrift: *Tagebuch.*

»Schreib dir deinen Kummer von der Seele, mein Kind!«

In der kleinen Stube sank Odora in den mit Rosen geblümten Grete-Sessel, öffnete das alte Tagebuch so behutsam wie ein kostbares Relikt alter Zeiten.

»Wie jung und traurig ich war.«

Mia hatte sich zum gemütlich prasselnden Guss-Ofen verzogen, thronte elegant wie eine Diva auf ihrem roten Kissen.

»Weißt du was? Da ich unsicher bin, wie ich mit dem zweiten Teil meines Buches fortfahren soll, werde ich die Gedichte aus meinem Tagebuch in Zwischenkapitel einfügen!«

Odora schien Mia zu langweilen, diese hatte sich zusammengerollt und schlief.

Mit dem kostbaren Tagebuch in der Hand erhob sich die schreibwütige Dame, setzte sich zurück an den Schreibtisch und öffnete das Schreibheft. Ihr altes Tagebuch legte sie daneben, sie musste nur abschreiben. Sie schob sich die schon etwas schiefe Brille auf die Nase, blickte noch einmal lächelnd zum Fenster hinaus, beugte den Kopf und schrieb.

Tagebuch

Morgens, wenn die Worte aus meiner Hand fallen, würde ich euch gerne mit ihnen malen, in bunter Sprache schildern, zusammenhalten durch den Rahmen meiner Liebe …

… auf ewig … Meine Familie.

Das Schwierigste, sagt man, ist der Anfang.

Wenn man so viel zu sagen hat, weil man unmäßig viel zu empfinden glaubt.

Was schon so viele Menschen ausdrücken wollten, empfunden haben …

Ich erinnere mich …

Es mag an die zehn Jahre her sein.

Ich schlief über euren Köpfen, unter dem Dach, geplagt und verzückt von den Träumen eines Kindes …

Ich schreckte hoch und wandelte schnurstracks zu meinem Schreibtisch, ergriff den erstbesten Kugelschreiber, nahm ein Blatt und schrieb … Aus dem Traum heraus … Gedichte.

Als hätten die Geheimnisse der Nacht sie mir in den Schoß gelegt …

Nur an eines kann ich mich erinnern, nicht an den genauen Wortlaut, nein, vor allem an die Gefühle, die mit diesen Zeilen verbunden waren und auch heute noch sind.

Es hieß: Auf den Barrikaden.

Du, Vater, wurdest sterbend von deinen Genossen aus dem Haus getragen mitten in eine Kulisse hinein, die den 68er-Jahren alle Ehre machte:

Menschen hatten Barrikaden errichtet und balgten sich unter hagelnden Steinwürfen.

Dein Gesicht trug die Trauer und die Müdigkeit, die ich nun, einige Jahre später wirklich in und unter deinen Augen wiederfinde … Heute erst fühle ich meinen Traum und das Gedicht jener Nacht voll und ganz … Und es will nicht weichen.

Nun schlafe ich nicht mehr in meinem Jungmädchenreich und es ist auch mehr als nur ein Traum geworden ... Ich bin so wach. Etwas ist unverändert, ich schreibe noch immer nachts und morgens, gleich nach dem Erwachen.

Diesmal ist es das Leben, das mich aufschreckt, mich veranlasst, Zuflucht zu finden in dieser meiner Welt, wo man Gefühle und Gedanken mit sich selbst ausmachen kann.

Vielleicht finde ich einmal die Ruhe und die Zeit, mich dieser Welt so zu widmen wie du, lieber Vater, an einer Schreibmaschine sitzend, mit dir und dem, was du zu sagen hattest.

Du hast nicht nur viel gesagt, du hast mitgeteilt, veranlasst, kritisiert und geschaffen ... Steine sind immer geflogen und fliegen auch heute noch ... Sie können schmerzhaft sein.

... geschriebene Worte, lieber Vater, reichen weiter als nur ein Steinwurf und sagen noch lange etwas aus, wenn der letzte Stein schon längst aus dem Weg geräumt wurde.

Der letzte Abschied

Viele waren gekommen, den letzten Weg mit ihrem Vater zu beschreiten.
Odora stand im Kreis von Familie und engsten Freunden vor der Bahre, ihre Mutter neben ihr. Ein Blumenmeer umgab die Urne ihres Vaters. Die traurige Tochter stellte sich die eigenartige Frage, ob ihr Papa Blumen überhaupt gemocht hätte. Bekannte und unbekannte Gesichter nahm sie wie durch Nebel wahr.
Wie wenig doch von Papa übrig bleibt.

Gesenkten Hauptes blickte Odora auf die kleine hölzerne Urne, auf der ein Goldplättchen mit seinem Namen befestigt war. Politiker aller Couleur waren zugegen. Die Minister der Regierung auch. Sogar Jean-Claude Junker war gekommen.

Sie haben ihn respektiert, sonst wären sie nicht hier. Wenn Papa das nur sehen könnte. Was würde er wohl sagen?

Eigentlich kannte sie die Antwort, sah ihren Vater zufrieden und wohlwollend auf die Anwesenden blicken. Dann trat die Bürgermeisterin vor die versammelten Menschen:

»Ich habe die Ehre, den letzten Wunsch des zu früh Verstorbenen an uns alle vorzulesen.«
Sie nahm einen kleinen Zettel in die Hand, es waren nur einige, von Vater verfasste Zeilen:

Ich möchte, dass auf meiner Beerdigung keine Leichenrede gehalten wird. Die Leute, die zu meinem Begräbnis kommen, kennen mich alle und haben auch ihre persönlichen Ansichten über mich. Ich brauche ihnen also nicht mehr vorgestellt zu werden. Wollen wir auf die Totenreden verzichten und ganz zwanglos Abschied nehmen!

Unglaube stand in den Augen einiger, andere fingen an zu weinen, Politiker steckten die vorbereiteten Reden in ihre Taschen zurück. Sie würden sich nicht an Papas Grab profilieren, dafür hatte er gesorgt. Odora vernahm seine Stimme: *Kurz und bündig, alles ist gesagt!*

Und er hatte recht. *Wie klar, wie würdevoll.*

Dann fing das lange Händeschütteln an, mit dem die Trauergäste ihr Beileid bekunden wollten. Den Anfang machte die Staatsführung, gefolgt vom gemeinen Volk.

Kein Drama!, hörte sie ihren Vater mahnend flüstern.

Du hast gut reden, Papa, ich bin so traurig.

Odora schluckte ihre Tränen schon gestandene zwei Stunden hinunter. Nachdem die Mitleidsbekunder den Friedhof verlassen hatten, folgten Ehefrau und Tochter dem Totengräber mit der Urne bis zum Grab. Als die bescheidene Holzkiste im Boden eingelassen war, wollte Mutter zu den verbleibenden Trauergästen zurück.

»Ich komme gleich nach, geh nur!«

Die Tochter ihres Vaters wollte noch eine Weile in Ruhe dort stehen. Der Totengräber zog sich zurück, nickte Odora zu. Er würde das Grab erst verschließen, wenn sie bereit dazu wäre. In Gedanken sprach sie zu ihrem geliebten Vater.

… du hattest recht. Hier bist du nicht. Du bist in mir drin, Papa, wirst dort immer bleiben und weiterleben. Irgendwann werde ich dir ein Buch widmen, versprochen …

Sie gab dem Totengräber ein Zeichen und verließ leisen Schrittes diesen kalten Ort. Nach dem Leichenschmaus fuhr sie mit Mama nach Hause, begleitete sie bis zum Bett. Weinend scheuchte sie die Tochter aus dem Zimmer. Im ganzen Haus roch es nach *ihm*. In ihrem Mädchenzimmer setzte sie sich an den Schreibtisch und schrieb:

Großer Mann, Du lieber Vater
Starke Meinung, Gute Worte
Lustiger Freund
Mit sanftem Lächeln
– wie du mir fehlst –
Unvergesslich
Mit dir verbunden
Werde ich versuchen
Als deine kleine Tochter
Stark zu bleiben
Und gute Worte
Mit sanftem Lächeln
In die ganze Welt zu tragen

Eines jeden Trauer

Es war bewundernswert, wie gefasst ihre Mutter an diesem Sonntagmorgen am Frühstückstisch erschien. Die trauernde, schmerzerfüllte Frau von gestern hatte sie abgelegt wie ein altes Kostüm. Nur ihre Augen verrieten sie.

»Hast du mitgekriegt, wer gestern alles da war?«, fragte Odora sie nach ihrem zweiten Kaffee. Vorher war sie bekanntlich noch nie ansprechbar gewesen.

»Viele, von denen ich es nie gedacht hätte. Andere, bei denen ich geschworen hätte, dass sie kommen, waren nicht da.«

Mama sah hinaus auf den prächtigen Fliederbaum vor dem Fenster, der seine Äste dem Haus wie zum Trost entgegenstreckte.

So oft habe ich ihm durch duftende Blüten beim Rasenmähen zugesehen …

»Du weißt ja, in der Not sieht man seine wahren Freunde – apropos Freunde – als du noch beim Grab standest, kamen José, Maxu und noch ein Freund von dir an und haben nach dir gefragt, warte!«

Sie stand auf und kramte in ihrer Tasche, die sie am Vorabend auf dem Bartresen abgesetzt hatte, entnahm ihr einen Briefumschlag. Odora sah ihren Papa hinter der Bar eine Flasche Cognac knacken. Er zwinkerte ihr zu.

»Für dich!«

Odora öffnete den Umschlag, zog einen Brief heraus.

Like a bridge over troubled water, I will lay me down
Ich denk an dich,
Ich warte, Alan

»Warum hast du sie nicht zum Leichenschmaus eingeladen?«

Mutters Gesicht verzog sich ärgerlich, aggressiv hob sich ihre Stimme:

»Warum, warum Odora? Es war unmöglich, die einen einzuladen und andere nicht!«

Lass gut sein!, hörte Odora ihren Papa flüstern. Odora ließ gut sein.

»Wie geht's weiter, Mama?«

»Weiter … Ja, es muss weitergehen.«
Sie musste sich wohl gerade selbst davon überzeugen.
»Pascha Paul hat uns für heute Mittag in Papas chinesisches Lieblingsrestaurant eingeladen. Ihm zu Ehren gehen wir zu Anita.«
Jetzt gab sie sich einen Ruck, nahm die Tochter bei der Hand.
»Odora, du darfst mir nicht böse sein. Ich will allein sein, will meine eigene Trauer mit mir ausmachen. Ich kann das nicht, wenn du hier bist.«
Mutter holte tief Luft.

»Bitte geh zurück ins Hotel! Mache normal weiter und lass mich gewähren, ich komm schon klar. Ich muss mich irgendwie daran gewöhnen, von nun an ohne Papa durchs Leben zu gehen – übrigens würde dein Vater das auch so wollen.«

»Aber so schnell …«
Odora fühlte sich ausgestoßen. Doch sie verstand ihre Mutter.
»Umso schneller, desto besser. Ich bevorzuge eben den Sprung ins kalte Wasser. Ich muss mich sammeln!«

Als Odora etwas später in der Dusche stand, liefen ihre Tränen mit dem Wasser aus der Brause um die Wette. Mutter wollte ohne sie trauern, somit musste auch sie für sich mit diesem herzzerreißenden Verlust klarkommen. Sie fühlte sich wie eine Vollwaise. Odora blickte auf ihre Füße, ein Weinkrampf schüttelte sie und doch musste sie lachen. Zum ersten Mal in ihrem Leben wurde ihr bewusst, dass ihre Zehen genau die gleiche Form hatten wie die ihres Vaters.

Beim Chinesen ging es lustig zu.

Das hätte Papa gefallen.

Sämtliche Lieblingsgerichte ihres Vaters wurden für ihn verspeist.
Der Wein floss in Strömen, lustige Anekdoten wurden erzählt.
Pascha Paul rief nach jedem Bissen einen Trinkspruch auf seinen
alten Freund aus, derweil Jeanne dem flotten asiatischen Kellner aufs
Hinterteil äugelte. In diesem Restaurant hatte ihr Papa der Kellnerin
Anita stets schöne Augen gemacht. Darin war er Weltmeister!
Außenstehende mussten denken, dass sie Vaters Tod feierten,
anstatt ihn zu betrauern.

So sind wir eben: anders und bestimmt keine Scheinheiligen! – Odora
prostete ihrem Vater zu. Er war überall.

Sie setzte ihre Mutter zu Hause ab, ihre Tasche lag gepackt im
Kofferraum. Mama hatte es so gewollt. Eine tiefe Traurigkeit
erfasste sie, als ihre Mutter zur Tür schritt, sie öffnete, der Tochter
noch einmal kurz zuwinkte und dahinter verschwand.
Odora fuhr auf den Feldweg, wo sie sich einst mit Claudio
zurückzog. Sie verbrauchte dort ein ganzes Paket Taschentücher.
Aus der Ferne drang eine geliebte Stimme an ihr Ohr:

*Jetzt ist aber gut. Reiß dich zusammen, Odora! Hör auf Trübsal zu
blasen. Was habe ich dir gesagt?*

Na gut! Papa, ist ja schon gut!

Als Odora den Wagen startete, wusste sie, dass diese Fahrt nur
in eine einzige Richtung führte: geradeaus in ihr eigenes Leben.

TAGEBUCH

Für dich ... und dann ist gut, versprochen!

Trauern
Dürfte ich eigentlich nicht
Lustig, optimistisch nach vorne schauen
Ganz in deinem Sinne

Dankbar
Müsste ich sein
Für das reiche
Wenn auch kurze
Stück Leben mit dir

Lass mich
Trotzdem
Noch ein bisschen weinen
Und unter Tränen
Die Erinnerung an dich
Anlächeln

Des Nachts
Such ich dich
Mit meinen Träumen
Des Morgens
Find ich dich
Nicht mehr in meinem Leben
Heute
Wird wieder kein schöner Tag

Regen
Pocht an mein Fenster
Draußen
Sucht der Wind die wehrlosen Blätter auf
Wirbelt sie herum
Immer wieder
Über die kalte nasse Straße
Treibt er sie
Immer weiter
Durch diese graue Welt
Die so wahnsinnig
An Farbe
Verloren hat
Seit du uns
Genauso
Wehrlos
Verlassen hast

Vorgestern
Habe ich dich gesehen
In der Menschenmenge
Ich habe dein Gesicht erblickt
Ich glaube
Es lächelte
Schnell
Habe ich den Kopf weggedreht
Getäuscht
Durch meine Sehnsucht
Hatte ich
Angst
Einen Fremden zu umarmen

Gestern
Habe ich dich gerochen
Dieser unvergessliche Duft
Deiner ewigen Zigarre
Des Knoblauchs und des Essigs
Verbunden
Mit dem deines Aftershaves
Der mich an so
Schöne Zeiten
Erinnert
Ach Vater!
Könnte ich jetzt mit dir reden
Heute
Morgen
Übermorgen
Immer
Ich liebe dich endlos

Ich wünsche mir
Ich könnte
Meinen Kummer
abschütteln
Wie ein nasser Hund
Das Wasser
Doch auch ein Hund
Wird
Immer
Wieder
Nass

Noch fällt es mir schwer
An dein Grab zu treten
Kalter Stein nur
Noch nicht mal
Dein Name
Und die Erinnerung
An dein warmes Lächeln
Deine warmen Augen
Deine warmen Hände
Deine warme Stimme
Und dort, Vater
Wo doch nur
Deine Asche steht
Dort
Wird mir so kalt

Neues Leben

1 Jahr später

Leb ein Stück und dann verweile
Sieh das Schöne, keine Eile
Weil nur dann das Glück da steht
Und das Leben weiter geht

(Denise Urbany)

»… somit wünschen wir Odora alles Gute auf ihrem weiteren Lebensweg!«

Odora sah mit einem lachenden und einem weinenden Auge in die lieben Gesichter ihrer Hotelfamilie, die der jungen Frau an ihrem freien Montag ein Abschiedsfest bereitet hatten. Roger und seine Frau Svetlana hatten mit Joschi ein köstliches, kaltes Buffet hergerichtet, José hatte den besten Wein aus dem Keller geholt.

Sein perlweißes Lächeln werde ich nie vergessen.

Dank Pascha Paul und Grisone war José mittlerweile mit einer Aufenthaltsgenehmigung und einer Arbeitserlaubnis eingebürgert und somit kein Illegaler mehr.

Er stand neben seinem Freund Hernando und dessen Schwester Maria, die seit Monaten zum festen Bestand des Personals gehörten. Beide waren die neue Besetzung für den Empfang. Maria half José ebenfalls hinter der Bar aus, sprang wenn nötig im Hausservice ein. Hernando war gelernter Kellner und Hotelfachmann, also praktisch überall einsetzbar. Er war ein sanfter, ruhiger Mann. Seine grazilen Bewegungen vermittelten eine ungewohnte Leichtigkeit.

»Meine Eltern waren Anhänger von Salvador Allende. Sie sind während des Putschs 1973 aus Chile geflohen. Sie hatten Glück, viele ihrer Freunde wurden von Pinochet und dessen Häscher verhaftet, zu Tode gefoltert oder verschwanden im Nichts«, hatte er Odora vor einem Jahr während seines Einstellungsgespräches erzählt.

»Maria und ich sind hier aufgewachsen, besuchten die Hotelschule. Es war mein Traum, an einem Empfang zu arbeiten.« Ungebändigter chilenischer Stolz funkelte in seinen großen, braunen Augen.

»Als José mich anrief und mir von der Notlage des Hotel Lemmer erzählte, war das wie ein Wunder. Viele Hotels, bei denen ich vorstellig wurde, wollten nur Frauen für den Empfang.«

Oder keine Homosexuellen. Eigentlich musste man blind sein, es nicht zu bemerken.

Die AIDS-Welle der 1980er Jahre hatte alle Schwulen stigmatisiert, sie wurden geächtet. Jeder fürchtete sich vor Ansteckung.

Maria, Hernandos etwas gedrungene, aber hübsche Schwester, war Feuer. Ein vulkanartiges Temperament im positiven Sinne war ihr gegeben. Nicht nur dass ihr lautes, schönes Lachen von der Lobby aus als Echo durch die Gänge schallte, nein, sie erkannte blitzschnell, wo und wann ihr Einsatz vonnöten war. Es schien, als könnte sie den Gästen ihre Wünsche von den Lippen ablesen, was ihr viel Anerkennung bescherte. Odora blickte nun zu Rose und Annika, beide hatten sich bei Joschi eingehängt. Der Junge lernte gut in der Schule, und Roger bescheinigte ihm ein wahres Kochtalent. Da Rose endlich am Empfang entbehrlich war, half sie Annika mit ihren zwei Kindern, wann sie nur konnte. Sie diente ihnen als eine Art Großmutterersatz. Des Öfteren erklang jetzt fröhliches Kinderlachen durch die Lobby, wenn die zwei Kleinen im Hotel herumtobten.

Ein Haus voller Leben.

Roger hielt seine Svetlana im Arm, streichelte mit einer Hand über die gut sichtbare Bauchwölbung seiner Frau.

Svetlana hat es doch noch geschafft, ihren Koch für sich zu erobern.

Odora merkte plötzlich, dass alle sie erwartungsvoll anstarrten.

»Oh, ich muss wohl eine kleine Abschiedsrede halten.«

Sie sammelte sich kurz, ergriff das Wort.

»Meine Lieben, eigentlich weiß ich gar nicht, wie ich meine Freude zum Ausdruck bringen soll, euch heute und hier so vereint und zufrieden zu sehen. Ich möchte keine lange Rede schmeißen. Wie ihr wisst, kann ich besser schreiben.«

Alle applaudierten übermütig. Während der letzten Monate hatte Odora eine Art Treppenpost im Hause Lemmer eingeführt. Überall deponierte sie dem Personal kleine Zettel mit Notizen zur Erinnerung, was zu tun noch ausstand.

»Was soll ich sagen? Das Hotel läuft gut, wir mussten in letzter Zeit öfters aus Platzmangel Gästen absagen. Ihr alle habt mir nicht nur in der bisher schwersten Zeit meines Lebens beigestanden – ihr habt sie gleichzeitig zu einer der schönsten gemacht. Was in dieser Welt am meisten fehlt, sind Herzlichkeit, Empathie und Zusammenhalt. Hier bei euch habe ich das gefunden. Danke!«

»Odorrra, nicht weinen!« José drückte ihr ein Champagnerglas in die Hand.

Die kleinen Tränen der Rührung, die hier und da geflossen waren, ertranken schließlich in neun zum Prost erhobenen Gläsern.

Aufbruch oder: Zu viel des Guten mit einem Zigarrenhauch Fidel

Das Leben ist kein langer, ruhiger Fluss,
Man steht am Ufer, springt hinein,
Man schwimmt, die Erde bebt
Ein starker Strudel zieht dich rein
Die Kraft so oft vergeht
Man schwimmt und schwimmt
Und sieht nicht ein
Das Glück am Ufer steht

(Denise Urbany)

»Da bist du ja!«

Alan saß vor unzähligen, ihr unbekannten Geräten in Pascha Pauls Tonstudio.
Er nahm die Kopfhörer ab, sah Odora liebevoll entgegen. Pascha war bestimmt schon ein Stockwerk tiefer am Schlafen. Das Tonstudio war unter dem Dach in sein riesiges Haus eingebaut worden. Überall an den Wänden hingen elektrische Gitarren.

»Dann wollen wir mal!« Alan schaltete sämtliche Geräte ab, die Lichter aus.
Hand in Hand gelangten sie über eine Außenbrücke ins Anliegerhaus, wo beide sich eine kleine, gemütliche Wohnung teilten. Bei einem Glas Wein plauderten sie noch eine Weile über Odoras Abschiedsfest.

»Ich muss ins Bett, Alan, Mama erwartet mich morgen früh.«

Ihre Mutter würde am anderen Tag in eine Mietwohnung im Kurort Mondorf umziehen. Für sie allein war das Haus zu groß, in allen Ecken sah sie ihren Mann.

»Die schönen Erinnerungen nehme ich mit, Odora«, hatte sie beim Einpacken der Umzugskartons gesagt.

Als das junge Paar im Bett lag, dachte Odora über die allgemeine Aufbruchsstimmung nach, die im Moment ihr Leben beherrschte. Pascha Paul und Alan hatten ein neues Projekt an Land gezogen. Ein Filmexperte aus England hatte sie beauftragt, seine restaurierten Stummfilme zu vertonen. Zudem mussten die Zwischenbilder mit Text ins Französische und Deutsche übersetzt werden. Diese Arbeit war Odora zugedacht.
Pascha Paul hatte sie dem Hotel Lemmer abgeworben, nachdem Odora in einem Gespräch erwähnte, dass sie im Hotel eigentlich nicht mehr gebraucht wurde. Und ehrlich gesagt, reizte es sie ungemein, eine neue Herausforderung anzunehmen. Pascha hatte sich mittlerweile von Jeanne getrennt und war in einen Jungbrunnen gefallen. Eine junge Anwältin aus seiner Kanzlei schien im Rennen zu sein.

Alles verändert sich so schnell.

Die Habseligkeiten des ganzen gemeinsamen Lebens ihrer Eltern waren auf einige Kartons und verschiedene Möbel reduziert worden. In Bad Mondorf wurde alles aufgerichtet und eingeräumt. Mutter saß danach etwas verloren in der neuen Küche.
Entwurzelt.
Wie nach dem Tod ihres Mannes schickte sie Odora weg, wollte sich dem neuen Leben tapfer und selbstständig stellen.

»Pass auf, hier laufen viele bereitwillige Kurschatten herum«, scherzte sie, »wer weiß, wie lange ich einsam bleibe!«

Vor Paschas Haus machten dieser und Alan gerade Zigarettenpause.

»Komm Odora«, sagte Pascha. »Ich muss dir etwas zeigen!«

In seinem riesigen Wohnzimmer stand an einer Steinwand die Bar von Odoras Vater. Neben den Getränken hing eine Fotografie, auf der ihr Papa und Fidel Castro sich lächelnd die Hände schüttelten. Eine andere zeigte ihren Vater mit Michail Gorbatschow.

»Dein Vater hat mir die Bar und die Bilder vermacht. Ich hoffe, das stört dich nicht«, sagte Pascha und öffnete eine Flasche Champagner. »Jetzt weihen wir sie neu ein!«

»Nein, das stört mich gar nicht.«
Odora meinte es auch so.

Pascha war Vaters bester Freund gewesen. Viele Anekdoten der beiden entstanden an diesem Tresen, viele Flaschen Cognac und noch mehr Gedanken hatten die beiden an dieser Bar geteilt.

»Wie, dein Vater hat Fidel Castro getroffen?«, fragte Alan bewundernd.

»Erzähl du es ihm!«
Pascha fummelte an seinem neuen Haarschnitt und sah nervös auf die Uhr.

»Mein Vater fuhr mit einigen Genossen nach Cuba. Fidel Castro hatte sie nach Havanna eingeladen.« Odora grinste.

»Ehrlich gesagt, bin ich mir nicht sicher, was meinen Vater am meisten anlockte. Fidel oder die kubanischen Zigarren. Auf jeden Fall erzählte er mir nachher mit größerer Freude von den appetitlichen kubanischen Frauen, die Zigarren aus Tabakblättern auf ihren nackten Knien rollten, als von Fidel.«

»Prost! Auf den Mann, der die Frauen liebte!«, warf Pascha dazwischen.

Warum zappelt der denn so rum?

»Nun, Vater traf Fidel zu einem politischen Gespräch. Als Gastgeschenk hatte er dem Commandante sechs Flaschen luxemburgischen Moselweins mitgebracht, den Fidel sofort kosten wollte. Bevor er trank, rief er zum Erstaunen meines Vaters seinen Vorkoster herbei, der den ersten Schluck aus Fidels Glas nahm. Fidel war ein ständiges Ziel von geplanten Attentaten der CIA und aß oder trank nichts, was sein Vorkoster nicht probiert hatte.«

»Ein gefährlicher Job!«, bemerkte Alan beeindruckt.

»Zwei Monate nach Papas Heimkehr stand plötzlich ein Laster vor der Haustür, mit einer Lieferung für meinen Vater. Es war ein Geschenk von Fidel. Eine überdimensionale Kiste voll kubanischer Zigarren. Meine Mutter hat später die Schuld an Papas Krankheit Fidel Castro zugeschoben. Von dem Tag an rauchte Papa noch viel mehr. Er konnte die Zigarren nicht alle kühl und trocken lagern, wollte aber auch keine verschwenden, gar wegwerfen.
Fidel bringt dich noch um!, zeterte sie des Öfteren. Vielleicht hat sie recht behalten …«

Die Gedanken an ihren Vater schmerzten Odora nicht mehr so arg. Sie konnte die Erinnerung an ihn mittlerweile mit einem warmen Gefühl im Bauch anlächeln. Manchmal musste sie sogar laut lachen, wenn sie an die Momente dachte, wo er sich für seine Tochter in aller Öffentlichkeit zur Witzfigur gemacht hatte.
Das würde ihm gefallen!
Er war dauernd zugegen, tief in ihr drin. Besonders, da sie mit der Zeit feststellen konnte, dass er ihr viele seiner guten Eigenschaften vererbt hatte. Vor allem seinen Humor. *Eine genetische Glanzleistung!*

Es klingelte. Paschas Miene erhellte sich merklich. Wieder fuhr er sich durchs Haar.

»Entschuldigt mich einen Augenblick!«, rief er und huschte schneidig wie ein junger Hengst aus dem Wohnzimmer.
Alan sah seine Odora fragend an. Wer soll das wohl sein?
Das Gebaren von Pascha war höchst eigenartig. Doch Odora hatte eine Vermutung. Der Geruch frisch aktivierter männlicher Hormone hing schon länger an der Bar.
Sie hatte sich nicht geirrt. Mit einer jungen, blonden Frau im Arm kam Pascha hereingeschneit.

»Darf ich vorstellend, Paola!«, rühmte er sich stolz, als würde er eine kostbare Trophäe halten.

Odora fühlte sich überrumpelt und reichte der Neuen nur verhalten die Hand. Vor Kurzem saß die Mutter seiner Kinder noch an dieser Bar. Altes, ausgedientes Eisen für frische Glut eingetauscht. Egal wie Jeanne sich benommen hatte und wie zerrüttet ihre Ehe mit Pascha gewesen war, Odora mochte sie sehr. Sie gehörte dazu.
Im Leben vorher. Wie ersetzbar man doch ist.
Mit Rio hatte sie das am eigenen Leib erfahren. Sie blickte zu Alan, fragte sich, ob sie für ihn ebenso austauschbar war.
Champagnerkorken knallten und als die Männer sich in ein politisches Gespräch verstrickten, versuchte Paola Anschluss zu Odora zu knüpfen. Sie war blitzgescheit, sehr sympathisch, doch Odora blieb ehrlich.

»Sei mir nicht böse, Paola, aber mir persönlich geht das mit euch zu schnell!«

Pascha und Alan starrten erschrocken zu ihr hinüber. Paolas Augen weiteten sich, blickten sie dann resigniert an.

»Ich kenne Jeanne gut und mag sie sehr«, erklärte Odora ohne Umschweife.

»Es geht mich nichts an, das weiß ich. Aber ich habe Schwierigkeiten, den Schalter *stante pede* umzulegen. Lasst mir Zeit und nehmt es nicht persönlich! Mir war alles zu viel des Guten, Neuen in letzter Zeit.«

Odora gab Alan einen Kuss, winkte dem neugebildeten Paar zu.

»Ich bin müde, ziehe mich zurück.«

»Das Leben ist kein langer, ruhiger Fluss.«
Dieser letzte Satz des Tages richtete Odora an den Kleiderständer im Flur, als sie endlich in ihre Wohnung trat.

Der Staubsaugerverkäufer

Happy Valentine's Day my darling! I promise to love you today,
tomorrow and forever … up to the day I die. –
(Autor unbekannt)

»Du siehst großartig aus!«
Odora rekelte sich auf Mamas Bett, diese drehte sich selbstgefällig in einem neuen Kleid im Spiegel. Dabei summte sie ihr Lieblingslied. *Rote Rosen* von Hildegard Knef. Da die Filme aus London noch nicht im Tonstudio angekommen waren, nutzte Odora die Freizeit, um die Schwermut ihrer Mutter etwas zu mildern. Sie hatte nicht erwartet, sie voller Frohmut vorzufinden.
»Es ist schön, dass du gekommen bist, mein Kind, aber ich habe heute eine Verabredung mit einem alten Freund.«
Aha! Odora roch etwas ganz anderes als Freundschaft. Zu ihrem Entsetzen duftete ihre Mama nach Sex.
Eine Tochter muss ganz schön viel ertragen!
»Darf man wissen, wer dieser alte Freund ist?«
Mama hörte auf, sich wie eine Abiturschülerin vor dem ersten Ball im Spiegel zu bewundern, setzte sich neben sie aufs Bett und lachte glockenhell. So langsam wurde es Odora unheimlich.
»Emil war meine erste Liebe: ein schöner Mann!«
Jetzt plapperte sie drauf los wie eine Neunzehnjährige.
»Nach der Abschlussklasse war ein Studium für mich ausgeschlossen. Sosehr meine Professorin meine Eltern anflehte, eine gescheite junge Frau wie ich müsste studieren – es kam nicht infrage. Opa war ein gemeiner Schmelzarbeiter. Oma Ketti nähte nächtelang hinter der Küchentür Decken und Kleider für bessere Leute. Und doch war das Geld für ein Studium nicht aufbringbar. Ich wollte sowieso viel lieber Geld verdienen, den Führerschein machen und mir einen Wagen leisten. Zu meiner Zeit war das für eine Frau eher unüblich.«

Sie ist so stolz!

»Ein junger Mann namens Emil nahm mich unter seine Fittiche. Zusammen verkauften wir Staubsauger von Tür zu Tür.«

Wie wenig Odora von ihr wusste! *Meine Mutter, die Fremde.*

»Ich war die beste Staubsaugerverkäuferin aller Zeiten!«, rühmte Mama sich.

»Tja, Emil und ich wurden ein Paar. Leider war er sehr eifersüchtig und trieb mich damit in den Wahnsinn. Meine Schulfreundin Anni und ich liebten die Fastnacht. Wir verkleideten uns und eilten jedes Wochenende zum Tanz. Ohne unsere jeweiligen Freunde wohlverstanden. Auf einem Ball traf ich deinen Vater, als Pirat verkleidet. Er war geistreich und charmant, imponierte mir. Ehe ich ihn persönlich kannte, hatte ich bereits jeden seiner Artikel in Opas Zeitung verschlungen – bewunderte sein Talent und liebte seine politische Einstellung. Emil war mir inzwischen mit seiner Eifersucht und seinem Mangel an sozialem Engagement lästig geworden. Er wollte aus mir eine Hausfrau machen. Das war nichts für mich!

An dem Abend meiner Begegnung mit deinem Vater wartete Emil nach dem Ball am Bahnhof auf mich. Er sagte, wenn ich ihn nicht sofort heiraten würde, wandere er nach Amerika aus.«

Odora kam aus dem Staunen nicht mehr heraus.

»Dann geh doch!«, war meine Antwort.

»Mama! Der arme Emil!«

»Er ist ausgewandert, hat dort geheiratet und drei Mädchen gezeugt. Seiner Erstgeborenen gab er meinen Namen, stell dir das mal vor!«

Odora war nur noch platt.

»Emils Mutter ist gestorben, ich habe es in der Zeitung gelesen und dachte mir: Ruf da mal an! Der fesche Amerikaner kommt bestimmt zum Begräbnis nach Luxemburg.« Freudig sah sie ihre Tochter an.

»Und so war es! Ich habe seine Stimme sofort erkannt, er die meine. Er habe mich nie vergessen, sagte er!«

Odora konnte sich nicht vorstellen, dass man eine starke Persönlichkeit wie ihre Mutter je vergessen könnte. Sie hinterließ bei jedem einen bleibenden Eindruck. So oder so.

»Ja, heute Abend treffen wir uns endlich nach so vielen Jahren.«

»Ich freue mich für dich!«

»Danke Odora! Es fühlt sich gut an. Aber nun geh, ich muss gleich los!«

Emil und Mama trafen sich noch einige Male, er musste den Nachlass seiner Mutter regeln. Nachdem er über den Großen Teich zu seiner Familie zurückgekehrt war, rief er Mama jedes Jahr am Valentinstag an, schickte ihr Blumen oder Karten mit Herzchen. Er verpasste dabei nie die Gelegenheit, ihr seine ewige Liebe zu beteuern. Das ging an die zwanzig Jahre so. Plötzlich versiegte der Strom an Liebesbeteuerungen zum Valentinstag. Odoras Mutter vermutete, dass Emil verstorben sei. Die Verabredungen mit dem Amerikaner waren die letzten mit einem Mann in Mamas Leben. Dachte zumindest die Tochter. Töchter dürfen von allem essen, auf keinen Fall aber von allem wissen.

Pressereise oder
Pollo und das Karlchen

Toren bereisen in fremden Ländern die Museen,
Weise gehen in die Tavernen
(Erich Kästner)

»… Ich habe gedacht, es würde dir guttun, diese Reise an meiner statt anzutreten! Pack deine Koffer, morgen geht's los!«
Odora legte den Telefonhörer nieder, sah ihren Freund an, der gerade sein Frühstücksei massakrierte.
»Alan, ich gehe morgen auf Reisen!«
»Wie, was wo?«
Dem Musiker fiel vor Schreck das Ei zu Boden.
»Na ja, Mama hat nach Papas Tod weiterhin den Mode-Teil für die Zeitung gestaltet. Nun hat die Unterwäschefirma *Triumfier* die Modejournalisten der ganzen Presse zu einem Trip nach Wien und Budapest eingeladen. Wegen Emil will sie nicht fahren, hat alles auf meinen Namen schreiben lassen! Morgen früh geht der Flug!«
»Das freut mich sehr für dich! Auf was wartest du, geh packen!«, rief Alan unter dem Tisch hervor, wo er nach dem Ei suchte.
Am Flughafen traf Odora auf eine lustige Journalisten-Bande. Sie empfingen sie herzlichst, bescheinigten der jungen Frau gleich die Ähnlichkeit mit ihrer Mutter. Da sie auch noch die Jüngste im Bunde war, wurde sie kurzerhand in Mini umgetauft. *Das kann ja lustig werden!*
Das Gesicht eines Journalisten stach sofort aus der Menge heraus. Odora und er sollten Freunde fürs Leben werden. Sein Name war Pollo. Er war der Herausgeber einer englischen Wochenzeitung in Luxemburg. Nicht groß, aber auch nicht klein, mit einem gepflegten Bart und einem spitzbübischen Ausdruck zog er Odora auf Anhieb an wie ein Magnet. Sie roch Seelenverwandtschaft. Pollo nahm sich Minis erfreut an, stellte ihr den Chef von *Triumfier* vor, den alle Katze nannten.

»Ich habe Flugangst«, gestand Odora dem neuen Gefährten.

»Kein Problem!«, lachte dieser.

»Du setzt dich zu mir, dann vergeht deine Angst!«

Gesagt, getan. Er hatte nicht zu viel versprochen. Sobald das Flugzeug abhob, verfiel Pollo in unerwartete Angstzustände, ergriff ihre Hand und zitterte wie Espenlaub.

»Ich habe Angst, bitte halte meine Hand fest!«

Odora gehorchte natürlich.

Und dieser Angsthase will mir Mut machen?

Jedes anscheinend ungewohnte Geräusch ließ ihn hochschrecken, jetzt klammerte er sich mit zwei Händen an ihren Körper. Sie bemühte sich, Pollo zu beruhigen, sprach ihm gut zu … Es schien zu helfen. Nach der Landung sah er sie grinsend an und fragte: »Na, Angst gehabt?«

»Ne … nein«, stammelte Odora, »über deiner Angst habe ich meine eigene vergessen!«

Die anderen Journalisten grölten, sie kannten Pollo schon lange, hatten sein Schauspiel im Flugzeug natürlich sofort durchschaut.

Dieser Lausbub!

Erleichtert fiel Odora in das Gelächter ein.

Während ihres Fluges begegnete ihnen eine radioaktive Wolke. Es war der Tag des Reaktorunfalls in Tschernobyl, am 26 April 1986. Sie erfuhren es bei ihrer Ankunft im Hotel.

Es war keine Zeit für Langeweile. Wien wurde besichtigt, am Nachmittag stand eine Weinprobe in einem Weinkeller außerhalb der Stadt an.

Im Bus dorthin saß Pollo neben ihr. Dieser gescheite, lustige Mann faszinierte Odora. Sie hätte ihm stundenlang zuhören können!

Gut gelaunt und zum Scherzen aufgelegt, freute sich die Journalistenrunde auf einen guten, kühlen Weißwein.

In einer Weinkellerei tief unter der Erde wurde den Durstigen der Gärungsprozess des Weines erklärt.

»Lieber ein Wein mit Geschichte als eine Geschichte ohne Wein!«

Pollo zog Odora hinaus in die Sonne, wo zwei Holztische mit Bänken zum Ausschank bereitstanden.

»Da, wo sie trinken, da lasst euch nieder!«, belehrte er die erstaunte Nicht-Journalistin.

»Nüchterne Menschen kennen keine Lieder!«
Odora sah sich um. Am zweiten Tisch saß ein schnuckeliger älterer Herr mit grauen Haaren, prostete ihnen zu. *Der sieht aus wie der alte D'Artagnan!*
»Kommen Sie!«, lud Pollo ihn ein, »gesellen Sie sich zu uns!«
»Ich bin der Karl!« Der ältere Herr sah Odora an, als wolle er sie gleich samt seinem Glas Wein als Hors d'oeuvre verspeisen. Aber so, dass es nicht anzüglich war. Eher sehr respektvoll und appetitlich.
Weitere Weinliebhaber gesellten sich an den Tisch und die Verkostung ging los. Für Odora wandelte sich der Karl zum *Karlchen*. Dieser saß ihr gegenüber und schmachtete sie an, vor allem, weil sie alle Anwesenden unter den Tisch trank.
Tja, ein deftiges Frühstück lohnt sich! Dass ich so trinkfest bin, wusste ich allerdings nicht.
»Was für eine Frau!«, wiederholte das Karlchen immerzu und bestellte irgendwann ein paar Kurze für jeden.
Noch immer saß Odora aufrecht in der heiteren Runde, war nicht betrunken.
Einige Mitreisende von *Triumfier* hingen schon angesäuselt im Bus. Karlchen, die Katze und Pollo feierten mit ihr das Leben. Glas auf Glas! Irgendwann kam der Busfahrer an, mahnte zur Eile.
»Aber nicht, ehe Odora und ich auf unsere Freundschaft getrunken haben!«
So kreuzten das liebe Karlchen und die neue Freundin zum Abschied die Arme, tranken das letzte Glas zusammen leer.
Das ungleiche Paar tauschte zum Abschied Adressen aus, umarmte sich aufs Herzlichste. D'Artagnan wollte sie nicht gehen lassen, hielt sie an den Armen fest. Pollo musste sie von ihm loseisen.
Im abfahrenden Bus stieg Odora zum hintersten Fenster, winkte dem weinenden Karlchen zu, der eine Weile lang versuchte, dem Bus nachzulaufen und ihr mit seinem zerknautschten Taschentuch nachwinkte.

Der Busfahrer hatte Mini beim Einstieg einen Eimer überreicht. Dessen Daseinsberechtigung verstand sie erst, als manch ein werter Trinkkumpan das eilige Bedürfnis überkam, sie mit diesem herbeizuwinken und seinen Magen geräuschvoll darin zu entleeren. *Odora macht's möglich!*

Ein Jahr später schrieb ein Freund von Karlchen Odora einen Brief. Der alte Herr sei todkrank, wolle sie an seinem Sterbebett noch einmal sehen. In ihrem eigenen Alltag gefangen, konnte sie dem nicht nachgehen.
Somit wurde Odoras Leben mit einem weiteren, lieben Geist bereichert.

Der Fluch der Zigeunerin

»Stell dir mal vor, als wir in Budapest im Hotel eincheckten, sagte der Mann am Empfang, ich trüge einen ungarischen Namen! Vielleicht stamme ich von Zigeunern ab!«

»Das würde mich nicht wundern! Das würde die Ungebändigte in dir erklären.«

Alan hatte Odora am Flughafen in Empfang genommen. Nach einem fröhlichen Abschied von ihren neuen Freunden machten sie sich auf den Heimweg.

Odora sprudelte ihrem Fahrer die Ohren voll, wollte jeden einzelnen Eindruck ihrer Reise mit ihm teilen. Zuvor hatte Alan einen kleinen Blumenstrauß hinter den Sitzen hervorgezaubert.

»Alles Gute zum Geburtstag!«

Den hatte Odora ganz vergessen! Sie nahm die liebevolle Geste dankend an.

»Weißt du eigentlich, dass ich als Kind von einer Zigeunerin verflucht wurde? Du ahnst nicht, wie sehr das mich heute noch beschäftigt!«

»Ich fürchte mich, Huhuhu!«

»Nein, ernsthaft! Hör mir zu!«

»Na gut!« Der Ermahnte kapitulierte vor so viel Erzählbedürfnis.

»Also, ich war damals ungefähr zehn Jahre alt. Meine Eltern und ich reisten in der Sowjetunion herum. An jenem Tag besuchten wir eine Teeplantage. Es war ein sehr heißer Sommer, so stieg ich bei unserer Ankunft mit meiner Wasserflasche aus dem Wagen.

Meine Eltern wurden wie üblich mit etwas zu viel Wirbel empfangen. Während die Erwachsenen die üblichen, freundlichen Floskeln austauschten, fiel mein Augenmerk auf einige Zigeunerwagen, die an die hundert Meter von uns entfernt standen. Alan, das waren Wagen, wie man sie aus den Wildwestfilmen kennt: mit einer Plane zum Schutz und von Pferden gezogen!

276

Einige Frauen in langen Kleidern und bunten Tüchern auf dem Kopf standen herum. Zigeuner! Wahrscheinlich waren es Roma, als Kind differenzierte ich nicht. Schon damals war ich vom fahrenden Volk fasziniert!

Ich näherte mich zaghaft einer alten Zigeunerin. Ihr Gesicht war von Falten übersät. Durchdringende Augen sahen mir entgegen, die Frau zeigte auf meine Wasserflasche, hatte wahrscheinlich Durst. Ich reichte ihr die Flasche, sie nahm einen guten Schluck.

Zu meinem Entsetzen spie sie das Wasser sofort aus und ihr anfänglich freundlicher Ausdruck war wie weggewischt. In ihrer Miene las ich – das kleine Mädchen – nur Verachtung. Sie ergriff meine linke Hand, drehte die Handfläche um und fuhr mit schmutzigen Fingern über deren Linien. Ein furchterregendes Geräusch bahnte sich einen Weg aus ihrem tiefsten Bauch über die Lippen hin zu mir. Dann schlug sie meine Hand fest fort und ihre grell schreiende Stimme überschwemmte mich mit einem bedrohlichen Wortschwall. Die Sprache verstand ich nicht, aber als sie dabei mit dem Zeigefinger auf mich deutete, wusste ich intuitiv, dass ihre Worte beschwörend und böse waren.«

Alan sah sie erschrocken an. Nach Scherzen war ihm nicht mehr zumute.

»Dann fing ich an zu weinen, hatte furchtbare Angst, meine Mama kam angerannt und zog mich weg. Das Gesicht dieser Frau hat sich auf ewig in meine Erinnerung eingebrannt, Alan. Jedes Mal, wenn mir bisher etwas Schlimmes widerfuhr, dachte ich: Das ist der Fluch der Zigeunerin!«

»An so einen Quatsch glaube ich nicht, Odora. Klar ist nur, dass diese dumme alte Frau ein kleines Mädchen gehörig erschreckt hat, wenn nicht sogar traumatisiert – deine kindliche Fantasie war aktiviert.«

Odora legte ihre Stirn an die Fensterscheibe, versuchte die Schönheit der vorbeifliegenden Bäume aufzusaugen, wollte die düstere Erinnerung vertreiben.

»Angekommen!«

Vor Paschas Haus stand ein Empfangskomitee! Der Staranwalt mit Paola, ihre Mutter neben Rose und – Marie mit Renato! »Alles Gute zum Geburtstag!«, riefen sie, als Odora ausstieg, ihren Kopf nach hinten warf und glücklich lachte.

Im falschen Lebensfilm

Leben ist das, was passiert, während du eifrig dabei bist,
andere Pläne zu machen.
(John Lennon)

Endlich waren die Stummfilme aus London eingetroffen. Da sie kühl und trocken sowie unter einer gewissen Luftfeuchtigkeit verwahrt werden sollten, lagerte Pascha sie in seinem unterirdischen Weinkeller. Dies war nicht optimal, eine andere Lösung gab es zurzeit jedoch nicht. Im Tonstudio wurde ein spezieller Apparat installiert, in dem man den Zelluloidfilm einlegen und abspulen konnte. Auf einen angebauten Bildschirm wurden die Bilder projiziert. So konnte man sich den Film anschauen, nach Belieben stoppen, weiterlaufen lassen oder zurückspulen. Odora sollte die Textbilder zwischen den laufenden Bildern ausfindig machen und übersetzen. Später würden diese als Untertitel auf der Leinwand erscheinen. Sie trug saubere Stoffhandschuhe zum Manipulieren des Films, achtete darauf, dass er nicht beschädigt wurde.

In einer zweiten Etappe würde Pascha sich den Film ansehen und die passende Musik dazu komponieren. Diese würde dann später mithilfe eines Orchesters aufgenommen und auf eine spezielle Tonspur überspielt werden. Das war Alans Arbeit. Paddy Burystan, der Eigentümer und Filmrestaurator, komme zu einem späteren Zeitpunkt dazu.

Schnell beherrschte Odora das Handwerk und hantierte mit den Filmen, als habe sie das stets so gehandhabt. Da alte Stummfilme nicht viel Text besaßen, war ihre erste Übersetzung im Lauf von ein paar Stunden abgeschlossen.

Freizeit!

Odora jubelte innerlich.

Dann kann ich endlich zur Apotheke fahren!

Seit drei Monaten waren ihre Tage ausgeblieben. Ein Schwangerschaftstest musste her! Alan wies sie am Morgen darauf hin, Odora selbst hatte vergessen, auf ihren Körper zu hören.

»Du bist ein unmöglicher Wildfang!«

»Würdest du dich denn freuen?«

»Odora! Ich wäre der glücklichste Mann der Welt!«, versicherte ihr der womöglich angehende Vater.

Der Test war positiv, die Freude überschwänglich, bei jedem! Alan stolzierte wie ein Pfau zu Pascha, sich mit der guten Nachricht zu brüsten. Odora rief ihre Mutter an – die begeistert ein Kinderlied in den Hörer trällerte –, Marie und Rose wurde die frohe Botschaft schnurstracks verkündet.

Die folgenden zwei Wochen trug Alan seine schwangere Freundin auf Händen. Zusammen dachten sie sich Namen aus, planten den Umzug in eine größere Wohnung in der Nähe.

Pascha Paul hatte sich eigenständig zum Patenonkel des ungeborenen Kindes ernannt und nervte Odora mit Vorträgen über gesunde Ernährung in der Schwangerschaft.

Fürs Wochenende war ein Auftritt von ihm und seiner Band geplant. Alan und ein anderer Tontechniker würden für den Ton und die Lightshow zuständig sein.

Vor dem Aufbruch beluden sie einen Van mit der dazu benötigten Technik. Odora saß vor dem Haus auf einem hölzernen Blumenkübel und beobachtete ihr emsiges Treiben.

Plötzlich wurde sie aus dem Nichts von einer Angstwelle überfallen. Ihr Bauch zog sich zusammen, sie krümmte sich. Besorgt kam Alan zu ihr geeilt, richtete sie auf, nahm sie in seine Arme.

»Alles in Ordnung, Odora?«

»Ja, Alan ... Nein, Alan ... Ach!«

Ich will nicht, dass du wegfährst. Ich habe abermals so ein Vorgefühl. Aber verhindern kann ich es leider nicht. Auslachen würdest du mich.

Sie drückte ihn fest, zog seinen Duft in sich ein und sah ihm tief in die Augen.

»Versprich mir, dass du langsam fährst und ganz, ganz gut auf dich aufpasst!«

»Natürlich Odora!«, lachte er. »Pascha hat mich neulich vorgewarnt, dass schwangere Frauen extrem ängstlich seien. Keine Angst, mir wird schon nichts passieren!«

Als der Van abfuhr, blickte sie ihm lange nach, eine Hand ruhte auf ihrem Bauch.

Ich hoffe, Alan. Ich hoffe so sehr.

In Schweiß getränkt, wachte die junge Frau früh am Morgen auf. Das Bett neben ihr war leer, ihr Kissen jedoch tränennass. Schlagartig erblickte sie Alan. Er stand vor dem Fenster, sah sie befremdlich an. Seine Hand ruhte gespreizt auf dem Fensterglas, seine Lippen formten Worte, die sie nicht verstand. Endlich!

Odora eilte zur Tür hinaus, konnte es kaum erwarten, den Nachtschwärmer in ihre Arme zu schließen. Doch ihr Freund war weg … einfach verschwunden.

»Alan! Alannn!«

Verzweifelt blickte sie sich um.

»Odora!«

Pascha kam ihr über die Anliegerbrücke entgegen. Als er bei ihr ankam, stand es in seinem Gesicht und in seinen Tränen geschrieben.

»Nein!«

Pascha versuchte, sie in den Arm zu nehmen. Odora wehrte sich vehement.

»… Es war ein schrecklicher Unfall … Es war nichts mehr zu machen …«

Odora konnte nicht weinen. Wie zu einer Salzsäule erstarrt stand sie dort, streichelte über ihren Bauch.

Der Fluch der Zigeunerin …

Odora blieb gegen jegliche Vernunft davon überzeugt, Alans Geist vor dem Fenster erblickt zu haben, obschon sie vor diesem tragischen Unfall sämtliche Geistergeschichten als Humbug abtat. Sein Bildnis war so real gewesen, für sie konnte es keine Sinnestäuschung sein. Fortan glaubte Odora, die atheistisch Erzogene, an irgendein Fortleben der Seele nach dem Tod. Nachdem zwei geliebte Männer sie für die andere Seite des Lichts verlassen hatten, war es ihr ein tiefes Bedürfnis, die Überlebensmaske einer traurigen Hinterbliebenen.

Das gerettete Kind

Ihre Mutter hatte Odora zu sich nach Mondorf geholt. Alan war einge-
äschert worden, seine Asche zu seiner Familie nach Irland verschickt.
Da sie nicht verheiratet waren, standen Odora keine Rechte zu.
»Ich habe nicht mal ein Grab, um mit seinem Kind dort Blumen
niederzulegen.«
»Das Einzige, was jetzt zählt, ist das Kind. Du darfst dich nicht
aufregen, damit du es nicht verlierst.« Besorgt saß die Mutter
auf Odoras Bett.
»Ha! Wie denn? Mit dem Valium, das der Arzt mir verschrieben
hat, bin ich doch dauernd benebelt, Mama.«
Odora drehte sich zu Seite, schloss die Augen. Als ihre Atmung
der Mutter bestätigte, dass ihre Tochter eingeschlafen war, zog
sie sich aus dem Schlafzimmer zurück.
Die ganze Schwangerschaft war eine Achterbahn der Gefühle.
An manchen Tagen hockte Odora traurig im Bett, an anderen
wiederum freute sie sich, durchforstete die Läden nach Stram-
pelhosen und bunten, kleinen Strümpfen. Als sie anfing, mit
düsterer Miene zu sagen, sie trage das Kind einer Leiche im
Bauch, schickte ihre Mutter sie zu einer Therapeutin.
Es tat gut, seinem Kummer freien Lauf zu lassen, ohne jemanden
aus seinem Umfeld zu belasten.
Das Kind begann sich wie ein Trommelspieler in ihr zu bewegen,
langsam, aber sicher nahm Vorfreude die Überhand. Sie würde
einen Sohn bekommen. Manchmal sprach Odora heimlich zu
Alan. Sie tat das auch später noch, als ihr Junge längst erwachsen
war. Sein Vater war immer dabei.
Dann besuchte Odora Schwangerschaftskurse. Alle Schwangeren
waren ausnahmslos mit den zukünftigen Vätern angetreten. Es
schien, als würden sie sich konstant fragen, warum Odora ohne
Begleitung vorstellig wurde. Es stand in ihren Augen geschrieben
und sie fühlte es.

Ich muss das Eis brechen. Aber ohne meine tragische Geschichte vorzubringen.

Spätestens als Odora in die Runde fragte, ob alle Frauen ein Riechfläschchen für ihre Männer während der Geburt vorbereitet hätten, damit sie währenddessen nicht umfielen, brach dank des Humors das Eis. Keiner der Anwesenden traute sich zu fragen, warum sie den Kursen ohne Kindsvater beiwohnte. Die Alleinstehende spielte während der Kurse den Clown. Wie üblich ermöglichte ihr diese Rolle, die Einsamkeit und den Kummer zu überspielen.

Papa war bestimmt oft traurig, wenn er mich zum Lachen brachte.

Einige Tage vor dem Geburtstermin befiel Odora eine Vorahnung.

»Mama, das Kind muss raus, ihm geht es nicht gut.«

Diese Aussage wiederholte sie beim Arzt, der die ängstliche Mutter nicht ernst nahm, sie auf den Geburtstermin und drüber hinaus vertrösten wollte. Odora hob verärgert und selbstsicher die Stimme:

»Wenn ich spüre, dass es meinem Kind schlecht geht, dann ist das so! Wenn Sie uns nicht sofort mit einer Geburtseinleitung helfen, setze ich mich auf meinen Koffer in das Foyer ihres Geburtshauses und schreie laut um Hilfe!«

Das war überzeugend! Die Geburt wurde eingeleitet, Pascha Paul eilte herbei. Er hatte ein rotes T-Shirt an.

Ist eine Geburt so blutig?

Pascha packte seinen Aktenkoffer aus. Er hatte sich tatsächlich Arbeit mitgebracht! Als die ersten Wehen schmerzhaft aufloderten, zog der angehende Patenonkel Kopfhörer und einen modernen CD-Player hervor. Ein smarter Bossa Nova klang zu Odoras Schmerzen, die sich die Ohrstöpsel genervt herausriss und Pascha aufklärte, dass diese Aktion, wenn auch gut gemeint, keine brauchbare Idee war. Seufzend packte dieser seine Akten wieder ein, spazierte stundenlang mit Odora im Arm durch die Flure, in der Hoffnung, den Geburtsvorgang zu beschleunigen. Von Zeit zu Zeit trabten sie wie siamesische Zwillinge in das Gebärzimmer, waren jedes Mal verwundert, dass trotz der argen Schmerzen noch keine Geburt kurz bevorstand.

Acht Stunden später schlug die Hebamme Alarm. Die Herztöne des Kindes waren schlecht. Unter Schweißausbrüchen gelang es dem Arzt in letzter Minute, den Jungen mit einer Saugglocke ins Leben zu ziehen: ein riesiges blaues Baby mit der Nabelschnur um den Hals. Einen einzigen Blick erhaschte Odora auf ihr Kind, dann wurde es schnell weggebracht.

Eine halbe Stunde lang bangten Pascha und die frischgebackene Mutter um sein Leben. Die Hebamme namens Melina eilte zu der verzweifelten Odora, überreichte ihr das Kind und küsste sie auf die Stirn.

»Sie hatten vollkommen recht! Hätte man bis zum Geburtstermin gewartet, wäre es sicher zu spät gewesen! Sie haben Ihrem Kind das Leben gerettet!«

Ja … Das war meine besondere Gabe. Durch sie habe ich die Not meines Kindes empfunden …

Als ihr Sohn endlich in ihren Armen lag, drückte Odora ihn an ihr Herz und flüsterte:

»Du heißt Alan René, so hießen dein Vater und dein Großvater. Du wirst sie leider nicht kennenlernen, mein Kleiner. Deine Mama aber, wird dir alles über die beiden erzählen was sie weiß.«

Besuch aus Irland

»Simsalabim, aus einem werden zwei …«

Das Aufsetzen der Geburtsanzeige war Odora nicht leichtgefallen. Die heitere Formulierung veranschaulichte am besten und ohne dramatische Note das Fehlen eines Kindsvaters. Sie wollte die Ankunft ihres Sohnes mit der Freude und Unbeschwertheit bekunden, die ihm zustand.

Vielleicht würde es die Neugierigen davon abhalten, weiterhin nach dem Erzeuger zu fragen. Odora wollte nur noch nach vorne. Keine Wunden aufreißen. Es war leider eine unumgängliche Tatsache: Sie war alleinerziehend. Punkt.

Die Sozialarbeiterin, die sie im Geburtshaus besuchte, wagte zu fragen, ob sie ihren Sohn zur Adoption freigeben wolle! Der Grund? Auf dem Geburtsschein war kein Vater vermerkt und man konnte die junge Mutter nach der Geburt des Öfteren mit verweinten Augen umherschleichen sehen. Odora warf sie hochkantig hinaus. *Feingefühl! Ein Fremdwort für viele!*

Die Liebe zu ihrem Jungen sowie seine Bedürfnisse ließen nicht viel Spielraum für weitere Trauer. Morgens hütete die neu belebte Großmutter ihren Enkel, Odora fuhr für ein paar Stunden ins Studio und widmete sich den Stummfilmen. Das Wissen, dass sich überall Alans Fingerabdrücke befanden, beruhigte sie. Sie passten zu seinen Fußstapfen in ihrem Herzen.

Die junge Mutter konzentrierte sich auf den neu eingelegten Film, als sie zwei Männerstimmen vernahm, die sich auf Englisch unterhielten und sich dem Studio näherten. Pascha hatte sie nicht vorgewarnt, so erschrak Odora heftig, als plötzlich eine ältere Version von Alan vor ihr stand.

»My name is John, Odora. I wanted to know you and see my grandson«, sagte der Mann freundlich und reichte ihr die Hand. Odora hatte Alans Familie ganz vergessen!

»Oh … sorry … I am … ashamed …«

»Ich spreche auch Deutsch, Odora. Allerdings kein Luxemburgisch.« John sah sie liebevoll an.

»Du musst dich nicht schämen. Ich war ebenfalls in meiner Trauer gefangen, stand jedoch in ständigem Kontakt mit Pascha. Er hat mich nach Alans Unfall gesucht und gefunden, mir geholfen, meinen Jungen heimzuholen, damit ich ihn neben seiner Mutter bestatten konnte.« Odora konnte nicht reden, legte die Hand auf seinen Arm. Auch John war verstummt, stand nur da und sah sie an.

Alans Augen!

Pascha räusperte sich.

»Ehm … Odora, es tut mir leid, ich hätte dir Bescheid geben müssen.«

Odora fragte sich nur einen einzigen Augenblick lang, was Alan jetzt wohl machen würde. Dann nahm sie seinen Vater in den Arm. Drückte ihn an sich.

Am Nachmittag sahen Odora und ihre Mutter dem stolzen Großvater zu, wie er Klein-Alan zum ersten Mal aus seinem Bettchen hob. Die beiden blickten sich an, als würden sie sich ewig kennen, lächelten und brabbelten um die Wette.

Eine ganze Woche verbrachte John im Land, übernachtete in der Anliegerwohnung. Während sie arbeitete, ließ Odora Alan in der Obhut seines Opas.

Nachmittags machten sie lange Spaziergänge oder saßen zusammen und redeten. Es tat beiden gut, die Liebe zu dem großen und dem kleinen Alan vereinte sie. Vor Johns Rückreise nach Irland versprach Odora, ihm so bald wie möglich mit Alan einen Besuch abzustatten. John war Inhaber eines Buchladens im Küstenort, wo er lebte.

»Sonst wäre ich noch hiergeblieben!«, versicherte er ihr.

Als sein Flugzeug über den Wolken entschwand, saß Odora vor dem Flughafen im Wagen. Ihr Sohn schlief friedlich in seinem Kindersitz, Regen klopfte aufs Autodach, bestimmte den Takt ihrer Gedanken.

»Zwei Väter wurden uns genommen, ein Vater uns geschenkt – und doch sind sie alle hier bei uns und in uns vereint, Alan. Denn niemand geht jemals ganz fort.«

Wie ein Hund im Schlaf fiepste der Kleine zustimmend.

»Ich nehme Sie beim Wort junger Mann!«

Ein glückliches Lachen drang durch die Wagenfenster nach draußen, bahnte sich seinen Weg dem nassen Himmel entgegen.

Die goldene Stimme von Prag

»Du rätst nie, wer mich heute angerufen hat!«
Mutters laute Stimme vibrierte durchs Telefon und kitzelte Odora am Ohr.
»Na, rate mal!«
»Ach Mama, bin ich Hellseherin?«
»Karel Gott hat mich gesucht und gefunden!«
»Die goldene Stimme von Prag, na so was! Was wollte er denn?«
»Du wirst es nicht glauben! Er hat übermorgen ein Konzert in Trier, hat sich an uns beide erinnert und will uns heute Abend treffen. Er residiert eine Nacht im Novotel. Dort sollen wir uns ihm zum Abendessen anschließen!«
»Unglaublich! Der kennt so viele Menschen und erinnert sich ausgerechnet an uns? Nach so vielen Jahren?«
»Wir haben einen bleibenden Eindruck hinterlassen!«
»Aber ich kann Alan nicht mitnehmen!«
»Organisiere einen Babysitter. Es wird Zeit, dass du rauskommst. Um neunzehn Uhr geht's los!«
Odora streifte die Stoffhandschuhe von den Händen und hing ihren Erinnerungen nach. Als Kind war sie eine inbrünstige Anhängerin der Zeichentrickserie *Biene Maja*. Keine Folge durfte sie verpassen. Das Titellied wurde von Karel Gott gesungen und natürlich – von Odora.
Sie kannte das Lied auswendig und nervte ihre Mitmenschen, indem sie tagein, tagaus die Melodie summend durch die Gegend hüpfte. Das Mädchen war hin und weg von dem Sänger und seiner Stimme.
Die Partei der Eltern hatte in Differdingen ein Konzert mit Karel Gott organisiert. Mutter diente ihm während seines Aufenthalts in Luxemburg als Betreuerin. Davon wusste Odora jedoch nichts. Einen Tag vor dem Konzert wurde sie von ihrer Mutter überrascht.

»Heute Abend darfst du ausnahmsweise mit mir zum Essen ausgehen.«

Odora war überglücklich, freute sich, ihre Mama für sich in Anspruch zu nehmen. Sie wurde noch nie exklusiv ausgeführt! Im Restaurant angekommen, setzten sie sich jedoch nicht zu den anderen Gästen.

Hinten im Saal sah Odora einen wunderschönen Vorhang aus blauem Samt, dort führte Mutter sie hin. Theatralisch *Trara!* ausrufend, schob sie den Vorgang beiseite. Ein einzelner Tisch nur, an dem saß … Karel Gott!

»Guten Abend, Odora«, grinste er. »Na, freust du dich? Ich warte schon eine geschlagene halbe Stunde auf dich.«

Die Erinnerung an den einen Augenblick des Erkennens verursachte ihr heute noch eine Gänsehaut. Karel Gott führte sie an der Hand zum Tisch, wo er sie bat, neben ihm Platz zu nehmen. Dann stimmt er das Lied der Biene Maja an und Odora fiel freudig in den Gesang mit ein. Der blaue Samtvorhang verwandelte sich vor den bezauberten Augen des Kindes in eine bunte Blumenwiese, Bienen und Käfer winkten heiter und froh mit den Flügeln im Takt.

Karel stellte Odora die üblichen Erwachsenenfragen von wegen Schule und Hobbys, es war ernüchternd. Das Mädchen stellte mit Bedauern fest, dass ihr *Gott* genau so ein Langweiler war wie andere Erwachsene auch.

Beim Essen redete der Sänger ausschließlich mit ihrer Mutter. *Nach der ganzen Aufregung schlief ich am Tisch ein.*

Als Mutter sie weckte, war es an der Zeit, nach Hause zu gehen. »Melde dich bei mir, wenn du groß bist«, scherzte Karel. »Ich werde dich heiraten. Eine Frau, die früh einschläft, würde perfekt zu mir passen. Dann könnte ich frei um die Häuser ziehen.«

Im Nachhinein fand das Kind diese Aussage ziemlich dumm.

Beim Konzert am nächsten Abend verzieh Odora dem Karel diesen Patzer.

Vor ausverkauftem Saal verkündete er:

»Dieses Lied widme ich meiner kleinen Freundin, die da oben sitzt.«

Der ansehnliche Sänger wies mit dem Finger auf Odora und sang ihr Lieblingslied.

Odora überlegte ein Weilchen, rief dann ihre Mutter an.

»Ich kann keinen Babysitter auftreiben. Gehe bitte ohne mich mit Karel essen. Ich bleibe bei Alan.«

Die Biene-Maja-Zeiten waren definitiv vorbei. Manche Erinnerungen sollte man unverfälscht und unverändert als kleinen Schatz der Vergangenheit in sich verwahren.

Die Glückseligkeit eines beschenkten Kindes war so endlos wie das Universum, die Freude eines Erwachsenen lediglich ein schaler Nachhall.

Königin einer Nacht

2 Jahre später

Mittlerweile besuchte Alan ganztags eine Kinderkrippe. Odora arbeitete tagsüber bei Pascha im Studio. Sie hatten das Projekt Stummfilm so weit abgeschlossen, die Tonspuren waren bespielt, Untertitel eingesetzt. Für heute stand der Besuch von Mr. Paddy Burystan aus London an.

Als der Eigner der Stummfilme aus dem Taxi stieg, staunte Odora nicht schlecht.

Der muss über zwei Meter groß sein!

Er trug einen gepflegten Bart und längere dunkelblonde Haare, kam gediegen lächelnd auf sie zu.

»Pass auf Odora, das ist abermals ein Kerl von einer grünen Insel.«

Pascha, manchmal verpasst du die Gelegenheit den Mund zu halten!

Mr. Burystan war sehr zufrieden mit der geleisteten Arbeit, lud Odora und den Studioinhaber daraufhin zum Essen ein. Er bestand nur darauf, dass es *some luxemburgish food* wäre.

Da konnte Odora aushelfen! Danielle, eine alte Bekannte, betrieb ein kleines Restaurant mit ihren zwei Jungen in Luxemburg-Pfaffenthal. *Bei de Bouwen* war stadtbekannt. Man konnte luxemburgische Spezialitäten wie Kniddelen, Judd mat Gardebounen oder Gromperekichelcher bestellen.

Odora benachrichtigte umgehend die Großmutter, welche Alan in Kindermanier auf den Namen Bombom getauft hatte. Er durfte jeden Namen benutzen, *Bomi* aber, der luxemburgische Ausdruck für Oma, durfte nicht über seine Lippen kommen. Da war Bombom sehr eigen. Odora fand, dass Bombom wie Bombe klang. Ihr Sohn hatte recht früh alles verstanden.

Paddy war nicht nur von der vorzüglichen Küche angetan. Die Freundlichkeit und die Zuvorkommenheit von Danielle und ihrem Sohn Angelo im Service kamen hervorragend an. Als zu guter Letzt auch noch Rafael, der Koch, seine Nase aus der Küche streckte und persönlich nachfragte, ob es gemundet habe, war Mr. Burystan restlos gesättigt.

Er lud Pascha und Odora zu einem Absacker ins Hotel Royal ein. In der Pianobar musste man eng zusammenrücken. Paddy setzte sich so körpernah zu Odora in den Ledersessel, dass ihre Beine sich berührten.

Solange er seine Hand nicht auf mein Knie legt. Obschon …

Pascha lümmelte sich im Sessel gegenüber, zündete genüsslich eine Zigarre an. Dann kam Paddy zur Sache. Er arbeitete seit Kurzem mit einem Filmarchiv zusammen, das jemanden für die Untertitelung seiner alten Spielfilme suchte. Er wollte sie beide mit ins Boot nehmen, Pascha mit seiner Infrastruktur, Odora für die Untertitel. Der Studiochef sagte begeistert zu, schüttelte Paddys Hand und rief: *Deal!* Dann blickte er auf seine Uhr.

»Mensch ist das spät! Paola erwartet mich!«

Einige Minuten später war er verschwunden.

»I hope that you'll at least stay for another drink«, bat Paddy eine gähnende Odora, die sich nicht traute abzulehnen.

Stunden später saßen sie noch immer beisammen. Paddy war ein intelligenter, einfühlsamer Mann, sie unterhielten sich prächtig und verstanden sich gut. Um drei Uhr nachts musste der Kellner die beiden hinauskehren. Sie hatten nicht auf die Zeit geachtet. Als sie sich verabschiedeten, taten sie das wie alte Bekannte.

»You are such a lovely lady!«

Odora musste Paddy versprechen, bei seinem nächsten Besuch mit ihm auszugehen. Sie tat dies nur allzu gerne.

Tut verdammt gut, eine andere Rolle als die der Mutter zu spielen.

In unmütterlicher Stimmung schlenderte Odora ohne Hast zu ihrem Wagen.

Dort angekommen, bückte sie sich, sah sich im Seitenspiegel an.

»Oh! You are such a lovely lady!«, zwitscherte sie ihrem Spiegelbild übermütig zu.

Sie fühlte sich wie die Königin der Nacht.

Müttertrennung

»Mein Gott und mein Herr, Bombom wird mir den Hintern versohlen!«

Auf dem Heimweg schnürten Gewissensbisse der frisch gekrönten Königin die Kehle zu. Die Tatsache, dass ihre Mutter zu später Stunde nicht wusste, wo genau sie Odora im Notfall erreichen konnte, barg die Gefahr einer kräftigen Standpauke.

Trotzdem schweifte ihr Bauch unverfroren zu Mister Paddy, den sie sehr attraktiv fand.

Schließlich bin ich eine junge Frau, habe noch andere Bedürfnisse!

Körperliche Nähe zu einem Mann fehlte ihr. In den Arm genommen zu werden, sich geborgen und begehrenswert, ja liebenswert zu fühlen. In leicht erotische Gedanken versunken, öffnete sie ganz behutsam die Wohnungstür. Schon hörte sie Alans ohrenbetäubende Schreie: »Mama, Maaaamaaaa …«

»Odora, dein Sohn schreit nach dir und du treibst dich herum!«

Mutters Empörung brachte die sinnlichen Seifenblasen ihrer Tochter unverzüglich zum Platzen. Beim Anblick seiner unartigen Mutter verstummte der Schreihals, schlief ohne weiteres Aufbegehren zufrieden ein. Vor dem Fenster kündigte das Morgenrot einen neuen Tag an. Odora würde sich freinehmen und Zeit mit ihrem Kleinen verbringen, das schlechte Gewissen setzte ihr zu. Doch seit der Geburt war sie nur selten ausgegangen und immer früh nach Hause gekommen. Bombom weigerte sich, den Babysitter zu geben, es sei schließlich Odoras Kind, sie solle sich gefälligst selbst kümmern.

Andererseits vereinnahmte sie den Jungen für sich, sogar wenn Odora daheim war.

Zog Odora ihm Strümpfe an, riss Bombom ihn an sich.

»Ist doch viel zu kalt!«

Schon streifte sie ihrem Enkel eine Strumpfhose über.

Alles wusste sie besser. Odora ergriff zunehmend das Gefühl, in Bezug auf Alan zu versagen. Sie seufzte, strich ihrem Jungen mit den Fingern durch seine braunen Locken. Sie musste sich eingestehen, dass Bombom recht hatte. Alan war klein, musste schon tagsüber in die Kinderkrippe – er brauchte abends und nachts seine Mutter. Sie war ein Mamapapa und sollte diese Verantwortung auch ganz und gar tragen, ihre eigenen Bedürfnisse hintenanstellen.

»Die ständige Präsenz von deiner Bombom wiegt mich halt manchmal im Irrglauben, dass wir zu zweit verantwortlich sind«, flüsterte sie ihrem Sohn ins Ohr.

»Ihre ständige Einmischung macht es auch nicht leichter.« Odora seufzte schwer. »Ich glaube, es ist an der Zeit, dass deine Mama flügge wird. Auch Küken müssen irgendwann mit dem Hintern aus der Eierschale schlüpfen.«

»Wir werden bei dir ausziehen, Mama.«

Stumm saß Bombom da, Unglaube im Gesicht, Trauer in den Augen.

»Ich habe für Alan und mich ein kleines Haus mit einem Garten gefunden, es ist an der Zeit, Bombom ...«

»Ja«, sagte sie, »ich verstehe.«

Odora hatte noch nie im Leben Wände gestrichen.

Jetzt verbrachte sie jede freie Minute im Häuschen, hantierte mit Pinseln und Farbe. Sogar nachts, wenn Alan schlief, fuhr sie hin, richtete Scheinwerfer auf und versuchte, so gut es ging, das neue Nest zu verschönern. Damit hatte Bombom kein Problem, nackte Wände waren keine entblößten Männer.

Manchmal sang die junge Mutter, dann weinte sie vor sich hin, fühlte sich zunehmend einsamer.

Des Öfteren erschien Odora von Kopf bis Fuß mit Farbklecksen besprenkelt auf der Arbeit. An Beschäftigung fehlte es ihr in keiner Hinsicht. Nur ein klein bisschen an Beistand für das Werkeln im Haus.

Odora tat sich ihr Leben lang schwer darin, um Hilfe zu bitten. Einerseits wollte sie keinen Menschen mit ihren Belangen und Nöten belasten, empfand das Bedürfnis, ihre *One-Woman-Show* durchzuziehen, eine Frage der Ehre, des Stolzes – und der Gewohnheit. Andererseits war es unausweichlich, dass ihr nahes Umfeld ihre Lebensgeschichte samt Problemen mitbekam. Besonders, wenn Odora in ihre Stimmungsschwankungen verfiel. Doch sie konnte ihr Leben, vor allem ihr Wesen, so wie es war, nicht ändern. So manch einer drehte ihr den Rücken zu, der Herr Unverstand trieb in Odoras ungewöhnlichem Dasein weiterhin sein Unwesen.

Viel später verstand sie, dank des Rückblicks auf ihr Leben, dass ihr turbulentes Wesen und die einhergehenden Gefühlsausbrüche unwillentlich hie und da das eine oder andere zarte Gemüt ihrer Mitmenschen belastet hatten.

Wenigstens zeigte Bombom Verständnis und passte ohne Gegenwind abends und nachts auf ihren Enkel auf. Es war nur vorübergehend und diente einem guten Zweck.

Am Tag des Umzugs entdeckte Alan vollkommen überwältigt sein blaues Kinderzimmer und den Garten, in dem er auf Entdeckungsreise gehen konnte.

Der neuen Schaukel lief er glucksend vor Freude entgegen. Odora war sehr stolz auf sich. Nur Bombom war traurig an diesem Tag. Ihre abtrünnige Tochter freute sich, als sie abends die eigene Tür hinter sich abschließen konnte.

Es gibt eine Zeit für alles im Leben.

Odora warf spät abends einen letzten Blick in das himmelblaue Kinderzimmer, wo das gerettete Kind in seinem neuen, großen Bett inmitten seiner Stofftiere friedlich schlief.

Jetzt können wir tun und lassen, was wir wollen!

Willkommen in der Villa Kunterbunt!

Wenn ich auch nur eine einzige düstere Kindheit
erhellen konnte, bin ich zufrieden.
(Astrid Lindgren)

Die räumliche Trennung von Odora und ihrer Mutter tat beiden gut. Bombom knüpfte an alte Freundschaften an, fand neue Bekannte, besuchte das Theater und klassische Konzerte.
Wo die sich wieder rumtreibt?, fragte sich Odora des Öfteren, wenn ihre Mutter sich nicht bei ihr meldete.
Neuerdings befand diese sogar, dass ihre Tochter sie zu sehr bemutterte. Besonders als Odora eines Tages beichtete, alle Krankenhäuser nach Bombom abtelefoniert zu haben, als sie diese spätabends nicht erreichen konnte.
»Hör doch auf, nach mir zu suchen!«, ärgerte sich die unternehmungslustige Frau. »Ich bin doch nicht dein Kind!«
So schnell dreht sich der Wind im Leben!
Odora selbst spielte das Hausmütterchen, tauchte nach der Arbeit in eine bunte Kinderwelt ein. Alan hatte das unheimliche Bedürfnis, ständig kleine Freunde um sich zu horten, die in dem kleinen Haus ihr Unwesen trieben. Er war jetzt fast vier, konnte nicht selbständig spielen, nicht so wie seine Mutter damals.
Für die vielen altersgerechten Kinderbücher, die Odora anschleppte, hatte er nur Interesse, wenn seine Mama sie ihm vorlas. Er brauchte Interaktion mit anderen Kindern.
Das ist die Kinderhort-Generation. Von klein auf gewöhnen sich ihre Nervenzellen an Stimulierung von Drittpersonen: Nonstop!
Nur mit Odora im Wald auf Bäume zu klettern oder seine Mama auf Spielplätzen beim Schaukeln anzufeuern, war plötzlich nicht mehr befriedigend für den kleinen Kerl. So kam es, dass ihr Domizil sich abends und am Wochenende in eine Kinderburg verwandelte, in der ihr Sohn mit seinen

Kumpels nach feuerspeienden Drachen Ausschau hielt – oder nach Dinosauriern.

Irgendwann verwandelte sich ihr Heim zusätzlich in eine Kantine sowie in ein Nachtlager. Einige Mütter im Ort hatten den Trick schnell heraus, um kinderlos ihrer Freizeit zu frönen. Na klar! Man fragte Odora, die Jasagerin!

Hatte Frau keine Lust, den eigenen Kindern zu kochen: »Seht mal bei Odora nach!«

Wollten sie abends ausgehen: »Können sie bei dir übernachten?« »Na gut!« Odora sagte nie Nein, wenn es um Kinderspaß ging. Alan war dann glücklich, seine kleinen Freunde sowieso. Das schelmische Balgen der Kindsköpfe wurde zu Odoras Atem. Das Trampeln der kleinen Füße im Treppenhaus war Musik in ihren mütterlichen Ohren.

Dann kam Pipa, die eigentlich Filippa hieß. Sie war an die neun Jahre alt, als sie neugierig hinter einem der Blumenkübel vor dem Tonstudio hervorlugte. Odora saß gerade auf der Treppe und schnappte frische Luft.

»Wer bist du denn?«

Belustigt musterte Odora die herausragende Stupsnase mit Sommersprossen.

»Ich bin die Pipa, ich wohne die Straße runter«, antwortete die Nase.

»Hast du mich beobachtet?«

»Ja!«, grinste die Kleine ehrlich, als sie hinter dem Blumengestrüpp hervorkroch.

Ihre schulterlangen, hellbraunen Haare wippten lustig hin und her, als sie zu Odora sprang und sich neben sie setzte.

»Arbeitest du hier? Darf ich mit rein zusehen? Ich bin so neugierig! Das würde mir gefallen! Magst du? Darf ich? Ja?«

Pipa nahm vor lauter Aufregung kaum Atem.

Genau dieser kurzen Zeit bedurfte es Odora, sich in dieses kecke süße Mädchen zu verlieben. Pipa gehörte bald zum festen Bestand des Studios. Paschas Herz war ebenfalls im Handumdrehen erobert. Wenn keine Aufnahmen stattfanden, übte Pipa auf seiner alten Schreibmaschine.

»Lalala, nanana, dididi, dududu«, sang sie mit ernster Stimme beim Tippen.

Ein Sonnenschein. Immer lieb, zunehmend anhänglich. Odora spürte, dass sich in diesem fröhlichen Kind viel Traurigkeit verbarg. Gewissheit, warum das so war, bekam sie an einem verregneten Freitag, als Pipa unerwartet mit ihrem Schulranzen auftauchte. Ein Schatten überzog ihr Gesicht.

»Was ist los Pipa?«, fragte Odora besorgt.

»Ach! Meine Eltern streiten schon wieder. Darf ich das Wochenende bei dir und deinem Sohn verbringen?«

Pipas Mutter, die ihnen müde und offenbar traurig die Tür öffnete, hatte keinen Einwand.

Diese Frau braucht Hilfe! Vor allem aber die Pipa!

Somit bekam die junge Mutter eine Tochter. Diese war nicht aus ihrem Bauch herausgekrochen, wuchs aber in ihrem Herzen. Alan wurde zum kleinen Bruder und Odora zur *Mammchen*. Die beiden Kinder wurden schnell freche Komplizen. Allerhand Streiche heckten sie aus, schliefen in einem Zimmer, wo Pipa bald ihr Klappbett stehen hatte. Es war die pure Freude. Manchmal, spät abends, wenn Alan tief schlief und Odora noch über einem Buch oder beim Fernseher lungerte, schlich sich Pipa in ihre Arme. Sie genoss diese Zweisamkeit, redete viel, schmiegte sich an ihr Mammchen.

Ein paar Jahre lang wurde ihr Geburtstagsfest von Odora ausgerichtet. Am ersten August hieß es: Party! An so einem sonnigen Jahrestag, als das Haus aus allen Kindernähten platzte, riefen Alan und Pipa plötzlich aus dem Vorgarten:

»Mama, Mammchen, komm schnell!«

Sie hatten mit den anderen Kindern ein Schild bemalt und über der Haustür als Überraschung für Odora angebracht.

In bunten Buchstaben stand dort *Villa Kunterbunt*. Es war das schönste Geschenk, das die Kinder ihr machen konnten!

Leider mussten sie das Schild bald wieder abhängen. Tag für Tag klingelte es an der Tür und eine fremde Person fragte:

»Haben Sie in Ihrer Kinderkrippe noch einen Platz frei?«

Der Brief

Odora stand in ständigem telefonischem Kontakt mit Großvater John. Briefe und bunte, handbemalte Karten von Alan fanden ihren Weg nach Irland. Meistens rief sie ihn kurz vor Alans Nachtruhe an, damit die beiden noch ein bisschen plaudern konnten. An diesem Abend klingelte das Telefon ziemlich spät.

»Odora, ich komme für zwei Monate nach Luxemburg. Ich habe deinen Brief erhalten. Glaubst du, ich könnte in deinem kleinen Gästezimmer übernachten?«

»Natürlich John, wir freuen uns auf dich!«

Aber welchen Brief meint er nur?, überlegte Odora, als sie sich vor dem Zubettgehen die Zähne putzte. Sie erinnerte sich schlagartig.

Lieber John,

hatte sie vor einem Monat geschrieben,

ich habe das Haus ständig voller Kinder, und doch bin ich einsam. Wenn die kleinen Seelen endlich ihre Träume jagen, ergreift mich in letzter Zeit die Melancholie. Eben war das Haus noch voller Leben, dann kehrt diese Stille ein, jene, die einem das Herz im Leib zusammenschnürt und die gerade noch empfundene Freude rutscht in ein schwarzes Loch. Wie gerne würde ich dieses Glück mit deinem Sohn erleben, abends mit ihm zusammensitzen, über die Fortschritte unseres Kindes plaudern, unbeschwert und leicht wie der Morgentau. Zusammen mit ihm über Alans Streiche lachen, uns die Sorgen und die Verantwortung um ihn teilen.

Ich muss eingestehen, dass ich in dann des Öfteren eine Flasche öffne, selten bleibt noch etwas davon übrig. Damit proste ich der Erinnerung und der Sehnsucht zu, bis diese von der Schwere des Weins verdrängt werden. Sie haben uns belogen, John … Die Zeit heilt keine Wunden …

Die Ankunft von Alans Opa verbannte für einige Zeit die vielen Kinder aus ihrem Haus. Wenn es klingelte, eilte Alan zur Tür und klärte seine Kumpels ohne Bedauern auf: »Ich habe keine Zeit, mein Opa aus Irland ist hier!«

Er sagte das in einem Ton, dass man glauben mochte, es handele sich um Superman. Auch Pipa hielt sich während dieser Zeit eher zurück. Sie kam nur auf den ausdrücklichen Wunsch von ihrem kleinen Freund. Das junge Mädchen war nicht beleidigt, schien zu verstehen, dass diese Männerbeziehung jetzt wichtig für Alan war.

Wenn Odora abends von der Arbeit kam, stand das Essen bereit, das Großvater und Enkel für sie gekocht hatten. Die beiden waren ein unschlagbares Team! Die junge Mutter fühlte sich ungemein entlastet.

John hatte bisher nichts über den Brief verlauten lassen. An einem Abend, als sie gemütlich zusammensaßen, suchte er das Gespräch.

»Odora, ein Blinder würde erkennen, dass du eine gute Mutter bist und deinen Sohn über alles liebst, aber du bist noch eine sehr junge Frau.

Es ist schön, dass du die Erinnerung an meinen Sohn in Ehren hältst. Aber er ist tot und kann dir nicht mehr das geben, was du brauchst. Und Alan auch nicht! Du sollst nicht jeden Abend hier sitzen und dein Verlangen samt deiner Einsamkeit in einer Flasche Wein ertränken.«

»Ja, John, aber was soll ich tun? Mein Sohn braucht mich!«

»Alan geht es sehr gut. Er ist ein aufgeweckter kleiner Kerl, wird geliebt und verwöhnt. Es geht ihm besser als seiner Mama! Odora, hör doch auf damit, dich hinter deinem Kind zu verstecken, ihn gar als faule Ausrede zu benutzen.«

John sah sie an wie einst sein eigener Sohn, wenn er sie tadeln wollte.

»Gehe unter die Leute, Odora. Vernachlässige nicht die Frau in dir, du brauchst einen Partner an deiner Seite. Noch ist Alan klein, würde sich noch mit Leichtigkeit an einen Mann gewöhnen. Glaub mir!«, er ergriff ihre Hände, »irgendwann wird er das nicht mehr können.«

»Ich weiß aber gar nicht, mit wem und wohin ich ausgehen soll.«

John lachte belustigt.

»Schau dich doch mal an! Und dann dein offenes Wesen. Du bleibst nicht lange allein! Du musst die Nase nur vor die Tür strecken!«

»Na Nase?«, fragte Odora wenig später ihr Spiegelbild, »wollen wir?«

Der alte Wolf

Als Maxu seinem Vater einen seiner seltenen Besuche abstattete, platzte er in ein Gespräch, das Pascha gerade mit Odora an der Bar führte.

»Du siehst gar nicht glücklich aus.«

Ihr Spielkamerad aus Kindertagen sah sie nachdenklich an.

»Ach Maxu! Ich habe mich seit Alans Unfall und der Geburt von dem Kleinen zu sehr von der Außenwelt abgekapselt. Ich würde so gerne unter Leute gehen und irgendwie Anschluss finden.«

»Kein Problem«, entgegnete dieser prompt, »ich bin heute Abend auf der Vernissage einer Ausstellung im städtischen Museum. *Alte Meister* heißt sie.

Der Jungmeister hier«, er klopfte sich auf seine schmächtige Brust, »muss mit Felix Hintergrundmusik spielen. Heute bin ich mit meiner Querflöte im Einsatz. Komm doch hin!«

»Gute Idee!« Eigentlich musste Odora nicht lange überlegen. Wie die Zecke den Hund, hatte sie eine Art Ausgehfieber befallen.

John freute sich für seine Schwiegertochter und lenkte seinen Enkel mit Kuchenbacken ab, als Odora sich abenteuerlustig in Schale warf.

»Beautiful!«, rief John, als sie auf Stöckelschuhen die Treppe hinunterschritt.

»Uihuiful«, kicherte ein kleiner Mann mit Mehl im Gesicht, warf einen umwerfenden Blick auf Odoras schwarzes, enges Kleid.

Nahe dem Museum lockte Maxus Zauberflöte Odora mit himmlischen Klängen durch die schmalen Gassen der Altstadt.

Beseelt betrat sie den ehrwürdigen Tempel alter Künste und rannte geradewegs in einen reifen Herrn, der am Boden kniete und seine Schnürsenkel zuband. Die junge Frau stürzte, auf ihren Knien hockend ärgerte sie sich.

»Einen besseren Ort als den Eingangsbereich haben Sie wohl nicht gefunden!«

Der Herr erhob sich und half Odora auf die Beine.

»Entschuldigen Sie vielmals, junge Dame, da muss ich Ihnen leider recht geben!«

Odora blickte in die schönsten Bernsteinaugen, die sie je gesehen hatte. Mittellange blondgraue Haare und ein herrschaftlich gezwirbelter Schnurrbart umschmeichelten einen gebräunten Teint.

»Erlauben Sie?«

Er griff ein Glas Champagner vom Tablett eines vorbeifliegenden Kellners und reichte es ihr.

»Danke.«

Mit einem Schluck hatte Odora das Glas geleert.

»Ich hoffe, Sie haben sich nicht ernsthaft verletzt?«

Der Mann schien ehrlich besorgt und blickte auf ihre Beine.

»Ich nicht, aber meine Strümpfe.«

Odora zeigte auf die breite Laufmasche über ihrem Knie.

»Dann lassen Sie uns Ihre Laufmasche etwas spazieren führen! Übrigens, mein Name ist Mimo.«

Er hakte sich bei ihr unter, führte sie zum Schnittkuchenbuffet, von diesem zu den alten Meistern, die an schweren roten Brokatvorhängen festgemacht hingen. Als sie an Maxu vorbeiliefen, sah er sie über seine Querflöte hinweg an, als sagte er: *Siehst du, Anschluss in Rekordzeit gefunden!*

Mimo war ein netter Herr italienischer Abstammung, zwanzig Lebensjahre war er Odora voraus. Er erzählte mit viel Liebe von seinem längst erwachsenen Sohn, betonte, dass es keine Frau in seinem Leben gab.

Bei den alten Meistern wusste der alte Meister meisterhaft, wie man einer Frau Komplimente macht. Bald war Odora das schönste weibliche Wesen unter der Sonne. Erst als Maxu sie antippte, bemerkte sie, dass die Vernissage dem Ende zuging. Sie verblieben die letzten Gäste, ungeduldig schwang der Sicherheitsmann einen schweren Schlüsselbund hin und her.

»Komm, Odora, Felix wartet!«

»Oh!«, stutzte Mimo, »wollen Sie mir diese schöne Blüte etwa entführen?«

»Ja!«, brummte Maxu abfällig. »Aber wenn Sie Glück haben, gibt Ihnen die Biene-Maja-Blüte noch ihre Telefonnummer.«

Es klang so, als wolle er Mimo als Pädophilen bezeichnen.
Maxu blickte fragend zu seiner heimlich empörten Freundin.
Mimo auch. So kramte die Blüte in ihrer kleinen Tasche, zog
einen Stift und schrieb dem erstaunten Verehrer ihre Telefon-
nummer auf die Hand.
»Nicht abwaschen!«
Erstaunt blickte der stehengelassene Mimo ihnen nach, als sie
dem wartenden Felix entgegenliefen.
»Na, wie findest du meine Errungenschaft, so auf den ersten Blick?«
Zu dritt streckten sie in einer Bar die Füße von sich und schlürften
einen Cocktail.
»Zu alt für dich.«
Maxu nahm es sehr genau mit der Ehrlichkeit und nicht so genau
mit der Diplomatie.
»Ich weiß nicht, Odora, ihm haftet irgendetwas Unehrliches und
Aufgesetztes an. Wie ein alter Wolf, der auf Beutefang geht und
diese mit falscher Stimme gefügig macht, bevor er sie zerreißt.«
»Muss er wohl, weil er nicht mehr schnell genug laufen kann! Der
ist doch mindestens zwanzig Jahre älter als Odora. Ein alter Sack!«
Sarkasmus hätte Odora Felix als Letztes zugetraut. Sie war entsetzt!
»Sag mal Odora, kannst du die Menschen nicht mehr erschnuppern?«
Maxus Blick war zynisch, Odora spürte Wut in sich aufflammen.
»Was redet ihr denn da? Ich finde Mimo sehr charmant, er gibt
mir das Gefühl, etwas ganz Besonderes zu sein! Und ein älterer
Mann hat viel Lebenserfahrung, seine Hörner sind abgestoßen!«
Das glaubte nur Odora.
»Beim ersten Flug in die Freiheit fällst du sofort auf den erstbesten
Typen rein!«

Maxu knallte sein Glas fest auf den Tisch. Erbost stand Odora auf.

»Wage nie wieder über mich zu urteilen! Oder über die Menschen,
mit denen ich mich abgebe! Du kleiner Hanswurst hast keine
Ahnung, wie schwer das Leben sein kann, du verwöhnter Fatzke!
Wenn ich etwas nicht gebrauchen kann, dann sind es Moralapostel!«

Kaum ausgesprochen, bereute Odora ihre harten Worte. Trotzdem ergriff sie ihren Mantel und die Tasche, verließ das Lokal erhobenen Hauptes, ohne sich zu verabschieden. Eine Frage des Stolzes.

Das mit den Moralapostel stimmt aber!

Die Frivole war froh, dass John und Alan bei ihrer Heimkehr schon schliefen, streifte ihre Schuhe von den Füßen und legte sich aufs Sofa.

Wie kann Maxu es wagen, über einen Mann zu urteilen, den er nicht kennt?

Odora befragte ihren Riecher, war jedoch bereits zu müde, um irgendwelche Schlüsse zu ziehen. Trotzig hob sie ihr Kinn.

Falls Mimo mich anruft, werde ich ihn treffen! Jetzt erst recht!

So war Odora.

Der liebe Wolf

Liebe macht nicht blind. Der Liebende sieht
nur weit mehr, als da ist.
(Oliver Hassencamp)

Odora hockte im Schneidersitz auf Alans Bett, erzählte ihm
eine ihrer Fantasiegeschichten. Er zog diese spontan gespon-
nenen Erzählungen seiner Mutter denen aus den Büchern vor.
Bei Mama ritten edle Ritter auf Krokodilen durchs Treppenhaus.
Wollten sie fliegen, stahlen sie Alans Quietscheentchen aus dem
Bad, setzten die Viecher auf ihre Helme und flogen juchzend
zum Fenster hinaus.
Im Garten rutschten sie völlig durchgeknallt auf schillernden
Regenbögen hin und her.
»Odora, da ist ein gewisser Mimo am Telefon.«
John stand in der Tür, bereit das Gute-Nacht-Ritual zu
übernehmen.
»Odora, ich muss dauernd an dich denken.«
Mimo säuselte in Odora verdutztes Ohr.
»Du warst gestern so schnell verschwunden. Meinst du, wir könnten
uns treffen, jetzt?«
Seine Stimme machte etwas mit ihr, sie konnte es nicht beschreiben.
Später im Leben dachte sie viel darüber nach und kam zu dem
Schluss, dass dieser Mann ihre Liebessehnsucht wie ein Schlan-
genbeschwörer hypnotisiert hatte. Oder eher wie die Schlange
aus dem Dschungelbuch.
Als Alan eingeschlafen war, sagte John: »Geh nur, amüsiere dich.«
Mimo hatte sie zu sich nach Hause eingeladen.
»Mein Sohn ist ebenfalls hier, ich habe ihm von unserer wunder-
baren Begegnung erzählt. Er freut sich, dich kennenzulernen.«
Jetzt schon? ... hmmm ... Das ist einer von der schnellen Truppe ...

Odora wischte ihre Bedenken weg. Ihr war, als würde das Interesse dieses reifen Mannes ihren Wert erhöhen. An diesem Abend verknallte sich Odora in Mimo.

Er präsentierte sich als liebevoller Vater, mit einer Schürze um den Bauch bereitete er wie sonst ihr Papa in der Küche einen Salat vor. *Zum Knuddeln.*

Derweil unterhielt sich Odora mit Barco, Mimos Sohn, einem gut erzogenen und netten jungen Mann, der nur etwas jünger war als sie selbst. Nach dem Essen verabschiedete sich dieser: »Es würde mich sehr freuen, wenn aus euch beiden etwas wird!« *Noch so ein Schneller! Na ja, wie sagt man: Der Apfel fällt nicht weit vom Stamm!*

»Siehst du Odora«, flüsterte ihr Mimo etwas später betörend mit seiner rauen Stimme ins Ohr, »sogar mein Sohn hat erkannt, was für eine wundervolle Frau du bist! Nächstes Mal musst du unbedingt Alan mitbringen. Ich liebe Kinder.«
Damit hat er mich schon halb in der Tasche ... Eh ... dreiviertel ...

Die Beharrlichkeit und Güte, die Mimo in den nächsten Wochen an den Tag legte, zogen Odora schlussendlich ganz in seinen Bann. Sie verliebte sich über beide Ohren in diesen älteren Mann, vertraute ihm. Er wusste genau, welche Knöpfe er bei ihr drücken musste, damit sie ihm verfiel, vermittelte ihr nicht nur Geborgenheit und Liebe, sondern auch das beruhigende Gefühl, dass er Alan ein lieber Ersatzpapa werden könnte.

So entwickelte Odora eine ganz besondere, tiefe Zärtlichkeit für Mimo, sah in ihm den Prinzen auf dem erlösenden Pferd, der gekommen war, um sie und ihren Sohn aus der Zweisamkeit zu retten. Das Vertrauenskonto war erneut prall gefüllt. Zu prall.

Auch John lernte Mimo noch kennen, ehe er nach Irland flog. Wie Maxu nannte er ihn einen alten Wolf, später, als alles vorbei war. »Ich hatte ein ungutes Gefühl. Ich hätte dich warnen sollen. Aber du warst so verliebt und dir seiner Liebe so sicher, eine ganze Armee wäre nicht dagegen angekommen! So hoffte ich, dass ich irrte.«

Zwei Monate später machte Mimo seinen Heiratsantrag. Das ungleiche Paar spazierte durch einen märchenhaften Park mit versiegten Brunnen und kleinen Lustschlössern, die hinter immergrünen Hecken ihre längst verflossenen Geheimnisse verbargen.

»Warum noch länger warten, Odora, wir gehören zusammen.«
Sie streiften sich gegenseitig die Brautringe über. Mimo hatte sie seines Sieges vollkommen sicher am Tag zuvor besorgt.

Odora war überglücklich. Würde sie einmal im Leben ein Happy End erleben? In einen normalen, beständigen Alltag mit Mann und Kind finden? So wie alle anderen?

Pascha Paul verlor nie ein gutes oder ein schlechtes Wort über diese Verbindung.

Es war Odoras Entschluss, somit akzeptierte er ihn. Die Warnungen ihrer Mutter und von Marie schlug sie in den Wind.

»Er ist ein Raubtier, Odora!«, warnte Mama sie.

»Odora, das geht alles viel zu schnell!«, so Marie.

Maries Meinung, die Freundin würde vorschnell heiraten, empfand die Verliebte als Hohn.

Gerade sie hat im Eilverfahren ihren Renato geehelicht! Steht mir dieses Glück etwa nicht zu?

»Ihr könnt das nicht verstehen!«

Odora war nicht mehr zu bremsen, erkannte und roch die Zeichen nicht.

Ihre hilfreiche Gabe war deaktiviert, somit leider auch ihr alles infrage stellende Denkerhirn.

Der falsche Bräutigam

Es ist nicht schwer, die Zeichen der Zeit zu erkennen.
Nur mit dem Entziffern hapert es fürchterlich.
(Ernst Ferstl)

Mimo hatte mehrere Limousinen organisiert, mit denen die Hochzeitsgesellschaft zur Trauung fuhr. Pipa war das Blumenmädchen, Alan wurde zum Brautritter geschlagen. John war extra angereist, aufgeregt hampelte sein Enkel in einer der Limousinen auf seinen Knien.

Hätte Odora die rosarote Brille abgesetzt, wäre ihr aufgefallen, dass Mimo äußerst nervös und hektisch war. Er strahlte nicht wie die Braut, als er seine zukünftige Ehefrau morgens mit einem Hochzeitsstrauß abholte, beachtete mit keinem Blick ihr schönes, blau-weißes Kleid und ihre nach oben frisierte Lockenpracht. *Er war permanent in Eile, wollte alles schnell hinter sich bringen.*

Auch Marie war erschienen, um dem Debakel – wie sie später betonte – beizustehen. Ihr Blick sprach Bände. Odora war glücklich, weil sie glücklich sein wollte.

Bei dem von Mimo organisierten Abendessen mit Tanzmusik kam keine Stimmung auf. Zwei fremde Familien, die sich nicht kannten, saßen sich gegenüber, hatten sich nichts zu sagen. Nur Bombom und John schwangen das Tanzbein wie Profis, ehe der Großvater mit Alan und Pipa verschwand.

Die Zuneigung und das Interesse, welche Mimo seiner Braut vor der Hochzeit bekundet hatte, waren wie weggeblasen. Er sah nicht glücklich aus, forderte sie nicht zum Tanzen auf, tauschte nur oberflächliche Floskel mit den Gästen. Als Odora um einen Hochzeitstanz betteln musste, führte er sie halbherzig über die Tanzfläche, sah sie nicht an, sondern lächelte den Musikern verkrampft zu. Die Braut ignorierte es, da sie es ignorieren musste, weil es nicht wahr sein konnte, durfte. Sie verfiel in eine Vogel-straußpolitik, die eine wochenlange Starre auslöste.

In der Hochzeitsnacht drehte sich Mimo gleich von ihr weg, brummte: »Ich bin müde, muss morgen weit fahren« … Das war's. Die Abfahrt zu einer kleinen Hochzeitsreise mit Alan war für den nächsten Tag geplant. Im Süden von Spanien hatte Mimo eine Ferienwohnung angemietet.

Odora träumte in dieser Nacht von Alans Vater, der sie überglücklich und strahlend zum Altar führte.

»Ich bin der richtige Bräutigam«, flüsterte er und zerfiel zu Staub.

Den nächsten Morgen prägte eher Totengräberlaune als freudige Aufbruchsstimmung.

Mimo verstaute missmutig die Koffer im Wagen, trieb Odora und Alan zur Eile an. John beachtete er kaum. Der Großvater verab-schiedete sich herzlich von seinem plötzlich weinenden Enkel.

Odora erlebte alles wie aus einer fernen Galaxie. Irgendeine Blockade hinderte sie daran, diese Reise nicht anzutreten, wie gelähmt saß sie neben dem stummen Mimo, als sie über die Grenze fuhren.

Sogar Alan, der sonst plapperte wie ein Wasserfall, sagte kein Sterbenswörtchen.

Traurig in die vorbeifliegende Landschaft versunken, hatte er seine Stirn an die Fensterscheibe gelehnt.

»Was ist los, Mimo?«, wagte die Jungvermählte zu fragen, nachdem sie sich vergewissert hatte, dass ihr Sohn eingeschlafen war. Das Lachen, das aus Mimos Gurgel sprang, war hämisch, aber noch nicht so grausam wie die Worte, die dann folgten.

»Jetzt kann ich es dir ja sagen.«

Sein Gesicht war eine verzerrte Maske.

»Du naives, dummes Ding glaubst wirklich, dass ich dich aus Liebe geheiratet habe?«

Odoras Blockade verstärkte sich, lähmte ihre Atmung. Alan stöhnte unruhig im Schlaf.

»Dabei bist du, liebe Odora, nur eine Wette!«

Die junge Braut ergriff mit beiden Händen den Sitz und krallte sich daran fest.

Der Fluch der Zigeunerin!

»Vor dir war ich zwanzig Jahre mit einer Frau zusammen. Als ich ihr einen Heiratsantrag machte, sagte sie Nein! Dies trieb mich zur Weißglut! So ein undankbares Ding! Ich verließ sie mit der Wette, dass ich innerhalb von sechs Monaten eine junge Frau finden würde, die bereit wäre, mich sofort zu heiraten.«

Er lachte überheblich. »Und dann stolperst du mir in die Arme!«

»Nein …«, flüsterte Odora und sackte innerlich zusammen. Sie brachte nur noch die Kraft auf, nach hinten zu blicken, um sicherzugehen, dass Alan schlief und nichts mitbekommen hatte.

Mein armer Junge … was habe ich angerichtet?

Der böse Wolf

»Du setzt dich jetzt vor den Fernseher und bist ruhig!«
In der Ferienwohnung angekommen, waren das die ersten groben
Worte, die Mimo an Alan richtete. Dieser gehorchte ohne Wider-
stand. Wie gelähmt stand Odora im Flur. Mimo verzog sich in
die Küche, kochte Kaffee.
»Wir gehen bald zum Strand, Mama sucht alles zusammen.«
Alan nickte nur traurig.
Wir müssen hier raus!
Im Schlafzimmer hatte Mimo ihre Koffer lieblos aufs Bett geworfen.
Odora kramte schnell eine Badehose für Alan heraus, stellte fest,
dass sie ihren Badeanzug vergessen hatte. Egal!
Die Kreditkarte packte sie ebenfalls in eine Jutetasche, warf noch
ein Handtuch dazu. Sie nahm ihren Sohn fest an die Hand, lief
an der Küche vorbei zur Tür.
»Wir gehen an den Strand!«, rief Odora und machte sich schleu-
nigst mit Alan davon.
Was ging der jungen Frau durch den Kopf?
*Normalität für Alan bewahren, so gut es geht. Einen Bankautomaten
auftreiben, Geld abheben. Ein Hotel finden. Weg!*
Odora funktionierte wie ein Roboter, stand unter einem furcht-
baren Schock. Es war ein schrecklicher Albtraum. Sämtliche
Geldautomaten weigerten sich, ihre Kreditkarte anzunehmen.
Ihr Bargeld reichte bloß noch für ein Eis.
Ausgeliefert!
Der Junge zog sie zum Steinstrand, lief zum Ufer und fand sofort
Anschluss. Mit einem anderen Dreikäsehoch planschte er im seichten
Wasser herum und warf Steine ins Meer. Es war unglaublich
heiß. Odora suchte sich neben einer Steinmauer eine einsame
Stelle aus, zog ihr Kleid über den Kopf und setzte sich in ihrer
schwarzen Spitzenunterwäsche hin.
Schöner als ein Badeanzug.

Sie sah ihrem Sohn beim Spielen zu, absolut nicht in der Lage, einen klaren Gedanken zu fassen.

»Entschuldigen Sie.«

Scheinbar aus dem Nichts gekommen, stand plötzlich ein junger Mann vor ihr.

»Ich würde mich gerne im Meer abkühlen, könnten Sie so lange auf meine Sachen aufpassen?«

»Natürlich.« Odora nahm einen Motorradhelm und eine Tasche in ihre Obhut.

Zehn Minuten später war der Jüngling zurück und setzte sich zu ihr in den Sand.

Sie plauderten eine Weile. Odora ließ ihre Blicke weiterhin über den Strand schweifen, wollte ihren Sohn nicht aus den Augen verlieren. Von einem unheimlichen Gefühl erfasst, roch sie eher Ärger als den wunderbaren Duft von Meer und Sonnenmilch.

Das kann nicht wahr sein!

Hinter der Steinmauer lugte Mimos Schopf hervor. Er musste dahinterknien und sie beobachten. *Krank!*

Odora entschuldigte sich bei dem Motorradfahrer, sprang hastig auf, zog sich an und rief Alan herbei. Sie rannte mit ihm auf die Straße, schon kam Mimo ihnen mit gehässiger Miene entgegen.

»Deine Mutter ist eine Schlampe«, sagte er giftspeiend zu ihrem Sohn.

Odora fiel in Ohnmacht.

Als sie die Augen öffnete, schwebte Alans besorgte Gesicht wie losgelöst über ihr. Das grinsende Antlitz von Mimo, neugierige Mienen fremder Menschen drangen durch einen Nebelschleier zu Odora durch. Ihr angetrauter Teufel half ihr aufzustehen, tat vor den Fremden so, als mache er sich ehrliche Sorgen um sie, schleppte Alan und seine Angetraute wie zwei Kriminelle in die Wohnung.

Der Wortschwall, der dort über sie erging, war von der übelsten Sorte.

Odora hielt Alan die Ohren zu, das wutverzerrte Gesicht ihres Gatten aber konnte sie nicht wegzaubern.

Mein armer Junge, es geht vorüber.

Mimo warf Mutter und Kind einen verächtlichen Blick zu, ehe er mit einem heftigen Türknall in der Küche verschwand.

Odora wusste nicht, wie sie es fertigbrachte, Alan anzulächeln und so zu tun, als ginge es ihr gut. Sie drückte ihm ein Auge zu, als wäre alles nur ein dummer Witz. Doch Alans Miene sprach für sich, sie konnte ihm nichts vormachen.

Die nächsten zwei Tage blieben in Odoras Erinnerung verschwommen. Wie unter Drogen verschmerzte sie den launischen Mann, der bei öffentlichen Ausgängen so tat, als wäre alles in bester Ordnung. Die Mutter wollte nur ihren Sohn beschützen, soweit es ihr noch möglich war.

Sie aber war diesem fremden Mann mit ihrem Sohn hilflos ausgeliefert.

Am fünften Tag endlich, sagte Mimo, sie solle packen.

»Und eins sage ich dir noch: Du wirst an dem großen Fest teilnehmen und dir keine Blöße geben! Es hat mich viel Geld gekostet. Über hundert Gäste werden kommen. Danach lassen wir uns scheiden!«

Das eigentliche Hochzeitsfest war an einem Samstag vorgesehen, ein fürstliches Menü in Auftrag gegeben worden. Zu Hause erzählte Odora niemandem, was passiert war. Sie schämte sich endlos, hielt die Fassade aufrecht.

Wie sie das schaffte, konnte sie im Nachhinein nicht verstehen. Sie wusste nur, dass die Frau in ihrem Spiegel nicht mehr Odora war. Für das Fest hatte sie sich Beruhigungspillen besorgt. Ob sie ihre Rolle überzeugend vor all den Gästen spielen konnte? Bestimmt, denn nach ein paar zusätzlichen Gläsern Champagner hatte sie alles verdrängt, empfand sogar wieder Zuneigung für ihren falschen Mann.

Eine Art Stockholm Syndrom, bestätigte ein Therapeut ihr später. Bei einer Geiselnahme zum Beispiel, sympathisiert das Opfer mit dem Geiselnehmer, entwickelt aus der Not heraus ein positives emotionales Verhältnis. Eine Überlebensmasche.

Odora war von Kind auf gewohnt, sich in Fantasiewelten zurückzuziehen. Das tat sie jetzt automatisch. Eine unterbewusste Schutzreaktion, die auf den Schock folgte.

Am Tag danach erwachte sie neben Mimo. Alan war in Sicherheit bei Bombom, die keine Ahnung hatte. Würde der kleine Mann ihr etwas erzählen? Dem war nicht so. Nach zwei furchtbaren Wochen des Zusammenlebens löste Odora sich aus ihrer Starre und bat Mimo ihr Haus zu verlassen. Genau das hatte dieser Kerl bezweckt, erzählte herum, seine Frau hätte sich von ihm getrennt. Mimo konnte seine eigene Fassade bewahren. Odora und Alan konnten aufatmen.

Kinderlachen zog wie ein frischer, reinigender Wind wieder in der *Villa Kunterbunt* ein.

Odora blieb lange von dieser schlimmen Episode geprägt. Ob ihr Sohn Schäden davontragen würde, konnte sie noch nicht sagen. Mimos Name war auf ewig aus seinem Wortschatz gelöscht.

Seine Mutter war beziehungsunfähig geworden, traute nun definitiv keinem Mann mehr über den Weg. Ihr Vertrauens-konto blieb im Minus.

Die Scham

Wer tiefer irrt, der wird auch
tiefer weise.

(Gerhard Hauptmann)

Es ist eine Sache, wie man ein schlimmes Trauma verarbeitet – eine andere, wie die Umwelt es wahrnimmt und darauf reagiert und so zusätzliches Unheil anrichtet.

Irgendwie haftete ihr wieder der Status der verrückten Odora an, die vollkommen durchgeknallt und verantwortungslos gehandelt hatte. Sie hatte alles gewagt, auf niemanden gehört und stand jetzt vor dem Scherbenhaufen ihrer Seele.

It's a matter of perception.

Man konnte ihr vorwerfen, dass sie viel zu schnell vertraute, einen Mann heiratete, den sie nicht lange genug kannte und ihren Sohn mit hineinzog: Ja!

Aber ist ein Fehler aus Sehnsucht nach Liebe und Normalität so schlimm wie einer, den man aus Egoismus oder Böswilligkeit begeht? Odora geißelte sich genug für diesen Fehltritt, schämte sich in Grund und Boden, stellte sich selbst komplett infrage und litt unheimlich im Stillen.

Dass Menschen in ihrem nahen Umfeld sie dann süffisant belächelten und Sätze vom Stapel ließen wie: »Das konnte ja nicht gut gehen«, »Typisch Odora!«, »Wie kann man nur so dumm sein«, half ihr wirklich nicht weiter.

Verschiedene Mitmenschen brachten es übrigens noch Jahre später fertig, sie belustigt an diesen Vorfall zu erinnern. Nicht nur, dass dies die alte Wunde immer wieder aufriss und die entsetzliche Scham hervorrief, nein. Es war schlimm für Odora, da ihre Geschichte auf ewig mit diesem Mann verbunden war. Dass die junge Mutter schon bestraft genug war, sahen manche nicht ein,

316

empfanden das Bedürfnis, es ihr regelmäßig ins Gedächtnis zu rufen. Es machte sie klein, sie fühlte sich wertlos.

Sich am Unglück anderer zu ergötzen ist purer Sadismus!

Die ungeheuer kraftzehrende Anstrengung, die es die unglückliche Mama kostete, jeden Tag aufs Neue aufzustehen, um für ihren Sohn und die Arbeit zu funktionieren, sah keiner. Sie musste. Punkt. Sie brachte es fertig, äußerlich zufrieden zu scheinen, als innerlich alles in Schutt und Asche lag.

So verfiel Odora komplett in den Modus, der *Für die anderen* hieß. Für jene, die sie liebte, auch wenn sie deren Liebe oft oder gar nicht spürte. Sogar Fremden wollte sie helfen. Sie suchte überall nach Anerkennung.

Odora musste sich, wie in Kindertagen, damit abfinden, dass sie für die meisten Mitmenschen ganz schön eigenartig war.

Wie eine seltene Spezies im Zoo.

Manche sahen ihr neugierig von außen beim Leben zu, banden sie aber nicht in ihre eigene Welt ein. Sie passte nicht hinein. So wie Odora handelte man nicht! Keiner schien zu bemerken, dass sie nur versuchte, aus diesem Käfig der Eigenartigkeit zu fliehen, und dass sie einsam war.

Genau diese Tatsache hat es überhaupt ermöglicht, dass ich für jegliche Art von Interesse an meiner Person so empfänglich war.

Wenn sie Menschen half, war sie wertvoll. Es füllte ihre innere, stumpfe Leere aus.

Das, was sie am meisten brauchte und nicht bekam, schenkte sie anderen. Die einzig wahre Liebe erhielt sie von ihrem Sohn. Er brauchte sie immer!

Pipa näherte sich rasant der Pubertät, kam nur noch selten zu Besuch. Somit wuchs langsam, aber stetig der Wunsch in Odora, ihre eigene kleine Familie zu vergrößern – mit einem kleinen, neuen Wesen, das zu Alan und ihr gehören würde. So richtig.

Ich will eine Tochter. Auf keinen Fall noch einen Mann!

Mit männlichen Wesen hatte sie nur Unglück. Mit Kindern aber konnte sie.

Diese Sehnsucht, von da an tief in ihrem Unterbewusstsein verankert, war der Lichtblick in ihrer geschundenen Seele, das Sinnbild einer ausgleichenden Gerechtigkeit.

Dann muss der Heilige Geist über mich kommen. So ganz ohne Mann ist das Projekt Tochter nicht umsetzbar.

Der Heilige Geist und das Würmchen

1 Jahr später

Der Heilige Geist ist doch noch über mich gekommen.
Odora saß im Park auf einer Bank, in einer halben Stunde würde sie Alan von der Kita abholen. Ohne dass sie ein Wort über ihren heimlichen Traum verloren hatte, war ihr Sohnemann in letzter Zeit dem Wunsch verfallen, doch bitte eine Schwester zu bekommen. Pipa fehlte ihm. Die Pubertierende folgte dem Ruf der Hormone, die Jungs, mit denen sie sich abgab, waren deutlich älter als der kleine Bruder, dem sie nun gar keinen Besuch mehr abstattete. Heute war Odora beim Frauenarzt gewesen, der ihr eine Schwangerschaft Ende dritten Monats bestätigt hatte.
Alan wird Augen machen! Er soll es als Erster erfahren. Wahrscheinlich wird mein Sohn auch der Einzige sein, der sich mit mir freut.
Odora ahnte, nein, wusste, dass die Ankunft dieses Kindes die Kopfschüttler und Besserwisser wieder aus ihren konventionellen Höhlen hervorrufen würde. Das Szenario zu diesem Trauerspiel lag bereit.
»Ich werde mich ihnen stellen und dein Leben rechtfertigen müssen«, erzählte die werdende Mutter ihrem Bauch.
»Aber das ist mir egal. Dem Reinen ist alles rein, dem Schweine alles Schwein.«
Ich liebe dich jetzt schon so sehr, mein kleines Würmchen. Mama kann riechen, dass du ein Mädchen bist …
Der Frühling brach an, im Baum über der Bank zwitscherten einige Blaumeisen zustimmend, hüpften von Ast zu Ast und gratulierten der werdenden Mutter.
Odora fühlte sich lebendig und optimistisch gestimmt. Die Leere, Trauer und Scham waren ob dieser guten Nachricht verflogen. Über den falschen Bräutigam konnte sie endlich süffisant lächeln.

Hand in Hand spazierten Mutter und Sohn durch den Park nach Hause. Alan erzählte von der Schule, plapperte unentwegt, sprang auf und ab wie ein Tennisball. Daheim angekommen, setzte sich Odora aufs Bett, nahm zwei kleine Hände in die ihren.

»Ich muss dir ein Geheimnis verraten, Alan.«

Neugierig sah er sie mit seinen hellblauen Augen an. »Ich liebe Geheimnisse, Mama, sag schon!«

»Nun, Mama hat ein kleines Würmchen im Bauch und wenn wir ganz viel Glück haben, wächst aus dem Würmchen eine Schwester für dich.«

Seine Augen weiteten sich, sein Gesicht erglühte, dann flossen die Freudentränen. Er warf sich unter Jubelschreien auf seine Mutter und rief:

»Danke Mama, oh danke!«

Natürlich fragte sich Alan nicht, wie die kleine Schwester in Mamas Bauch gelangt war. Ihrer Familie und den Freunden konnte sie mit dem Heiligen Geist als Erklärung nicht ankommen. *Aber das hat noch bis morgen Zeit. Oder übermorgen. Oder überübermorgen.*

Als Odora am späteren Abend die schwere Mülltonne auf den Bürgersteig rollte, zappelte ein aufgeregter Sohnemann um sie herum. Eine Dame ging vorbei, grüßte freundlich.

»Madame, Madame!«, rief der Dreikäsehoch erfreut, »meine Mama hat ein Würmchen im Bauch und wenn wir Glück haben, wird es eine Schwester!«

Er stockte, grübelte kurz und rief ihr dann nach: »Aber es ist ein Geheimnis!«

Genauso, wie Odora es vorausgesehen hatte, kam es auch. Sie wurde definitiv für verrückt erklärt, weil sie ein zweites Kind ohne Vater in die Welt setzen wollte. Ihre Mutter raufte sich die Haare, John hatte Angst, dass Alan zu kurz käme, einige sagten: »Das schaffst du niemals!« Oder: »Das ist verantwortungslos!«

Eigentlich bestätigten sie Odora nur das, was sie erahnt hatte. Sie verstanden sie nicht. Also war es egal, was die Ignoranten von ihr hielten. Gewohnt ihre Probleme und den Kummer in Eigenleistung zu stemmen, fühlte sie sich stark wie nie zuvor. Sie machte ihre Eigenart zu einer Tugend, begann sich so zu akzeptieren, wie sie war, und vor allem das zu tun, was sie wollte.

Ich bin kein Opfer und nur ich bestimme mein Leben. Es hält mir schließlich niemand das Händchen, wenn ich einsam abends rumsitze, dann soll auch keiner sich einmischen. Und was heißt hier verantwortungslos? In Verantwortungen auf mich laden bin ich Weltmeisterin!

Ein neues Selbstwertgefühl wuchs mit dem Kind in Odora heran. Auf die Frage hin, wer der Vater sei, da sie offensichtlich in keiner Beziehung weilte, gab es eine ehrliche Antwort, die jedoch nur ein kleiner Kreis Auserwählter erfuhr: Paddy, der englische Stummfilm-Experte.

Für allzu neugierige Mitbürger hielt Odora als praktische Erklärung den Heiligen Geist parat. Schließlich pilgerten viele an jedem Sonntag zur Messe, legten davon Zeugnis ab, an eine unbefleckte Empfängnis zu glauben. Die Ungläubigen unter ihnen hatten für die impertinente Frage nach dem Kindsvater keine andere Erklärung verdient.

Paddy und Odora hatten sich bei der Arbeit kennen und schätzen gelernt, in den letzten zwei Jahren öfters getroffen. Eine liebe Freundschaft hatte sich entwickelt. Vor fast vier Monaten war es geschehen. Auf einen zusammen verbrachten Abend folgte eine einzige schöne Nacht, wie das Leben so spielt.

Und Volltreffer!

Vor einer Woche hatte Paddy sie angerufen.

»Good evening Odora! Just called to ask if you're ok.«

»Oh yes, Paddy, because I am pregnant … from you!«

Auf der anderen Seite war vorerst kein Ton zu hören. Dann fragte er, als kenne er sowieso schon die Antwort, ob sie das Kind behalten wolle.

»Yes my dear, in any case!«

Schweigen, dann Stottern.

»That's incredible! My wife and I wanted so dearly to have children, but it never worked.«

Wie tragisch.

»Odora, if you want to carry this child, be aware of the fact, that it will have no father!

I will not recognize it, nor care for it.«
»Ok Paddy.«
Das mit dem »No father« bin ich schon gewohnt, my dear.
»My wife could not cope with that!«
»I understand.«

Odora zog sich endlich das Bettlaken bis unters Kinn.
Ich trage ein Geheimkind, zumindest auf englischem Boden.
Es kümmert mich nicht. Der Gram der letzten Jahre verlangt nach einer besseren Zukunft, nicht wahr mein Würmchen? Und basta! Wenn außer Alan keiner mit uns froh sein will, dann freuen wir uns so doll auf dich, bis wir platzen.
Die werdende Mutter streichelte den sich bereits stark wölbenden Bauch und lachte laut. *Jetzt kann ich sagen: Ich kugele mich vor Lachen!*
»Lasst uns glücklich sein!«, rief Odora, als Alan, von der guten Laune angelockt, ins Zimmer hopste. Er kroch glucksend unter ihre Decke und machte es sich zum Weiterschlafen in der Mulde mit Kugel gemütlich.
»Mama, wir beide lieben das Baby, nicht wahr?«
»Ja Alan, wir lieben uns alle drei, bis hinter den Mond, über alle Galaxien hinweg und zurück!«
Zufrieden vereint, flogen Mutter und Sohn dem Universum entgegen …

Das Geschenk

»Wie geht es dir, Odora?«

»Hallo John, schön, dass du anrufst.«

»Hör mal, ich war geschockt, als du mir deine Schwangerschaft verkündet hast. Ich habe etwas übertrieben reagiert.«

»Du warst nicht der Einzige.«

»Ja, eben. Ich habe viel darüber nachgedacht. Das Kind ist jetzt unterwegs und kann für nichts.«

»Meine Worte, John.«

»Ich werde dich so gut unterstützen, wie ich nur kann, aber tust du mir bitte einen Gefallen? Schenk mir eine Enkelin!«

»Zu Befehl, John!«

Auch Bombom hatte sich in ihr Schicksal der werdenden Doppeloma ergeben. Sie ging sogar noch weiter und bezog eine Wohnung in Odoras Nähe, »um dir so gut es geht beizustehen«.

Perfekt! So finden die Skeptiker doch noch den Weg zu meinem Kind.

Pascha Paul sorgte abermals für Odoras gesunde Ernährung. Jedes Mal, wenn sie den Kopfhörer im Studio niederlegte, sich eine Filmpause gönnte, stand er mit irgendeiner gesunden Saftmixtur vor ihr und zwang sie diese sofort zu trinken. Kam sie morgens zur Arbeit, wartete frisches Obst mit Joghurt auf sie.

»Iss, vergiss das Trinken nicht!«, nervte er sie tagein, tagaus.

Gespannt warteten alle auf das Resultat der Fruchtwasseruntersuchung, die vorgenommen wurde, um eine Behinderung des Kindes auszuschließen. Man stellte gleichzeitig das Geschlecht fest. Obschon die Untersuchung ein Risiko barg, das Ungeborene zu verlieren, hatte Odora darauf bestanden.
Alleinerziehende Mutter von zwei Kindern zu sein, ist eine Sache. Ein behindertes Baby in die Welt zu setzen, eine andere.

»Alles in Ordnung! Und es wird ein Mädchen!«, verkündete Odora ihren Liebsten.

Alan war überglücklich! Sein Wunsch einer Schwester ging in Erfüllung! Jetzt wurde ein zweites Kinderzimmer eingerichtet, derweil der werdende Bruder darauf bestand, die kleine Toilette im Haus in ein Meer zu verwandeln.

»Das wird meine Schwester schön finden.«

Die werdende Mutter malte ein Meer an die Wand, die Alan mit bunten, schwimmenden Fischen verzierte.

Villa Kunterbunt eben.

An dem Tag, als Odora endlich eine gesunde Tochter in ihren Armen hielt, war jedermann erleichtert. Die Zweifler hatten sich in liebe Besucher verwandelt, die sich mit Alan und ihr freuten. Zumindest taten sie so, als ob. Hatten sie eine Wahl?

Siehst du kleine Nathalie, zuerst warst du ein Schock für so manche, nun bist du ein schönes Geschenk des Lebens!

Nicht-Bruder und Nicht-Vater

Pascha Paul war derjenige gewesen, der Odora von Anfang an kommentarlos beistand.

Der wundert sich bei mir über gar nichts mehr.

Odora legte im Tonstudio ein Weilchen die Füße hoch.

Er ist ausnahmslos zur Stelle, wenn es brennt.

Sie stellte sich ihren alten Freund in Feuerwehrmann-Montur mit Helm im Kreißsaal vor, kicherte in ihre Tasse Tee. Bei Nattis Geburt war er abermals der Mann an ihrer Seite gewesen, hatte alles stehen und liegen gelassen und war zu ihr geeilt.

Wie ein großer, starker Bruder.

Vor ein paar Tagen hatte er seinen Kopf ins Studio gereckt und gerufen:

»In fünf Minuten an der Bar!«

Die Bar ihres Vaters diente nicht nur feuchtfröhlichen Abenden, sie war ebenfalls der Versammlungsort für ernstere Gespräche.

Das würde Papa gefallen. »Meine Bar lebt!«, *würde er sagen.*

Als Odora sich auf einen der Barhocker schwang, fackelte Pascha nicht lange und ergriff das Wort.

»Ich muss etwas mit dir besprechen, damit es nicht zu Missverständnissen kommt. Du weißt, dass wir dieses Projekt mit Paddy am Laufen haben. Es ist wichtig für unser Studio. Er wird also nach wie vor hier auftauchen.«

Der Nicht-Bruder hielt inne, sah sie fragend an.

»Wirst du damit klarkommen oder muss er beim Betreten unseres Territoriums eine Schutzweste anlegen?«

Pascha wartete geduldig auf eine Antwort. Sie wusste genau, welche er haben wollte.

»Ich kann Berufliches und Privates trennen, Pascha.«

Dieser nickte erfreut.

»Zudem bin ich Paddy doch gar nicht böse. Er hat mir von Anfang an seine Haltung dargelegt. Ich verstehe ihn. Nicht zu vergessen, dass er mir meinen größten Wunsch erfüllt hat: eine Tochter!«

Eine Tochter ohne Mann, eine Tochter ohne Vater.

Pascha tätschelte ihre Hand.

»Du bist wirklich unglaublich anders, geradezu erfrischend! Gut! Paddy wird nämlich morgen hier auflaufen, dann bin ich beruhigt.«

Ja, Pascha, unglaublich bin ich: unglaublich traurig.

»Ein Nicht-Vater ist ein Vater, der keiner sein will und doch einer ist«, hatte sie Marie am Tag zuvor am Telefon erläutert, als diese fragte, warum sie Paddy andauernd den Nicht-Vater benannte.

»Dann sag Erzeuger oder Samenspender, bei so einem Kerl würde ich das Wort Vater niemals in den Mund nehmen! Der soll für sein Kind zahlen!«

Wie so üblich war die Frage des Geldes Odora schnurzpiepegal, sogar wenn sie jeden Cent zweimal in der Tasche umdrehen musste.

Auf dem Weg zur Arbeit tags darauf fragte sie sich, wie Paddy sich ihr gegenüber verhalten würde. Die Begrüßung verlief, als sei kein Kind geschehen. Paddy drückte sie vielleicht etwas fester als üblich, ansonsten betrieb er *business as usual*. Nach vollbrachter Arbeit fragte Paddy sie geniert, ob er sie zum Abendessen einladen könnte.

»Of course, Paddy.«

Vielleicht will er seine Tochter doch anerkennen.

Bombom war mit einer Kindermission einverstanden. Im Restaurant saß Odora dem englischen Erzeuger gegenüber. Paddy sah sie etwas irritiert an, wartete auf sein Bier, ehe er das Wort ergriff.

»Du bist eine sehr mutige Frau, Odora – ich bewundere dich dafür.« Ein Räuspern ging über seine Lippen, an seinem gestutzten Schnurrbart hing Bierschaum.

Er tut sich schwer mit dem Reden.

»Ich habe meine Meinung seit unserem Telefonat nicht geändert.«

Das tut zwar verdammt weh.

»Ich ringe mit mir Odora, es ist mir nicht egal, aber ich bringe es nicht fertig, durch Nathalie mein Leben und das meiner Frau auf den Kopf zu stellen. Zu riskieren, alles, was ich mir in all den Jahren aufgebaut habe, zu verlieren – durch eine einzige Nacht.«

Nur, dass die Nacht jetzt ein Kind ist.

»Tja Paddy, eine Nacht kann die Welt verändern.«

Meine Welt.

Odora empfand komischerweise das Bedürfnis, den Nicht-Vater zu trösten.

Mir ist wahrlich nicht zu helfen!

Sein Gestammel und seine Rechtfertigungen fingen jedoch an sie zu langweilen.

Sie hatte nicht danach verlangt. Das Leben von ihm und seiner Frau interessierte sie nicht, er hatte ihr heute bestätigt, dass sie und ihr Kind darin außen vor waren.

Was soll das Ganze eigentlich? Beichte und Reue, sonst nichts.

Dann fragte Paddy endlich nach seiner Tochter. Tat er es, weil er sich wegen der Zusammenarbeit dazu verpflichtet fühlte oder interessierte es ihn wirklich? Odora legte ihm ein paar Fotos vor seine englische Nase, die sie für den Fall eingesteckt hatte, dass Paddy nach Natti fragen würde. Er nahm sie etwas zögerlich zur Hand, sah sie lange an, schien sehr gerührt zu sein.

»She is beautiful!« – reichte ihr die Bilder zurück, strich ihr dabei liebevoll über die Hand. Die junge Mutter roch, dass der Nicht-Vater sie ganz gerne wieder vernaschen würde.

Geht's noch?

Nach dem Dessert erhob sich Odora, bedankte sich für die Einladung. Sie wollte zu ihren Kindern und ihre Mutter ablösen. Es gab nichts mehr zu besprechen. Beim Abschied sagte Paddy: »Bye, Mummy.«

»Bye, Daddy.«

Odora hatte verstanden, dass Paddy ein Nicht-Vater war, der nicht Vater sein konnte und es doch gerne wäre. Sie würden sich in aller Freundschaft ihr Leben lang so ansprechen. Natti konnte das nie verstehen, litt schrecklich darunter, dass ihr Vater sie nicht offiziell anerkannte. Besonders in der Pubertät stürzte diese verletzende Unterlassung die Heranwachsende in ein tiefes Loch und löste eine schwere Identitätskrise aus.

Einmal im Jahr trafen sich die Eltern, die kein Elternpaar waren. Paddy sah sich die neuesten Fotografien seiner Tochter an, Odora erzählte von ihr. Viele Jahre ging es so weiter, nach ihren Begegnungen wurde sie immer trauriger. Wegen und für Natti.

Seine Einstellung änderte Paddy trotz Odoras Bemühungen nicht. Die Mutter bedauerte, spürte und erlebte das Leid ihrer Tochter, der Nicht-Vater frönte ungestört seinem Leben auf der Insel. Dieser große, intelligente Mann war in seiner Welt gefangen, spränge er über seinen Schatten, wäre er verloren. Dachte er zumindest. Auf englischem Terrain durfte die Nicht-Tochter keinesfalls existieren.

Er hat den einfachen Weg gewählt. Sein Karma wird es ihm nicht danken.

Jahre später war er bereit, das traurige Kind in Luxemburg zu besuchen. Natti verwehrte ihm diesen Wunsch: »Wenn es mich für ihn nicht in England gibt, gibt es ihn für mich nicht in Luxemburg.«

Es war des Kindes trauriges Recht.

Mit der Liebe zu ihrer wunderbaren Tochter wuchs in Odora weiterhin die Hoffnung, dass Paddy sich eines Tages zu seiner Tochter bekennen würde. Vergeblich.

Drachenfeuer

So einfach, wie Odora sich das Leben als alleinerziehende Mutter zweier Kinder vorgestellt hatte, war es natürlich nicht. Auch wenn der Glaube anscheinend Berge versetzt, mit Liebe allein war Erziehung nicht zu meistern.

Das brave Baby hatte sich in ein besitzergreifendes Kleinkind verwandelt, das niemanden in der Nähe seiner Mutter duldete. Auch den Bruder nicht.

Sobald Odora ihrem Sohn Aufmerksamkeit schenkte, ihn in den Arm nahm, kam Natti angerannt, schlug mit ihren Fäusten auf Alan ein und brüllte:

»Meine Mama – ist meine Mama!«

Am Anfang lachte der Bub noch über das kleine süße Monster. Irgendwann schien er aufzugeben und überließ Natti das Feld. Natürlich versuchte Odora allen beiden gerecht zu werden, aber …

Irgendwie läuft man eher zu dem Kind hin, das schreit und Zauber macht. Von einem stillen hingegen nimmt man intuitiv an, dass alles in Ordnung ist.

Die Rechtfertigung einer überforderten Mutter.

So wandte sich ihr Sohn zusehends seiner Bombom zu, wo er totale Exklusivität genoss. Diese holte Alan aus der Schule ab, bekochte ihn, lernte mit ihm und verwöhnte den Lieblingsenkel, als sei er ein Prinz. Er brauchte nur zu piepsen, schon kam Bombom angerannt, schleppte ihn mit sich fort. Leider geschah es allzu oft, dass sie die kleine Natti beschimpfte.

»Du egoistisches kleines Ding, du gönnst deinem Bruder die Mama nicht!«

Zu Odora: »Du hast ZWEI Kinder!«

Diese Zweiteilung verschlimmerte das Psycho-Chaos, genährt von dem anwachsenden Geschrei eines kleinen Mädchens, das sich ungeliebt fühlte, und einer Großmutter, die angesichts des schreienden Kindes zunehmend die Beherrschung verlor.

Kaum war die Tür hinter Bombom und Alan zugeknallt, schlüpfte Natti ganz lieb Kind aus ihrem Monster-Kostüm.

Odora war todunglücklich. Es waren keine zwei Kinder mehr übrig, wenn Alan stets bei Bombom Unterschlupf suchte und fand. Die Kluft zwischen ihr und ihrem Ältesten wurde immer tiefer. Wie sollten die Kinder lernen, miteinander anstatt gegeneinander zu leben?

Und wie sollte sie es als Mutter fertigbringen, diese Krise intern zu regeln? Eigentlich kannte sie die Lösung: indem sie Natti ausbremste, wenn diese auf Alan losging und ihrem Sohn in Nattis Anwesenheit die Aufmerksamkeit schenkte, die er brauchte. Vor allem dürfte Bombom sich nicht mehr einmischen.

So wie die Situation sich zuspitzte, war ein harmonisches Zusammenleben jedenfalls unmöglich!

Eine ungesunde Familiendynamik! Ich muss mit Bombom reden!

Odora nahm sich an einem Nachmittag frei, wo sie Alan in der Schule wusste. Natti war sowieso von morgens bis abends in der Kinderkrippe. Die aufgeregte junge Frau fühlte sich, als würde sie aufbrechen, einen Drachen zu bekämpfen, denn wenn es um ihren Enkel ging, konnte ihre Mutter zur Furie werden.

»Du wagst es, mich zu kritisieren, nach allem, was ich für dich getan habe und tagtäglich tue!«, erboste sich ihr Lieblingsdrache.

»Mama, wir müssen an einem Strang ...«

»Was heißt hier an einem Strang ziehen? Bin ich dein Partner? Nein! Ich bin nur die Großmutter! Ich bin da, um die Kinder zu verwöhnen, nicht um sie zu erziehen!«

Dass das nur für ein Kind gilt, sagt sie nicht.

Bombom setzte Odora das Messer auf die Brust.

»Wenn du mich nochmals kritisierst, werde ich mich gar nicht mehr kümmern. Dann kann Alan schauen, wo er bleibt, ich lerne dann auch nicht mehr mit ihm!«

Lass gut sein!

Odora hörte auf den Rat ihres Vaters, der sie warnend aus dem Jenseits erreichte.

Angesichts Mutters Einstellung hätte sie ihren Sohn in die Nachmittagsbetreuung geben sollen, um ansatzweise am Problem zu arbeiten und sich nicht erpressen zu lassen. Doch sie brachte es nicht übers Herz, für Alan war das Lernen mit Bombom fördernd. Odora wollte nicht streiten. Sie war ihrer Mutter dankbar, konnte sie nicht ausschließen. Trotz harter Schale würde es sie vernichten. *Das wäre, als würde ich Salomon herbeirufen, um über das Schicksal meines Sohnes zu urteilen – wir würden alle drei verlieren.*

Um wenigstens für eine bisschen ausgleichende Gerechtigkeit zu sorgen, brachte Odora Natti am Wochenende zu Marie, ging mit ihrem Sohn ins Restaurant seiner Wahl, kümmerte sich einen ganzen Abend lang nur um ihn. Sie genossen diese Zweisamkeit, näherten sich tatsächlich wieder an. Im Alltag aber änderte sich nichts. Odoras mentale Erschöpfung fing an, sich körperlich bemerkbar zu machen. Sie lief nicht mehr, sie schlurfte. Sie lachte nicht, sondern rang sich höchstens ein Lächeln ab.

Es war ein Teufelskreis. Je schwächer Odora wurde, umso schlimmer wurden Nattis Krisen. Wie sollten sich die Kinder mit einem Kieselstein von Mutter zufriedengeben, wenn sie einen starken, standhaften Felsen benötigten?

Alan brachte sich wie gehabt bei Bombom in Sicherheit. Odora konnte tun, was sie wollte. Natti bestrafen, lieb reden, schreien – die Kleine gewann immer, besaß zweifellos den längeren Atem. *Genau wie ihre Bombom.*

Als Odora einen nervlichen Zusammenbruch erlitt, schickte Mutter sie für eine Woche ins Hotel Lemmer zu ihren alten Freunden. »Die Kinder werden wir schon schaukeln, ich habe mit Pascha und Marie geredet.«

So war Bombom. Sie konnte zwar Feuer speien und entfachen, doch wenn es brenzlig wurde, eilte sie mit Löschwasser herbei und versuchte zu retten, was noch zu retten war.

Auszeit

»Odora!« Rose stürmte wie ein junges Fohlen auf sie zu, als sie über die Schwelle des Hotel Lemmer trat. All die Jahre hatten Roses Teint keinen Abbruch getan, sie strahlte wie ein Stern, dessen Helligkeit nie erlischt.

Roger, Joschi und Svetlana eilten herbei, die Freude war überschwänglich.

Bei einer Tasse Tee erfuhr Odora, dass ehemalige Gäste, die ein großes Hotel in London besaßen, die neuen chilenischen Mitarbeiter abgeworben hatten. Daraufhin waren Svetlana und Annika zu den Damen am Empfang geworden, zwei neue Hausmädchen wurden eingestellt.

»Und mein Freund José?«

Odora hatte den Namen noch nicht ganz ausgesprochen, schon hörte sie ihn.

»Odorrra!«

Sie wurde hinterrücks von José überfallen, der sie mit seinen langen Armen wie in einer Zwangsjacke zusammendrückte.

Joschi war zu einem ansehnlichen jungen Mann herangewachsen, hatte seine Ausbildung als Koch längst in der Tasche.

»Er kocht jetzt besser als ich, bringt neue Ideen ein!«

Stolz klopfte Roger Joschi auf die Schulter, so wie er es immer schon tat.

»Unser jüngster Sohn ist in einer Ferienkolonie.«

Svetlana hielt Joschis Hand, herzlich lächelte Annika beide an.

Wie schön! Auch Svetlana sieht inzwischen in Joschi einen Sohn! Zwei Mütter hat der Bub!

»Seid mir nicht böse, meine lieben Freunde, ich möchte mich jetzt auf mein Zimmer zurückziehen, ihr müsst ja auch an die Arbeit.«

Alle nickten und ein fröhlicher Gruß begleitete Odora in die Lobby. José war ihr gefolgt, ergriff ihren Koffer und führte sie zu ihrem alten Zimmer.

»Du siehst sehrrr müüüde aus, Odorrra, ruh dich aus! Schließlich bist du hier nurrr zu Besuch.«

Er drückte ihr einen Kuss auf die Stirn, verschwand mit wippenden Hüften im Flur.

Odora holte tief Luft und betrat das Zimmer. Hier hatte sie schöne Momente mit Alan verbracht, als das Leben noch unbeschwerter war – und die Zukunft so rosig. Ein Hauch von Nostalgie wehte sanft über ihr Gemüt. Sie schüttelt den ganzen Körper einmal kräftig durch, wie sonst nur ein nasser Hund das kann.

»Keine Trübsal blasen, nutze die Auszeit!«, hörte sie ihren Vater rufen.

»Aber hallo! Papa, du geisterst immer noch hier herum!«

Die tiefe Müdigkeit, die schon ewig von ihr Besitz ergriffen hatte, ließ das Bild ihres Vaters verblassen. So wie sie dastand, in Jacke und Schuhen, fiel sie aufs Bett und verfiel kurz darauf in einen gnädigen Schlaf. Kein Kindergetrampel, kein Mama- und Bombom-Geschreie störten diese wohltuende Ruhe.

Ein sachtes Klopfen drang an Odoras Ohr. Sie öffnete die Augen, der Tag hatte sich inzwischen verabschiedet, das Zimmer war in blinde Schwärze getaucht.

»Ein Moment!«, krächzte sie, erhob sich und suchte die Wand abtastend nach dem Lichtschalter.

Vor der Tür stand Lupo! Ihr bester Freund und Brieffreund aus Ostberlin. Er lehnte gelassen am Türrahmen und grinste über das ganze Gesicht.

»Tja, Odora, kommt der Berg nicht zum Propheten, muss der Prophet eben zum Berg kommen!«

Lupomann

»Du solltest dir ein neues Gesicht malen«, riet Lupo, der sich nach einem herzhaften Umarmungsritual gemütlich auf dem Bett niederließ. Seiner Schuhe entledigt, wackelte er vergnügt mit den Zehen. Odora erschrak bei ihrem Anblick im Spiegel. Verlaufene Wimperntusche balgte sich dort mit verschmiertem Lippenstift. Als sie das Kunstwerk im Badezimmer entfernte, musste sie über ihre Mutter lächeln.

»Du brauchst Ruhe!« Darauf hatte Queen Mum bestanden.

Und dann ruft sie hinter meinem Rücken Lupo zur Hilfe!

Bombom kannte die beruhigende Wirkung von Lupo auf ihre Tochter. Er war ihr bester Freund, wenn auch aus der Ferne. Ab ihrem zwölften Lebensjahr, als sie sich über ihre Eltern in Ostberlin kennenlernten, hatten sie ein zartes, aber starkes Freundschaftsband geflochten.

»Du musst dich um das Mädchen unserer Gäste kümmern«, hatte Lupos Vater ihn vor dreiundzwanzig Jahren beauftragt. Ob er wollte oder nicht, er musste abends mit dem fremden Mädchen spazieren gehen, während die Erwachsenen zusammensaßen und Politik betrieben.

So schlenderten zwei Fremde an der Spree entlang, redeten und redeten, bald war klar, dass sie sich mehr als gut verstanden. Lupo schrak jedoch entsetzt zurück, als Odora ihn zum Abschied küssen wollte. Sie lachen heute noch darüber.

»Jaja«, schrieb Lupo ihr in einem seiner vielen Briefe: »Das war, weil dein Vater stets den Spruch ›Der Genuss des Genossen ist, die Genossin des Genossen mit Genuss zu genießen‹ auf den Lippen hatte. Du wolltest den Genuss auf den Sohn des Genossen ausweiten!«

Ihre Freundschaft begrenzte sich keineswegs auf regen Briefaustausch. Ab ihrem achtzehnten Lebensjahr besuchte Odora ihren Lupomann, wie sie ihn zärtlich nannte, mehrals in Berlin. Er war der Freund, den man jahrelang nicht persönlich sah, mit dem man aber bei jeder Begegnung wieder dort anknüpfen konnte, wo man einst verblieben war.

Lupo stand in der Badezimmertür, ihm war sicherlich beim Zehenwackeln langweilig geworden.

»Komm schon, Odora, ich bin so hungrig!«

Lupo war immer hungrig.

Das Abendessen verlief wie gewohnt. Er bestellte ein anderes Gericht als Odora und stocherte dann auf ihrem Teller herum.

»Darf ich kosten?«

Eine Antwort wartete er nie ab.

»Ach Lupo! Du bist immer noch der Alte!«

»Du nicht«, antwortete er prompt und ehrlich über dem Kauen, wobei er sie über seine Gabel hinweg kritisch begutachtete.

»Du hast gut reden, du alter Junggeselle! Keine Kinder, einen flotten Job als Architekt, Freiheit pur! Der Zahn der Zeit hat vergessen, an dir zu nagen!«

»Ich habe mich gefragt, wo meine Odora abgeblieben ist, hier am Tisch sitzt sie nicht. Seit ich hier bin, hast du mir nur Negatives berichtet, das meine ich, meine Liebe.«

Er steckte kurz die Nase in sein Weinglas, spülte sich geräuschvoll den Gaumen mit dem vorzüglichen Gebräu und fuhr fort, derweil Odora sich in erschrockenes Schweigen hüllte.

»Die Odora, die ich kenne, leistete einst einen Schwur, der besagte, dass …«

»… sie sich von nichts und niemanden ihr Lächeln nehmen ließe«, vervollständigte Odora den Satz.

»Genau!«

»Du hast ja recht.«

»Hör auf dich zu bemitleiden. Das nervt. Ich bin extra hergeflogen, um dich zu überraschen! Du solltest dich freuen!«

»Es war so viel, die letzten Jahre …«

»Ja, aber jetzt bist du hier mit mir. Carpe diem!«

Schon entspannte sich Odora. José klopfte ihr von hinten auf die Schulter und schenkte Wein nach. Seine freundliche Zuvorkommenheit erhellte ihr Gemüt.

»Morgen machen wir eine Fahrradtour«, verkündete Lupo, »dann arbeiten wir ein wenig an deinem Babyspeck.«
Er blickte anzüglich über den Tisch auf ihre Bauchröllchen. Dass ihr Freund selbst mehr als nur einen Babybauch hatte, erwähnte Odora nicht. Unter buschigen, zusammengewachsenen Augenbrauen sah er sie nach dem Essen müde an.
»Ich ziehe mich jetzt in meine Gemächer zurück. Morgen sehen wir weiter.«
Er stand auf, schickte ihr einen Handkuss und weg war er. So war Lupo eben, sehr auf seine Freiheit bedacht. Er tat ausschließlich das, was er wollte, wann er wollte.
Odora verspürte die Erschöpfung, die sie jahrelang gehortet hatte, so wie Alan seine kostbaren Murmeln in einer kleinen Kiste. Sie hatte ihrer Mutter versprochen, nicht zu Hause anzurufen, um sich nach den Kindern zu erkundigen.
»Wenn es nötig ist, wissen wir, wo du zu erreichen bist.«
Es fiel Odora nicht schwer, ihre Kinder waren in allerbesten Händen. Sie steckte den Kopf in die Küche, bedankte sich für das gute Essen und machte sich schnellstens auf in ihr Zimmer. Sie wollte keinem mehr begegnen, reden schon gar nicht. Nur noch schlafen, schlafen, schlafen …

Die Lebenskiste

Regen prasselte an ihr Fenster, vor dem der Wind heulend ein schauriges Lied blies. Da Lupo dickköpfig sein konnte, befürchtete Odora, dass er sie trotz der miesen Wetterverhältnisse aufs Fahrrad zwingen würde.

Es gibt kein schlechtes Wetter, nur falsche Kleidung!

Odora seufzte, das war typisch Lupo.

Eigentlich bin ich hier, um mich auszuruhen, revoltierte es in ihr. Sie hatte fünf Bücher eingepackt, sich darauf gefreut, in Ruhe der Lektüre zu frönen.

Seit die Kinder da sind und der Alltag mich auffrisst, sind Lesen und Schreiben tabu …

»Odora, Frühstück!«, rief Lupo an die Tür klopfend.

Frühstück war für ihn sehr wichtig, er machte daraus eine wahre Zeremonie, war halt ein Genussmensch. Widerwillig sprang sie in ihren schicken rosa Jogginganzug und öffnete die Tür.

»Odora, ich schlage dir einen Schwingschwang vor!«

Das hieß bei Lupo, dass eine Programmänderung anstand.

»Wie wär's mit Wellness heute?«

Die Freunde saßen sich eine gute Stunde später im Whirlpool gegenüber, konkurrierten beim Plaudern mit dem sprudelnden Wasser.

»Ob wir beide jemals den Mann fürs Leben finden werden?«, fragte Lupo nachdenklich.

»Du meinst sicher einen, der nicht wegstirbt oder betrügt«, erwiderte Odora sarkastisch.

»Genau so einen!«, rief ihr Lieblingsossi ausgelassen, »wenn möglich einer, der mir das Frühstück ans Bett bringt!«

Lupo hatte ebenfalls kein Glück mit seinen Männern, obschon es in Berlin eine ganze Menge davon gab und er wahrlich ein Leckerbissen war.

»Bei mir würde ein Mann bei Nattis Geschrei seine Beine in zwei
Arme nehmen und verschwinden. Mir wächst mein Leben jetzt
schon über den Kopf. Wie soll ich noch Kraft und Geduld für
einen Mann aufbringen? ... Von Vertrauen gar nicht zu reden ...«
»Das verstehe ich.«
Lupo planschte näher an sie heran.
»Du kennst sicher das Sinnbild, dass jeder von uns mit einer Kerze
zur Welt kommt. Die eine ist lang, brennt, bis man ganz alt ist.
Eine andere ist kürzer und so weiter, als wäre es von Anfang an
vorbestimmt, wie lange man lebt.«
»Ja, davon habe ich gehört, Lupo.«
»Stell dir jetzt mal vor, diese blöde Kerze befindet sich in einer
Kiste, die man sozusagen als Startpaket mit auf die Welt bringt.
In dieser Kiste befindet sich der genaue Vorrat an Männern, der
uns im Leben zusteht.«
Odora musste herzlichst lachen.
»Lach du nur, aber du weißt gar nicht, ob noch ein Mann in deiner
Kiste ist oder nicht! Fazit: Alles ist noch möglich!«
Die aufgeheiterten Freunde ließen sich etwas später bei bester Laune
auf ihren Liegestühlen nieder. Fast synchron ergriffen sie jeder
ein mitgebrachtes Buch und versanken in Geschichten anderer.
Hoffentlich befinden sich noch viele Bücher in meiner Lebenskiste ...
und schöne Erlebnisse ... Ein Mann muss es wirklich nicht mehr sein.
Kaum hatte sie zu Ende gedacht, war sie schon eingenickt, derweil
Lupo sein Buch sinken ließ und José, der gerade diskret frische
Badetücher für sie am Beckenrand deponierte, schamlos auf den
Hintern lugte. Als dieser sich wieder genauso lautlos entfernte,
seufzte er vernehmlich und summte leise die Melodie vom Lied
»Komm unter meine Decke«.
Dann grinste er und sang etwas lauter: »Komm doch aus meiner
Kiste ...«

Männer!

»Nein, das kann nicht sein!«
Odora und Lupo waren einige Bahnen geschwommen, hingen mit den Armen wie Mehlsäcke am Beckenrand.
»Doch, wenn ich es dir als Männerkenner sage. Dein José steht auf männliche Popos!«
»Das hätte ich bemerkt!«
Darauf bestand Odora.
»Ja, gerade du, die sich ja noch niiiie geirrt hat, was Männer angeht. Schwule kannst du nicht erschnuppern, sonst hättest du mich damals nicht küssen wollen.«
»Das ist gemein!« Odora war verärgert, schwamm von Lupo weg und rief:
»Musst du stets so verdammt ehrlich sein?«
»Ja«, entgegnete Lupo prompt und schwamm ihr nach.
»Ach Odora, sei doch nicht motzig! Komm, lass uns Spaß haben!«
Er tauchte unter, schwappte wie eine dicke Boje hoch und spie ihr Wasser ins Gesicht. Anhand eines bewundernswerten Kraftaktes schwang Odora ihre Speckröllchen auf Lupo und drückte ihn damit unter.
»Das hast du jetzt davon!«
Laut und ungebändigt kabbelten sich die Freunde im Pool, eine Wasserschlacht vom Feinsten! Eine elegante Dame schritt herrschaftlich in ihrem schicken Bademantel herein, machte sich kopfschüttelnd wieder von dannen.
»Wir vertreiben noch die Gäste!«, prustete Odora.
»Wenn man Gäste wie uns hat, braucht man keine anderen!«
So war Lupo.
Vor dem Abendessen waren die Freunde an der Bar verabredet.
Odora traf vor Lupo in der Lobby ein. Da der werte Herr sich niemals stresste, war bei ihm stets mit Verspätung zu rechnen. So begrüßte sie Annika, plauderte ein wenig mit ihr.

»Sag mal Annika, hat José eine Frau?«
Annika zuckte unwissend mit den Schultern.
»José redet nie über sein Privatleben, Odora.«
José winkte sie von Weitem an die Bar.
»Odorrra, ich mixe einen Cocktail nurrr für dich! Schau mal!«
José zeigte auf den Anschlag an der Bar, allerlei exotische Cocktails
standen darauf vermerkt, darunter der Name *Odora*. Sie fühlte
sich geehrt.
»Danke José, ich bin so was von gespannt, welchen Geschmack
du mir zuordnest!«

Es war eine Mischung aus Mojito und Cuba Libre, die José tänzelnd
wie üblich zubereitete. Der Namensvetter prickelte auf der Zunge,
schmeckte erstaunlich gut.
»Cola für deine Stärrrke, Minzzze für deine Frrrische.«
José fuchtelte mit linkischen Handbewegungen vor Odoras Nase.
Oh, vielleicht hat Lupo doch recht.
Schlagartig sah Odora ihren alten Kollegen mit deutlich verän-
derten Augen.
»Guten Abend, José«, flötete Lupo hinter ihr mit verführeri-
scher Stimme, »ein Lupococktail haben Sie nicht zufällig im
Angebot?«
»Guten Abend, Monsieur Lupo.«
Josés Stimme nahm einen unerwarteten, lieblicheren Ton an.
Eine geschlagene halbe Stunde lang mutete Odora sich einen
Balztanz der besonderen Art zu. Lupo und José konnten die Augen
nicht voneinander lassen. Alsbald zwinkerte der eine, dann warf
der andere wieder einen tiefen Blick.
Gut, dass der Bartresen zwischen ihnen steht.
Lupos Vermutung stimmte also. Den Freund musste sie in den
Speisesaal zwingen, wo er sonst so verfressen war. José erschien
als Sommelier des Hauses, die Trennung der zwei Turteltauben
war nicht von langer Dauer.
Odora hatte Lupomann noch nie so zügig trinken gesehen, kaum
hatte er sein Glas geleert, kam José herbeigeeilt, es aufzufüllen.
Natürlich vergaß er dabei nicht, Lupo tief in die Augen zu peilen,

der dann mit lodernden Blicken den guten Wein lobte. Immer wieder denselben wohl gemerkt!

Was für ein Theater! Männer, ob schwul oder nicht, sind alle gleichermaßen von Testosteron getrieben!

Mit der Begründung, sie sei müde, verabschiedete sich Odora nach diesem erotisch angehauchten Abendmahl. Sie fühlte sich fehl am Platz.

»Kein Problem, meiner einer wird heute Abend an der Bar verweilen!«

Souverän klopfte sich Lupo auf den gefüllten Bauch, weinrot gefärbte Lippen lächelten die Freundin anzüglich an. Noch nie hatte Odora ihren Freund als sexuelles Wesen wahrgenommen, es war eine außerirdische Erfahrung, die ihr nicht gefallen wollte.

»Tzzzz, Männer!«, zischte sie ärgerlich, als sie ihre Zimmertür zuknallte.

Marmelade im Kopf

Odora war schon lange wach und angezogen. Kein Klopfen an ihrer Tür lud sie zum Frühstück ein.

Aha! Wie war das mit dem Berg und dem Propheten? Na warte!

Lupo machte seine Tür trotz anhaltenden Klopfens von Odora nicht auf. Kein Geräusch drang an ihr Ohr.

Hoffentlich geht es ihm gut.

Dann roch sie förmlich, dass Lupo die Nacht mit José verbracht hatte.

Ich bin so naiv!

Sie hatte fertig gefrühstückt, als ein zerknitterter Lupo sich den Kopf reibend am Tisch erschien.

»Odorrra, ich habe Marrrmelade im Kopf.«

Jetzt redet er schon wie José.

»Tja Lupo, gib dem Sommelier die Schuld!«

Lupo setzte sich gerade hin und schaute sie fragend an.

»Bist du etwa eifersüchtig? Hat Madame nicht meine ganze Aufmerksamkeit bekommen? Och, wie schlimm!«, warf er ihr zynisch hin.

Schon wieder trifft er den Nagel auf den Kopf.

Lupo legte noch eine Schippe drauf:

»Dann hat dein Fräulein Tochter das wohl von dir!«

Das war des Guten doch zu viel! Hastig sprang Odora auf, der Stuhl kippte um, sie spürte die Blicke anderer Gäste im Rücken.

»Du bist bar jedes Feingefühls!«, schmetterte sie Lupo an den Kopf und eilte aus dem Speisesaal. Wenn sie erhofft hatte, ihr Freund würde zur Versöhnung folgen, hatte sie sich geschnitten.

Soll er doch seine Marmelade im Kopf verspeisen, erboste sich Odora und machte sich mit dem Fahrrad nach Echternach auf. Es regnete noch leicht, trotz Kapuze war sie nach kürzester Zeit aufgeweicht. Sie hatte sich für eine längere Tour entschieden, ihrem Ärger ordentlich Luft zu machen. Nach über zwei Stunden kam sie außer Puste in Echternach an und steuerte das erste Café auf ihrem Weg an.

Bei einem warmen Kakao verpuffte ihr Ärger so schnell, wie die heiße Schokolade ihre Kehle hinunterrann. Lupo hatte sie zwar mit seiner Aussage verletzt, doch zielsicher den Wahrheitskern getroffen. Sie hasste es! Sie brauchte das!

»Mal eben deinen Kopf geraderücken, meine Liebe!«

Odora sah nachdenklich zum Fenster hinaus. Lupo war nicht ihr Eigentum. Sie hatte sich wie eine eifersüchtige Partnerin aufgespielt.

Ich habe auch Marmelade im Kopf, nur anders.

Seit sie ständig über ihre Kraftreserven hinausging, fühlte sich ihr Zustand tatsächlich so an.

Ich muss hier, ich muss da, ich muss, ich muss und muss, kann oft keinen klaren Gedanken mehr fassen. Verkatert vom Leben … Ja, einen Lebens-kater habe ich, dieser macht mich so reizbar und übersensibel. Na, dann ist es an der Zeit, dieser Katze auf den Leib zu rücken.

Odora wusste, dass das nur möglich war, wenn sie sich ab sofort mit besinnlicher Gelassenheit in die letzten Auszeittage stürzte. Denn die Zeit verging schnell …

Sie bezahlte, verließ das Lokal und schwang sich aufs Fahrrad. Dann radelte sie gemütlich und ohne Hast dem Hotel Lemmer und Lupo entgegen.

»Ich muss gar nichts, gaaaaar nichts … lalalala …«

Einige falsche Töne klauten sich einen Regentropfen, wehten mit ihm über die alte Echternacher Brücke hinweg.

Zeitaus

Odora schneite vollkommen durchnässt in die Lobby hinein. Ihre Turnschuhe schmatzten bei jedem Schritt, ihre Locken standen nass und wirr ab.

»Schön und schlanker siehst du aus!«

Lupo! Er saß entspannt an der Bar, sein ewig kariertes Hemd erinnerte Odora daran, dass sie nicht mehr in klein-karierten Bahnen denken wollte. Seine markanten Augenbrauen schienen auf Frieden gebürstet zu sein. Drum schlurfte die tapfere Pedalendrückerin zu Lupo hin und schenkte ihm ihr größtes nassestes Lächeln.

»Das hat gutgetan, Lupo.«

Mehr Worten bedurfte es nicht, damit war alles geklärt. Jegliche Streitereien in all den Jahren ihrer Freundschaft wurden ohne Tamtam beigelegt. Denn nur die Narren verharren.

José stand etwas abseits, beobachtete die Freunde und hielt sich zurück. Er hatte bemerkt, was Sache war.

Während der letzten Tage kehrte Harmonie ein, die Sonne spielte mit. Die beiden Zankhähne radelten durch die Gegend, setzten sich ans Ufer der schwarzen Ernz und blickten in friedlicher Einigkeit den Joggern auf ihre knackigen Hinterbacken. Sie sprudelten vergnügt im Whirlpool und lasen ihre Bücher nebeneinanderliegend wie Sardinen in der Büchse. Es war ein Genuss mit dem Sohn des Genossen!

Odora entspannte endlich Körper und Seele, ließ Gottes Wasser über Gottes Land laufen, plötzlich durchaus fähig, nicht mehr alles zu hinterfragen. Genau deshalb hatte ihre Mutter ihrem Freund diese wichtige Mission erteilt. Odora war so dankbar für die Menschen, denen sie nicht gleichgültig war, auch wenn sie das manchmal annahm. Wie sagte Bombom?

»Du hast ja einen Sick im Tender«, anstatt *Tick im Sender.*

Stimmt! Den habe ich definitiv!

»So, meine Liebe«, stellte Lupo am Sonntagmorgen nach dem Frühstück fest, »jetzt wird die Auszeit zum Zeitaus, Aufbruch ist angesagt.«

»Ach Lupo, gerade jetzt, wo es so schön ist!«, beklagte sich Odora.

»Wer hat an der Uhr gedreht, ist es wirklich schon so spät?«, imitierte Lupo Paulchen Panther.

Odora schlug die Kofferraumtür über den zwei Taschen zu. Lupo sah sie nichtsnutzig an. Seine dichten Augenbrauen tanzten auf und ab.

»Überraschung, Odora, du wirst noch eine Woche Zeit haben den Lupomann in deinem Gästezimmer zu beherbergen, ich bleibe!«

Zurück in die Zukunft

Dass Odora zur Arbeit musste, störte Lupo überhaupt nicht, im Gegenteil. Er genoss seine Ruhe, flanierte durch die Stadt oder schmökerte in seinem Buch, freute sich abends, wenn seine Freundin mit ihrer Rasselbande in der *Villa Kunterbunt* strandete. Dann hatte er den Tisch mit Herbststräußen verziert, die er beim Spazierengehen gepflückt hatte, und Stullen vorbereitet, die er liebevoll mit Gürkchen und Tomaten versah. Natti war wie umgewandelt. Die beruhigende Wirkung, die Lupo auf ihre Mutter ausübte, hatte auch die Tochter befallen. Mit bestimmtem, aber nettem Ton gab der Freund ihr Anweisungen, die sie ohne Diskussion befolgte. Alan war überglücklich über den lieben Kerl im Haus, der ihm zusätzlich so viel Aufmerksamkeit schenkte. Odora konnte zum ersten Mal erfühlen, wie ein Leben mit einem Vater für die Kinder sein könnte, mit einem Mann wie Lupo. Wenn die Kleinen schliefen, saßen die Freunde gemütlich zusammen, plauderten über ihren Tag, tauschten Ansichten über das Leben aus, lachten einvernehmlich.

So könnte es immer sein! Odora spann in ihrem Kopf ein Traumbild für die Zukunft, in dem sie mit den Kindern und Lupo zusammenlebte. Er könnte sich ja außerhalb mit Männern treffen, Hauptsache, er käme zurück zu der kleinen Familie. Als Architekt würde er bestimmt eine Anstellung in Luxemburg finden.

Odora wollte nicht mehr alleinerziehend sein, machte sich nichts vor. Sobald Lupo ihr Haus verlassen würde, wäre alles beim Alten. Den Kindern würde ein Papabär fehlen, wie Alan seinen Lupo liebevoll nannte, ihr der liebe Freund, der Ruhe und Geborgenheit verströmte. Zwei Tage vor Lupos Abreise fasste sie einen Entschluss.

Ich werde es versuchen. Wer nicht wagt, der nicht gewinnt!

Pascha hatte ihr die letzten zwei Tage freigegeben. Odora fuhr die Kinder zur Schule und in den Hort, besorgte im Blumenladen eine einzelne Rose.

Zu Hause angekommen, überraschte sie Lupo, der gerade guten Mutes das Geschirr abspülte, und ging vor ihm auf die Knie.

»Lupo, willst du uns heiraten?«

»Ach Odora, Liebes, komm, steh auf.«

Verlegen half er ihr wieder auf die Beine.

Odora sprudelte drauf los:

»Du … Ich … die Kinder … Lebensgemeinschaft …«

»Stop!«, rief Lupo, drückte sie auf die Sitzbank nieder. Er schlug sich das Küchentuch über die Schulter, setzte sich neben sie und ergriff ihre Hände.

»Ich bin sehr geehrt, Odora, danke dir. Aber das geht nicht. Ich muss zurück in meine Zukunft … Hoffentlich mit einem Mann, das ist mein Leben. Das mit uns ist Freundschaft, nicht mehr und nicht weniger, das weißt du doch.«

»Eben!« Jetzt legte Odora sich richtig ins Zeug. »Wahre Freundschaft ist doch die Basis jeder Lebensgemeinschaft oder Ehe oder was auch immer …«

»Odora! Ich habe meine Lebensgemeinschaft in Berlin.«

Das stimmte. Mit anderen Architekturstudenten hatte Lupo in Berlin-Mitte ein altes Wohnhaus renoviert, wo sie friedlich zusammenlebten, jeder von ihnen eine eigene, separate Wohnung sein Eigen nennen konnte.

»Meine Eltern, meine Freunde …«

»Ist schon gut, du brauchst dich nicht zu rechtfertigen, das passt nicht zu dir.«

Bemüht, die Stimmung wieder aufzulockern, rammte sie Lupo den Ellenbogen sanft in die Rippen.

»Schau Lupo, jetzt haben wir eine weitere gemeinsame Anekdote, an der wir uns unser Leben lang erfreuen können: Als Odora ihrem schwulen Freund einen Heiratsantrag machte. Wer macht denn so was?«

»Odora!«, riefen sie wie aus einem Munde und lachten befreit auf.

Als Odora sich zwei Tage später schweren Herzens am Bahnhof von Lupo verabschiedete, sagte er:

»Wenn du zu Hause ankommst, gehst du zum CD-Player in deiner Küche und wählst das Lied Nummer drei aus.«

And I ... I ... will always love youuu ... uhuhuhuhuuuuu ...
Das herzergreifende Lied von Whitney Huston ertönte wie ein ewiger Lebensschwur durch das Haus, erfasste Odora, streichelte die Vergangenheit mit Güte, liebkoste ihre Zukunft mit Hoffnung und ließ die neugewonnene Lebensfreude bis zum Himmel und zurück fliegen. Denn sie wurde geliebt ...Liebe hatte viele Gesichter.

Irland, 2030

»… Ich muss heute noch über diesen Heiratsantrag lachen«, sagte die ältere Dame zu ihrer Katze Mia, die dem Frauchen von der Gartenmauer aus träge beim Rosenzupfen zusah. Heute war es fast windstill, eine leichte Brise trug unbeschwert den unverkennbaren Geruch des Meeres über die Küste.

Odora atmete tief ein, entledigte sich ihrer Handschuhe, setzte sich zu Mia auf die Mauer und streichelte sie.

Ihr kleiner Garten, der geschützt gegen Sand und Meersalz hinter einer alten Steinmauer lag, erinnerte sie an einen verwunschenen Garten aus einem ihrer längst verstaubten Kinderbücher. Wilde Rosen wucherten durch grüne Hecken an großen Sonnenblumen vorbei, trotzten gesund und munter dem Küstenwetter. Zwei gertenschlanke Birken beschützten ein kleines Kräuterhochbeet, das Odora mit viel Sorgfalt bepflanzt hatte.

Wenn sie nicht gerade schrieb, bot ihr dieses schöne Fleckchen Erde Zuflucht vor der allzu lauten Welt, deren Schnelllebigkeit und Härte sie als Zumutung empfand.

»Ach Mia! Wer hätte gedacht, dass wir beide einmal hier landen würden …«

John hatte Alan sein Cottage vermacht. Sein Enkel aber war ein Nomade geworden, der die Welt bereiste. Er hielt sich mit Aushilfsjobs über Wasser, wollte nicht sesshaft werden. So beschloss Odora nach dem Tod ihrer Mutter, sich ihren Kindheitstraum zu erfüllen und in Irland schreibend ihren Lebensabend zu verbringen.

Das war ganz in Alans Sinn. Sein Haus war bewohnt, wurde gut versorgt und er konnte es zwischen seinen unzähligen Reisen als sicheren Hafen ansteuern. Die kleine Natti hatte sich in einen ausgeglichenen, schönen Schwan verwandelt und betrieb mit ihrem Mann ein beliebtes Restaurant in Luxemburg.

»Die Zeit dazwischen war so schwer«, erklärte Odora der schnurrenden Mia, »ich mag nicht darüber schreiben … Irgendwann sollte man es gut sein lassen.«

Sie dachte an ihre Begegnung mit Grete in Frankfurt zurück.

»Aus der Schatzkiste der Vergangenheit rollen weiße Perlen, das sind die schönen Erinnerungen, die man im Alter wieder aufruft, Mia. Dann gibt es noch die schwarzen Lebensbänder, die lässt man am besten in der Kiste«, seufzte sie.

»Natürlich purzeln manchmal einige heraus … Unvermeidbar.« Die Katze hörte ihr nicht mehr zu, versuchte, mit erhobener Tatze einen Sonnenstrahl zu fangen. Odora streichelte über ihr treues Haupt.

»Genau das Mia, das habe ich stets versucht, sogar während der schlimmsten Ungewitter des Lebens, wenn keine Sonne schien!«

Ich hatte es mir geschworen …

Odora machte sich auf einen Spaziergang durch ihr kleines Gartenparadies, bückte sich hie und da und entfernte das Unkraut so, wie sie es einst von Marie gelernt hatte. Liebevoll befreite sie eine Schnecke aus dem Hochbeet, tippelte leicht humpelnd zur Mauer zurück und ließ sich neben Mia nieder. Die Katze nickte ihr weise zu.

»Ich habe einen Entschluss gefasst. Die Geschichte von Odora ist zu Ende, ja …« Es fühlte sich wie ein schmerzhafter Abschied an, als würde sie die letzte Verbindung zu ihrem früheren Leben durchtrennen.

»Ich habe so viele Abschiede erlebt! Aber weißt du, Mia, vielleicht komme ich später einmal darauf zurück. Auf die schlimmste Zeit meines Lebens, als die Kinder durchdrehten … als aus der *Villa Kunterbunt* eine *Villa Chaos* wurde … in der Zeit … Dazwischen.«

»Und wer bläst wieder Trübsal?«, hörte sie ihren Vater fragen. Und dann forderte ihre Mutter, die sich inzwischen zu ihm gesellt hatte: »Bauch rein, Brust raus, Odora!«

So machte sich Odora in bester Gesellschaft auf in ihr Häuschen, um Verlage auszusuchen, denen sie ihr erstes Buchmanuskript zuschicken konnte.

Sie roch Erfolg …

Sollten Sie jemals an der irischen Küste spazieren gehen und Ihnen dabei eine ältere, mollige Frau mit rotem Turban auffallen, die sich zwischen wilden Rosen und Sonnenblumen mit ihrer Katze unterhält … Dann ist das Odora, ein ungewöhnliches altes Mädchen.

EPILOG

Odora und ihre Freunde fehlen mir. Nächtelang saßen wir beisammen, haben gemeinsam gelacht und gelitten, Zwiesprache gehalten und Worte gesponnen. Ich frage mich, ob es jedem Schriftsteller so ergeht, wenn er die letzte Seite seines Buches vollendet hat. Es fühlt sich wie ein Entzug an, ein Sturz in ein Loch, das so schnell mit keiner anderen Geschichte angefüllt werden kann.

»Schreib weiter!«, sagt man mir, »am besten Kindergeschichten.«

»Nein« rät ein anderer, »einen Roman, einen Krimi.«

Mensch, Leute, noch immer nichts verstanden? Ich schreibe, was ich will, wann ich will! Das klappt nur, wenn die Worte aus meiner Hand fallen … einfach so!

Die Geschichte um Odora ist ein Teil meiner eigenen Lebensgeschichte, die ich oft lachend und unter Tränen verfasste.

Mein Dank geht an meine Cousine Janine Frisch, die von Anfang an hinter mir stand, mich angefeuert hat, weiterzuschreiben. Besonders dann, wenn mich der Mut verließ. Geduldig hat Janine meinen Wortsalat tagtäglich gelesen und kommentiert.

Ein besonderer Dank geht an meinen Lieblingslehrer Gaston Mannes, der nach nur einem Anruf von mir sofort bereit war, sich Odora anzunehmen, Korrektur zu lesen, und mir ein lieber Mentor war.

Danke meinem nachsichtigen Freund Lutz Mauersberger. Er hat Odora von Anfang an begleitet. Er ist und bleibt der beste Wolf meines Lebens … Oder soll ich Lupo sagen, mein Lutzemann?

Danke dir, meiner Lieblingskünstlerin und guten Freundin Nadine Konsbrück, für das wunderschöne Coverbild von Odora.

Danke an meine lieben alten Freunde Torsten und Geli Krenz, sie wissen, warum ihnen mein Dank gebührt.

Auch bei dem Fotografen Billy Mariani will ich mich bedanken.

Ich bedanke mich auch bei dir, liebe Christianne Wickler, zu guter Letzt in mein Buchboot gesprungen zu sein, um mich tatkräftig zu unterstützen.

Sowie bei meinen Hunden Boomer und Hannah, die mir nächtelang geduldig beim Schreiben zusahen, mir Trost spendeten und mich ab und an zum Luftholen aus dem Haus trieben.

Vielen Dank an die herrlich schweigende Nacht, meine ewig treue Begleiterin und Muse.

FÜR AUTOREN A HEART FOR AUTHORS À L'ÉCOUTE DES AUTEURS MIA ΚΑΡΔΙΑ ΓΙΑ ΣΥΓΓΡΑΦ
A FOR FÖRFATTARE UN CORAZÓN POR LOS AUTORES YAZARLARIMIZA GÖNÜL VERELIM SZÍVÜ
PER AUTORI ET HJERTE FOR FORFATTERE EEN HART VOOR SCHRIJVERS TEMOS OS AUTOR
ÖINKÉRT SERCE DLA AUTORÓW EIN HERZ FÜR AUTOREN A HEART FOR AUTHORS À L'ÉCOUTE
ВСЕЙ ДУШОЙ К АВТОРАМ ETT HJÄRTA FÖR FÖRFATTARE Á LA ESCUCHA DE LOS AUTORE
MIA ΚΑΡΔΙΑ ΓΙΑ ΣΥΓΓΡΑΦΕΙΣ UN CUORE PER AUTORI ET HJERTE FOR FORFATTERE EEN HA
VER ÖINKÉRT SERCE DLA AUTORÓW EIN HERZ FÜR A
ÃO ВСЕЙ ДУШОЙ К АВТОРАМ ETT HJÄRTA FÖR

Die Autorin

 Die 1965 geborene Denise Urbany
besuchte das Lyzeum in Luxemburg
und verdiente danach ihren Lebens-
unterhalt unter anderem in der
Stadtbibliothek; dies brachte sie mit
dem Medium zusammen, das sie
schon immer am meisten interessierte – Bücher! – voller Geschichten
von Menschen, ihrem Werden, ihren
Irrungen und Wirrungen.

Denise Urbany, Tochter von Jacqueline Urbany-
Hoffmann (Mitverantwortliche der Zeitung vum
Lëtzebuerger Vollëk) und René Urbany (1976–
1990 Vorsitzender der KP Luxemburgs, Journalist), hatte früh mit Ausgrenzungen zu kämpfen,
nicht zuletzt wegen der politischen Tätigkeit
ihrer Eltern. Die Umstände machten aus ihr eine
selbstbewusste Frau, die sich auch als alleinstehende Mutter zweier Kinder im Luxemburg der
1990er/2000er-Jahre behauptete.

Denise Urbany fing als junges Mädchen an zu
schreiben und legt jetzt ihren ersten, autobio-
grafisch geprägten Roman „Odora Ungewöhnlich" vor.

Der Verlag

*Wer aufhört
besser zu werden,
hat aufgehört
gut zu sein!*

Basierend auf diesem Motto ist es dem novum Verlag
ein Anliegen, neue Manuskripte aufzuspüren, zu ver-
öffentlichen und deren Autoren langfristig zu fördern.
Mittlerweile gilt der 1997 gegründete und mehrfach
prämierte Verlag als Spezialist für Neuautoren in
Deutschland, Österreich und der Schweiz.

**Für jedes neue Manuskript wird innerhalb
weniger Wochen eine kostenfreie, unverbind-
liche Lektorats-Prüfung erstellt.**

Weitere Informationen zum Verlag und
seinen Büchern finden Sie im Internet unter:

w w w . n o v u m v e r l a g . c o m